风从故乡来

徐春芳◎著

安徽师范大学出版社
·芜湖·

图书在版编目(CIP)数据

风从故乡来 / 徐春芳著 . — 芜湖 :安徽师范大学出版社, 2017.10
ISBN 978-7-5676-3083-3

Ⅰ. ①风… Ⅱ. ①徐… Ⅲ. ①散文集—中国—当代Ⅳ. ①I267

中国版本图书馆 CIP 数据核字(2017)第210050号

风从故乡来　　徐春芳◎著
FENG CONG GUXIANG LAI

责任编辑: 陈　艳
装帧设计: 任　彤
出版发行: 安徽师范大学出版社
芜湖市九华南路189号安徽师范大学花津校区
网　　址: http://www.ahnupress.com/
发 行 部: 0553-3883578　5910327　5910310(传真)
印　　刷: 虎彩印艺股份有限公司
版　　次: 2017年10月第1版
2017年10月第1次印刷
规　　格: 700mm×1000mm　1/16
印　　张: 23
字　　数: 354千字
书　　号: ISBN 978-7-5676-3083-3
定　　价: 68.00元

序　言

方维保

春芳，是我的学生，也是我的朋友。屈指算来，已经有二十多年了吧。到底有多少年，我已经算不清楚了。记忆中的春芳，是典型的诗人和书生。说话带着一点安庆口音，表达的时候有点羞涩的样子。

春芳的诗作，我曾经读过一些，但篇目的名字已经记不起来了，甚至也记不清若干的词句，但他的那股子诗意却一直在我脑海里荡漾着。他打电话给我，说要我给他的散文集写个序言，还是出乎我的意料的。我固执地以为，他应该是写诗的，出诗集是理所当然的，但他却操弄起了散文。拉杂的散文，是现在流行的文学款式，有文学情调，而无文学的意蕴，这是当今散文的通病。本来我想春芳的散文也不外如此。但读了开首一篇《春灯夜雨好读书》，便忍不住一口气读完了。

诗人出身的春芳，在这部散文集子中还是忍不住挥洒着他的诗意，尤其是里面的一辑《金樽檀板》。这部集子中的很多文字，看上去是散文的样式，但春芳似乎不是在写散文，而是在写诗，称之为"散文诗"完全是确切的。但假如我将它们分行排列的话，更是看不出散文的痕迹的。从春芳的这些散文诗来看，大多还有着青春的烙印。诗歌，是一种青春文体。人只有在青春时代，才能诗情勃发。我想春芳的散文诗也是如此，一是他的这些作品中部分可能是纯情年代的创作，二是他还葆有着青春的心灵。春芳的诗作，在诗意上并不难懂，但也保持着适度的晦涩;他的诗作是感伤的抒情,但绝不是如泣如诉的情感泛滥。他的诗作,意象和情感都是适度的。他的诗作,多少带有点儿新月派的痕迹,但徐志摩的肉麻又是绝不会在他的诗作中出现的。诸如“月亮涌动呼吸轻纱的春夜”所呈现出的意象,是有当代先锋派的风度的,但仔细体味,又何尝不是古典到了骨子里了。

春芳是一个诗人,他也自然关注诗人的人生状态和命运遭际。他在这个集子中,写到了很多诗人。当然,在广义上来说,小说家也是诗人。外国诗人有阿赫玛托娃、希姆博尔斯卡、茨维塔耶娃;古代诗人有李商隐、晏几道、姜夔、柳永;现代诗人有陈独秀、沈从文、张恨水;而当代诗人,则写了同学孤岛,当然也有另外一个人就是“我”。我特别注意到了,春芳在书写这几类诗人的时候,他所采取的方法是各有不同的。在书写外国诗人形象的时候,他采用的是旁观者的散文手法,叙述他们的人生,将他们的作品与他们的人生相互映照,阐述他们在困境中对自由的追求,对自由的吟诵。春芳用诗歌式的跳跃,简洁而又有意味地张扬了这些伟大诗人的人格魅力。而在书写中国诗人的时候,他则采用了小说式的叙述,将柳永、姜夔们作为主人公,让他们在故事里演绎他们的人生。这多少让我想起了当年陈翔鹤先生的历史小说《陶渊明写挽歌》。这些书写古代诗人的文字,其格调是低回的,甚至是柔肠百结的。相较于对阿赫玛托娃的政治哲学的书写,其特点尤其明显。现代诗人,对沈从文的书写其风格应该归于前者,而对张恨水的书写则另外归入故乡情结了。当代诗人,则与上述都不同:诗人孤岛,活现了一个孤独、怪异的流浪诗人的形象。此篇虽然篇幅不长,但所呈现的形象,我以为是有文化人类学意义的。

春芳在这部集子中所呈现的当代诗人形象,当然也包括了他自己。在这部集子中,我看到了春芳的格调,一个当代文人的情趣:读书、饮茶、养鱼、养花、作诗,寄情山水,发历史感慨,羡文人雅士的浪漫生活;对工作兢兢业业,记恋师长、朋友,孝敬父母,钟情妻子,宠爱儿子;平日生活,诸如修鞋、学开车,亦悲亦喜,五味杂陈。春芳在他的文人情趣中,有一点需要特别提出来说,这就是他的故土情结。在这部文集中,有很多篇章叙述家庭、父亲、故乡的山水和童年的经历;述记他所生活的城市、城市的文化和生活。其中有过去的心酸记忆,更有对故乡的留恋。可以说,春芳只要一走上故乡的“密道”,文化啊、传说啊、情感啊、情趣啊、优美的文字啊,就都会止不住流淌出来,是那么的自然,又是那么的贴切!这其中《最喜小儿无赖》《父亲的信》《非典时期的爱情》写得尤其异趣横生,荡气回肠。

故乡情结是一种儒家的世俗伦理情怀,春芳所怀有的这种情怀,可以说与他的诗人身份不相符,因为据我所知,无论东方还是西方,流浪都是诗人的最高境界。在这一点上,春芳和他的诗人同学孤岛有着很大的不同。

在春芳的这部集子中,《读史感悟》和《青史劫灰》两辑中的相当一部分可以归属杂文之列。杂文以理性话语见长,在集子的杂文中,我看到了春芳对历史和现实的诸多见解。有的表现了他的诗人情怀,有的表达了他的历史观念。有的是很有见地的,如《人生如梦亦如戏》等就历史说现实,多有警醒之处。但他所说的有些历史知识和见解,我只略知皮毛,甚至有的根本不知道也不懂。但从文学话语来说,我认为春芳发挥了他诗化语言的拿手好戏,他转折腾挪硬是将一些僵硬的意义阐述得流畅、生动、激情,真是不容易。

说到这里突然想起,春芳在其中一篇谈到了人生的“跨界”问题,我认为,在这个集子的写作上,他也是跨界的——散文与诗歌的跨界,散文与小说的跨界,甚至是杂文与诗歌的跨界。但,无论怎样跨界,诗意一直是他的底蕴,是他的根本。春芳这部集子的突出贡献在于,他将散文诗化,也将生活诗意化。

以上拉拉杂杂谈了若干的观感,肯定有很多不到之处,还望就教于大方之家。

谨此为序。

(作者系安徽师范大学文学院教授、博士生导师,安徽省文艺评论家协会副主席)

目　录

第五辑 / 读史感悟

第六辑 / 金樽檀板

第七辑 / 乡关何处

第八辑 / 唐风宋韵

第一辑

诗意生涯

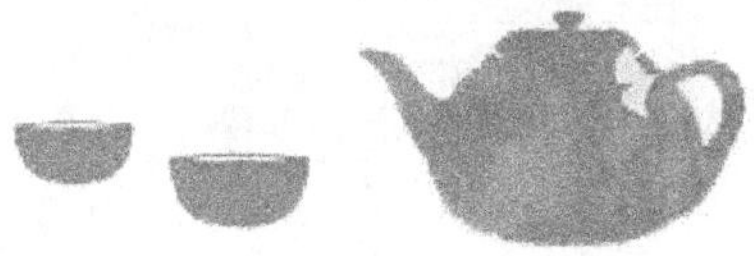

春灯夜雨好读书

春天来了，雨常常潇潇地下着，显得夜更长了，正是夜晚灯下读书的好时光。

回到家里，泡上一杯茶，身体斜靠在床头，在背后垫一个枕头，拿起一本喜欢的书，倾听古今中外的文人雅士形形色色的话语，那是多么享受的事情啊。

文人没几个不爱读书、买书的。清人张潮在《幽梦影》里说，有闲空读书，是一种福气。北宋宰相王安石，常常整夜整夜读书，甚至第二天去上班都忘记了要洗把脸。北宋政治家、史学家司马光则说，书不能不大声朗读。他自己常常在夜深人静的时候读书，甚至连外出骑马的时候也手不释卷。晚清重臣曾国藩在戎马倥偬之时，每天也要读书。

我一庸常之辈，自然不敢和古圣先贤相比。但爱好读书的癖好，是打小就开始了。直到现在，每晚下班回家，我必定在灯下读书一两个小时。甚至出差在外，我也要随身带本书，待万籁俱寂时翻翻。有书陪在枕畔直到入梦，如有家人在旁温馨相伴相守，不时对语闲谈，人在旅途也就不会孤单了。

我小时候家贫，没多少钱买书。乡下人家藏书的也很少，好书难得见到。能遇到一本好书，就像蜜蜂见到春花一样，恨不得立刻扑上去，在那些大文人营造的艺术境界里驰骋遨游。记得小学四年级的时候，我一个人到邻居家玩，在他家阁楼上翻到一本带插图的繁体字版《三国演义》，当即坐在邻居家落满灰尘的木楼板上看了起来，刚翻了几页，我就被那本书迷住了。时间不知不觉从中午已到黄昏，母亲在村子里到处大声呼唤，喊我回家吃饭，不料我看书太入迷，根本没听见。最后还是因为我看到小说精彩处，忍不住“哈哈”大笑起来，邻居听见了，才上楼来喊我，这时家家户户已经亮起了橙黄色的灯了。

我读中学的时候，为了凑钱买一本心仪的好书，常常步行二十多里的蜿蜒山路去县城中学，这样就省下来母亲每周给我的两块钱路费，积少成多，几个星期就可以买一本好书了。我的一些藏书，如《三言二拍》《红楼梦》《聊斋志异》《呐喊》《雪国》《戴望舒诗全编》等，当时就是这样买回来的。

当时的新华书店，图书都是摆在玻璃橱柜里，只能隔着玻璃指给服务员看，让她弯腰从橱柜里拿什么什么书。营业员的服务态度也不是很好，只要你连续要她拿了两本书，翻看之后没买，她马上就在脸上表现出不耐烦的神情来。而我穷学生一个，自然是囊中羞涩，五元六元都觉得是天文数字，常常把书封底上面的标价先用眼角扫一下，心里掂量掂量，最后多半是茫然若失地离开了。

当时我还有一个办法，就是千方百计从同学那里借书，看到同学带到教室的书就缠着借看，有时候死皮赖脸去同学家呆几天，读他家里的藏书，见到好书就用本子抄下来。中学期间，抄书笔记有好几十本，字迹都是密密麻麻的，只有自己认识。

我如此痴迷读书，气得父母说我是“书孬子”。老两口经常私下里坐在床头为我叹息，担心我长大了无能力自谋生计，甚至讨不到老婆。后来，没想到脚踏布鞋、身穿烂衫的我，在大学里就找到一个志同道合同样酷爱读书的女朋友，这也许就是古人说的“书中自有颜如玉”吧。当消息传到村里，惊得正在地里锄草的父母连锄头都从手里掉了下来。

如今，我已经过了书非借不能读的阶段，家里也有一个像模像样的书房了。上万册藏书排在书架上，如一队队接受检阅的战士，看着自然心生得意。每次家里来人，他们都要在我家书房里驻足流连，羡慕我家书香味浓。不过，书多了，也是麻烦事。我搬了几次家，最累人最耗时的就是搬书了，别看小小一包书，看起来没多少，搬来搬去十分沉重，特别是搬上几层楼。

前几天去书店闲逛，碰上一个爱藏书的老先生。老先生爱好搜集地方志书，

孜孜不倦于稽古考史，倾心尽力于钩沉索隐，是十分难得的饱学之士。但他现在自感时日无多，痛心自己的藏书事业将无人继承，因为他的两个女儿都不好文学，从事的是与文化无关的行业，所以他只能摇头喟叹了。不过，现在有很多大学教授在临终前，将自己的藏书捐献给图书馆，和更多的人分赏人类的精神瑰宝。这和把满屋藏书留给一个不读书的后人，任其落满灰尘甚至让蠹鱼蚀书相比，也未尝不是好事。

唉，像我这样的书虫，在人世间的浮沉里，对着静夜的灯光，只希望多读好书奇书善书，不能在白了少年头的时候，空自叹息“书到用时方恨少”啊。何况，史书如畏友，让我三省吾身；诗词如风雅友，让我滋养心灵；佛老如心友，让我超凡脱俗；小说如滑稽友，让我在紧张工作之余笑对人生。

烹云煮水话饮茶

又到了清明时节，正是新茶上市的时候，山野里也忙碌着采茶姑娘的身影。茶是享誉全球的饮品，更是中国人热爱的饮品。老百姓常说，开门七件事，柴米油盐酱醋茶。茶真是我们日常生活中不可缺少的“琼浆玉液”。

茶圣陆羽在《茶经》里说：“茶者，南方之嘉木也……其名，一曰茶，二曰槚，三曰蔎，四曰茗，五曰荈。”茶树在中国南方山陵地带十分常见，生长处云雾缭绕，日日吸收日月雨雾的精华，自然出处不凡。云南有世界上公认的最为年长的茶树，树龄达1800多年。

中华茶文化源远流长，我国是世界上最早发现并利用茶树的国家，传说神农尝百草,日遇七十二毒,就是用茶来解毒。从此,中国人与饮茶结下了不解之缘。

三五朋友,有一雅席便可饮茶,感时谈诗,无酗酒之伤身,无俗事之乱耳,无珍馐之费钱,不亦快哉!文人雅士,对饮茶更是情有独钟。唐代诗人卢仝在诗《七碗茶歌》中说:“一碗喉吻润,两碗破孤闷。三碗搜枯肠,唯有文字五千卷。四碗发轻汗,平生不平事,尽向毛孔散。五碗肌骨清,六碗通仙灵。七碗吃不得也,唯觉两腋习习清风生。”大诗人苏轼更是认为,从来佳茗似佳人,品茶如品佳人,饮茶自然是赏心乐事。

当然,嗜茶者喝茶要讲究品牌,有的喜欢西湖龙井,有的喜欢黄山毛峰,有的喜欢太平猴魁,有的喜欢大红袍、普洱……高端茶难得,前几年,有的好茶在市场上被炒到几十万元一斤,很难得到大众消费者认同。从古至今,最高档的茶品牌应该是宋朝的“龙团凤饼”了。“龙团凤饼”茶是当时的皇家特贡,普通人一辈子也难以眼见。被史官评价为“诸事皆能,独不能当皇帝”的宋徽宗赵佶,他精于茶艺,写下了《大观茶论》这部茶学论著。他在书里说:“本朝之兴,岁修建溪之贡,龙团凤饼,名冠天下。”宋代大文豪欧阳修在《归田录》中感叹,“金可有而茶不可得”。他在朝为官二十年,官至参知政事,可也只能到节日才能得到皇帝赏赐的一饼“龙团凤饼”,可见此茶之珍稀。

古人不但喝茶讲究品牌,连煎茶用水也非常讲究。《茶经》说,“其水,用山水上,江水中,井水下”,意即泡茶用山泉水最佳。江西庐山大汉阳峰南面的康王谷的谷帘泉,被陆羽列为“天下第一泉”,他认为谷帘泉的泉水具有八大优点,即清、冷、香、柔、甘、净、不噎人、可预防疾病。天下名泉还有杭州虎跑泉、济南趵突泉、无锡惠山泉、北京玉泉等。好茶的乾隆皇帝则定北京玉泉为“天下第一泉”。

古人相信,用好水泡好茶,可治疗疾病。如《警世通言》里有一篇《王安石三难苏学士》写道:王安石知道苏轼老家在四川,就说自己有痰火之症,虽然服药,但难以除根,要用阳羡茶才能治好;并且太医还叮嘱,烹制阳羡茶要用长江瞿塘中峡的水,让苏轼自己或家人从四川回京城时顺便带一瓮。结果苏轼认为,三峡相连,一样的水,何必定要用中峡?于是,苏轼就从下峡汲了瓮长江水,送给王安石烹茶。

王安石忙让童子茶灶中煨火，用银铫汲水烹之。先取白定碗一只，投阳羡茶一撮于内，候汤如蟹眼，急取倒入碗中，茶色半晌才见。于是，王安石就问苏轼："水从何处取来？"苏轼说："从中峡取得。"王安石就说苏轼骗他了，明明这是下峡的水。苏轼大惊，问王安石怎么知道这是下峡的水。原来三峡上峡水太急，下峡水太缓，只有中峡的水缓急相伴。此水泡茶，茶色半晌才有，因此是下峡的水。

《红楼梦》里，警幻仙姑给贾宝玉喝的茶，名曰"千红一窟"，是以仙花灵叶上所带的宿露烹制而成。而世外人妙玉，招待身份不同的人，喝茶的用水也不同。招待贾母，她用的茶水是旧年蠲的雨水。而她对宝钗和黛玉却是另眼相看，把宝钗和黛玉的衣襟一拉，来到耳房内饮用她的秘制茶水。黛玉问妙玉，是不是用旧年的雨水煎的？妙玉就冷笑道："你这么个人，竟是大俗人，连水也尝不出来。"原来，她用的水是之前在吴县香雪海蟠香寺住的时候收集的梅花上的雪，一共才装了一瓮，埋在地下，总舍不得吃，到她们来访才拿出来烹茶。梅花上搜集的雪水，埋在地下五年才拿出来，对泡茶用水如此讲究，不是一般人能做到的。

喝茶有讲究，喝一杯为品味，喝两杯为解渴的蠢物，三杯就是饮牛饮驴。所以我们有机会坐在茶馆里小憩时，对服务员端上来的茶，一定要慢慢品尝，万万不可以大碗一饮而尽，让人侧目啊。

诗歌在灵魂的四季里飘香

我的大学记忆从上大学去报名时在轮船上度过的第一个夜晚开始：我和父亲怀揣着借来的学费，蜷缩着身体，挤在四等舱的一个小床铺上。舱内基本上每张床上都睡了两个人，蛇皮袋、大皮箱挤在床边的过道上，满满的，铁床又硬又小，船舱内飘荡着一股难言的腥臭味，还有人进进出出开门时灌进来的江风，自然让人睡不着觉。这是我第一次出远门，从望江县的一个穷山沟里走出来，在华阳码头坐船，到芜湖这个我当时觉得很大的城市去上学，自然充满幸福和憧憬，甚至还有“欲回天地入扁舟”的野心。

父亲唠唠叨叨地说着话，要我在大学里继续努力读书，好给家里争光。说到这里，我觉得自己真是对不起老父亲，他瞧不起搞文字的人，崇拜科学家，总希望我长大了能成为科学家，搞一些有益于人类的发明创造，还经常说文学这玩意没啥用，写几句诗顶不了一碗米。可惜我没听他的话，走了文学这条路，开始了自己一生不可知的命运之旅。

也许我是为诗歌而生吧。从上小学开始，我就对“举头望明月，低头思故乡”之类的诗句感兴趣了。我如饥似渴地寻找文学名著来读，自己买，向藏书丰富的朋友借，尤其是在望江中学时，图书馆和阅览室是我去得最多的地方。望江中学是县城里历史最悠久的学校，望江县最古老的书院“雷阳书院”就坐落在学校里，那些残留着墨香的古代书房，如今成了学校的阅览室。在到处是雕梁画栋的古色古香的阅览室里读书，我总觉得自己和那些前代先贤进行了心灵的交流，唐诗宋词成了我心灵里回荡的琴声。当然，功夫不负有心人，我的语文尤其是作文，在班级从来都是数一数二的，可是数学等理科课程，就没有那么幸运了，很少能考及格。幸运的是我跌跌撞撞凭着文学的天赋，考上了大学，在安徽师大这片诗歌的土地上，亲近了诗歌，获得了对诗歌的全新认识。

师大确实是个生长爱情和诗歌的地方，经常举行一些诗歌活动。一进师大校园，到处是清纯少女如花的身影，让我获得了写作的激情。当时荷花塘东侧七号楼、八号楼旁的橱窗里正在举办江南诗社诗歌展览，几十米的橱窗成了一座诗墙，给人的震撼自然不言而喻！我就加入了江南诗社，开始参加诗歌活动。在1995年元旦诗会这个诗歌盛会上，我的一首名叫《敦煌》的诗歌获得了一等奖，当时的评委有师大校友、时为《诗歌报月刊》编辑的祝凤鸣，他也是一位诗人，当时我很喜欢

他那些怀念乡村的诗歌，由他给我颁发获奖证书，自然让渴望成为诗人的我万分激动。在诗会上崭露头角，增强了我成为诗人的信心。之后组诗在《飞天》等杂志上频频露面，我被社友们推选为社长。在大学二年级就成为诗社社长，并连任了两届，也在社史上破了例。

写诗，编辑诗歌刊物《江南诗刊》，对外继续扩大江南诗社这个文学团体的影响，成为我大学的全部生活。我成功地使江南诗社的诗歌作品在《飞天》杂志"大学生诗苑"得到一次集体展示的机会，"大学生诗苑"当期全部发的是江南诗社的诗，这是少见的。还有《中国大学生》杂志，在"高校文学社团扫描"里首先推出的也是江南诗社，我记得《中国大学生》杂志在我快毕业时搞了一个十周年排名榜，对各个高校在杂志上发表作品进行了排名，当时的安徽师范大学以10篇稿件排在第10位，除北大、清华等名校，应该说师大这样一个地方高校排名应该算是靠前了，其中我个人在上面就发表了7首诗歌。应该感谢那些至今没有谋面的编辑，不像现在发表作品需要太多的关系，是他们保持了诗歌的纯洁和高尚。当然，我当时也感觉到了诗歌在大学校园里有明显的退潮，当时师大已没有几个人全心写诗了，很多社员的作品需要我花大力气修改一番才能发表，这确实是诗歌的悲哀。在校园里，七弦琴声开始显得萧瑟而凋零，江南芳菲地成为一片冷风景。

这是诗歌的规律使然，一个时代，真正的诗人就那么几个；一个文学流派，在多少年的兴旺后也会人才凋零。泽被天下的桐城派，进入文学史的也就那么几个人。江南诗社的存在，应该也可以说是安徽文坛的一个奇迹了。

如今我已经是一个背负着生活重担的中年男人了，一个英雄无用武之地的男人，一个用梦想和酒杯迷醉自己的男人，一个心灵在茫茫长夜里颤抖的男人。直到今天，我还不能理直气壮地说自己是个诗人，尤其是和那些历史上声名显赫的大师们相比。我的诗离伟大是那么遥远，但只要诗歌在我灵魂的四季里飘香，就足够了。

我的理想生活

理想生活,因人而异,亦因时代而不同。乱世兵荒马乱,那时的人想当太平时期的宠物狗都来不及,而今欣逢太平盛世,人们对理想生活的追求也就多了起来。

我一个朋友,梦想着有一个自己的游泳池,再从丹麦童话里进口十几条美人鱼来,养在池子里。每天下班回家,就来到池子边,轻轻一击掌,叫一声:“鱼儿啊,起来吧!”美人鱼们便纷纷从水里露出美丽的头颅。可是谁也没有见过美人鱼,他能不能过上理想生活就成了一个问题。

我的理想生活也在不断变化着。儿童时代,总是听爷爷讲薛仁贵征东、罗通扫北之类的故事,知道以前中国的部分疆土后来让外国人抢去了。我就成天想着要骑马扛枪、行军打仗,去收复被侵占的疆土,建立一番功业。后来接受学校的正规教育,知道当今世界和平与发展是两大主题,战争不得人心,我也就没有心情去当兵了。

对恋爱也是这样。年少轻狂,听歌看电视,觉得少数民族姑娘身材好、辫子长,歌声美,人淳朴善良,穿的服装又特别漂亮。总想能找一个少数民族姑娘做终身伴侣。可惜我生不逢地,没长在内蒙古、新疆,身边见不到什么少数民族姑娘。后来在大学里,也遇到了一些回族和壮族的女孩子,她们说汉语,穿着和习惯与我们没什么两样,我的恋爱理想也就慢慢淡了,只是保留了喜欢看长头发的女孩子的习惯,对那些头发短、性格泼辣的女孩子敬而远之。

现在我历尽生活的磨难,人也老了,理想只是想想,现实还是现实。

现在有些女孩子表面追求个性化，实际上却在空虚和吵闹里度过大把大把的时光。有的看过几本书，就去写一些矫情的文字，今天想和王维谈恋爱，明天要和杜牧结婚，恐怕结了婚也是要离婚的。

“春听鸟声，夏听蝉声，秋听虫声，冬听雪声，白昼听棋声，月下听箫声，山中听松声，水际听欸乃声，方不虚此生耳。”这是古人的理想生活，以前我的乡村生活与此依稀仿佛。后来我进了城市，触目的是钢筋水泥的牢笼，大街上充满废气和噪音，回家后只有彩电、冰箱、防盗门，邻里之间基本上是相逢不相识。我们现代人对职位、权力、名声关注太多，很少想过能否遵照内心生活。

只有诗歌是我抵抗平庸的一种方式，喜欢李白的仰天大笑，欣赏苏轼的也无风雨也无晴，更想走进王维的坐久落花多的心灵世界。这世界没有什么让我争竞和迷恋的了。有一娇妻(虽然婚姻只是一张纸)，有一方属于自己漫卷诗书和闷酒闲茶的小天地(尽管它是租来的，合肥的房价太贵，目前我还买不起)，有一颗平静的心(黎明的宁静，落日的宁静)!

我觉得上天给予我的已经够多的了，父母虽然在乡下种田，却身体健康；自己虽然工资不高，却有一份较为安稳的工作；日子虽然平淡，却也少不了酸甜苦辣的调味。

就这样没有理想也不理想地生活下去吧，只要自己快乐着。

我为书狂

我这个人喜欢读书、藏书，虽然工资微薄，每个月都要拿出一笔钱来买书，害得老婆在我发工资前都要“亮黄牌”说：“这个月你不能再买书了，再买我们就要喝西北风了。”

每次陪老婆上街，她只要远远地看到书店的招牌，要么绕道走，要么干脆把我口袋里的钱掏空。也难怪，我这个人也太不争气，一见到书腿就发软，不想走了。

书在我的生活中，就像大观园里的丫环一样，也是分三六九等。特别心仪的，摆在枕头床边，一有心情，就拿起来翻阅摩挲；次一点的，放在卧室的小书架上，闲暇时看着它们，心灵就获得了一种难言的宁静。那些一般的书籍，就搁在书房里，查找资料的时候，自然就用到了它们。

书不能言，它却可以走进我的心灵，诉说浮世人生；书不解语，它却可以消除我生活里的浮躁和功利情绪；书最可人，无论雪夜花朝，它都是我最好的伴侣。我喜欢闻书翻开时散发的香味，我喜欢抚摸书页的那种光滑和温柔，我喜欢窗前灯下与书交流的充实和温暖。

书多，也带来了诸多不便——它沉重，又占地方。大学毕业时，收拾行李奔赴工作单位，书装了好几箱，几个人齐心协力，才把它们从四楼宿舍抬了下来。幸好，单位派了一辆小车来接，才省却了我难以搬运的烦恼。后来，我的工作又有变动，人从江城来到省城，那么多书也舍不得抛开。就让人累一点吧，我利用出差和休假的时间，采用“蚂蚁搬家”的方法，慢慢地搬过来。在整理书籍的时候，我爱惜地拍拍它们说：“辛苦了，书啊，谁让你们找到我这样不称职的主人呢。”

我喜欢书，大概是小时候养成的习惯吧。我年少时体弱多病，常常在医院里一住就是个把月。父亲看我在病房里闲得无聊，就买了好多连环画册和童话书给我看。后来病好了，学习也偏了科。语文好，数学却差得一塌糊涂，气得父亲把家里与文学相关的书都扔掉了。我就偷偷地把父母给我的零花钱积攒起来，自己每天吃家里带的咸菜，这样几个星期下来省的钱就能买一本书了。买的书也不敢带回家，只好放在同学那里保存。好多书都有过在同学手中寄存的经历，有的就这样流失了。

我的高中班主任也对我看课外书进行了“围追堵截”，那时我就读的望江中

学图书馆里藏书不少，我常去借书。班主任把我的借书证收走了，我就用同学的借书证去借书，班主任去图书馆检查，认得借书卡上我的笔迹，结果连同学的借书证也没保住。他总是对我说："你现在的任务是学习，不能把时间浪费在别的上面。先考上大学，再去发展你的兴趣爱好吧。"

后来侥幸以较好的成绩考上了大学，我可以比较自由地买书、看书了，不过我的数学成绩一直没有得到提高，高考只考了五十分。也许偏科也有偏科的好处吧，现在能写点文章挣点稿费，谁能说不是爱好文学所赐呢。爱因斯坦说过，兴趣是最好的老师，确实没错。

我一读书，便忘却寒冷炎热，亦不顾周边如棋世事。老婆换件新裙子，穿上新衣服，总要到我面前晃来晃去，想引起我的注意，我沉到书中去了，对她不理不睬，常常气得她一把把我手中的书夺了过去，说："你再这样下去，我就走了，让你和那些宝贝书过日子吧！"

少年时读书，容易心浮气躁，常囫囵吞枣，如隙中窥月，哪能领会那些好书的佳处；现在我渐渐醒悟，视读书如高楼玩月，能以灵魂的颤栗去接受它，自然所见一片高远苍茫。但愿有一天，我能彻底摆脱书本，少点书生意气，多亲近现实生活，多负荷大地山河，以山水为书，以花月为书，以棋酒为书，以人生为书，读出生命的觉悟和深沉。

想象的国度

我为自己建造了一个广阔的疆域，心灵的疆域，想象的疆域，爱和悲悯的疆域。我没有能力将大地山河一担装，我不喜欢那些寒蝉和易折的芦苇，我只想按内心来生活。

在现实生活里，我可以被单位、家和亲人固定在某个地方，像一张老照片一样装在相框里，钉到墙上，慢慢地被时光侵蚀和剥落。我可以麻木、沉默和忍受，像一只小蚂蚁一样，扛着柴米油盐，忙碌在生存的艰辛里。我可以是山路上骑着单车的少年，追逐前面背着一捆山柴的红衣少女；我可以是躺在病榻上呻吟的老人，需要爱人嘴唇上的颤抖和温暖；我也可以是行脚僧人，在行走时思想和不想。

我的心灵是自由的，它常常在月上柳梢头时和鬼狐幽会，在夜莺的叫声里踩着公主的发辫钻进幽窗，在冷雨青灯里握着小尼姑的手敲那悠悠的木鱼。越是束缚和没有人性的地方，越有我的身影游荡；越是渴望和孤独的地方，越有我的心灵存在。

我的心流浪在祖国的大地上，在小酒馆里和长头发的流浪汉比赛喝酒，在姑娘们坚果般的乳房上写诗，在山顶上和月亮调情，在高楼的阳台上对着天空撒尿，用饥饿的胃来消化那些坚硬的痛苦和时光。我爱每一个热爱生活并且健康的女孩子，我为他们准备好了粮食、蔬菜和雨水。大地上，有的美在眼睛，我想融化在那春水的柔情里；有的美在嘴唇，我想好好品尝樱桃的滋味；有的美在心灵，我想坐在咖啡屋里，慢慢陪她饮尽一点一滴的夜色。

当然，我知道，这不符合人间的准则。人间是法律和破坏建造的，我是建造还是破坏？但我没法不去爱啊。对我来说，世上只有三个女人：母亲、妻子和女儿。母亲，她是我额头上发光的神，我尊重她；妻子，她是我的呼吸，我不能缺氧；女儿，她是我亲手栽的树，我用父爱去浇灌她，让她一身都是春天的模样。

在这样爱着的日子里，我生活，我痛苦，我写作。在众人面前，我不想说什么，我知道话一说出来都是常识，常识不是知识，没有思考，没有力量。我不知道为什么人们习惯常识，习惯身边的所谓正常和不正常，就这样消磨掉自己的一生。哪怕是像鸟一样叫一声，给时间留点回响也好啊。工作的时候，我像一只豹子，扑向猎物的身体。写作的时候，我是一个樵夫，用力砍向生长了五千年的词语，他们互相厮打着的生命，流出真正新鲜的血液。在心灵的真实里，我在月光中游泳，身边的春树摇晃着，仿佛整个世界从我的手臂下面飘起来，飘起来……

再干旱，我的心也是南美洲的草原，而不是万物停止生长的荒原。悲悯的羊群可以在这里吃草，自由的白云可以在头顶逗留，温情的风可以抚摩我。我没有去过别的国家，就像只娶了一个老婆一样，没有比较，守在她身边觉得她特别好，所以我只爱自己的国家。我只会说汉语——带安庆口音的汉语，我厚重的方言曾经受到不少人的嘲笑，但这没有什么脸红的，方言就是我的故乡，每一次使用，就是一次回乡。方言将我生长的地方永久地命名，借助它，我找到了一串童年的脚印，找到了母亲轻轻摩挲我头发的手，找到了池塘里涟漪一样扩散的笑声。

走在这苦难的大地上，家园成了我鞋底的沙，任我践踏和咒骂，它不会说一句话。我喜欢流泪，因为这土地充满了苦难，江河奔流着呻吟，白骨堆积过山冈。我也喜欢微笑，因为飞翔的鸟群是我的鞋子，可以带我去远方；因为我相信炊烟和犁铧写下的未来；因为我相信我的孤单只是一个人的孤单，不会传染到别人身上。

远方到底有多远？我不知道。

我的脚步测量心灵的广度，我的眼睛不撒谎，它记得今生、前世和来生，它让我在回答命运时没有惊慌。所有的道路都已经注定，注定歧路和选择，注定密林和深潭，注定峰回和路转。当我在心里说，我该走了，我会出发，离开那些让我停步的地方。

当心疲倦了，我就留下来，在月下的庭院中饮酒。酒杯中的月光，像只搅拌的银勺子，让我品尝到别样的甜蜜。一日长于百年，还是百年不如一日？时光当头棒喝一声，我在哪里？

打开阳光的生活

常常是在咖啡色瀑布四溅的黄昏，一个人来到长江这条母亲河边，倾听涛声和揪紧人心的汽笛；常常是坐在烛光深处的夜晚，让灵性的诗句从笔尖上流出。

我随成群的蜂蝶飘零到江南后，这座小城我是再熟悉不过了。镜湖绿波，赭山晴岚，长久地浮现在我的目光里；浓妆艳抹的女人面孔，汽车在大街上涌起的喧嚣，给我窒息的感觉。如诗如歌的江南啊，你让采莲女子的轻轻桨声摇到哪里诗意地栖居呢？

我不敢抚摸那声缠绵悱恻的《采莲曲》了：垂杨布满在和煦的春风里，绿水像荷叶一样铺在河面上，荷花在密密匝匝的荷叶上探出姣好的面庞，采莲女子坐在船上，让人惊叹出水芙蓉的明丽语词。

这梦里的江南啊，成群结队的鸥鹭飞成雪花的江南啊，在渔歌唱晚的日子里幸福漂流的江南啊，如今你退守哪一星渔火呢？

我曾经想在春天的花园里建起爬满青藤的小木屋，我曾经想在烟波浩渺的岁月里独钓寒江雪，我曾经想拉着丰收的马车在田野里奔跑，可我能够吗？

工业的机器一寸寸吞噬麦子的家园，都市人戴着平庸而毫无感情的笑脸，金币的光芒可以让任何一个人抵达上帝身旁。你看到了吗？老牛反刍的乡村生活日渐稀少，成群的飞鸟找不到可栖的良枝，犁铧在古老的岁月上锈迹斑斑。

生活不是一支可以倾诉蓝色情绪的苇笛，也不是童话里挂满宝石的天空。

我明白了：时代在恒生指数上浮躁，但我不能。

我喜欢一个人漫步青石板的小巷，倾听叫卖着春雨杏花的古韵；我喜欢走过那些橙黄灯影的窗户，那给人以家园的温馨；我喜欢来到阳光的街道上，在自己的歌声里感动。

那些时刻，我能忘掉世俗目光的打量，我能逃出浅陋欲望的缠绕，我能抛弃争荣知辱的心情。

我就这样生活着，到象牙塔里雕刻自己精致的人生，到大街上呼吸宽阔的阳光，到夜晚的绿梦里追寻自己的理想。

我不会为一些小小的痛苦而哭泣，爱情的一缕蓝色星光在我手中的玫瑰花瓣上颤抖，幸福是装满早晨的鲜花和露水的篮子，我用嘴唇轻轻抚触它，而痛苦不过是繁花的春天偶尔落下一枚叶子，我能平静而默默地承受它。

哦，摆满我头顶的二十轮太阳和月亮，在鲜血和尖锐思想里成长的青春，我的肉体献给你们。

我不会害怕生活的平平淡淡，美好的光阴用一匹嫩绿的草叶惊醒心灵的春天，他会歌唱，会为追寻的足音打开心房。人生路上会洒满纯净的月光，马在草原上寻找骑手，我们在生活里找到光明的大道。

看，兄弟们在阳光中奔跑！

阳光的温度

一个诗人的诗句在静夜里常常感动我："太阳会从幸福的高度／温暖我们／一群助燃的青草很高／高得把我们托出红尘。"

一个人的时候我总会静想自己的收获与遗憾、逝去和憧憬、疼痛和愉悦。那坛尘封多年的青春往事为何常来醉我？那抹幸福为何在日记里留下玫瑰红？那弯残月是否为长久的承诺唱着小夜曲？那些脚印是否雕刻着追寻的痕迹？我长久地把手伸进生活的阳光，去把握温馨的味道。

曾经有一位学生找我谈心。她家遭受了洪灾，交不起学费，她的情绪很消沉。她对我说："老师，我不想上学了，班上的同学都用异样的眼光看着我。"我知道她的心过于敏感，我希望自己的学生坐在明亮的课堂上，一个都不少。那天我和她谈了很久，最后我指着她胸前的学生证说："你看你在照片上笑得多可爱。现在愁眉苦脸的样子，谁喜欢和你接近？你应该找回以前的微笑，用微笑去面对每一个同学，他们也都会用笑容来回报你的。"

后来她没有辍学，而是微笑着去学习、生活，成绩也有不小的进步。教师节的时候她送了一张贺卡给我，尽管只有"老师，谢谢您"这几个字，我还是获得了送给别人一缕阳光的满足。

我的生命里有两个世界。一个是诗人世界，我在书本里和他们对话，倾听着那些永恒的月光中流淌的歌声，浮躁的心情顿时得到平息。一个是普通人世界，我和他们一起沐浴阳光，一起工作，一起品尝生活的悲欢。

事实上，生活的平淡里埋藏了丰富的诗意，关键是看我们怎样挖掘。我和一帮年轻同事常在教学之余，放下一天的劳累和琐碎，踏着黄昏去袁泽桥散步。几个人面对着在都市灯光下闪耀的面影，谈起学生、教学的苦乐以及对未来的憧憬。一阵清风吹来，我们的话语就飘落成青弋江上点点渔火和星辰。一支歌里唱道："抛开面具，给我真的感觉。"我踏上社会之后，曾以为人人都戴着面具，无法亲近。但我的同事们都活得很真实，我们在一块打球、喝酒、说闲话，甚至直言不讳地指出对方在教学上的失误，这种没有隔阂的感觉是很难得的。

很久以前，我对诗人海子的这几句诗毫无感觉："从明天起，做一个幸福的人／喂马，劈柴，周游世界／从明天起，关心粮食和蔬菜／我有一所房子，面朝大海，春暖花开。"当我沉入世俗生活中，白天忙于备课，关心学生心情的冷暖阴晴，夜晚在一杯茶里展开思想的绿叶，我渐渐体会到了诗句里的光芒。

俄罗斯诗人阿赫玛托娃曾认为，寻找世俗幸福会有葬送诗才的危险。在她努力为人妻、为人母，把自己融入普通生活中后，她承认了这一点：诗人也应当安于日常生活，努力去领会这种生活方式的乐趣。

青草和大地在阳光里静静生长，它们在汲取着春天的温暖。我也努力在生活中敞开自己，去接受人间每一缕温情，并把一滴滴阳光，洒向像我一样渴望真情、需要幸福的人们。

木梨硔记游

休宁县的木梨硔，似乎不是一个很有名的地方。有朋友不断在我耳边说木梨硔云海极好，村庄极静、生态极佳，在朋友的强烈推荐下，一个周末，我们邀上两个好朋友，终于冒雨去了木梨硔。

我们的车子开到木梨硔的时候，已经是晚上近九点钟。车停在山脚下，因为山路险峻、山道窄小，就开不上去了。我们住宿的那户山民很热情，已经到山脚下来迎接我们了。我们打着手电筒，就开始登山了。夜雨天黑，路上黑黝黝一团，几乎什么都看不见。只有就着手电筒的一小束微光，才能看见脚下一段湿滑的青石路。

山路很陡峭，一级级曲曲折折往上延伸，有的是青石板，有的是小石块，在雨后滑溜溜的。每一级的台阶上都安了一根长木条，起到了很好的防滑作用。我们小心而缓慢地往上走，走着走着，喘气声开始沉重起来。脚下是深不见底的黑色深渊，还有密密层层的竹林。黑夜里视线不好，也看不到风景，只感觉木梨硔是奇险处，必有令人难忘的绝佳风景。

一路上，淅淅沥沥的山泉声相随，还不时从附近的丛林深处传来小虫断断续续的鸣叫声，更显得山路幽深而神秘。我十岁的儿子也背着书包，紧紧跟在我后面走。他爬山特别精神，还说了一句很有道理的话："爸爸，路虽然不好走，但有险就有景，有景就有险，是吧?"

在大家筋疲力尽之时，我们看到了篱笆圈起来的菜园，迎接我们的山民说："快到了，前面的灯火下面就是。"很快，我们就到了歇脚处，儿子就问山民老伯山叫什么名字、海拔有多少，我们这才知道这座山叫苦竹尖，海拔有1084米，我们的落脚处海拔有700多米。不久，热腾腾的饭菜就端上来了，我们坐在木方桌前，品着腊肉豆腐、竹笋烧肉、蒸咸鱼等农家菜，喝着山民自酿的米酒，你一言我一语闲聊着，有种回农村老家的感觉。吃着喝着，天已放晴，星星在高空一闪一闪，像被丝线缠织在一起的宝石。有几颗特别亮，像正在燃烧的花朵。山村之夜非常静美，我站在屋檐下，站在如荇藻般纠缠横斜的星空下面，内心升起一阵难言的颤栗。

第二天早晨六点多，在阵阵悦耳的鸟鸣声里，我们醒来了。推开农家厚重的大木门一看，翻涌的云海就映入我的眼帘，眼前的奇景让我惊呆了。面前的群山被白云包裹，有点像白雪皑皑的雪山。群山的沟壑里，堆积着厚厚的白云，像凝固的奶油，带着亮晶晶的诱惑。近处的青山苍翠欲滴，游动的远山绿得发蓝，之间的大片云海像一座水汽蒸腾的湖泊。群山静默着，云团流动着，动静之间，构成了一幅绝美的风景画。很久没有看到这么好的云海了，确实是人间仙境啊。记得小时候看的电视剧里，神仙出场的地方都是云雾缭绕，原来山上的我们就是神仙啊。

现在天亮了，眼前所见的木梨硔村落，还停顿在几十年前几百年前的时光里。山民们住的是传统徽州的青砖黑瓦房，很多房子像西递宏村一样，门檐上还刻有精致细腻的砖雕、木雕；房屋之间的小径铺的是青石板，砖墙上有斑斑点点的雨痕苔痕，它们都沉浸在浓浓的古风里。在村落里，我们看到一棵一个人合抱那

么粗的桂花树，估计有好几百年了；还有大银杏树、板栗树，都是枝繁叶茂，浓荫一片。

同行的人说，相邻的山上建了座观景台，那里看云海更震撼。于是，我们就一起往村落邻山爬。一路上，看到不少红艳艳的野草莓，点缀在绿草丛中，我采了几颗尝尝，味道是淡淡的甜香。路边还有盛开的野蝴蝶兰，有点像蓝盈盈的豌豆花。山上最多的是毛竹，还有一些杉树、野茶树，确实是一座宝山啊。

我们终于来到了观景台，它是一个简陋的大木棚。从此处看过去，云海更辽阔、更磅礴，衬托着半山村落参差的青瓦白墙，更有层次感，云雾袅袅飞动着，如瀑如泉、如韵如歌。我们观看着、倾听着大自然的神奇变幻，心里仿佛听到了教堂里传来的赞美诗、寺院里婉转清扬的钟声，顿时静默下来，美景真是可以洗涤我们的心胸啊。

下山时，儿子装了瓶山泉水，摘了几叶野茶，捡了几片竹笋上脱落的笋衣。心满意足的他喜气洋洋，觉得这些都是山神送给他的礼品，还大声说“谢谢山神啊”。

酒吧夜未眠

夜深了，那些酒吧虚掩着门，如一朵朵夜未眠的海棠，在幽幽灯光里散发着芳香，等待那些寂寞的人来欣赏，来咀嚼一段甘香的时光。

到酒吧来的都是品味生活的人，热爱文化的人，内心里保留一大块隐秘空间给浪漫的人。有酒要在花前坐，酒醉只在花里眠，是多么风雅的事情啊。对生活来说，最可怕的是有酒而没有名士风流，有花而没有欣赏和吟哦的身影，有月而没有把天地当一叶扁舟的人生。如果你已经遗忘风雅而渴望找回记忆的影子，酒吧就是这样一个好地方，你可以带上三五知己或一个人的寂寞来。这里有酒的香醇，烛光的笑靥，音乐的抚慰，夜的悠长；有无端的惘然，无声的音律，无形的夜韵，这是我坐在酒吧里的乐趣。

我可能是老了，已经不喜欢热闹了，只想一个人静静地坐在酒吧某个角落里，一口一口地品酒杯里红色的醇香，眼角不时扫一下那些美丽的红酥手。那些年轻身体里飘出的香艳，总能让我重温青春丝网一样细密的愁绪。

人总是需要找一个安静的地方，休憩一下自己不安的心灵，毕竟尘世纷扰的烟尘太多，需要不时清洗一下。佛云："应观法界性，一切唯心造。"心确实是个可以制造万物的东西，你高兴了，满天风雨也来助兴；你难受了，一街阳光都成了扎手的玻璃。何时没有烦恼啊？何处可以安心啊？常常一个人在酒吧里，悄悄沉入自己深井一样的灵魂。其实我不是小资，我只是黑夜的一个知己。很多人不喜欢夜，但我喜欢，喜欢夜的黑，夜的深，夜的寂寞。夜里好啊，你可以红袖添香，你可以把月光披在身上，你可以听点滴思雨打幽窗。

夜里总需要有女人出现，她们是床头的灯，雪夜的红泥小火炉，诗人背后的守护神。喜欢酒吧的人一定要在夜里来，卸下行走红尘中的疲惫，抛开满脸的沧桑，走进真正的自己。

在酒吧里，一个现代人是不会考虑如何让别人接受的，不妨把他人看作酒吧里的一堵墙，上面挂满了值得赏析的艺术品。对着墙你享受着杯中的酒和酒外的寂寞，宽阔得如夜色的寂寞。真的，一个人的寂寞是密封的罐子，装满了夜色、泪的液体和诗句。已经没有人听你说话了，在酒吧里，你只能倾听内心玻璃一样破碎。当寂寞成为情调的时候，寂寞已经不是寂寞了。今宵酒醒何处？那些流浪的心啊，回到酒和沉醉中来吧。

已经没有什么值得等候了，在夜的街上等一个人太久，你等的那个人永远都不会来，身上却被街灯的寒冷打湿了。那你还不如在酒吧找个位置坐下来，酒吧不是喧嚣的地方，酒吧是完全自我的时光，在这里你可以慢慢啜饮黑夜孤独的灵

魂。诗人的日子由一杯杯感伤一朵朵黑夜组成。

那天坐在一家名叫左岸的酒吧里，我突然有一种很怪的想法，生活到底有没有岸，左岸和右岸有什么分别，我能够安静地坐在岸边吗？为什么人需要酒和黑夜，暂时忘记喧闹和白天？夜像一朵花慢慢凋谢了，你的身影也将慢慢闪入都市的钢筋水泥丛林中，新的日子开始了。

第二辑

走近文心

文明的情人

在一个个孤独的夜晚，无论雪夜还是花宵，我都会和阿赫玛托娃不期而遇，那是心与心拥抱的相遇。我常常有这种感觉，我和她一起生活过，甚至她透明的笑声和泪水，都活在我的身体里。真的，在那些霜凝、雪飞的日子，在冰封的俄罗斯大地上，在划过一道道雪橇印的原野中，我和她曾经并肩而行。站在雪野的空旷里，她瘦削的双肩似乎承受了俄罗斯所有积雪的重量。“然而世界上不流泪的人中间，没有人比我们更高傲，更纯粹。”我永远记得阿赫玛托娃对我说过的这句话。我也学会了像她那样，在那些苦难和无知面前，永远昂起高贵的头颅，并且在诗歌里，开始热爱祖国的灯火、河流和荒凉的大地。

安娜·安德烈耶夫娜·阿赫玛托娃的本名其实叫“安娜·安德烈耶夫娜·戈连科”。当她的父亲得知女儿将在圣彼得堡的杂志上发表一组诗作时，马上把她喊进了自己的房间，对她严肃地说，虽然他没有任何理由反对她写诗，但他还是要求她“不要玷污一个出色的、受人尊敬的姓氏”，并建议她采用一个笔名。女儿同意了，就这样，一个富有东方韵味的名字“阿赫玛托娃”便走进了世界文学。她甚至常常在与人闲聊的时候，不无自豪地说：“我是成吉思汗的后代。”

那是个严酷的时代，手持《念珠》、披着黑色披肩刚刚走上诗坛的诗人，在俄国革命后，感到“一下子老了100岁”。不久，阿赫玛托娃的前夫、也是诗人的古米廖夫以反革命罪被逮捕并枪决，许多有名的诗人流亡海外。“枪声过后万籁俱寂 / 死神向每个院子派出巡逻队员”。这一切，让她的诗增加了新的音调——恐惧。文学对钢铁的革命时代没有用处，人民不需要那些既未写劳动、也未写集体的诗人。她的诗无法出版，生活也极端贫困，基本上以黑面包和不放糖的咖啡对付着过下去。

她唯一的儿子列夫·古米廖夫在1938年被捕，关进监狱。那些日子，她只能站在监狱旁一眼望不到边的长队里，徒劳地希望见上儿子一面。有一次在诗人探监时，一位可能从未读过她的诗的妇女“认出了”她。那个嘴唇发紫的女人站在她的身后，当然她可能从未听过她的名字，她凑近阿赫玛托娃的耳朵低声问道(那里的人都是低声说话的)：你能描写这儿的情形吗？阿赫玛托娃坚定地回答说：能。

当然能！阿赫玛托娃因深深地理解苦难的必要性而变得崇高，在诗里她这样写道：“在我的人民蒙受不幸的地方 / 我与我的人民同在。”苦难成了她生活下去的力量。她不能把苦难忘掉，而且良心也不容许她忘掉，只有对往事、对经历过的恐怖、对那个“像负伤而困兽般号啕悲哭”的老妪的长久的记忆，真理之光才能照亮人们的生活。她写诗，是为了给一个个受伤的小兽般的黑夜疗伤。

因为她的记忆，“使20世纪骚动不安”。1946年，阿赫玛托娃正在复印中的一本诗集遭到焚毁。漫骂她的评论充斥各类报章。日丹诺夫这样批判她说：“阿赫玛托娃的精神世界，不知是修女还是荡妇，更确切地说，是集淫荡和祷告于一身的修女兼荡妇。”他还宣告：“离开社会生活的康庄大道，注定是落后、陈腐的东西。”甚至连深居克里姆林宫的斯大林也想知道，“我们的修女后来怎么样了？”她必须一天至少三次走近窗口，为的是让街上那些执勤的密探能得以证实：她既没有逃跑，也没寻短见。

1966年，她度过了伟大而悲剧的一生。作为诗人，这是她第一次，也是最后一次活在世上。她去世后不久，亲朋好友来到科马罗沃，在她的墓前摆放鲜花。当时正逢初春变化无常的天气，墓区的道路上积满了不久前降下的深雪，雪地上可以清楚地看到有人留下的一串脚印。当他们走近墓地时，站在墓前的一位妇女转身就走。谁也不认识她，这是一位不知姓名的俄罗斯妇女，她头戴灰色头巾，身穿棉背心，这样的妇女在俄罗斯有很多很多。这是俄罗斯的骄傲，也是这个国家在

经历了众多的苦难和激流后，依旧能够恢复正常的航道，赢得国际上尊敬的原因。“我现在放心了。”阿赫玛托娃在临死前曾经说过，“因为我们已经了解到诗歌的生命力是如此强大。”是的，面对那些俄罗斯妇女们在她墓前敬献的花圈，她应该放心了。

她被称为“20世纪的萨福”“俄罗斯诗坛的月亮”，联合国教科文组织将1989年命名为“阿赫玛托娃年”。如今她的诗在世界各地传唱，被不同文明的人们接受，也流进了不同肤色人的血管里。她战胜了时间和空间，当布罗茨基站到诺贝尔文学奖讲坛上的时候，他为阿赫玛托娃没有获奖感到不安。因为她的身影穿透了他十字架上受难的灵魂。那些伟大的诗人，在为人类的崇高和尊严受难，在为时代留下安魂曲，在为文明的交欢接受词语嫣红的嘴唇。

读者有时会跟不上诗人，于是诗人感到越来越孤独。诗人像害怕痛苦一样害怕幸福，像习惯废墟一样习惯生活，像接受落花一样接受痛楚。旧的世界在沧桑巨变中彻底毁坏了，那些红叶、石桥和青铜镜，已经一无所剩了。

现在大街上疯长着高楼、广告牌和噪音，我们能对这个世界说什么呢？更可怕的是诗人对苦难视而不见，那些篮子里的青菜，那些大街上喊着“老板，可要擦皮鞋”的妇女，那些深夜里暧昧的灯火，常常从我们的笔尖滑了过去。够了，那些词语的空壳，那些酒后麻木的疯狂，那些平淡的呻吟！在任何时候，我只希望，我的作品都能向她表达最深沉的爱意和敬意，因为她是我在苦难而璀璨的俄罗斯文明里遇到的情人。

还是让我回到阿赫玛托娃的身边，倾听她对文化的眷恋。她是所有诗人们的情人，更是文明的情人。在那些涅瓦河和长江静静流淌的夜晚，我和阿赫玛托娃手牵着手，走过灯火里的颤抖，走过心灵的宁静，走过乡间的钟声，走过弥漫在空气里的秘密。两个文明的情人，就这样走到了一起，在他们的脚下是苦难的大地。大地上慢慢地流走了多少饱含泪水的事情。

站在人们一边

又是十月，又是人们把目光聚焦在瑞典斯德哥尔摩富丽堂皇的诺贝尔授奖大厅的日子。在这样的时刻，翻开1996年诺贝尔文学奖得主希姆博尔斯卡的作品，感受那些理想主义诗篇带给心灵的震撼，自然是别有风味。

每个作家都有自己的写作立场，希姆博尔斯卡也不例外，在接受波兰《选举报》记者访问时，她说："啊！我站在世界一边，不！我是站在人们一边，世界这个概念太大，我站在人们一边。"是的，她站在人们一边，站在人类的良知一边，说出对这个世界的看法。

她首先是一位哲理诗人，她的不少诗歌都上升到了形而上学的高度，这和她在大学读书时对哲学和自然科学的兴趣分不开。在希姆博尔斯卡看来，世界上的万物都是相对存在的，一个人无论在什么情况下，不要过于悲观，也不要过于乐观，更不要对生活的世界彻底绝望。因为有肯定就有否定，有存在就有不存在，肯定和否定、有和无是并存的，是可以转化的，这是万物存在和发展的规律。

一般人写哲理诗，非常干枯，让人不忍卒读。她却有化抽象为具象的功力，跟庄子汪洋恣肆的哲学类似。在《一只老龟的梦》里，她对伟人进行了解构。一只老乌龟在梦里见到了一片莴苣叶子(那是它吃的食物)，不料叶子旁边走来了拿破仑皇帝，可是老乌龟趴在地上，看不到站着的拿破仑的全身，只看到了他脚上穿着的一双黑皮鞋，它当然不知道见到拿破仑是一件了不起的大事。在我们普通人眼里，拿破仑是一个要仰视的伟人，可在那只老乌龟看来，还不如嘴边的莴苣叶重要

呢。她借用乌龟的梦境，说出世间权势的荒谬。

她更是一个说出我们不自由的原因的人。在我们的日常生活中，总是给自己画了一条条界线，然后自己对自己进行检查，自己限制了自己的自由。可是在界线的那边，一切都在尽情地欢乐，那里有风，有青鸟，有花朵在交谈，甚至有老鼠在地下打洞！她在《赞美诗》里这样写道："啊！人类的国界并不是那么严密／有多少云雾不受惩罚地从它们的上空飞过／有多少沙漠上的黄沙从一个国家飞到另一个国／有多少山上的石头蛮不讲理地滚到别人的领地里。"在诗歌里，她毫不客气地指出，"如果连哪个星星对谁闪光都弄不清楚／还谈什么这样那样的次序？……只有人类的一切才和这真的格格不入／其余的都是混合的森林、破坏活动和风。"

以前在翻读希姆博尔斯卡厚厚作品集的过程中，我总是奇怪，这样一个迷人的女诗人，为什么没写下一首纯粹的爱情诗？好多女诗人喜欢彰显自己的性别意识，从女性的身体和心理特征出发，去描绘自己的爱情生活，或者以大胆的性描写去挑战男权的存在。在读到这样一句话后，我终于明白了，"每一首诗的背后都深藏着爱情"。当然，她爱的是自由迁徙的云朵、脚下祖国的土地以及战争的炮火中幸存的一棵孤立无援的小树。诗人把她的爱献给人们，而且还把爱献给世上一切美好的事物，她这样写道："我要长几片树叶／我会枝繁叶茂／我屏住了呼吸／盼着这种愿望快点实现／我期待着那个时候／把身子投到玫瑰花中。"因为对人类爱得太深，她总是希望不公正的事情尽量少发生，但在现实中，她只能感叹"什么时候能看到人们兄弟般的团结？"虽然希姆博尔斯卡的人道主义理想在我们的世纪并没有实现，但她写作的光辉感染了我们这些在灯下读书的人，或许在心灵的世界里，善良和爱可以战胜我们身边的长夜！

诗人总是喜欢关注人间的苦难和悲哀。用这样深邃的目光来观察，杜甫写下了《三吏》《三别》等感慨时事之作；现代诗人艾青唱道"为什么我的眼里常含着泪水／因为我对这土地爱得深沉"；她也是，对人类相互残杀的战争，对一些政客限制言论自由的做法，对法西斯的饥饿营，希姆博尔斯卡都表示了不满，而对将来的世界，她衷心地祝愿，能“听到这种美丽的叫声”。

难怪瑞典皇家文学院在授权希姆博尔斯卡诺贝尔奖时说：“她的诗歌以精确的讽喻揭示了人类现实若干方面的历史背景和生态规律。”这样的评价她确实当之无愧，因为她站在希望这边，用诗歌对生活做出了回答，这个可怕的世界不是没有诱惑，也不是没有值得醒来的早晨。

花未眠

写下茨维塔耶娃的名字的时候，我的笔有些踌躇了。因为打开她的诗歌世界，其实也是打开我内心的茫茫长夜。她是一朵开在黑夜里的百合花，漆黑的颜色，漆黑的思绪，漆黑的背影，漆黑的生活，漆黑的命运。她知道，在黑夜里的歌唱和写作是她最初和最后的幸福，她在诗里敞开了火焰般的灵魂，让我在她的颜色里看到了隐秘的爱，伤痕累累的蓓蕾。

茨维塔耶娃来到世间似乎是上帝的一个错误，因为全家人的意愿是生一个男孩，连名字也取好了——亚历山大。也许有音乐素养的母亲只能认同事实了，她满怀自尊地叹了口气，说：“至少，她将会是一位女音乐家。”尤其是茨维塔耶娃不满周岁，就从口中毫无意识而十分清晰地吐出了第一个“音阶”。母亲高兴得叫起来：“我早知道会是这样！”可母亲兴奋之余没有朝诗歌的讲究韵律方面考虑过，更不会预见到这个孩子命中注定成为一个诗人。母亲对音乐有着痴迷的热爱，在茨维塔耶娃三岁时就开始让她练习钢琴，甚至在她睡觉的时候，母亲的琴声也伴她进入梦乡。可惜母亲对她的兴趣培养几乎白费，她终于没能成为音乐家，天生的力量不可战胜。家长们可要注意了,不要把太多自己的意志强加给孩子。

六岁的她,常常偷进母亲的卧室,翻看柜子里的一本厚厚的淡紫色的书——《普希金诗选》。她慢慢地认识了普希金,认识了爱情,走进了诗歌与想象的疆域。在那年的圣诞晚会上,她和母亲一起去看演出,剧场上演了安徒生《美人鱼》和普希金《奥涅金》的片断。演出快结束的时候,母亲问她:“穆霞,你最喜欢哪部戏?”“塔吉娅娜和奥涅金。”“什么?难道美人鱼你不喜欢吗?那里有磨坊,有公爵,还有树精呢。”“塔吉娅娜和奥涅金。”“这怎么可能呢?你不可能看懂那部戏的。好吧,那么你告诉我,你都看懂了什么?”她默不作声。母亲带着获胜的口吻说:“哈,什么也没看懂,我猜准是这样。才六岁就想懂那些!可那里面又有啥东西让你喜欢呢?”“塔吉娅娜和奥涅金。”“你简直是个大傻瓜,比十头驴子要倔!全世界没有一个孩子会喜欢上塔吉娅娜和奥涅金,他们都会毫不犹豫地选中美人鱼,因为那是童话,容易懂。我真不知拿你怎么办!”“小穆霞,你为什么喜欢塔吉娅娜和奥涅金呢?”坐在旁边的姑妈异常和蔼地问道。她沉默了一会,然后完完整整地回答道:“因为爱情。”听了她的回答,大人们互相看了一眼。

回家的路上——在静悄悄的深夜里,在雪橇上,母亲一直不停地骂她:“真够浑的,才六岁就爱上奥涅金了!”其实是母亲弄错了,她并不是爱上了奥涅金,她爱的是他们两个人,爱的是他们之间的爱情。她后来写的诗,没有一首不是在同时爱他们两个的状态下写成的。

爱情仇视诗人,诗人注定没有爱情,注定是没有幸福和期待的人!为了爱,她曾经买了一把手枪,到她常去的剧院里自杀过(幸运的是枪里装的是哑弹,不然20世纪就少了一个记录它的诗人)。她曾经同时爱着三个男人,在心爱的丈夫面前,她是“贤妻良母”,为他含辛茹苦地抚养着儿女;在帕斯捷尔纳克面前,她是姐姐,抚慰一个“半大孩童”;在里尔克面前,她怀着女儿对父亲的爱,大胆而任性。当然,她追求的爱,只活在语言中,活在想象里。她在给里尔克的信中这样说过:“我不活在自己的唇上,吻我的人将失去我。”她在任何时候都不喜欢人们接吻,而是喜欢离别;她不喜欢人们坐在一起,而是喜欢分手;分手或牵手,对她来说都是无法追怀的梦境。她在给诗人勃洛克的诗里这样写道:“你的名字——手中的小鸟/你的名字——舌尖的冰块/你的名字——浅蓝色的泉眼/怀揣你入梦——梦亦深沉。”她的爱是心灵的幻影,是白桦林中隐秘的小径,是普希金的大海。她爱的不是现实中存在的诗人,而是诗歌本身。爱上诗,自然就要深入地爱上苦难!

正如诺贝尔文学奖获得者布罗茨基所言:“在我们这个世纪,没有比茨维塔耶娃更伟大的诗人了。”红色革命、两次世界大战、流放和恐怖,20世纪从来没有安宁过。因为茨维塔耶娃是“大地的女人”,她要承受流亡和贫穷、泪水和不公、怀乡和诗人的尊严。她的生活是一个巨大的叹息,对她而言,诗是为世界“做着时间之梦”,“克里姆林宫的肋骨承受着一切”,那是她的诗歌之根,也是她介入生活的出发点。“整个一千六百座教堂/都在嘲笑沙皇们的傲慢!”

也许应该回到她的童年,在茨维塔耶娃偷书之前,必先经过母亲卧室里挂着的一幅油画——《决斗》,讲的是普希金和丹特士的决斗,那幅画上只有白雪,黑压压的树枝,还有被人抬向雪橇的普希金。在她幼小的心灵里,恶棍们成就了一件永恒的黑暗勾当——杀害诗人。几乎所有的伟大诗人都是被这个世界谋杀的,用贫穷,用枪弹,用纸糊的名声!从此,她把世界分成诗人和众人两个部分,并且倾心于诗人一边,把诗人作为她保护的对象,使他不受众人伤害,不管他叫什么名字,不管他在哪个国度,不管他穿什么衣服。

她离开过祖国俄罗斯,但她在离开之前对她的白桦树、榛树、云杉树,对她的俄罗斯做过承诺,她要把这个世界的苦难记下来。在长久的漂泊后,茨维塔耶娃最终怀着浓得化不开的乡愁回到祖国。她没有想到,回来后连自己的肚皮能不能吃饱都成了问题。她做过帮厨,当过清洁工人,干了不少补贴家用的粗活。但环境在不断恶化,1941年8月,她甚至打报告申请在作协食堂谋求一份洗碗的工作。遭到作协领导的拒绝后,她在绝望中以自缢的方式离开了这个世界。她在给儿子的遗书中这样写道:“小莫尔,请原谅我,但往后会更糟……请向他们解释,我已陷入了绝境。”她的诗喜用破折号,而她的生命划下了最后一个长长的破折号。

她在诗里祈求过和平和安宁,甚至希望“空旷天空的/蔚蓝将取代——/辽阔大地上的／暴力”。然而，她只能在黑夜里写下无人倾听的独白。那未眠的花朵，需要有理解能力的人，手持红烛去走进她，去倾听那些灿烂的颜色和迷醉的香味在夜风里舞蹈。

我们是，也应该是那些在花间拿着一壶烈酒歌哭的人！在醉眼蒙眬里，我仿佛看到披着黑纱的圣母，采下这朵夜合花，背过身去，走进黑暗的搅拌着月光的夜色。

强行越界之后

记得小时候读书，班上的男生女生无论做什么都是界限分明，甚至连课桌上都用粉笔或小刀，划上一条长长的“三八”线。然后男女生们紧张地坐着听课，一旦有谁不小心让胳膊或书本越过了那条线，另一个肯定会用什么东西敲痛越界者的胳膊，再狠狠地瞪他一眼：“你过界了！”过界的人会不好意思地笑笑，悄悄地缩回自己的胳膊。当然，也有一些以越过界线为荣的顽皮小男孩，他把胳膊越过“三八”线，一直挤到小女孩的胸前，还得意地朝四周晃着脑袋，气得小女生哇的一声大哭起来。直到惊动了老师，过来批评了男孩，才算解决了问题。

在生活中，越界的现象比比皆是：如性骚扰，对他人隐私的偷窥，一个国家对另一个国家的战争。面对这些，可没有小学生课桌上的越界那么简单，我们该怎么办呢？

诺贝尔文学奖得主南非作家库切，就是一个认真思考越界问题的人，他写出那些让人们充满负疚感又不愿面对的地方，要求原罪的人类，在那些丑恶的地方站起来，重新定位自己的生活。

接触库切的作品，最早是在去年，我在图书城的书架上，从一本本拥挤的书中看到了《耻》这个名字，就像那些古代书生在上元夜的灯火阑珊中，在暗香浮动的如云美女里，选中了一个心仪的意中人。书的精彩让我看了之后就不忍放手，一夜没睡好。第二天上班，我边打哈欠边对同事说：“等着瞧吧，总有一年的诺贝尔奖属于他！”（但我没想到，奖会颁得这么快！）同事在我的强力推荐下，也去买了一本，但他对我说：“书是好书，但这是一本中国人很难面对的书。”他没解释为什么中国人难以面对，大概是因为这本书批判了我们习惯了的理性主义和那些渗透进我们内心的所谓的道德吧。

这部小说讲述了开普技术大学文学与传播学教授戴维·卢里的故事。卢里五十二岁了，没过几年就可以退休，享受清闲的退休生活。不料他越过老师和学生的界线，和一个大学二年级的女学生发生了关系。事发后，卢里拒绝了校方给他的公开悔过以保留教职的机会，来到边远的乡村，和他二十五岁的女儿露茜一起生活在她的农场里。他无法和女儿沟通，还得和他以前不屑一顾的黑人打交道，干自己不会干也不愿干的活。更糟糕的是，他们的农场遭黑人抢劫，女儿被三个黑人强奸，其中还有一个是小孩。最终，为了能在黑人中间生活下去，露茜不得不以自己的身体和尊严为代价，做了自己以前的黑人帮工佩特鲁斯的第三个老婆！

小说详写了三次越界，暗写了一次越界，其中暗写的越界就像舞台的布景，像大型史诗电影的配乐，像使小说人物活起来的血液。“别走了。和我一起过夜吧。”在和女学生梅拉妮的越界里，卢里这样说。这个时候，卢里心里想什么就干什么，他并不在乎对和错，干就是干了。卢里以为和梅拉妮的越界是激情，是生命的舞蹈，他没意识到，年龄差距本身就为他们划下了界线。于是，随着事件的发展，他只能逃避，被罚在永世孤独之中。露茜的被强暴也是一次越界，在这次越界里，露茜感受到了黑人施暴者是在她身上喷发仇恨，一种产生报复快感的仇恨。在露茜被三个黑人强暴后，卢里赶紧去看女儿到底怎样了。“露茜！”他一遍遍喊着女儿的名字并拼命地敲门，可露茜许久都没有把门打开。当露茜终于开门出来的时候，

她已经穿戴整齐,脸洗得干干净净,什么受蹂躏的痕迹都看不出来了。卢里一次次追问露茜,希望她说出事实真相,好抓住凶手,其实这也是一种越界的企图,试图打开露茜因受暴力而紧闭的情感之门,进入露茜的心灵世界。可露茜明确地告诉父亲:"这与你没有关系。发生在我身上的事情,完全属于个人隐私。换个时代,换个地方,人们可能认为这是件与公众有关的事。可在眼下,在这里,这不是。这是我的私事,是我一个人的事。"一句话,不要越界,也不能越界。

在小说里,没有明说却又隐藏在字里行间的是对文明之间强行越界的讽刺。在我们身边,历史书写着强权的意志,它无法阻止血腥和罪恶的开始,自然也无法阻止它们的发展和结局,那些"无可奈何花落去"的结局,世间一梦新凉的结局。从某种意义上来讲,欧洲殖民主义就是一种越界行为,强行用枪炮突破其他国家的界线,对其他文明实施"强暴"。可是越界是要付出代价的,在今天,当殖民主义在南非"落花流水春去也"时,白人们在南非所依赖的一整套社会建构也随风而去。露茜只能成为殖民主义的替罪羔羊,成为黑人们发泄民族仇恨的牺牲品!

露茜之所以没有报案,选择了一个人面对屈辱的伤口,是因为她朦蒙眬胧地感觉到:非洲大陆也是这样一个苦难深重的女人,在过去的几百年里,不断地遭受着白人殖民者强暴,不也是忍辱负重地活下来了吗?或许,她的行为是在为白人的强行闯入赎罪!

也许,每个文明都有过自己的屈辱,都有过自己的花颜,也会有自己沉沦后的重生。没有宽恕就没有未来,"我是某地的一部分,我与他人分享"。卢里感受着白人群体在南非的失落,感受着各种越界带给人们的惩罚,他一个人在南非的城市里转了一圈,最终还是回到了农场,接受了露茜受强暴后怀孕的事实,想着要慢慢融入南非黑人中,去开始人生新的起点。

改造前后的沈从文

沈从文是现代著名作家，他的作品《边城》《长河》《湘行散记》《萧萧》等已成为文学史上熠熠生辉的瑰宝。这几天读《沈从文全集》，从他的日记、书信及残篇里，一个提笔唯美的作家埋首于坛坛罐罐的心路历程渐渐明晰起来。

由于人生阅历与写作视角的差异，沈从文没有像鲁迅那样用锋利的解剖刀把旧社会批判得体无完肤，没有像巴金一样在小说里写出“我控诉”的字眼，更没有像茅盾在《子夜》里那样描写共产党领导的波澜壮阔的工农革命斗争。

沈从文是一个纯粹的作家，沉醉于湘西的瑰丽艺术世界，政治上不与任何人结盟，一种彻底的非派别、非集团主义，支配了他的人生选择。随着解放军横扫千军如卷席，国民党政权在大陆覆灭在即，他的梦幻世界自然也要经受政治风雨的洗礼。

早在国共内战全面爆发的时候，亲共作家萧乾找到沈从文，邀请他参加《新路》杂志的筹办，并在发起人名单上签名。但沈从文不愿意趟政治的浑水，“我不参加。”他轻轻但却又决然地说。

但在战场上掀起暴风骤雨的时候，注定了作家无法躲避文化思想领域的暴风骤雨。沈从文游离于国共两党之外的“中间路线”、自由主义的文艺追求、不讲政治的文字描写，自然受到左翼文艺阵营的批判与清算，他被称为“清客文丐”“地主阶级的弄臣”，甚至被界定为“桃红色文艺”的作家。特别是解放军和平解放北京前后，北京大学一部分进步学生，发起了对沈从文的激烈批判。一幅幅大标语从教学楼上挂了起来，上面张牙舞爪地写着："打倒新月派、现代评论派、第三条路线的沈从文！"

面对政治吹来的罡风，沈从文先是忧心忡忡，后来心力交瘁，直至最终精神失常。他低落的人生状态，自然引起清华大学一帮朋友的关切。1949年1月28日，沈从文被罗念生教授接到清华园，休息调养了一个星期，在此期间受到梁思成林徽因夫妇、金岳霖等人的精心照拂。即使是这样，沈从文还是对未来的命运不知所措、恍恍惚惚，他在给妻子张兆和的信中写道："你说得是，可以活下去，为了你们，我终得挣扎！但是外面风雨必来，我们实无遮蔽。我能挣扎到什么时候，神经不崩毁，只有天知道！我能和命运挣扎？"

1949年的沈从文，艰难度日，甚至撑不下去，用小刀划破血管自杀，幸好被抢救过来。如他自己的文章所说，是总想喊一声，却没有作声，想哭哭，没有眼泪，想说一句话，不知向谁去说。

沈从文被停止北京大学的教职，安排到中央革命大学接受教育。在大学里，听政治报告，学习各种政治文件，讨论，座谈，对照自己过去的思想认识检查、反省、再认识，是学员每天的必修课。经过学习改造，沈从文的思想也有了不小变化，他开始了与过去的彻底告别。他在1949年11月13日的日记里写道："深觉愧对时代，愧对国家。且不知如何补过。也更愧对中共。"笔下也开始了对共产党的歌颂，他在给儿子的信中说："多少年来大家都期望国家转好起来，一切主张一切理想一切办法都不济事。共产党一来，什么都有了办法。"

1951年底，沈从文又被安排去四川参加农村土地改革工作，放眼望去，沈从文看到"解放区的天是蓝蓝的天"，只觉得国家伟大、时代伟大、人民伟大。他在入川途中给张兆和写信说："每一种事，每一个人，都已完全和过去时代完全不同，真是人的奇迹！"在信中，他也贬低自己，"知识分子一旦脱离人民，渺小得可怕"，"知识分子能好好学习、改造，才不至成为人民的蝗虫"。在改造过程中，沈从文由一个远离政治的人变得政治觉悟极高。

政治学习结束后，他来到历史博物馆工作，从此后半生俯首于坛坛罐罐的研究之中，再也没有提笔用诗意的笔触、迷宫般的境界、让人心醉神迷的想象，写出一篇像模像样的小说了。当然，在内心深处，沈从文对自己写作生命力的丧失，也是非常痛心疾首的。他在给沈云麓的信中说："过去写作时，文字在手中像有生命一样，一搁下来，现在造句子也不通，看别人写的诗文都不大懂了。"从此，中国少了一个大文学家，多了一个文物研究专家，对国家、对沈从文个人来说，幸耶？不幸耶？

陶渊明醉采南山菊（南山之醉）

陶渊明那个时候爱上了喝酒，喝过酒之后就在东篱散步，随手采摘一把菊花和阳光。七品芝麻官他不要了，就在南山脚下种豆栽桑，过着平静的生活。他不知道他逃避什么，他也不知道他为什么逃避，他更不知道他逃避之后是什么。

风吹来吹去，秋天的衣裳在翩翩起舞。

鸟飞来飞去，他的灵魂与呼吸一样自由。

南山的风吹来吹去，自由的快意让他忆起了当官的拘束日子。以前他被命运牵上官场，活得是多么艰难啊：强颜欢笑，低声下气，点头哈腰，俯首听命，拜官迎长，日日夜夜案牍堆积着公文，琴棋诗画被摆在月夜雨声的角落，这一切都非他所意。

他感到自己是一把宝剑放在鞘里，连锋芒都没人知道，它会不会被世俗生活慢慢锈蚀呢？他真想自己把剑拔出来，让一束寒光逼退所有小人的嘲弄和冷眼。

他感到身体像落叶一样孤单。他实在肩负不了整个世界的重量：时代的乱

离，政治的风云，世态的炎凉，一家人的饥饿，他无法停下奔走的脚步，他想自由，哪里有自由啊？一片天空是高不可攀的屋檐。生活的车马卷起尘世的烟尘，心灵的疲惫不可言说。

他有时真想放弃，堂堂七尺男儿，怎能为五斗米折腰呢？他感觉自己活得不像自己了，但为了苟延残喘，为了有几杯喝的酒，为了养活自己花园里的花朵，为了能把雨天翻成一本流出琴声诗韵的书，他只能如此。

他不能改变自己，痛是皮肤以内的，快乐是面具上的浅笑。

今晚的月光很好，明天是督邮来县里视察的日子。他不想看见督邮吃得肥光流油的胖脸，县吏早在白天就提醒他了，明天要穿戴整齐去拜迎督邮，不能再像平时上班那样身着便服，自由散漫了。县衙里一片忙乱，大家在为迎接上级领导做准备。

这狗日的官场，这狗日的督邮！

床头的冷月送来了周氏表妹去世的消息。他可爱的表妹啊！他曾经梦想化为一阵春风扑进她怀里，甚至愿意成为她身上穿的纱、脚下踏的鞋，只要能得到她的亲近。曾经沧海难为水，那些梦都成了追忆和惆怅。把督邮和表妹同时放在面前，自然使心灵的天秤失去了重量。

他脱下官袍，放好印信。他要去见可怜的表妹，见她最后一面，哪怕是眼泪和情话她已经无法应答。

冷月阅尽了世间的沧桑。什么名和利，不过是一群蚂蚁争搬的残羹冷炙罢了；什么王侯将相，不过是烟雨中的一抔黄土罢了；什么岁月人生，不过是朝露罢了。

他最终选择了逃离，逃离尘世的喧嚣，走进自己心灵的深处，像飞鸟一样自由生活。

不去管是是非非，不去争荣荣辱辱。鸡鸣时起床，戴月荷锄归，他学会了宁静，学会了摒弃名利场的众声喧嚣，学会了坐近灯光，一动不动。有时候闲袖着手到处走走，吟风弄月，这是多么快活的日子啊。

这个世界病了，世人只忙着追逐宝马香车，当官的只流连歌台舞榭，英雄的血冷在一年三百六十五日的风刀霜剑里。

愤怒是不行了，呐喊是不行了。金刚怒目，不如菩萨低眉。我能用菊花和心境的恬淡去疗救世人吗？还是去享受生活吧，喝酒，和自己孤独的影子一起，快乐是身体想要的，他想。入世是一种姿势，归隐也是一种姿势，做官的我和农耕的我到底有什么区别呢？

人生的路在南山脚下被人走成了千万条。南山是他最好的朋友啊，在注视中能走进对方的心里。

陶渊明捧起一束金黄的菊花，淡淡地笑了。此刻，他身后的夕阳拍起金色的翅膀，声音一片响亮。

李商隐秋夜听雨声

残烛催促着深夜的时光，李商隐看着摇晃的烛焰。那是一朵流血的伤口吗？还是爱人的红唇，带着往昔的温度。

蓝色的光焰一闪一闪。

一声声秋雨，一声声咳嗽。

雨让他失眠，让他睡不着觉，把他的心淋得湿漉漉的。雨在呼叫，爱与往事的距离使家成为空巢。人到中年，从京城到郑州，从郑州到京城，再从京城到郑州，他等待和得到的只有孤独和忧伤。

这段时间他身体状况极差，爱妻王氏不幸去世了，身边缺少女人的照顾，饮食没有什么规律。尽管他心里藏着一把火，但不知何时能把他生活的灰烬重新燃烧。

失眠成了家常便饭，秋风秋雨在打落他生命的绿色和阳光，红楼和恋人们凝视的双眼在一点点地褪色，良辰和快乐悄悄地躲进一声声叹息和无望里。

记忆啊记忆，无端地带来梦醒和惆怅，无端地流走华年和春光，无言地追述着那些星辰和温馨的灯光。

他又能做什么呢？曾经想壮志凌云，曾经想白发时着扁舟一叶浪迹江湖……可是人生是一条没有尽头的路，你的脚步怎么走也抵达不了希望，你的心灵倾听到了时代落日的辉煌，你的呼吸总在迷恋，迷恋花朵里春天的颤抖，迷恋月光下花影的移动，迷恋离别的泪水和相见的难言。

他好像总是生活在梦幻世界里，不敢睁大眼睛去面对现实。现实太黑暗了，太压抑了，他只能在烛光里祈求爱、美和光明。

垂杨荫里，红粉楼中。一匹白马，一袭青衣，一把纸扇，那个时候他觉得道路像天空一样宽阔，他要登科及第，他要打马长安道，他要随春风去看尽长安花啊。

宰相令狐楚对他施以青眼，让他和公子令狐绹同学，学习诗文骈赋。每到水槛花朝，或是菊亭雪夜，师生常聚在一起饮酒赋诗，听歌赏舞。令狐楚相公私下对他说了，要把他当作菊花和香草栽培。有一次他在灯下看书，看着看着就睡着了。正好相公到书房来看他，见他睡得很沉，怕他夜深受凉，就解下外套轻轻披到他身上。

谁知道到处是高墙和阻碍呢？天有不测风云，令狐楚病逝了。回忆的温馨变成了现状的悲凉。公子令狐绹嫉妒他的才能，把他赶出了家门。

凭着能写一手好文章，他找到了一份秘书的工作。泾原节度使王茂元对他青眼相看，还招他为女婿。官是当不成了，令狐绹当了宰相！

他曾想尝试妥协，他甚至给令狐绹写了献诗，希望令狐绹能念同学旧情，网开一面。哎，一个人功利心太强，就失去了自己的本来面目。什么牛党李党，什么朱门寒门！他想："我不关心政治，政治却找上了我！"

烛光在李商隐脸上闪着，雨声一点比一点凄凉。

他爱上了读史，六朝烟雨，兴亡更替，多少繁华如梦。现实常常是历史的影子，还是站到历史后面去说话吧。历史的一页页让人心惊：风流天子，混蛋朝臣。从上到下的腐败缠绕着祖国的病体，大唐帝国的崩溃随时可能降临。什么唐太宗、唐玄宗，总是一场空。教训总是被人忘记，不管它，还是喝杯酒吧。

不能抽刀断水，不能举杯消愁。举杯对月时，成了孤独的影子；抽刀面世时，世界发出了嘲弄的冷笑。

需要春水的温柔，需要灯下的体贴，需要花前的可爱，他想。但他什么也得不到，他的思想超越了一个时代，他不再期待被别人理解。他把自己封闭在心灵世界里，他要重建一个宇宙，重建宁静、凄艳的心境。

烛火即将走到生命的尽头。他的心是一片被沧桑啃噬的桑叶。像花一样盛开过的青春到哪去了？落花的尖叫啄痛了他的眼睛，我爱过吗？为什么爱成了雨打的枯荷，为什么追求成了落花流水的长恨，为什么美总是过去式，给人以失望和缠绵。

烛光在他脸上渐渐暗了下来，雨依旧下着。

晏几道春梦难追寻

晏几道的日子越来越难熬了，家里已经没有几盏米。他在大街上走着，满街的西风，满街的落叶，满街的烦恼。

晏几道一身破裘袍，和京都的富丽堂皇是多么的不协调啊。他敲开一家家朱

门，露出的都是一张张冷脸，脸色就像官府贴的封条。当年他父亲还是宰相、他还是公子哥的时候，他在筵席上一掷千金，在酒楼里倚红偎翠，在天街中裘马轻狂，有多少人围在他身边转，拿他的银子花，都记不清了。人啊人，你富贵的时候，他们苍蝇一样叮着你；你贫穷的时候，他们都一个个见了瘟神一样地逃避。

幸好他现在是一个人，一人吃饱，全家不饿。天色渐渐地暗了下来，在这寒冷的日子，还是回家躺到床上，做做春梦吧。

只有回忆，是现实的冰层下流淌的春水；只有逝去，是点燃眼神的灯火；只有梦的花纹，才能留下往事繁花碎锦的美丽，他想。一群飞鸟低低地掠过，把夕阳的影子投到他的身上。

他推开蓬门，一种家的气息扑面而来。小院子被人打扫得干干净净的，晾衣绳上挂着他多日懒得洗的衣服。天哪，房里的灯已经亮了起来，灯下立着一个熟悉而陌生的人影，珠钗在她发髻上轻轻摇晃着。

他直直地盯着她，她抬起头，对他微微一笑，笑里带点蓝色的凄凉。

“是你吗？这是真的吗？这不是梦吧！”他大叫起来，他拿起灯，把灯移到小蘋的脸旁，仔细地端详着。“是我，相公，真的是我。我会留下来，陪你一晚。”她淡淡地说着，脸上带着激动和泪痕。

他扶着她坐到床上，所有的往事都坐到他身旁，坐到一盏灯光里。

谁不想将爱情进行到底啊，弹筝的小莲、弹琵琶的小蘋、能歌的小鸿、善舞的小云，都是他的至爱！莲、蘋、鸿、云是朋友沈廉叔、陈君龙家的歌姬，不知为什么，一见到她们，世事和烦恼全都忘掉了。他常常把情感和心声放进词里，让她们看，让她们唱，让她们陶醉在如火如荼的浪漫中。

一切都是那么容易逝去啊！明月在春风中舞蹈，和她们一起点蜡烛去看残花的时光，良宵依靠着他温情的肩膀，都随着桃花扇底的歌声消失了。

沈廉叔去世了，陈君龙又瘫痪在床，谁的生活经历过这么大的落差呀！他的父亲不久也退了休，从此门可罗雀，家里少了那些混饭的闲人，倒是清净多了。他父亲靠着退休金养养鸟、斗斗鸡，又过了几年清闲日子，就撒手归西了。从前人家都喜欢说“我的朋友晏几道”,现在呢?

黑夜是一杯寂寞的苦茶,多少悲欢离合,是朝露闪电,是昨梦前尘,是春梦秋云,他无法挽留命运的无情和无常啊。

朋友们死的死、病的病,他又家道中落,无法养活莲、蘋、鸿、云了。他头一回低下自己高贵的头颅,去找他父亲的学生,现在已是国家栋梁的大将军韩琦。他父亲做宰相的时候,韩将军每次见了他,都要亲热地摸摸他的头,说一声:“宰相大人,您家小少爷长得多聪明呀,长大了肯定和您一样有出息。”

晏几道哪里懂得人会变脸呢?人家都说:“你父亲那么多学生当了大官,找点事干还不容易?”他去见韩琦,他却连清茶也不泡一杯。要是他父亲还在,他会这么冷淡吗?韩将军说:“这事很难办哪,现在政府机构改革,到处都在裁人呢,我会根据实际情况研究的,你还是回家等消息去吧。”出将军府的时候,韩琦又一脸严肃地说:“作为长辈,我要劝告你一句,你是很有才的,可是成天跟歌女混在一起,写一些肉麻的歌词,可不行哪。”

谁能明白诗人爱得疯狂和真诚?!他为自己活着,他为爱活着。他多想把她们留在身边,但他不能太自私了。大概诗人是只适合恋爱,不适合结婚的那种人吧?

他让莲、蘋、鸿、云跟着几个有钱人走了,他希望她们生活得好一些。从此他靠梦来行走,靠回忆来呼吸,靠心灵的流浪来生活。他把祝福送给她们,把伤心留给自己。

灯光下他们的影子重叠到了一起。

“你今天怎么来了?”他问小蘋。“我实在放心不下,我担心你会饿死。”她回答说。“我现在离饿死也差不了多少,”他叹了一口气。

“你丈夫对你还好吗?”“他什么都好,就是不懂女人的心。你也该找个女人照顾你自己。”“找谁呢?连自己都养不活。几年不见,我的心都老了一万年。”“我也是,我们都老了,命运把我们都磨老了。”说着说着,他们的手放到了一起,他们的脸贴到了一起。

她的手暂时把月光和温馨借给了他，他明白，是暂时的。在心情解冻以后，他又找回了梦，他在小蘋的脸上看到了年轻，让一夜沉醉把悲凉冲刷掉吧，他太需要幸福了。

晏几道是个容易疯狂的人，钱一到手就花光了，唯一花不光的是他的爱。曾经在一个雨夜，他和小蘋在大街上漫步，也不打伞。雨像一条条鞭子抽打着他们，行人用奇怪的目光看着他们，兴奋的脚步追赶着他们的心情。活出自己，他们在雨中大叫着，流逝的时光跟不上他们心灵舞蹈的节奏。

小蘋给他带来了多少往事，给他带来了一颗在歌声中潮湿的心，给他带来了住在灵魂里的忧伤。

女人和酒是迷醉，是生命，是凄凉。

毕竟只有一个夜晚，明天她又不知道会去哪里。他曾经在梦里行尽江南千里路，眼里却只看到烟花和苍茫；他曾经在月夜踏着杨花，来到空荡荡的秋千架旁；他曾经手弄哀筝，追忆飞鸟一样飘零的年华。

谁的眼泪在飞？为什么让人听得心碎。小蘋，你别唱了，我害怕，你会像看惯的窗外风景一样消失，让我眼里只有空虚和迷惘，让我的日子围着一座高高的灰墙。

小蘋，我要在你身上打捞失落的爱！大街上，更夫已经在敲三更了，晏几道解开腰带，他要迎接肉体和灵魂的颤栗。

姜夔湖上忆吹箫

红灯高挂，珠帘低垂，临安城的酒楼一片灯影笑声。西湖边的望湖楼里传出一片温暖的歌声，给人家的向往。尽管酒楼只是流浪的场所，在这寒冷的冬夜，在无数梅花吐出香甜的往事的时候，它的舞袖和清歌还是加快了不少人的脚步。

望湖楼的酒客面前都围着热腾腾的饭菜，他们边喝酒边听着小曲。没有人注意到，一个中年男子掀开珠帘，踉踉跄跄地闯进了酒楼。

“谁来陪我喝一杯？”他在一个空桌子前坐了下来，然后大叫一声。他的叫喊像一匹受伤的狼在旷野里的长嗥，让食客们吃了一惊。大家都把目光转向他，转向这个衣着寒酸、头发乱如蓬草的中年人，连台上的歌女也停止了歌声和舞步。

而之前歌女正唱道：“长记曾携手处，千树压、西湖寒碧……”歌者和听众都不知道，他就是写这篇歌词的落魄诗人姜夔。他今天为一些生活琐事和爱妻小红吵了一架，就跑到西湖边上来散散心，走走就到了望湖楼。

他的叫声也惊动了酒楼老板，老板大概以为他是被谁收买，专门来闹事的，就客客气气地把他请上了二楼，找了间正对西湖的雅座。老板问他：“先生有什么想法？”姜夔回答：“我想当众朗诵一首自己的诗，换你一瓶酒，行吗？”老板说：“诗你就别念了，我白送你一桌好酒好菜，只求你别打扰我做生意。”姜夔的脸暗了下来，他没说什么。老板吩咐送来酒菜，也摇摇头走了。

姜夔推开窗子，遥远而完整的西湖就映入了他的眼帘：一痕长堤，湖上几芥小舟，舟中几粒人影。距离和风景让他产生了遐想：我忘了把箫带来，站在高楼上，

让无边的月色披上我的白袍，让我的箫声深入冬夜的寒冷，多好。

姜夔是一个不能把理想和生活分开的人，尽管他面前飞舞的总是尘世的灰尘，这让他连睁眼都困难。他常想在梦幻中逃避，他喜欢欣赏江南的烟雨、春天和梦幻的颜色；他喜欢倾听灵魂开花的声音；他喜欢喝酒写诗、和孤灯谈谈女人。他行走在路上，休憩在爱情里，思想在冷月中。竟然还有追寻梦幻的人，在这个现实的世界中，在这么世俗、无聊的生活里。

他一直在流浪，北游淮楚，南历潇湘。四处游历，爱成了他的世界里唯一的光明、甜蜜和阴影！

小红、小莺、小燕，谁是拯救我的人呢？我说出、敞开、埋葬真实的自己，我多么害怕交谈时对着面具啊，让所有的人真实起来吧，爱起来吧，好生活从心灵的微笑开始。姜夔把一大杯酒一饮而尽，他发出一声轻微的叹息。

邂逅是生命的一次开花，会把温馨和无言的颤抖带给我们！邂逅是生活的一次散步，无意中走进了蜜蜂嘴上春天的歌唱，感受到万物被阳光拥抱的力量。

那时他正青春年少，在合肥，一个浪迹江湖的诗人，一个情窦初开的少女，在一条陌生的轨道上相撞，碰出了火花。哎哎，浪漫的时光便开始了！日子比石榴花开得还火红，人像微雨中的双飞燕，在幸福的屋檐下掠过春天美丽的身影。

谁知道肥水东流的是无尽长恨，被欢笑染过的春草也早已枯黄，只剩下冷月照着淮南的万水千山，谁受得了人远天涯近的相思啊！

心灵的箫声如泣如诉，烛光不停地流着清泪，酒在愁肠里已经不知是什么滋味。

小红是范成大做的媒，婚前她是个多么清纯的女孩子啊，能歌善舞，两只大眼睛能和你的心说话。红罗帐、合欢被，尤其是从苏州到杭州的日子，有点旅行结婚的味道。身边有添香的红袖、二十四桥明月、松陵路上的烟波，他吹着箫，小红站在船头，唱起他写的歌。那些日子是多么快乐啊，但幸福总是易碎品。

他们的生活慢慢缺少了浪漫，他的生活从诗歌走进了散文，走进了零零碎碎的日子，不再有玫瑰红的传奇，不再有月夜花朝，不再有梦。梦被撕碎了。

为什么女人婚后都变了一个人呢?“一个大男人,养不活老婆,还好意思活着”,小红的话刺激着他的耳膜,“写几首破诗歪诗臭诗有什么用?”这不能怪小红,家也多亏了她,贫困折磨着她的妙龄,忙碌操劳把她的手都磨粗糙了。曾经有一位有钱人找上了小红,把一堆金玉玛瑙摆到她面前说:“你长得这么漂亮,为什么要跟着一个穷诗人过日子呢?”小红冷笑一声,把那堆俗物扔出了门外。

姜夔常常为自己汗颜,他是一个吃闲饭的人,也就是自由撰稿人,那时候写稿没有稿费,他只能靠张鉴、张镃兄弟的接济过日子。张氏兄弟写诗不行,但他们都欣赏姜夔的才华。他们为了改善姜夔的生存境况,打算给他买个官做,被他拒绝了。人要活得自由自在,怎能让官场侵蚀自己的宁静呢?

月光箫声一样流淌,西湖像一条舞蹈的白鱼。

酒是喝多了,他感到小红的嘴唇箫声一样温暖。他需要女人,他在一个个女人的身体和灵魂里流浪,在她们的心里都留下一滴眼泪,然后离开了。还是回去吧,把柴米油盐酱醋茶当成窗外一树树梅花欣赏。我不能把女人的心窗打开,却任它飘进风雨。

我要细细地吹奏箫声般悠长的日子,他想。冷月在湖面上扩散着无声的誓言,姜夔的内心平静了下来,期待着生命和激情的再度回响。

柳永秋蝉黄昏雨

柳永就要离开东京开封了,天很冷,秋雨一阵一阵地下着,好像学会了人的情感和哽咽。心娘准备了离别的筵席,酒一到肠子里就是疼痛,他哪有心情吃啊。

他不知道自己能不能习惯没有女人的日子，就要离开心爱的女人，看着心娘为自己切开一个橙子，他感到心也被心娘切开了。

大家都说我是浪子，是多情种，但我不流浪怎么行啊，我拿什么来养活我的诗歌？写的东西又没有办法糊口，尽管走过一座座城市和村庄，众人的嘴唇上传唱的都是我的文章。在好多地方，我对好多女孩子说过你是我唯一的恋人，但说好不分手是多难啊。我被生活鞭打着无法停下来，我也不知道我究竟爱的是谁，该去爱谁。柳永的眼里黄昏一样苍茫，雨声暂时安静了下来。

秋蝉声声，说着西风和凄凉的消息。

他不想离开，离开这座生活了数年的城市，离开汴水温柔的倾诉和残月的倒影，离开约会的黄昏和洞房的夜灯。可是开封的米价太贵了，毕竟是京城啊。求功名的士子，想挣大钱的商人，要养家糊口的老百姓，都来了，汴河上往来的都是名利客啊。

他从福建来到京城，本来是想考个学位，好谋条生路。当时的大宋王朝已经立国六十多年了，四海无事，天下太平。当政的仁宗皇帝也喜欢附弄风雅，要求文人墨客写点歌功颂德的主旋律来点缀盛世。文坛上要么是喝了一肚子墨水的进士们写的诗，老百姓是读不懂的；要么是民间传唱的流行歌曲，大学士也是懒得看的，认为不登大雅之堂。

柳永从来不写主旋律，他曾经为老百姓呐喊过，老家种田的农民很穷很苦，可农业税却特别重。当官的又不管人民疾苦，秋收过了就下乡催税，交不起税的就派差役把他家的东西搬走，好多穷人实在活不下去就自杀了。朝廷还假惺惺下了几道圣旨，要减轻农民负担，谁知地方官吏把圣旨的内容封锁起来，不让老百姓知道。他多次呈诗给上级主管部门，结果领导不屑一顾：天下太平，就你一个书生还想造事？

柳永想到这里，不禁摇摇头，心娘关切的目光移到他身上，像一盏灯。秋雨像一条条折断的树枝，带着伤心的理由。

大宋王朝需要的是老老实实工作的人，不需要幻想者，梦想和善良容易破坏国家机器的正常运转。那年的进士考试有不少人是靠走关系考上的,而他落榜了。他满腹牢骚,就写了一首词发泄自己的情绪,不料惹得仁宗皇帝不高兴了:还有这么不听话的,来抨击太平盛世,来讽刺我!倒霉吧,你。你不是说不要浮名吗?你不是说要浅斟低唱和妓女们一起过日子吗?那你去吧,以后别考试了,别想当官了,别想沐浴浩荡皇恩了。

秋蝉发出一声声细愁,夜色从天空上降了下来,渔火开始在汴河上游动了。柳永把酒杯捏在手上,沉吟起来。

为什么世上那么多人都不是真正的人,是谎言和无耻。心娘是歌姬,是他心爱的人,可他们没有恋爱和结婚的自由,政府不允许歌姬随便结婚。当官的可以随时招她去陪酒,他们可以欣赏她、亵玩她、抛弃她,他却不能亲近她,和她把海誓山盟实现为白头到老。

他曾经去找晏殊帮忙,他对晏殊说:“宰相写诗,我也是写诗的。你就帮帮忙吧,批准我和心娘的婚事。”不料晏殊知道他是皇帝不喜欢的人,就不冷不热地回了一句:“我可从来不写那些和妓女往来的流氓诗。”他只得灰溜溜地离开了相府。哎,谁没有年轻过、风流过?晏殊不也如此,只不过他是宰相,别人不敢公开说罢了。在柳永的眼里,一些当官的表面上雍容华贵,骨子里却是男盗女娼,他们喜欢温香软玉的所谓雅文学,却不喜欢他说出灵魂的黑暗、真诚和甜蜜。

在常人眼里,诗人和妓女一样,都是堕落的人。但诗人需要堕落,不堕落的诗人不是好诗人!堕落是一种速度,诗需要速度,需要打击心灵的速度。这世上,除了几个红粉外,我还有一个知己啊。那就是从来没见过面的苏轼,他懂得我,知道我是个抵达了唐诗高度的词人。可惜他也和我一样,命运的一叶小舟在江河上到处飘荡啊!

酒菜都凉了,只有心娘的脸和灯光给柳永以温馨。心娘啊,我将把你藏在想象里,像珍藏逝去的岁月。离开你,除了无聊还是无聊,除了苦闷还是苦闷,除了感伤还是感伤。我的心成了落叶啊,在秋雨中寒冷和飘零!

在漂泊京华的时候,心娘对他帮助太大了。她把他的歌拿到达官贵人的筵席上唱，换来的赏钱都拿来补贴他的生活。他怎么好意思总靠女人养活自己呀，男人有男人的活法。

远方浸在一片夜色里，船头的灯光摇晃着，船家已经在催开船了："老爷太太，你们有什么话以后见面再慢慢聊吧，日子长着呢！该启程了。"

柳永捏着心娘的手，不知道说什么好。他明白，以后的日子，将是酒醉和酒醒，长夜和孤灯，长亭和短亭，离程和归程，失眠和寒冷。

心娘的手在他的手上颤抖着，秋蝉的叫声又飘了起来，带着无望的凄凉。时光啊时光，让我感到可怕。我们迟早都要老去，只有回忆陪伴我灵魂的孤寂，流浪的烟波，没有星辰的冷夜。

桨声响了起来，寂寞和流年在哗哗地流淌。柳永站在船头，心娘被泪水打湿的脸一点点模糊了。岸上，心娘无力地摇着手，猛然朝他喊了一声："你别再伤女孩子的心了！"

雨依旧下着，柳永的心潮湿了起来。他像秋蝉一样无助，也不知道在满天风雨和西风里能支持多久，就这样沿着汴水漂流下去吧。

第三辑

蜗居江南

水肌山骨铁精魂

这是一座人来人往的码头。这是一座过客的城。

在这里，山如画屏，水似美人的眼波。在这里，八百里皖江滚滚滔滔，卷走了多少英雄和白帆，而他们匆匆走过的身影，却构成了这座城市余音绕梁的灵魂。

李白来了，他无法忍受只爱听清平歌谣的宫廷，在山里盖了一间房子，暂时安定下自己那颗渴望建功立业的心，日日如闲云野鹤，踏遍江南的山山水水。高兴了，他就将带着满身酒气和豪气的绝唱，留给天门山的江风听、留给浩荡的江水听。

黄庭坚来了，他早已厌倦了江湖夜雨，筑庐在赭山滴翠的竹影里，读书著文。一有空他就来到江边，让心像白鸥一样自由飞翔。

张孝祥来了，流连于镜湖的玉鉴琼田三万顷，流连于镜湖风月。他收起腰间的吴钩铁剑，尽管内心无法忘怀南宋的残山剩水，还是暂时寄情风月吧，等待机会的降临，就像等待一个千年一回的缘分。

苏曼殊来了，脚踏芒鞋，手持竹杖，一个人在无语东流的江边，吹起悲怆的箫声，感慨身世飘如飞鸿，没一处可以长久落脚的枝头。

张玉良来了。那时她还小，沉沦青楼，十里长街的歌台舞榭穿梭着她娇小的身影，没人能想到，有一天她画布上缤纷的颜色激起世界的一片惊叹声。

陈独秀来了，在蛰居的小楼里扪虱论文，在赭山的幽径留下了长长一串探索中国道路的脚印。

张恨水来了，他下笔不能自休的文字，连载了民国时代的啼与笑、爱与恨。

这里不是终老之乡，过客累了，暂时在这里停泊，调整一下心灵的弦。滚滚向前的江水提醒着人们，还有更波澜壮阔的人生在等着他们，还有更多的牵挂需要他们去完成。

从这里出发，走的，如雁过留声。一出芜湖，他们就舒卷起时代的风云。仿佛芜湖，是他们积蓄力量的地方，搏击长空，带着芜湖特有的柔媚和铮铮铁骨。张孝祥一离开芜湖，便用坚硬的词句一扫宋代词坛的柔媚。陈独秀一去上海，便点亮了中国方向的明灯。王莹一到马来西亚，便以特有的风姿吸引了那里的人们，被他们亲切地称为“马来西亚的情人”。是啊，“铁到芜湖自成钢”，他们在这里，默默地被生活炼成了钢铁。一到外面，便吐露宝剑的锋芒，在时代舞台上闪耀着自己的光彩。

芜湖是个充满母性的女人，在她温柔的手中，擦亮了多少男人的铮铮铁骨。他们可以不为五斗米折腰，但却不能忘记肩上时代的责任，只得把文稿诗章轻轻一放，在时代的浪尖上弄潮。他们来了，又走了，不带走一片云彩。

青山有幸，白云流情。人走了，却带不走芜湖水的肌肤、山的骨肉、铁的精神。要读懂芜湖，就要读懂芜湖的独特文化艺术——以铁料为墨、手锤当笔、铁砧做案的芜湖铁画。在汤天池的锤下，铁画显现的是铁线条随心所欲的情态，是康乾盛世的雍容大度，是日常生活的洒脱与富足。在梁在邦的锤下，铁画显现的是晚清秋风萧瑟的景象，是文人抑郁不得志的胸中块垒，是诗情画意被顽铁轻轻地吟唱。在当今艺人的锤下，铁画更是繁花似锦，妙趣天成。

还是把镜头推得更远一些吧：三千年前的某个黄昏，一对行色匆匆的男女，登上了赤铸山。在山顶，他们擦擦脸上的汗水，相对一笑，说：“这里环境不错，我们就留下来铸剑吧。”这就是我国冶炼史上赫赫有名的干将、莫邪夫妇。从此，照亮天地的炉火、冶炼工人们动地的歌声就掀开了芜湖铁冶炼新的一页。

到了三百多年前，渐江和尚、萧云从等一批画家居留芜湖，他们冷峻如铁的画风影响了整个艺坛。一天，萧云从在书斋泼墨作画，一个年轻的铁匠来收打铁

钱。不料那个铁匠见他在画画，便如痴似醉地看着他画笔的运用。萧云从以为这个铁匠想附弄风雅，便生气地说："你一个铁匠，能看懂我的画吗？还不快走。"气得那个铁匠脸色铁青，一言不发，拔脚就走。萧云从没想到，他这一骂，使中国艺术史上从此增加了铁画这门艺术。那个挨骂的铁匠名叫汤天池，他喜欢绘画，回去后一想，你们这些画家看不起我这个铁匠，我为什么不以铁为墨，来绘制自己内心的丘壑呢？于是他凭着记忆，将那个画家画的图稿打制出来，并挂在自家大门口的粉墙上。后来，萧云从偶然从此处经过，远远看见自己画的梅兰菊竹"四君子"图挂在铁匠家门前，大吃一惊，心想，我的画怎么可能在这里呢？走近一看，却是铁打的。他心中不禁对这个铁匠佩服起来，便走进铁匠铺，和汤天池交谈起来并结成莫逆之交。吸收了我国传统国画艺术，具有黑白相映、虚实相生、空灵剔透特征的铁画便出现了。直到今天，铁画这一传统艺术品历久不衰，在芜湖工艺美术厂的工人师傅们的巧手下，开出了灿烂的新花。铁画制品被人民大会堂以及海外各大博物馆收藏，也受到海内外游客的追捧。

是啊，做人要有铁的风骨。文化名人留下的，都是铮铮铁骨般的姓名。他们的来去，是铁画打制和被世人熟知的过程；他们的来去，如一幕幕精彩人生大戏的开启与谢幕；他们的来去，如花落花开，留下万古流芳的姓名。我希望这座城市，在今后的日子里，不只是匆匆过客的码头，而应该是凤凰常栖的巢穴。

芜湖印象

时常，有一些美丽的小城，在我的梦境里散步。

芜湖，就是这样一座可以散步的城市。她的变化让芜湖人说起来眉飞色舞，但她没有深圳、上海这样大都市的快节奏。深圳和上海，像正在奥运会竞走比赛中争抢夺标的选手，而芜湖则有点像在看台上加油的性感女郎。她的热情呼喊也吸引了一些人的目光，但人们的眼睛更多地投到了赛场上。

芜湖，是一座休闲的城市。大街上很少有急步行走的路人，公园里你不时会遇到下象棋的老人、学舞蹈的妇女、谈情说爱的情侣。你找一个石椅靠一下，耳边会传来咿咿呀呀的二胡的音波，让你浸到一潭映着月色的清凉世界里。

早晨，你可以去赭山晨练，呼吸着滴有露珠的新鲜空气；黄昏，你可以来到江边，看着晚风招来的鸥鹭和帆影，你身旁的中江古塔，慢慢被斜阳镀成思想者的问询；夜晚，你可以漫步在鸠兹广场和步行街，那里，灯光把树木和建筑涂成了梦和惊奇，喷泉是一株株奇树，扎出献给夜晚的花环。

我的一个住在芜湖的朋友，家里堆满香草和古玩字画。他可以享受生活的闲适，常常用紫砂壶泡一杯茶，把江南的卖花声和味道都泡到精致的心灵生活里。从表面上看来，芜湖穿戴着中山路步行街、鸠兹广场、新百大厦等美丽的装饰，像一个正在荡秋千的少女，明净而纯洁。其实她是一座有深厚历史积淀的城市。宋代状元词人张孝祥捐建的千顷荷花环绕的镜湖，至今游人如织，连采莲女子的桨声溅起的都是诗韵。以前青弋江边的红楼金粉、袁泽桥旁的浅斟低唱，现在是没有了。但十里长街残存的古老建筑，还能让我们领略到那时的遗韵。当年的朱门甲第里，舞袖慢慢地卷走了杨柳梢头明媚的月色，如今达官贵人们到哪去了？桃花的舞女也成了废弃在往昔里的秋扇。

近日从一份晚报上看到，芜湖的清朝海关大楼有被拆掉的危险。这是一座典型的欧式风格的古老建筑，它在黄蜀芹导演的影片《画魂》里风光过，毕竟它是一个旧时代的灵魂。当然，它现在站在江边，和新建的高楼在一起，是有点落伍，有点美人迟暮了。但我们应该保留一些记忆，让历史的烟云平平仄仄在长街的青石板路上，让现代人能不时呼吸一阵久远的风。人们在勾勒城市新貌的时候，可不能忘了恋旧哦。何况，游人们还是喜欢一种怀旧的感觉，想走进历史深处，沐浴那

些香车宝马碾过的回声，暂时回避一下现实的疲惫和风尘。

芜湖也是一个过客的城市，众多的游子来去匆匆，在这座江城停泊片刻，枕着涛声和杏花烟雨得半日闲梦。梦醒了，就启程，投入自己更加波澜壮阔的生活。如陈独秀、张恨水等人，在这里梳理好自己的思想和飞翔的翅膀，再把对生活的观察介绍到全中国去。芜湖是一棵适合思想者休憩的树，至于开花结果，要待他们走进东西文化急剧撞击的国际大都会里去完成。她是培养杰出人物的乳母，这是她的骄傲，也是她的苦涩和遗憾。到芜湖旅游的人，会住得很舒服。芜湖的休闲文化很盛行，在宾馆里住着，有时会偶遇明星大腕。当你来芜湖旅游，可能你一走进宾馆电梯间，会突然眼前一亮，嗬，原来自己面前站着一位耀眼的红星呢。像江边的海员楼这样一座看起来很朴实的宾馆，都接待过腾格尔、郭达、蔡明等不少明星。追星近在咫尺，也许会成为你迷恋这座城市的原因呢。

住在芜湖，江南的风物浸润着你的每一天。离开时，你很难对她挥一挥衣袖；甚至走遍海角天涯，她都会穿着一袭柔情走进你梦中。

我们心中的城市

代表一座城市的活力和久远的，是它的建筑。随着一批现代建筑的落成，芜湖这座古城在外表上更动人了、更有活力了，但她江南古城的古典情调正在慢慢地被剥蚀。

我搞不清中国人的审美眼光为什么越来越差了：当年的北京，拆掉了历经千年兵荒马乱而保存下来的古城墙，让梁思成、林徽因这样有眼光的建筑大师抱憾终身。如今的定海古城也在一片反对声中被拆掉了,空留下一些老房子的照片和文物保护者的沉重叹息。

一方面老祖宗留下来的不多古建筑被拆了又拆,毁了又毁;另一方面全国各地又竖起了不少拙劣的仿古建筑,大拍古装戏,大建仿古城。虚假的应景成了历史遗迹,历史的真品反成了现实生活的障碍。只要一纸令下:拆!那晃动过唐宋的舞袖、明清的月亮、民国的衣裙的园林建筑,就在推土机下成了残砖破瓦,最终被拔地而起的一座座高楼抹平了曾经的痕迹。但那些堆积着古代劳动者的智慧,调动过士大夫们审美观念的雕梁玉砌啊,谁能够恢复它带着美丽旧时光的灵魂和面貌?

我走过了许多城市,到处都在扩建街道,都在拆老房子,城市规划就像服装的流行风一样,某个夏天流行一种款式,大街上到处都是相似的裙子。要么就是用了复印机复印出来的,形状都差不多,只有放大和微缩之分。

王安忆说过,真实的上海不是高楼大厦,不是豪华的南京路,而是小巷深处的破烂建筑,张爱玲小说里弥漫着苍凉的时代风云。芜湖呢,它的灵魂活在歌台舞榭林立的十里长街里,桨声灯影浓郁的青弋江上,还有清末的海关大楼和教堂的弥撒声里。

巩俐当年拍《画魂》的长街,在镜头里古色古香,像一束强光照亮了我的视觉。作为"四大米市"之一的芜湖,历史沉淀是很多的,但保护得并不好。宋代状元张孝祥捐献出来的陶塘,一点他的痕迹都没留下。他风情万种的诗词,他忧国忧民的情怀,成了镜湖里荡漾的绿波。游人不断地荡舟湖上,但很少有人能驶进那些逝去的日子,询问一颗关注国计民生的心。

我在芜湖生活了七年,我来的时候,芜湖的街道上到处飘荡着浓得化不开的古典气息;我走的时候,已是高楼一片了。古刹广济寺在江南的烟雨里,像一个怀旧的老人。

对我而言,不管芜湖是如何发展,如何现代,她在我记忆的底片里留下的总是:中江塔在夕照中沉寂的剪影,撑着油纸伞的少女,平平仄仄的脚步声回荡在青

石板路，还有大砻坊残存着旧时粮船进出的遗痕，印证这座城市尚未经过剪裁的毛边。

中江塔依旧静静地站在江边，像古老时光留下的遗言，见证着这座城市的沧桑，诉说着历遍春秋的艰难。

修鞋记

连日天气晴好，春花灿烂，春光明媚，那些过冬的日常生活用品可以收拾收拾了。星期天下午，老婆大人在家里做家务，她交给我一个光荣的任务，让我去找鞋匠给棉皮鞋换一下鞋掌。

我把两双棉皮鞋装进一只皱巴巴的黑色塑料袋里，拎在手上，来到小区附近的一处菜市场。听说菜市场人流量大，一般都有修鞋匠在那里。菜市场门口摆着好几个卖鱼的、卖水果的小摊。卖鱼的人坐在小板凳上，他的面前摆着三只塑料盆，一只盆里挤着几十条昂刺鱼，一只盆里爬着甲鱼，还有一只盆里放了半盆水，两只大鲫鱼在里面用力划水，水声乱响。

我在门口四处看看，一大堆撑着伞的摊点，就是没看到有修鞋的。我问了一下卖鱼人："师傅，请问哪里有修鞋的？"卖鱼人指了一下菜市场里面，说："里面有一个。"

我进去找了一会，果然在一个卖肉的摊点对面，看到一个修鞋小摊。摊子很小，三面围了起来，像一个小鸽子笼。鞋匠正低头在里面找什么东西，我站到摊子前，高声问了一句："师傅，修鞋吗？"鞋匠打开我的塑料袋，翻看了一下鞋子，就一口气说了下去:“鞋掌有三种价格,有八块的,有十二块的,有十八块的,你要哪种?”我看了一眼那个鞋匠,他是个大黑胖汉子,小平头,一脸横肉,目光锐利,长得有点像《水浒传》里描写的鲁智深。

我以前没修过鞋,对价格没什么概念,只是本能觉得他喊的这个价格有点贵,于是就问他:“什么时候能修好?”不料,他这时接到一个电话,是一个女人打来的。然后,他就说他今天有事要收摊,让我把鞋放在那里,星期一去拿。我说我急着赶时间,就拎着鞋走了。

我走了约两站路,来到一处名叫江南春城小区的菜市场。在一堆三轮车和手推车中间,我看到了“老张修鞋”四个字,是刷在一块木板上面的简陋招牌。顺着招牌,我找到了一个巴掌大的摊点。修鞋的是个干瘦的老者,他面前摆着一个有点像缝纫机的修鞋机器,摊点上还堆放着几双待修的鞋子。他正一手扶着“啪啪”转动的缝针,一手推着鞋,用心缝着一只裂开的运动鞋。

老者拿给我一只凳子,我坐了下来,把鞋子交给他,告诉他要换鞋掌。他淡淡地说:“三块钱一双。”我很奇怪,他没有像第一个鞋匠那样,将鞋掌分了几个档次。

老者拿起我的鞋子,用一把锋利的铲形刀具三下五除二就把原来磨损的鞋掌刮掉了,黑色的鞋屑纷纷落到地上。把鞋掌刮掉后,老者又拿出一大块厚厚的黑色塑胶,把鞋跟放在上面,仔细比对后,就从黑塑胶块剪下来四小块。然后他在鞋跟上滴上胶水,再把黑塑胶块按上去,接着拿起铲形刀,在鞋跟处刮了起来,只听得“沙沙”的声音,黑塑胶屑雨又下了起来。“好了。”老者把鞋子递给我,我检查了一下鞋掌,确实是非常妥帖地与鞋子合为一体了。

最让我觉得有意思的是,小小修鞋摊,也是个老人们闲聊交流的好地方。就在我修鞋的时候,一个两鬓花白的老人径直走过来,找个凳子坐下来。然后就滔滔不绝地说了起来,“那个毕福剑主持星光大道好多年了,乱讲话把饭碗都砸掉了。谁叫他是名人呢？话不能随便讲,不像我们小老百姓,坐在这里想骂谁都没关系。”估计他和修鞋的老者是好朋友吧,他慷慨激昂地说着时事新闻,修鞋的老者边听边点头,有时也附和两句。

说话的老人戴着一只黑皮帽,有点像头上放着倒扣的锅盔。就在我转身离开的时候,还听到老人的说话声在耳边,“听说赵本山现在低调多了……”

在我们国家,真是到处都有戏台。连修鞋一件小小的事情,都能看到听到不少的趣闻,真是“世间处处皆学问”啊。

饲养宠物记

家有小孩的人家,估计没有没养过宠物的。在儿子的要求和坚持下,我家也养过猫、蚕、乌龟、金鱼等。

搬进新家后,儿子说同学们家里都养了宠物,有养猫养狗养鱼的。于是,我让儿子爷爷去花鸟市场给他买了一只小猫。猫到了我家后,儿子马上兴奋地打电话给我说:“爸爸,小猫咪已经买到了,是一只小黑猫!我给它取名字了,叫‘咪咪’!”

晚上,我才进家门,儿子就拉着我的手,带我到楼上去看那只猫。猫已经吃过猫食,正在房间里慢慢踱着小碎步,一看见我们,就钻进了沙发底下,我都没仔细看清这个小东西,只看见小猫咪吃饭的小木碗被它舔得光光的。家里有了猫,最开心的是儿子,他很快就在白纸上画了一张全家福,里面有爷爷奶奶、爸爸妈妈和他,还有那只小黑猫。在儿子眼里,它是我家的第六口人。

儿子的生活里有了小猫咪,很长一段时间里,话题全是“咪咪”长“咪咪”短的。“爸爸,今天那只猫不听话耶,奶奶说要打死它,它就‘喵喵’叫,说:‘你这个老奶奶,竟然想要打死我,要不是有绳子系着,我要扑到你身上狠狠地咬你,咬你一百口’耶。”“爸爸,对你们来说,小猫是乱叫;对我来说,咪咪是说话给我听。”“爸爸，猫在说，没鱼吃，要我给它喂鱼。”

刚到我家几天，猫很怕人，一见到人就躲。后来，它胆子慢慢地大起来了，在我们吃晚饭的时候，它走下楼梯跑到客厅里“散步”。我看了它一眼，这只小猫身体乌黑，唯有四个爪子是白色的，如踩着云彩。我们精心照料那只猫，天天喂鱼喂奶，它很快长大了，在家里到处乱跑，在沙发上、床上乱解大小便，有好几次在我的书房里“搞破坏”，在我的书上小便，弄得书湿漉漉的，一股尿骚味。

虽说是儿子喜欢的宠物，但这样下去我们都受不了，于是决定把它送走。我夫人找来一只竹篮，把猫装了进去，放在门口。不料猫很快爬出了篮子，在门外一直凄惨地叫着，估计它不愿意离开吧。我爸爸把门打开一条缝，那只猫就疾速地钻进家门，又躲了起来。夫人带着儿子从楼上找到楼下，找了很久，才从书房的书堆后面找到“咪咪”。

“咪咪”最终还是被送走了，临走前，“咪咪”在竹篮里呜呜哀鸣，好像一个被绑架因无助而低声哭泣的孩子。我们听着它的哀鸣，也十分难受。

“咪咪”被送到别人家养后，儿子又带了一只小乌龟回来。小乌龟被儿子放在小脸盆里养，没几天就不知去向。后来，儿子的同学送给儿子几只蚕，儿子把蚕放在一个纸盒里，天天催促爷爷摘桑叶，他每天中午把翠绿的桑叶撒在蚕身上。听着蚕吃桑叶的“沙沙”声，儿子天天有着说不出来的快乐。不久，蚕长得白白胖胖的，浑身发亮。后来，蚕吐丝结茧了。没多久，蚕变成蛾破茧而出，只留下一只空茧和几百粒挤在一起的黑色的卵。

去年年底，爷爷买了鱼缸和四条小金鱼回来，还带了一袋鱼食。刚买回来的时候，金鱼很小，大约一寸长，每只金鱼只需喂两粒鱼食。金鱼在鱼缸里追逐嬉戏着，儿子在旁边看着，并把鱼食慢慢放进水里，这是一段快乐的时光。

小金鱼游着游着，慢慢长大了。但是天有不测风云，有一条金鱼身上长出了黑斑，儿子还以为那是金鱼身上的脏东西。后来，那条金鱼不怎么爱活动了，身上的黑斑越来越多，连成一大片。这个时候，儿子急了，他上网一查，发现鱼得了很严重的金鱼黑斑病。儿子赶紧按照网上所说的治疗黑斑病的方法，配制好盐水，把病鱼放在盐水里，似乎金鱼精神状态好了点。不料，我晚上下班回家，儿子就很悲痛地对我说："爸爸，那条金鱼去世了，被爷爷奶奶埋了！金鱼在走之前，还朝我挥了挥手呢。金鱼死了会转世吗？它会不会转世为人呢？"

后来，我们更加关注金鱼的一举一动了，三四天就给金鱼换一缸清水。刚刚，我看着金鱼在清澈的水里摇头摆尾，忍不住想，这些宠物虽说不会说话，但似乎就是我们生命的一部分。和它们一起生活，给了我们家庭多少悲苦和快乐啊。

有意思的饭局

中国人爱吃，以前有一段时间，连人与人之间的问候语都是"今天你吃了吗？"现在大家日子过好了，这句问候语也基本上退出了历史舞台。

吃饭就有饭局，从古至今，有刀光剑影、各怀鬼胎的鸿门宴，有杯酒释兵权的"笑里藏刀"宴，有一掷千金、觥筹交错的豪门夜宴，也有三五知己、对月赏花、席地而饮的文人雅集。

我辈一布衣，性情又比较孤僻，不喜欢应付酒席上的繁琐规矩，参加的宴会不多。有的宴席连座位都要拉扯半天。还是参加农村的酒席好，乡下人淳朴，不管你官位多高、荷包多鼓、名声多响，回老家了都按你在家族的年龄和辈分排，这样大家也没什么争吵了。

听说中央八项规定下来之前，有些地方的接待宴请十分奢华，酒非茅台五粮液不饮，菜非鲍鱼鱼翅不尝；排座次也非常讲究，给每位出席嘉宾安排好席卡，防止他们坐错了位置，还把菜单像红色节目单一样打印出来，繁文缛节实在是多啊。最近有一次出席一个应酬场合，一位领导说饮料喝“五粮液”最好，让服务员上五粮液。我当时还觉得奇怪，现在的领导还敢“顶风作案”啊？等服务员端上来一看，才恍然大悟，原来大玻璃杯里装的是用“五谷杂粮”榨的汁。我感觉，如果所有的正规宴席都喝这样的饮料，是值得点赞的。

出不出席饭局是一个难题，有人邀请，去吃不好，不吃也不好，有时候会因此付出沉重的代价。最近看一则史料，就是一桌饭局引发的惨案。

明朝的大奸相严嵩在没有发达前，有一次请他的顶头上司、当朝首辅夏言吃饭，夏言接到请柬的时候也答应了要参加。估计他老人家日理万机事情多，结果请客当日把这件事忘记了。严嵩在家里摆了一桌丰盛的酒菜，还喊了几个陪酒的嘉宾。不料，等到夜深人静了，桌上的热菜都成了冷盘，还是不见宴会主角夏言的人影。严嵩急了，亲自跑到夏言的府邸去请，结果门卫告诉他，相爷不在家。请客不到，严嵩自然觉得颜面尽失，但当时他羽翼未丰，只好把屈辱吞进肚子里。严嵩回家后，拿起给夏言的请柬，还跪了下来，将请柬从头到尾当众念了一遍，最后大呼一声：“未能尽宾主之谊，在下有愧于心！”当然，这是严嵩的表演，他内心里埋下了深深的仇恨，这仇恨成为无数带毒的暗箭。严嵩不断在皇帝面前进谗言，抓住夏言的把柄害死了他，并最终戴上了中国历史上一代奸相的“桂冠”。

自毕福剑在饭局上的视频流出后，最近，在微信圈里，多了对参加饭局的调侃。如有的人上传承诺书，“本人郑重承诺，在任何饭局上，保证做到不录音，不录像，不拍照，只吃不讲，争做中国好饭友。”还有人弄了个“酒会饭局安全保护指南”，说是聚餐前，要对聚会者进行确认，能不去的饭局坚决不去；入场要安检，聚会中，手机等拍照设备指定专人保管；最好戴上口罩，或自备安全头盔；聊天话题，可强烈声讨日本军国主义分子、美帝国主义分子等。网友的想象力之丰富，确实让人看了不禁莞尔。

曾经，在我们国家确实有一段时间吃饭要谨慎，说话要小心，做人要夹着尾巴。记得我父亲对我说过他小时候见闻的一件事情，那是1957年，当时他在镇上读小学六年级，肆虐全国的反右运动之风也吹到了这个偏远的小镇。他的一个老

师出身不好，父亲被划为地主。一天，他和同事吃饭聊天时谈起了父亲，就说自己父亲年龄大了，身体也不好，不知道要怎么做才能报答得了父亲的恩情！结果说者无心、听者有意，那个同事就写举报信说他心怀不满，想为地主报恩，攻击我们伟大的社会主义社会。在那种极"左"的社会氛围下，自然我父亲的老师马上被打成右派，受尽批斗折磨。一个意气风发的有为青年，就这样被打入另册，蹉跎了二十多年的韶华。

言论自由早被写入我国宪法，在提倡依法治国的今天，当然是不会发生这种"因言获罪"的人间惨剧的。在酒桌上，本来就是宽松的氛围，很容易说几句酒话，说错了，大不了罚酒三杯，宾主尽欢而散。

我的空中菜园

颠沛流离了多年，我终于在芜湖买了一套带跃层的房子，过上了平静的生活。

我和老婆都是上班族，要早早起床上班、迟迟下班回家，没时间照看儿子。为了帮我们带孩子，我父母从老家搬过来和我们住在了一起。他们从农村来的，习惯了一年四季耕田种菜的农家生活，手脚闲不住，就在我家房顶的空旷平地上，铺上黑土，施肥浇水，按季节种上了时令蔬菜。从此，我就拥有属于自家的空中菜园了。

在城市里，除了屈指可数的几个公园里面的青山绿水担当了"城市绿肺"，可供漫步呼吸外，所到之处，都是各式各样的建筑，都是钢筋水泥的丛林，还有各类车辆排出的污浊尾气。街角一些绿草坪、绿树的点缀，是很难满足都市人对自然和绿色的热爱的,能拥有一片属于自己的绿地更不容易。所以,父母从一些建筑工地搬运堆积的废弃土堆时,我们就默许了。何况,我们都是喜欢在舌尖上品尝美好生活的中国人,能在食品安全形势严峻的今天,能幸运地拥有一小片菜园,吃上自家种的放心菜,不是更有滋味吗?

在父母的悉心打理下,我的空中菜园一年四季时蔬不断。春天来了,点播了一些家常菜的种子,绿色的新苗就像插上了翅膀,在和煦的春风里荡漾。夏天的阵雨后,凉风习习,站在屋顶阳台上,看着小菜园里的青青翠色,顿时神清气爽。在父母的精心管理下,菜园已经是生机勃勃、硕果累累了。番茄树上结满了绿色的小果子,有的番茄树都压弯了,一根枝上有的结了十几个番茄果;豆角藤沿着父亲搭起来的竹架子到处爬,上面挂满了老的嫩的豆角;黄瓜秧在风中荡漾,藤上露出了不少尾部带着黄花的绿色长条小黄瓜;辣椒到了夏天基本上不用买了,密密麻麻的大小辣椒挂在上面,等待着我们采摘,还开着白色的小辣椒花。

即使在隆冬腊月,我家的餐桌上总能摆上一盘自家种的菜,如萝卜烧肉炖火锅、青菜豆腐等,热气腾腾,满室飘香,让人口水直流。不知为什么,我们总觉得自家种的菜比菜市场买来的菜要香些,有味道、有嚼头些,被家人抢先吃光的也是自家种的菜。我儿子更是特别喜欢,有时候他奶奶在给他早餐准备的面条里,放上被儿子说成"非转基因、纯天然、无污染、最最美味"的小白菜,我儿子能够把碗里的面条和菜吃得光光的,还馋得直舔吃光了的碗,恨不得连菜汤都一滴不剩。

现在是秋冬季节更换的时候,这几天寒潮来了,丝瓜、扁豆、辣椒等蔬菜已经是叶黄茎枯,丝瓜叶子特别消瘦,丝瓜也开始在藤上萎缩了,像怕冷的老者;扁豆架上还残留着几朵紫色的扁豆花,在东风里瑟瑟抖动着,估计是无法结成扁豆了;辣椒叶子半黄半绿,似乎有点营养不良;不过,萝卜、白菜、菠菜等时令蔬菜却是绿叶葱茏,长势极佳。

有了菜园,确实需要细心照料。有一个长假,我们一家人回老家呆了几天,留下菜园子无人照料。由于天气晴好,我们回家后上楼一看,小菜们大都头蔫身歪,有的面色枯黄,有的接近枯死,丝瓜的叶子都卷成一团了,辣椒白色的小花落了一

地，儿子直呼："我爱吃的小菜没了，怎么办，怎么办？"我们一家人赶紧忙碌起来，拿盆的拿盆，提水桶的提水桶，看见喷水壶的赶紧攥着壶柄，装水浇水，很快，菜园里下了一阵"及时雨"，空气里散发着泥土的清香。没想到效果如此之好，第二天，小菜们都挺直了身子，仿佛在阳光下放声歌唱。

从此，我父母亲更是把小菜当小孩子一样，特别用心。连有一次我们安排他们去桂林旅游，也要打电话过来叮嘱我们，晚上别忘了给小菜浇水，别把小菜弄死了，仿佛小菜就是他们的特别宠物。

有了菜园，我常常站在楼顶上，听风赏月看小菜，享受与绿色相亲的好时光。毕竟，我是农村里走出来的，根深深里扎在故乡的泥土里，喜欢的是古人诗文里描写的雅致慢生活。如陶渊明的南山采菊，如李白的月下独酌，如苏轼在经过人生波折之后，走到哪里，他都要开几亩荒地，盖几间草堂，在劳作后品尝东坡肉、竹笋香等农家美味，把"一肚子不合时宜"放下，把人世间一切荣辱、得失、穷通、祸福视作过眼云烟，达到了"也无风雨也无晴"的人生境界。

细雨情怀

绵绵细雨又来到这个城市，一声声地敲打着我心里破碎的寂寞。好想冲出门去，撑一把油纸伞，和一个丁香般的姑娘一起走到大街上。哪怕是默默无言，只要脚下的路在走；哪怕是只有眼角眉梢的交流，哪怕是这一刻尽成幻影，我也觉得足够了。但花样年华已经是一件穿旧了的旗袍，人老了，我也没有了年轻的心境，青春是少年人的。

窗外不断地传来灿烂的笑语。

很喜欢细雨，点点滴滴，悄悄打湿你的心情，像一个姑娘在耳边细语。

我一生都离不开女人，女性的呵护是一盏灯，照亮我的全部生活。有段日子我经常让夜班，夜晚看书时，常忘了打开办公桌上的台灯，身边的女同事轻轻提醒我说："你怎么不开灯，这样会伤眼睛的。"一句温馨的提示，让我沐浴在纯净如水的灯光里。

我一个人孤独地坐在房间里，拿出一瓶酒，慢慢地喝着。

我痛饮着，和黄昏，和窗外的细雨，烦恼和菩提便成了下酒料。酒催生了我许多诗，女人伤透了我的心。有情人到哪里去找？为什么红了樱桃，绿了芭蕉，而我衣带渐宽，高楼独寒，只有天知道。

这座城市的霓虹灯和淫荡纵欲的气息，我习惯了。不少美容院的彤红牌子，在夜晚的大街上暧昧地亮着。你走过时，秋娘们热情地招你进去，但花是别人攀折过的，你又何必去折枝呢？

雨下个不停，很喜欢江南的细雨，也算是怀念我逝去的诗酒生涯吧，忽然怀念起江南的几个朋友了。以前一起裘马轻狂过，以前一起樽前痛饮过，以前一起赏月吟诗过，如今他们一个个都有了娇妻，可以红袖添香夜读书，大享其"家"的幸福了。而我还在异乡挣扎着，像无巢的鸟穿越风雨不知何处可以晾干潮湿的羽毛，像孤独的灯期待照破夜色，像一面明镜沾满了尘世的灰尘。

醉了，你不是你，你是行尸走肉。这世界上行尸走肉太多了，有几个特立独行的人啊。醒着，你只有痛苦，断裂的琴弦能演奏什么样的乐曲呢？

一些往事的碎锦织成了梦的花边。挑灯夜补衣的场面，相对泪千行的镜头，不断地熨帖着我的梦境。细雨在竹叶上滴着清脆的响声，当年我们的身体宁静地呼吸着，这个世界无比宁静。物是人非，万事皆休，我真有点像一个古代女子，对着青铜镜哀怨逝水年华了，一件件罗衫上满是酒痕和泪痕。

冠盖满京华，斯人独憔悴。很想回家洗干净客袍，安放好漂泊的灵魂。但伊人可在？秋水茫茫。

黄昏的门紧闭着,我醉了。

雨依旧下个不停,可惜雨不是江南的雨。

在芜湖办报的陈独秀

记得以前在师大读书时,经常经过音乐系后山上一座破旧的小院落。大家都传说那座院落是陈独秀在芜湖办报时住过的,站在院落紧闭的铁门前,怀想一代奇人陈独秀匆匆而过的身影,真有恍如隔世之感。

报业的发展依赖人才的兴盛,在中国近现代史上,陈独秀在芜湖办报写稿,传播新文化、新观念、新思潮,使当时的安徽成为报业重镇、文化重镇,点亮了古老中国新文化的火光。

陈独秀是安庆怀宁人,他"本有冲天志",所以有"推倒一时豪杰"的豪情。但他毕竟是个桀骜不驯的人,不适合搞政治,所以他在诗句里也曾经感慨过,"沧溟何辽阔,龙性岂易驯?"这也注定了他后来坎坷人生的悲剧。

陈独秀办报是为了梦想革新大业,传播新文化思想。他在芜湖呕心沥血,成就了这座城市一段精彩的传奇。1904年(清德宗光绪三十年)3月31日,陈独秀在当时安徽省省会安庆创办《安徽俗话报》。由于芜湖工商业发达,利于宣传工作。同年夏天,陈独秀就来到芜湖主持《安徽俗话报》的编辑工作,由芜湖科学图书社印刷发行。

当时办报非常清苦,据高语罕在《入蜀前后》一文中回忆,"三十年前,独秀先生一肩行李,一把雨伞,足迹遍大江南北,到处物色革命同志,以为推翻清,建立民国作准备。先生的一位老朋友汪梦(孟)邹先生在芜湖开设《科学书局》(芜湖科学图书社),暗与革命党人交通。一天,先生一手提行李,一手拿着雨伞到了那里。汪先生说:'我这里每天吃两顿稀粥,清苦得很。'先生很平淡地回答道:'就吃两顿稀粥好了。'于是就住下了。天天在书店楼上编辑《安徽白(俗)话报》,宣传革命。"

陈独秀办报,约的是几位顶相好的朋友,如桐城学堂的房秩五、吴守一;承印《安徽俗话报》的是上海大陆印书局的章士钊。在芜期间,他还和旧交苏曼殊往来唱和,度过了一段诗酒流连的好时光。有意思的是,他们当时志同道合,写的诗风格相似,别人也分不清了。如多年后,诗人柳亚子在编《苏曼殊全集》时,误将陈独秀与苏曼殊十首《本事诗》的唱和诗中的两首收了进去,如"丹顿裴伦是我师,才如江海命如丝","慵妆高阁鸣筝坐,羞为他人工笑颦",这其实是陈独秀的诗句。苏曼殊离开芜湖东归上海时,还专门写了一首诗《东行别仲兄》,因为陈独秀字"仲甫",苏曼殊称他为仲兄。"江城如画一倾杯,乍合仍离倍可哀。此去孤舟明月夜,排云谁与望楼台"。两个文化大师在芜湖惺惺相惜的文字缘如此深厚,让人读之荡气回肠。

陈独秀创办《安徽俗话报》的时候,清王朝已经日薄西山、摇摇欲坠。他利用报纸表面普及知识,暗中鼓吹革命,传播民主与科学的思想火光,鼓舞了当时的爱国青年和革命志士,像洪水一样冲击着腐朽封建社会的思想堤坝。他以"三爱"为笔名发表了几十篇文章,提倡民权,反对专制。如他在《说国家》一文里写道:"凡是一国,总要有自己做主的权柄,这就叫做'主权'。这主权原来是全体国民所共有,但是行使这种主权的,乃归代表全国国民的政府。一国之中,只有主权居于至高极尊的地位,再没有什么能加乎其上了。上自君主,下至走卒,有一个侵犯这主权的,都算是大逆不道。"他还在报纸上写词《醉东江·愤时俗也》,讽刺当时的官吏,"拍马屁,手段高;办公事,天良尽。怕不怕他们洋人逞洋势,恨只恨我们家鬼害家神。安排着洋兵到,干爹奉承,奴才本性。"这些思想,在民主大昌的今天,也是闪耀着光芒,具有警示意义的。

《安徽俗话报》为半月刊,32开本、40页,语言通俗,设计新颖,图文并茂,装帧

考究。该报每月初一、十五出报，零卖每本大洋五十文。由于里面不少文章具有思想性、知识性、趣味性，一上市就受到社会各阶层的欢迎。全省各府县都有代销处，徽州（黄山）、庐州（合肥）、颍州（阜阳）各处购者甚多。甚至有一些开明官吏，劝人阅读《安徽俗话报》。如绩溪县发布通知，县捐廉购买，随官报发行。该报还影响全国，北京、上海、苏州、南京等地均有代卖处。据该报第12期所载的“本社广告”所称：“本报发行以来……销路之广，为海内各白话(报)冠。”

后来，陈独秀来到北京，创办了《新青年》杂志，吹响了新文化运动的号角，掀开了中国文化思想史的新篇章。当然，他的办刊思路在芜湖期间已基本形成，其后的办报之路与之一脉相承并发扬光大。

张恨水的芜湖缘

芜湖自古是一个大码头，不少名人在芜湖生活过，或以此为跳板，实现了人生的华丽转身。民国大小说家张恨水就是其中的一个。

张恨水是一个纯粹的报人，终身从事新闻及文学工作，笔墨耕耘数十年，写下了小说、诗歌、散文等各类文学作品4000余万字，其中仅长篇小说就有近百部，现代作家无出其右者。特别是《金粉世家》《啼笑因缘》等长篇小说，已被改编成电影、电视剧，一直脍炙人口。

张恨水自小就喜欢写作，但来芜湖前，他的写作生涯并不顺利，当时他潜山老家的乡人讥笑他，认为搞写作的张恨水是一个绝对无用的青年，甚至有人说读书如读得像张先生一样，不如让孩子看一辈子牛。

1918年，张恨水时来运转，由朋友推荐，应邀到芜湖任《皖江日报》总编辑，那时他只有二十三岁，开始了他文学人生、报业人生的起步。他在《皖江日报》副刊上连载他的第一部言情小说《紫玉成烟》，开芜湖报纸连载长篇小说之先河。据张恨水先生自己在《写作生涯回忆》的描写："苦闷地在家里度过残年，凑了三元川资，由家乡去芜湖。工作进行得很顺利，和报馆当事人一席谈话，就约定了我当总编辑，当时就搬进报馆去住。当年的内地报纸，除了几条本埠新闻，其余都是用剪刀剪外地大报而来。"当时，他的责任是负责编副刊，张先生自然不愿意连副刊也靠剪报，就连载自己写的小说。他还在《皖江日报》连载了一个长篇《南国相思谱》，完全是谈男女爱情的。由于报纸编得好，他的薪水由每月八元涨到了十二元。

后来，有朋友鼓动张先生说，你有这么好的笔墨，为什么不到大地方闯一闯呢？于是，在1919年秋天，他把所有的行李卖了做路费，搭京浦车北上北京，在北京媒体圈谋生活，并得到成舍我的器重。到北京的第二年，芜湖的《皖江日报》还向他约稿写长篇小说，他就以当时安徽波澜壮阔的自治运动，写了《皖江潮》这个八万字的长篇小说。小说引起了家乡人民的共鸣，芜湖的学生将小说里的故事编成剧本，并进行了公演。在北京期间，他还担任了芜湖《工商日报》的驻京记者，为芜湖人及时提供北京新闻。

由于有在芜湖打下的良好写作基础，张恨水在北京如鱼得水，文学创作攀上了那个时代的高峰。在20世纪二三十年代的北京，有五六家报纸同时连载他的长篇小说。他的名篇《春明外史》《金粉世家》都助推了报纸的发行。每天下午两三点，就有很多读者在报馆门前排队，欲先睹为快。他用文字把报纸副刊的作用推到极致，用小说扩大了报纸的销量。特别是他的长篇小说《啼笑因缘》，在上海《新闻报》上刊登后，销量猛增。广告刊户纷纷要求版面放在靠近小说的地方。一时，张恨水成了《新闻报》的财神。从此，《新闻报》的连载小说也被张先生包办。张恨水十几岁就开始写长篇小说了，他刊载在报纸副刊上的章回小说，利用章回体旧瓶装新酒，文字浅显，描写生动，刻画入微，将近代中国的人情世态描绘得惟妙惟

肖，极尽蜿蜒曲折之妙，妇孺喜闻乐见，连陈寅恪、鲁迅的母亲都是他的粉丝。

张恨水在芜湖期间，母亲、妻儿也跟着在芜湖居住。张恨水去了北京后，1922年的旧历年，他还回芜湖探访了安居芜湖的母亲。1937年南京被日本侵略者占领前夕，张恨水由南京回到芜湖，还在芜湖医院治过病，虽然他的回忆录没写在哪家医院，估计应该是芜湖弋矶山医院吧。

作为安徽老乡，张恨水在抗日期间还写了《潜山血》《前线的安徽，安徽的前线》等小说，歌颂了安徽人民可歌可泣的抗日斗争。

一个作家的成长与早年经历息息相关，虽然张恨水在芜湖只生活了短短数年，但他当年的辛勤笔耕，留下的笔墨已成为中国近现代文学史上一道靓丽的风景线，为芜湖灿烂辉煌的文化底蕴增添了新光彩。

偷得浮生半日闲

在都市森林里呆久了，天天上班下班，过着按部就班的生活，觉得憋闷得慌。就像关在动物园里的狮子一样，不用丈量都知道自己踱步的地方有多大，只能默默趴在地上看着笼子外面的风景，怀想自由的白云、秋日里草原上暖暖的阳光和抖动鬃毛发出让万物发抖的吼声。

动物喜欢自由生活，人也热爱亲近自然。周末，到市郊的山水间透透气，在碧水绿树里放松身心，自然是我们上班族的最佳选择。

周日，约了几个朋友，一起去神山雕塑公园玩。神山虽不高，但因为在城市边上，又有数百件现代雕塑，像桃花镶边一样嵌在公园的绿锦袍上，自然是增添了自然风景的美感。何况雕塑是凝固的音乐、具象化的诗篇,更是城市里必不可少的景观。敦煌莫高窟、大同云冈石窟里熠熠生辉的雕刻艺术,还有西方雕塑大师米开朗琪罗、罗丹等的精品力作,这都是大家熟知的。不过除了旅行,我们平时是没有机会亲睹大师级的作品。想不到,在家门口就可以看到世界各地当代雕塑家的作品,这是难得的事情。如今,在芜湖的神山公园里就散布了不少当代雕塑。这些作品是芜湖市连续举办四届刘开渠奖国际雕塑大展得到的纪念品,参赛的获奖作品全部保留了下来,永久摆放在公园里,供游人平时玩赏。

我们一行五个人,很快就来到了公园。公园里绿树苍翠,红叶依依,还有情侣幸福地蹬着单车,在这个世界上喷洒甜美的笑容。绿树旁、草坪上,不少雕塑点缀其间,它们姿态各异,有写实派的,描摹现实生活里的人物;有抽象派的,各种抽象、立体的符号和意象让游人驻足欣赏,揣摩作者的深意。

到了雕塑公园,自然首先要看雕塑。我们沿着蜿蜒的绿茵小道,站在一件件雕塑面前,品鉴着它们蕴藏在线条、钢铁和视觉震撼里的精神内涵,感受着雕刻艺术在心灵的回响。如雕塑《信马由缰》,描绘的是一个人仰躺在奔驰的骏马上的形象,骏马在风驰电掣般奔驰,马上的人长发在风中猎猎吹起,与马鬃毛合为一体,展示了奔驰的力量与美感;不过,马上的人随意仰面躺在马上,似乎只是悠闲地看着头顶的天空,没有什么需要追赶的目标和方向,只是潜心享受一段在路上的时光。

如作品《乐山乐水》,用多结构形式和象征性构图,把看似简单的银色合金材料,打造出一种不确定感觉,远看像一座座雪山的山峰,近观又犹如奔涌的喷泉,也许作者是想向我们展示,现代建筑材料经过精心加工也能产生身处山水间的幻觉吧,但是人工的山水真的能等同自然吗?

有的雕塑似乎在用刚健的线条呼喊,有的雕塑似乎在用钢铁展示内心的力量,有的雕塑似乎在诉说人生的悲凉与无常,有的雕塑则似乎在用凝固的画面弹响心灵的敏锐与宽广。在冬日暖暖的阳光里,神游于现代雕刻艺术长廊里,我的呼吸也慢慢宁静了。

走累了，我们找到一处草坪坐下。初冬里，草皮半黄半绿，斑斑驳驳的。绿的那么固执，有的带着点鹅黄，似乎想抓住青春岁月的尾巴，不想告别这个美好的世界；黄的枯草显得有点凄凉，上面漆着斜阳的光芒，在微风中凄凄颤抖着，似乎在诉说那种生命临终时微微的绝望。当然，也许这只是我们这些观看者的想法，古人早就说过，斜阳芳草本无恨，才子佳人空自悲啊。

我坐在草坪上，看着身边的男男女女在漫步，他们的欢声笑语像随意摇曳在路边的野花一样，灿烂得耀眼。还有小朋友们在追逐、打闹，像一群群兴奋的小鸟，尖叫声插上了翅膀，飞行在神山顶上的蓝天白云间。跟随着游人的喜笑颜开，我的心也完全舒展开了，扫除了身上的疲倦，真是偷得浮生半日闲啊。我不是思想者，自然不会像雕塑一样，用手扶着额头，长久地坐在草地上沉思。

在残阳和流淌的晚霞里，暮色渐渐苍茫。时光慢慢地从中午翻到了黄昏，黑夜怕大地受凉，给他披上了一件厚厚的黑长袍。该回家了，身后的神山像一只伏狮，慢慢沉没在它的静寂里，直到第二天的晨曦把它唤醒。我们也是这样，工作、休闲，一天天地活下去，难得享受一点慢时光。

第四辑

记忆与回乡

故乡五彩斑斓的蛇

我的故乡属于天柱山山脉余脉，山多、水多、树多，生活在这里的蛇也多，留下了不少传说。

蛇常常在我们的生活里闪现，有土巴蛇、黄蟒蛇、黑蝮蛇、五步蛇等。屋檐下、菜园里、草丛中，不时掠过蛇游动时弯弯曲曲的曲线。在山旮旯里的杂草丛中，经常会看到一条蛇盘成一团在吐信子。有的人一觉醒来，才发觉枕头边还盘着一条蛇。

我那时候经常步行下山到冲里的村小学去上学。我走的是田埂小路，一路上是绿秧被风吹拂荡漾的稻田，经常在脚下窜出一条黑色的双头蛇。双头蛇只有筷子长，尾巴长得也像头，游不快，因为见到人来，它的两个头会朝不同方向游动，自然是相互牵制，速度上不来。双头蛇似乎长不大，因为我从没见过超过两尺长的双头蛇。

水田里还有水蛇，水蛇一般是花的，红白相间，无毒。在水田里劳作的时候，有时候你用手拔草，会捞出一条小水蛇来，让人出一身冷汗。水蛇喜欢静静地呆在水田边的水沟里，因为它毒性不强，我那些调皮的小伙伴们经常会拽住它的尾巴，把它从水里拉出来，像转轮子转风车一样把蛇举在半空中乱转，等蛇转晕了，再把它扔回水田里。

我生活的村庄东面有一座山，名叫大林山。那里树木葳蕤，灌木丛生，野鸟翔集，小兽出没，春天来野花秀而芬芳，秋日里野果红而香甜。特别是夏天的雨后，这里就成了采蘑菇的好地方。走进林子里，扑面而来的是氤氲着各种蘑菇的清香味，混杂着落叶和青草的气息。在灌木丛的附近，东一处，西一处，到处都是一丛一丛的蘑菇，有白的如小伞，有红的如公鸡头上的鸡冠，还有黑的如包公的脸。随便采一篮蘑菇，回家放点油盐炒炒，都是难得的美味。

不过去山里采蘑菇，大人们总是告诫我们要小心，要几个人十几个人组团一起去，说是大林山里有条大蛇。那条蛇已经成为一个传说了，爷爷、父亲和我小时候都听说过那条蛇，说是那条蛇盘踞在大林山里，把整座山都挖空了。以前兴修水利的时候，有人挖到过蛇的鳞片，据说有银元那么大、那么厚，估计那条蛇应该是个庞然大物吧。

据说那条蛇只有晚上才出来，到池塘里喝水。好几十年前，曾经有人深夜从山脚下经过，走累了，看到附近有一大截黑黑的粗树桩，就坐到上面休息，还拿出随身携带的烟斗来，美美地吸上几口。他休息好了，准备继续赶路，就随手把烟斗在树桩上磕磕，想把里面的烟灰磕掉，不料那段树桩扭动了起来。那个人站起身来定睛一看，妈呀，原来那不是树桩，是一条大蛇的尾巴。他拔起脚就跑，都不敢回头看，气喘吁吁一路跑到家，把看到蛇的事情说给家人听。估计是惊吓过度，那个人第二天就去世了。

总之，那条蛇的故事传遍了方圆几十里地，晚上没有人敢上山了。白天，我们在山冲农田里干活的时候，也没人见过那条蛇。村民们传说，那条蛇是修仙的蛇，是不会轻易出现、随便害人的，如果它的出现吓死了人，会减掉修行500年。

在村民的眼里，我们身边出现的大人物都是仙灵妖怪变成的。如，离我家不远的桃花岭，清朝时出了个余诚格，曾官拜广西按察使、湖北布政使。村民们传说他是蟒蛇精投胎，因此才能干出一番事业。他去世时，一条大蟒蛇盘在余家祠堂的屋檐上，两眼如电，红信直吐，鳞片闪着寒光，很快就消失不见了，据说那是他的原形。

蛇的故事在民间绘声绘色，让人听了惊心动魄，但又精彩纷呈。有一条蛇的故事还惊动了唐朝大诗人白居易，让他妙笔生花。当时，望江县来了一个勤政爱

民的县令麴信陵，他到任不久，发现县衙门口每天有九个衣着华丽的小男孩，坐在地上下棋玩耍，一连几十天都是如此。麴县令觉得很奇怪，就在他们回家的时候悄悄跟在他们后面，结果九个小孩走到南头山的一个深潭就不见了。

后来，麴县令让人用大竹筐吊着他进入潭底查看，发现潭底睡了九条青龙。原来，这九个小孩就是九条小蛇长成的青龙，他们就生活在深潭里。麴县令觉得自己管辖地界有如此多的妖怪，长久下去可能会祸害百姓。他决定以身犯险，斩妖除魔，让一方老百姓得到安宁的生活。于是，他不顾自身安危，拔出随身携带的宝剑，用尽力气朝那九条龙劈去。

不料，因为那九条龙前晚回去发生了争吵，有八条龙想翻江倒海，闹点事干。他们说，要把望江变成东海，把长岭变成码头。有一条龙不同意，与之争论。他们回到潭里后，八条龙睡在一头，另一条龙独自睡一头。

于是，麴县令的宝剑只砍下了八个龙头，一条龙尾。断尾巴龙忍着剧痛，将麴县令的头绞了下来，随后下起了雷雨。麴县令斩龙的事情传到了朝廷，皇上念他为民除害，赏赐其配金头安葬。大诗人白居易当时在朝中为官，麴县令的德政让他感慨不已，含着热泪写下了《秦中吟·立碑》这首诗，“我闻望江县，麴令抚茕嫠。在官有仁政，名不闻京师。身殁欲归葬，百姓遮路岐。攀辕不得归，留葬此江湄。至今道其名，男女涕皆垂。无人立碑碣，唯有邑人知。”

直到如今，村民们还传说，断尾巴龙是个孝龙，每年清明都要回来祭母。清明时节我们回老家祭祖时，常常会碰到一阵狂风暴雨，据说是那条断尾巴龙回来了，按时拜祭他的母亲。传说九条龙的母亲因为生下九条蛇这样的怪物，不久就抑郁而死，葬在香茗山上。

故乡的蛇，形态各异，千姿百态；关于它们的故事，更是荡气回肠，令人神往。

走在故乡记忆的密道上

夏天到了，蝉们在声声呼唤着“天太热了，天太热”了。

这个时候，正是农村“双抢”农忙的时候，正是在田野里肩挑背驮的时候。

这个时候，我的记忆走在蝉音里，走在故乡的晚风夕阳里，走在曲曲折折的山路上。

我的故乡在长江边上的一片丘陵地带上，山不高，但蜿蜒回旋，形如凤舞龙盘。夏天的时候，山色郁郁葱葱，加上点缀其间的湖泊池塘，更是山水相映，佳气涌动，美不胜收。

我的村民们祖祖辈辈生活在这片土地上，他们住在坡地上，瓦房掩映在绿树荫里，夏天的时候只露出一些屋檐。他们在山脚下辟出了不少水田，一年种两季稻，以此维持生计。村民们基本上是日出而作、日落而息，白天干农活，晚上回家看看电视，就没什么娱乐活动了。在这种一年一年重复的生活里，平日里比较喧闹的就是鸡跳树、狗乱叫了。只有到了过年的时候，才有集体看舞龙灯的习俗。那时候，村里的男男女女、老老少少都来到打谷场上，鞭炮声声，一夜鱼龙舞。老人拄着拐杖，大人抱着小孩，看着青壮小伙子们飞旋着龙灯、狮子灯，欢声笑语不断。

这里不通火车、不通高速，也没有宽阔的公路供车跑。以前到县城都要先走很长时间的一段土路，来到镇上搭车。直到前两年，才托“村村通”工程的福，一条仅容一辆小汽车通行的水泥路修进了村里。大家出行方便多了，但让车经常出现

麻烦，要倒车很久才能找到一块空地，好让对面的车辆通行。

在这里，在这宁静的小山村里，我生活了十八年。

上学的时候，我沿着弯弯曲曲的山路走着，一路上山环水抱，茂林修竹，好鸟相鸣，嘤嘤如歌，不久就来到一块块如百衲衣一样不齐整的水稻田。在水田里，稻秧荡漾着新绿，一阵微风吹来，空气里飘着粪肥的气息。水田里经常游过一条小花蛇，听到人的脚步声，马上就在一条如白线的水花中消失了。有时还有一只白鹭单腿站在水田里，姿势优雅极了，人一走到跟前，便“扑棱扑棱”拍着翅膀飞走了。这时候，我们呆呆地看着水鸟飞旋，瓦蓝瓦蓝的天空显得特别空旷。

走着走着，水稻抽穗长高了，在那些阳光灿烂的日子里，到处都能闻到稻花的清香。放牛娃把毛发丝滑油亮如黑色绸缎的水牛牵到田埂上，让他们啃食那些沾满露珠的又肥又嫩的青草。

走着走着，都是美丽的时光。那时候，鱼基本不用买。嘴馋了，就拎起一只木桶，来到放水的田沟里，用田泥拦起一段，然后用搪瓷碗把水舀干，挽起裤管，用手掰开泥里面，到处都是乱窜的泥鳅。泥鳅湿滑，经常从指缝里溜走。但只要挖个把时辰，逮个两三斤泥鳅没问题。拿回家煮，随便放点辣椒、豆腐之类的，就是一盘香气四溢的下酒菜了。

我父亲是捕鱼逮虾的高手。在夏天，他常常钻到池塘里，很快就装回家一桶活蹦乱跳的鲜鱼。在冬天，他用丝网和长竹竿做一个虾夹，站在水库的岸边，把虾夹推进那些水草里，很快里面那些如水晶般透明的大虾小虾，都争先恐后蹦跳到虾夹里。父亲逮的虾，有时都吃不完，就把它们晒干。我那时在中学读书，在学校里周一到周六吃的都是自己带的咸菜。母亲在为我准备咸菜时，经常放入干虾一起炒，这是我那时能吃到的特别美味。在舌尖上，故乡的味道回味无穷。可惜的是，现在吃不到那样的虾炒咸菜了，就是能吃到，也已经不是当时的味道。

走着走着，我走进了水田里，双脚深深踩进了紫色的泥巴里，感觉特别的清凉。那时候的我，因为母亲身体不好，只要放假在家，总是要干点力所能及的农活，插秧、除草、割稻子，等等。

“双抢”是夏天最热的时候,对干农活的人是个考验,真的是流血又流汗啊。早晨一出门,就能看到太阳像一个大火球在天上灼灼燃烧,赤脚走进水田里,马上感觉到连水面都发烫了。而水里藏有蚂蟥,它们轻易就能钻进人的裤脚里,吸附在小腿上用力吸起血来。等到把蚂蟥从腿上扯下来,血很快就从它咬过的伤口里奔涌而出,血迹漂在了水田里。

黄灿灿的稻穗低垂在田里,连成一大片。割稻子的时候也要小心,镰刀非常锋利,你埋头收割的时候,稍微一走神,手指头就会被割破。收割后尖尖的稻茬非常坚硬,赤脚踩在上面,皮肤也容易被戳破。

干农活非常辛苦,特别是高温酷暑天气,只能穿短衣汗衫出门。骄阳似火,很快你全身都汗湿透了,水淋淋的衣服粘在身上让你觉得不自在。汗水有时流进眼睛里,让眼睛发痛,甚至有时睁不开眼睛。而脸上的汗水在太阳的炙烤下,凝结成了盐粒,用舌头一舔,咸咸的,苦苦的。

月缺月圆,让大自然在变幻里充满了美景。人生,如果只品尝甘甜的乳汁,而没有流过苦涩的泪水,那也是不完整的。

我曾经在一首诗里写道:“这是回忆的温柔之时 / 我看见我的国家是种子做的 / 在田野里长满绿色的风 / 我看见我的心是眼泪做的 / 又流成江河 / 我捏笔的手指缝里还紧紧攥着 / 水田里紫色、温软而肥沃的泥巴 / 有一天我也会躺进故乡的厚土里 / 为我的梦想和无依无靠寻求庇护。”

无论我走到哪里,身在何方,故乡的记忆永远跟随着我,永远是我心灵里最柔软、最难忘的部分,成为我心灵的避难所,成为我生命的甘露和雅歌。

痛悼吾师余恕诚

8月23日，星期六，平常的一天。

想不到这平常的日子，竟成了我们家不平常的日子。忽如晴天霹雳，传来了我们敬重的余恕诚老师的噩耗——中午两点半，余恕诚老师在北京仙逝，永远地离开了我们，离开了他的家人、学生、朋友，离开了他热爱的唐诗研究。

记得周五晚上夜半时分，小区里的狗叫个不停，吵得我爱人睡不着。深夜，师大胡传志老师等人发信息过来，说余老师病危。我和我爱人还有点不相信，因为余老师平时身体还不错，这次去北京，说是去疗养，我们没想到他会突然离我们而去，总觉得他活过八九十岁不是问题。

第二天一大早，我爱人就问我，要不要赶去北京看望病榻上的余老师。我说，既然病情严重，那要赶紧去，不然日后可能会后悔的。我赶紧订了下午南京到北京的高铁票，让我爱人先赶过去，当时没想到余老师这么快就会骑鹤西归。我爱人还在去南京的路上，就接到电话，说余老师两点半刚刚仙去了。我爱人是余老师手把手带出来的硕士，是他的入室弟子，她的硕士论文《韦庄研究》当时还是优秀论文呢。我虽然和余老师交集很深，但因为种种原因，没有读研究生，没有真正忝列余老师门墙，只是门外汉。可惜我们夫妻最终都没有走上学术研究的道路。

因为我和我爱人都是余老师的学生，余老师每一专著出版，都要赠送一本给我们，并在上面写下他秀媚工整的楷书。如他在《唐诗风貌（修订本）》上，写下了“春芳秀芳惠存并指正”的文字；他在《唐诗与其他文体之关系》这本专著上，写下了“春芳秀芳同学惠存并赐正，祝秀芳回团市委”的文字。《李商隐诗歌集解》《李商隐文编年校注》等著作的签名也类此。翻开余老师题赠给我们的书，自然是别有一番滋味在心头，斯人已逝，音容宛在啊。

我和余老师的神交中学时就开始了，当时我在望江中学读书，年少的我对诗歌和文学无比狂热，每天都要从学校图书馆里借书，遇到好书好文章都要手抄收藏。我曾经手抄过刘学锴、余恕诚共同编著的《李商隐诗选》，那本书还是繁体字排版的。后来，我在余老师家里谈及此事时，余老师还夸赞我对诗歌如此用心，难得。余老师认为，搞点诗词写作，对学术研究是有推动作用的。他说他年轻的时候爱诗，也写过诗歌，并拿出一本他珍藏的何其芳著作《诗歌欣赏》给我。我一直想在创作上打通古典诗歌与现代诗的距离，让读者像喜欢唐诗宋词一样热爱现代诗，可惜至今收效甚微，亦是憾事。

后来我到了安徽师大中文系读书，有幸听到了余恕诚老师讲唐诗。当时的师大中文系名师荟萃，宛敏灏、祖保泉、刘学锴、余恕诚等老师的学术成就在全国都是素有名望，令人高山仰止的。后来，安徽师大中国古代文学专业博士点及中国诗学研究中心能够花落师大，也离不开这批老专家的心血浇灌。

我记忆里的余老师个子不高，非常清瘦，为人谦和。他讲唐诗从来没有慷慨激昂的腔调，貌似平淡，但一句句沁入人的心里，仿佛夜晚“润物细无声”的细雨。当时的我崇尚“自由主义”，喜欢翘课，整天趿着双破布鞋泡图书馆、写自己的诗，但余老师的课我全部听了。

余老师带学生特别认真，每个本科生的笔记，他都要仔细地看。我记的笔记，字迹虽然工整，但写得拥拥挤挤、密密麻麻的。因为我小时候家境不好，买作业本的钱常常要东挪西借，养成了写小字和把笔记本写得满满的习惯。余老师就在我的笔记本上批阅道，“很认真、很工整，不错。但今后要注意留空，不能写得太满”。

后来，我在《安徽日报》工作的时候，曾经专程采访了余老师，写过一篇《唐诗宋词伴平生》的文章，发表在《安徽日报》上。我总记得余老师喜欢讲的一句话，“板凳甘坐十年冷，文章不著半句空”。我觉得为人处世，如能如余老师所言所行，

甘于淡泊，待人以诚，谦和处世，不说空话，就是世间难得的人物。

毕业后，我们每年都要到余老师家中，至少看望一次余老师，或在春节，或在中秋，或在教师节前后。有一年春节，是我们一家三口一起去的，当时我儿子三岁左右，师大老校区梅花盛开，是黄梅。我记得当时是慈蔼的师母开的门，我儿子很调皮，一进余老师家门，见到吃糖果之类的就拿过来直往嘴里塞，后来告别出门时我儿子手里还抱着一个大红苹果。我们聊了很长一段时间，关于唐诗、关于人生、关于小孩教育，那天余老师特别开心，让师母给我们一家三口在书房里和他一起照了合影，送别的时候，余老师一直把我们送到楼下的梅树下，在黄色火焰般的一树梅花前，又留了几张珍贵的合影。因为我们人都在芜湖工作，照几张合影留念，当时只道是寻常，不然的话，每次去拜访余老师时，都应该多留一些值得珍藏的画面的。在我写这篇悼念文字的时候，儿子还在我身边问我："爸爸，这个师爷爷抱过我，陪我玩过吧？"

余老师是安徽肥西人，生于1939年，幼年家贫，后成为知名教授、国家级教学名师、唐诗研究名家，这是他多年来甘坐冷板凳、潜心于唐诗宋词采撷到的累累秋实。余老师在晚年获得了一系列的荣誉称号，如第八届全国政协委员、第八届安徽省政协常委、安徽省政府参事、安徽省学位委员会委员、国务院有突出贡献的专家、中国唐代文学学会常务理事、中国李白研究会常务理事、中国李商隐研究会副会长、中国韵文学会常务理事兼诗学分会会长、全国首届"国家级教学名师奖"等。

但对我们这些学生来说，不管余老师身上有多少光环，余老师永远是一个平平凡凡、普普通通站在讲台前教书授业的老师，是一个用自身的默默耕耘、数十年如一日的坚持影响了我们一生的老师。

呜呼，先生为人，光风霁月；先生之风，山高水长。

临风垂悼，江河悲咽；遥望北天，黯然神伤。

中秋月饼香

在清凉的秋雨声里，中秋节就悄悄来临了，自然也到了人们吃月饼赏秋月的最佳时节。

中秋节是离不开月饼的。前几天，我父亲去超市的时候，特意看了一下月饼的价格。当天晚上，我回家吃晚餐，父亲边吃饭边对我说："今年月饼便宜多了，最高的也只要198元一盒。"前天周末，我们带父母去超市，准备中秋过节的必需品，月饼只要15块钱一斤，我们一下子称了好几斤，真是畅快。

月饼价格的下跌，对我们小老百姓来说，自然是一件好事情。前几年有的月饼价格高得离谱，在大商场里，几千元上万元的月饼并不鲜见，让人望而却步。有的月饼礼盒里面摆放了名酒、金条银块、首饰珠宝，有的里面配上景泰蓝刀叉、线装书、酒瓶酒杯、祈福茶盒等，真不知道是要顾客买月饼呢，还是买礼品回家收藏？有的月饼包装过度，有用金银色的月饼托盛装月饼的，有用名贵红木或檀香木做礼盒的，用漆精美，看起来华贵耀眼，夺人眼目，其实里面不过就是两块普通月饼而已。

当然，购买到便宜月饼，也不是没有办法。一个同事告诉我，他每次都是中秋节当天下午五点左右，去商场购买月饼。那时候月饼价格降下来了，常常是买一送一，他经常满载而归。要是晚上商场打烊前买月饼，那就更便宜了，因为第二天月饼就要下架。

自古以来，中秋节是我们中国人尊崇的仅次于春节的第二大节日。特别是大

文豪苏东坡的名句“但愿人长久，千里共婵娟”，更是中国人中秋站在高楼上赏月时必定会吟唱的。不知从何时起，民间就有中秋吃月饼赏月的习俗。中秋时节，黄昏灯明以后，月上柳梢时刻，家家户户门前摆香案供桌，上陈供品，点上香、烛，燃放鞭炮，祭祀月神。祭后，家人欢聚品尝月饼等美食，聊天赏月，此风俗延续至今。

我的老家是个有山有水的地方，那里小桥流水人家，清风明月荷花，水碧如天，人秀于月，那秀美如诗的山山水水，那温婉清灵的湖畔女子，那古朴凝重的水乡小镇，那无处不镌刻着悠悠古风的文化流韵，只要外来的人屐痕所及，自然是走后还怀想流连。特别是中秋时节，更是月色天清，清夜满西楼，如镜复如钩，能不相忆否？

我小时候除了过年外，最喜欢的是过中秋了。那时家里穷，平日里，我们连吃个鸡蛋都觉得奢侈。当时我正读书要花钱，买笔和本子，交考试卷的钱，都是靠卖鸡蛋得来的。而到了过节的时候，母亲就宰鸡烹鱼，摘菜挖藕，忙碌好几天，才换来满满一桌子的菜，闻着飘出厨房的肉香油香，自然是让我馋得流口水。好不容易等到了晚上，一家人坐在堂屋里，有肉吃，有鸡尝，有鱼虾可大快朵颐，有花生、月饼可大饱口福，杯前共笑语，月下话平生，真是件幸福的事情。

特别是一家人共同分享一块香甜的大月饼，是我记忆里的美好时刻。月饼有一个盘子那么大，表面洒满了白色的、黑色的芝麻粒，里面是红糖、生姜。父亲把月饼平均切开，每人一块，我放到嘴里慢慢咀嚼着，觉得真是人生的美味。当时我连掉在桌子上的芝麻粒都要一粒粒用手指头捡起来，放到舌尖上品尝，味蕾盛开。

随着物质生活的丰富，月饼、粽子等一些节日食品，平时也能随便买到，因为很常见，现在的月饼又是精细加工，再也品不出当年的味道了。如我儿子，他就从来不觉得月饼是什么美味，因为他想吃什么的时候，只要和我们说一声，“爸爸，我想吃……了”，很快我们就会满足他，美食太容易得到了。记得去年中秋节前，我和爱人在小巷里散步，看到一个老农挑着自己手工制作的大月饼叫卖，和小时候吃的款式一样，才五块钱一个，我们赶紧买了几个，回家后吃了，真是口角噙香，回味绵长,有小时候的味道。

一个人吃月饼赏秋月,眼里的月亮更有独特的美。记得我大学的时候,有一个秋月夜登临赭山顶上,西风微荡,月光如水,树木的倒影在月光下如荇藻在水里摇晃,拖着长尾巴的狐狸或黄鼠狼从眼前的小径上轻快地跑过,恍如梦境。曲径通幽,远山隐约,千年古刹广济寺禅钟悠扬,观镜湖,览长江,云开看月色,江静听潮声,让人身心俱净。心上自然涌出唐朝诗人张若虚的诗句,“江畔何人初见月?江月何年初照人? 人生代代无穷已,江月年年只相似。不知江月待何人,但见长江送流水。”此时此刻,月亮成了一个在天空里漫步的哲学家。

无论漂流何方,无论天南海北,无论独身处众,我们年年都要过中秋,或许这就是民族的一个庄严仪式,代代传承我们独特的心灵基因吧。眼前有月赏,舌上有饼香,无论我们走到哪里,舌尖上的饼香都能抵达无言的乡愁,眼前的圆月都在诉说无声的幸福,脚下都有一条隐秘的路通往遥远的故乡。

最喜小儿无赖

为人父母者,看着小孩成长、教育他成人是痛并快乐着的过程。我儿子一生下来,就是个小顽童,让我们一家人头痛不已。他出生的当天晚上,就前后拉了七八泡屎,他爷爷奶奶不时给他换洗衣服和尿片,累得够呛。

记得刚结婚的时候,我经常对老婆说:“要个女孩吧,听话,对爸爸又好。”老婆怀孕后,不知为什么,我们总觉得会有一个女孩,老婆妊娠反应严重的时候,吃什么菜都没有胃口,她总是抱怨说:“对我不好,想饿死我们母女俩。”她“母女俩”“母

女俩”地话不离口，似乎确定了腹中的孩子是女儿。并且老婆掌管家中大权，连女儿的名字都由她取好了：徐明非。取“明辨是非”之义，是希望女儿以后会成为知书达礼明智的人。当然，她在认为很大可能会生女儿的情况下，把男孩的备用名交由我来取。最有意思的是，连老婆单位的人都以为她一定会生女孩，老婆在医院生产的时候，她的一个同事以为农村重男轻女思想严重，还好心地安慰我的父母说，生孙女也要对媳妇好啊。让人大跌眼镜的是，在漫长的等待中，一个白衣护士走出来说：生了，是个男孩。

儿子在母亲子宫里特别安静，没想到生下来没几个月，便以“街油子”“小混子”之名名闻乡里。他刚满月就去了超市，当时他眯着眼睛装睡，不时睁开一条缝看着超市里货架上摆放的商品。之后，他就不愿意呆在家里，只想着去外面玩。只要不带他出去玩，他就在家里哭闹。

儿子长到一岁多后，只要我每天傍晚回家，一打开门，他就在爷爷的扶持下直奔过来；当我蹲下身子换鞋的时候，他趴到我身上要我抱；我把他抱起来，他就眼睛溜溜直转东瞧西看，嘴里还得意地“哦哦”叫着，这情景让我心里涌出一股幸福的暖流。

后来，儿子上幼儿园了。当时他嘴里叼着个奶瓶，什么都懵懵懂懂的。没想到，他在幼儿园里干了件“骇人听闻”的大事出来。一天晚上，我回到家，他奶奶就告诉我，儿子在幼儿园向他们学校最漂亮的老师求婚了。当时我都不敢相信自己的耳朵。原来，儿子不知从哪里弄来一朵花，跪在他的像大姐姐一样的老师面前，说：“花花老师，你嫁给我吧！”当然，他的行为逗得老师们哈哈大笑，老师对他也另眼相看了。

再后来，儿子上小学了，他还是生活在童话世界里。有一段时间，他拿出一个本子，在上面写配图的童话。在童话里，他是善财童子，因为做了很多善事成了神仙，天天跟着观世音菩萨；我是天龙（估计因为我属龙），他妈妈是长尾巴老鼠精（《西游记》里有老鼠精）。老鼠精和天龙睡在金色的云上，天龙和老鼠精相亲相爱，天龙对老鼠精说：“如果我们有来世，还要做夫妻。”有一个猫精来破坏他们在云上的幸福生活，“喵”的一声，猫精用法力把金色的云弄坏了，老鼠精和天龙掉到了地上，幸亏运气不错，都没有受伤。后来，天龙拿出打神鞭，和猫精打了起来，把猫精消灭了。

儿子很有意思，写老鼠精的故事他写不完，但一提到老师的作业，他马上就大叫：“烦人！为什么要写作业呀？早知道做人这么辛苦，我就在观音菩萨身边不到人间来了。”有时候老师布置作文，要求他写一页纸，他就只写一页，绝不多写一个字。

儿子在学校上课不专心，有时候上课，老师在上面讲课讲得正起劲，眼睛四处扫射，发现儿子课桌上没人，原来他人遛到课桌下面玩去了。这也怪我们对他太放任自流了，教数学的张老师说我儿子是她教书几十年来遇到的最聪明的孩子，可惜他学习不认真，要我们好好管管他。

儿子不喜欢读书，也不喜欢玩打打闹闹的游戏，和一般的小朋友兴趣爱好大不相同。他喜欢的是提问题，经常把我问得一愣一愣的。如，他听到蛐蛐的叫声，就问：“爸爸，蛐蛐为什么晚上出来唱歌呀？那它什么时候睡觉呀？”看到关于太阳的知识，他又问：“爸爸，太阳现在可老了？它现在有多少岁？它为什么能活九十亿年呢？”他观察牡丹花早晚不同后，就问我：“爸爸，为什么牡丹花晚上收起来了，成了花苞，是不是晚上牡丹要睡觉啊？”

儿子喜欢涉猎课堂一般不教的课外知识，什么天文、气象、地理、人体等方面的知识，他都喜欢看，还特意去新华书店买了《趣味气象》《人体之谜》《探识地球》等一些出人意料的书。他还喜欢看天气预报，每天晚上七点半，他都准时坐到电视机前，盯着电视屏幕眼睛一眨不眨。最搞笑的是，他还喜欢把我书房里厚厚的《辞海》抱到他的房间，不时翻上几页。

最近，儿子又开始了天天写日记。我们住的房子带跃层，我们在楼顶开辟了一小块菜园，他爷爷奶奶种了黄瓜、豆角、茄子、丝瓜、冬瓜等，四季瓜果不断，鸟语花香。儿子天天观察它们的成长，并记录在日记里。如，他写道：“练跆拳道回家后，看了小菜。小菜长势良好至优秀，冬瓜大约10斤了，丝瓜长又大，辣椒红又红，

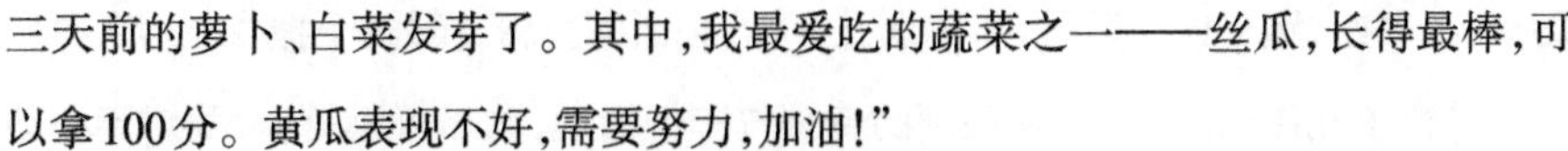

三天前的萝卜、白菜发芽了。其中,我最爱吃的蔬菜之一——丝瓜,长得最棒,可以拿100分。黄瓜表现不好,需要努力,加油!”

儿子现在还用日记监督我们,如我晚上加班回家迟了,儿子就在日记里写道:“晚上,爸爸又不在家吃饭。爸爸已经连续两个晚上没在家吃饭,是全太阳系前10坏的爸爸,严厉批评一次,罚一周不许吃家里种的小菜,并三天得不到我的亲吻。”

儿子才10岁就这么顽劣,真不知他长大了会成为什么样子呢。

“菜鸟”开车记

驾照拿到手都已经好几年了。当时拿到驾照的时候,我还激动了好几天。因为家人总觉得我文弱书生一个,动手能力差,驾照估计拿不到。后来我起早摸黑,放弃休息时间,苦练驾车技术,终于顺利把驾照拿下了。因为没买车,驾照一直放在抽屉里闲着,连在驾校学的车技都全部还给老师了。

这也怪我,一直不敢开车,总担心在路上磕磕碰碰的。特别是现在路上车多人多,不遵守交通规则的人多,甚至在红灯亮起的时候,很多行人也敢乱穿马路,摩托车、电瓶车更是不习惯在非机动车道上行驶,时常窜到大马路中间,叫人防不胜防。特别是我有一次坐车,正好那部车撞上了前面一辆自行车,骑车的人受伤了,血沿着他破烂的裤管不断涌流,这种血腥的场面在我心里结成了疙瘩,让我对开车有点心理障碍。记得在驾校学车的时候,开着开着,一看到有行人、摩托车横穿马路,马上车都不敢开了,在路上乱打转,连驾校老师都急了,大声呵斥我多次。

驾照在手,不开车总是遗憾。看到别人开车,也很手痒,恨不得自己有辆自己的车，上高速，跑长途，甚至像有的朋友一样，去西藏新疆自驾游个把月。

等待了几年，正好总部在芜湖的奇瑞汽车做活动，购车可以打折，我终于心动了，一咬牙花了好几万，买了一辆奇瑞艾瑞泽7，总算是成为有车族了。

有了车，最高兴的是儿子。因为之前他经常放学回家后就问我们："爸爸妈妈，我们家什么时候买车?"儿子的同学，有不少家都买车了，经常周末带着小朋友在城市周边自驾游。像我们家，没车出行就不方便了，儿子有时候蹭同学的车一起出游，或采草莓，或摘葡萄，或到乡下看油菜花，一回家就念叨着家里也要买车。

还有，春节、清明等节假日的时候，也是外出务工的乡亲们返乡的高峰。现在青年人在外打工，他们有的一天工钱至少两三百元，平时省吃俭用点，两年下来，买辆车也不是什么难事。回家的乡邻们开的车常常从村头排到村尾，什么品牌的车都有，也是对自己靠劳动挣钱的一种满足和炫耀吧。而我们回趟老家，拖家带口，手里拎着大包小包，要坐汽车，要提前买票，还要转车，常常是时间都耗费掉了，人还又累又乏；不如自己有辆车，行李可以放在车后备厢里，三四个小时就能从芜湖直接开到安庆农村老家大门口。

那天，去安奇4S店取车。先看车，闪着油亮光泽的新车摆在眼前，感觉还是很满意的。车不就是个代步工具嘛，和古人骑马骑驴坐轿外出办事没两样，虽然买的不是豪车，能够缩短我上下班时间也是好事情。我上班的地方在城市的新区，每天挤公交要耗费一个多小时，常常是天不亮就起床，晚上到家已是暮色苍茫、华灯怒放了。

由于好几年没摸过车，家人对我开车还是比较紧张的。每次出门前，他们都要嘱咐我："路上开慢点。开车的时候要精神集中，不要接电话、开小差！"记得我把车开回来的时候，他们想找一个老师傅陪着我一起去，被我拒绝了。我觉得如果开车还要边上有人指点的话，反而容易手忙脚乱。系上安全带，握好方向盘，按照在驾校学的知识，我终于小心翼翼地把车开回了家，家人也松了一口气，觉得我开车比他们想象得要好。

车开回家的当晚，儿子就急着要去看新车，他爬到新车里，这里摸摸，那里看

看，还让我开车带着他在小区转了一小圈。不久，车上牌照了，因为车牌用的儿子名字的缩写，他兴奋得把双手举向天空，大叫起来，“耶！”后来，儿子去公园或游乐场里玩，都是我开车接送了。

当然，我毕竟只是刚开车的菜鸟，在路上行驶的经验不足，偶尔的擦擦碰碰在所难免。前不久，我遇上了一次小摩擦。我沿自己的车道行驶，不料前面一辆出租车往后突然倒车，我缺少临时处置经验，估计是刹车不够果断，车刹得慢了点，我的车还是亲密地“吻”到了出租车后座了。幸好我的车只是刮擦掉了一点油漆，其他没有什么损伤。车停到路边，交警过来处理一下，然后到理赔中心，小修费用由保险公司承担，处理起来非常快速便捷。我的车送到汽车维修点，上点漆，就继续上路了。

有了车，就有了生活的便捷。更好的是，在不断开车的过程中，我慢慢消除了不敢开车的心理。可见，一个人只要下定决心，坚持不懈，世上就没有干不成的事。

门口塘

门口塘就是我家推门可见的小池塘。水边长满了杨柳和青草，水面上掠过燕子飞翔的身影，也浮现着我童年的脸庞。

小时候一家人住在茅草屋，没钱买玩具。我和小伙伴们一起叠纸船、挖蚯蚓、钓鱼、打水漂，那些日子空气里不停地溅起欢快的笑声。

当然，最有趣的事是在水塘里摸鱼了。夏天高温少雨，蝉嘶哑着干裂的喉咙，塘里的水浅了,有的地方显出圆圆的卵石,鱼跃出水面的动作多起来,是摸鱼的好机会。俗话说“近水楼台先得月”,我们全家自然倾巢出动,祖父、父亲拿出渔网,妈妈抬起虾夹,我和奶奶提着竹篮。一家人都绾起裤管,光着脚在池塘里起劲地搅动,水变浑了,先是小鱼四处逃散,不久大鱼也惊慌失措地跳起来,“扑通”一声,水花溅到人的头发、脸上、身上。祖父和父亲张开网,不时有慌不择路的鱼拥进去,甚至还有鱼跳进妈妈刚刚放进水里的虾夹。我的脚试探着在水中慢慢移动,有的鱼摇摆着碰上脚背,滑滑的,痒痒的。乡邻也陆续赶来,加入摸鱼的行列。我们满载而归,我还用手摸到了一条一斤多重的,出水时它的尾巴起劲地挣扎。

刮鳞剖鱼,采葱摘蒜,不一会家里飘起了热腾腾的鱼香。妈妈擦了几只碗,盛满鱼,让我送给那些没逮鱼的邻家。我最喜欢吃鲤鱼那一团团金黄的鱼子。

没几年,我家瓦房的屋檐便倒映在水塘里。我常常背着满书包的形容词回家,蹦蹦跳跳的脚步在水面荡起涟漪。

后来,一条公路通进了小山村,杂货店、菜铺都冒出来,汽车、拖拉机不时驶过,鸣笛声压低了池塘边小鸟的鸣叫。

进城后,我与小山村渐渐疏远了。抽空回趟家,门口塘早被我四叔家承包了。听说四叔每年还能网不少鱼呢。村姑用棒槌拍打衣服的声音听不到了。晚上,与爸妈闲聊,自然谈到了我小时候。妈妈说:“你这孩子,以前才调皮呢! 冬天门口塘结了厚厚的冰,你脱掉鞋在上面乱跳,身子冻得像红虾子一样,还叫着‘老红军不怕苦啊!”听了妈妈的话,回想起在门口塘里流淌过的逝去岁月的水花,不禁眼睛都潮了。

池塘边的杨柳绿了又黄,黄了又绿,过去了几度春秋,我家的房子又盖了一次,我也成了大人。看来这个世界上没有不变的,除了门口塘里荡漾的绿色波痕。

父亲的信

我喜欢看那些字体不一的信，也习惯于写信跟别人倾谈。谈谈写在人生边上的感悟，诉诉生活在围城中的烦恼，梦梦未来美好的星月。

现在人们写信的方式慢慢改变了，不用动笔，将手在打字机上啪啪几下，一封信就写完了。或者干脆发个“伊妹儿”，不用写信贴邮票，省得跑邮局，又有“新新人类”的感觉。

多年来，我不太喜欢父亲来信，啰啰唆唆的。还一周一封，雷打不动。那时我正在读大学，喜欢无拘无束，不想再多听父母的陈芝麻烂谷子的教育。同学们总是等到口袋里的钱用完了，才想起给家里写信，于是流行歌曲《一封家书》也有了新的版本。我虽然没有到歌曲中嘲笑的地步，但家书写得也不多，现在想起来，真有点后悔。

参加工作后，我更加懒得动笔了。大概是“不才明主弃，多病故人疏”吧，以前的好朋友都各奔前程，很少通信往来了，顶多过年时打个电话互相问候下，证明都在地球上活着，还活得很好。只有父亲的信，总是不紧不慢地飞来，伴随着我的生活。

读了那么多人的来信，还是父亲的信最真情最实在。他总是把自己的人生经验写在信上告诫我，像燕子哺雏一样好让我快快成长。父亲识字不多，只上到小学五年级，当然这不是他的错，尽管他入初中的升学成绩特别好，全乡第四，但爷爷当过国民党的军官，土改后戴上了一顶地主的帽子。地主子弟不能读书，也不能当兵，所以父亲错失了读书上学的机会。

读书不多是他一生最大的遗憾。父亲的信中有时候有错别字，我在一封回信中随便提了一下，叫他在空闲时多看点书，结果他认为我嫌他没有文化。

他有时候也在信中感叹造化弄人，说他童年时的一个好朋友，也只读过小学，后来当兵立了军功，现在都当上了副县长。他劝告我要珍惜学习的机会，因为这是他当年可望而不可即的。

父亲小时候练过书法，喜欢写春联。村里人的春联也喜欢让他写，从我考上大学，他便要我代写春联。去年春节回家，我在挥笔前，父亲郑重地说："对联要写得有文采、有气魄些，我们家可是知识分子家庭啊。"

我的老家有"耕读传家"的传统，村子里以前出过几个举人、进士，是县里的望族，后来也走出了不少大学生。对父亲来说，儿子是本科生，媳妇是研究生，这是他骄傲的资本啊。他还常在信中，要我们继续攻读。近日整理书物，把父亲所有的信放到一起，数了数，足有四百多封。这是七八年来，父亲给我的声声叮咛、字字爱意啊。捧读它们，心里充满了被父亲用目光注视着的温馨。

棺材的守望

我的老家在偏僻的乡间，那里至今还没有实行火葬，人死了都要装进棺材。乡民们还有一个习惯，死人装进棺材后不能立即下葬，先要抬到家族的坟山上"丘"三年，才能入土为安。"丘"也是有讲究的，棺材要放到向阳的坡地，再把死人的头部朝着东方，据说这样便于死人的灵魂每天日出的时候朝拜太阳，好获得更

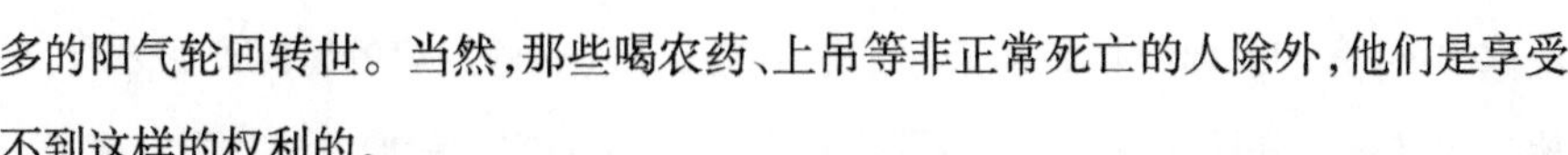

多的阳气轮回转世。当然，那些喝农药、上吊等非正常死亡的人除外，他们是享受不到这样的权利的。

老家对死还有一些避讳的词，比如把棺材叫做寿料。人一上六十，干的第一件大事必定是请木匠打寿料。做寿料的那一天像个节日，要请来亲朋好友来喝酒，家里洋溢着喜庆的气氛，还要塞给木匠一个红包。寿料里最贵重的是龙凤寿料，用料极其考究，有红木的，檀香木的，木匠还要在上面精工雕刻龙凤的图案，做好要花几十天时间。再请漆匠来涂上鲜艳的红漆，这样才算大功告成，对自己临近的死亡有所交代。有的老人摸着做好的龙凤寿料说，躺在这里面，闭上眼睛都舒服。乡民们对死的坦然可见一斑。

据说做寿料的木匠能预知那些老人的死亡日期。上工的第一天，如果一斧头砍下去，木料就很顺利地劈开了，那就说明那个老人的寿命还很长。如果劈得不顺利，那就相反。我曾经为此问过一个做寿料的木匠，他笑而不答。

桐城地方风俗讲究风水，更有"棺上加棺"一说，取其谐音"官上加官"之吉兆也。如果你家亲人下葬的地方挖到了一座古坟，不要紧，只要下葬时把棺材叠放到已有的棺木上，那样你家就会子孙后代兴旺发达。听说清朝父子宰相张英、张廷玉的祖坟就有"官上加官"的吉兆，正好葬在东晋大将军王敦的坟茔上。当然这是传闻。

我的老家曾经是佛教禅宗的发祥地，从二祖到五祖，都在这里驻锡或行脚过。旧时的行政区划都是以寺庙为名的，至今还残留着太慈寺、茶花庵这样的称谓。佛性的种子到处生根发芽，人们对生与死、名与利都看淡了，追求再多有什么用？到头来还不是一抔黄土。

人们学会了用"空"来看这个世界。大地山河，日月星辰，苦乐人生，总是那么变化无常。无论你在外面混得多么好，官职有多高，回乡探亲都是谦逊地对待所有的人；死后更是落叶归根，归葬桑梓。我们在山野里游玩的时候，不时在路边闪现一些古坟的石狮铁马、断碑残碣，所有漂泊的灵魂都在故乡得到了安憩。

停泊在山坡上的棺材是老家一道独特的风景。一般棺材外都包着油毡以防风吹雨淋,有的上面还用砖瓦搭起了很小的房子。这些灵魂的暂时安憩之所,是死神穿过的一只只破鞋子。你只要走到山上,不小心它们就像一只只野兔窜了出来,告诉你死亡随时就在你身边,要坦然地看待它。

这条阴阳的分界线,一边是水色山光、鸟声树影,一边却是死亡的宁静和青草的荒芜,矛盾在统一着人生。棺材停在山上,像一个惊叹号,让活着的人尖叫着内心的阴影。

死亡的仪式,每个人都在不自觉地参与着。棺材告诉我的,是回归,是春草青、秋叶黄的自然,是将生命进行到底的执着。

棺材坐在老家向阳的坡地上,守望着凡千年的太阳,守望着一代代人最终的命运,守望着农耕和犁铧在弯弯山道上的归宿。

非典时期的爱情

那天,我们正在一起看清纯如风的韩剧。女友的手机响了,是她的室友发来了信息,催她快点回去,说学校开始对外出未归的人进行登记,还腾出学校招待所来,回去晚了,可能要采取隔离观察两周的措施。

女友还在师大读研究生,而我在合肥工作,本来就不能天天见面,只等着“五一”有一个携手同游的机会。没想到在“非典”的侵袭下美梦就这么破灭了。

女友当天就匆匆赶了回去,她还要赶写毕业论文。还好,她回去后只是到校医院量量体温,一切正常就让她回了寝室。她回去后的第二天,那些从外地回来的学生就没那么幸运了。一个人从南京包了一辆消毒过的小车回去,还是先被隔

离起来观察。

以前当想见对方的时候，一张车票就能缩短所有的距离。现在预防“非典”的工作抓得紧，没有那么自由了，才发觉电话和书信是那么重要，好像一张纸、一根电话线就能把两颗心连在一起。电话一打就是几十分钟，常常是电话挂了也舍不得把手中的话筒放开。我总是贪婪地听着女友的声音，仿佛那是天上的仙乐，可以消除我心灵的不安；仿佛那是她亲手披的一件衣服，可以帮我抵御身体里的寒冷；仿佛那是一滴滴生命的泉水，流进我的倾听里。真的，电话里传来的声音可以控制我的情绪，能让我多吃一碗饭。

两个人不能在一起，电话也开始变得肉麻起来了。平时电话里只是汇报汇报各自的生活情况，现在更多的是情感的直接表达。“我想闻闻你身上的味道”，“我想拉着你的手”，“今天我们约好，晚上在梦里相会吧。你能做到吗？”“能，几点啊，在哪里？”“到我们大学时常去的江边吧，坐在石头上，我们一起看夕阳。”女友甚至后悔没早点打结婚证。

这段日子，就这样电话往来，梦中相见。她不在身边的日子，才知道爱是能让人心里变得空荡荡的。现在我不在大街上随便吃东西了，每天都去超市买菜，回家后自己做饭，厨艺也提高了不少。以前都是女友做饭，我甚至喜欢看她穿着围裙在厨房里忙碌的身影，以后我不会再袖手旁观了。我祈求老天，让非典早日过去，让她回到我的身边，看着我亲手为她做一顿热腾腾、香喷喷、情浓浓的饭菜。哎，我是多么容易忽略身边的事物啊！一个人的日子，才懂得珍惜那些锅碗瓢盆的生活，才更加热爱家里的灯火，才恨不得抓住她存在的每一个瞬间。

我的一位朋友，他老婆去广东出了趟差，回来也被隔离了。我安慰他说：“好人一生平安，你就不用担心了。毕竟你们还在一个城市，十天后就能见面。现在暂时不在一起，要多给她打打电话噢。”到他老婆解除隔离的日子，他兴奋得满脸红光，还特地换了套新西装去接她。其实他们夫妻平时的生活中喜欢吵架，没想到非典反而培养了他们的感情。

快要结束文章的时候，女友发来了一条手机短信：“明天起封校，校内学生不给随意出校了。你一定要小心,非典不结束,我们就无法见面,我很想你!”

我多么希望非典这个恶魔早点被人类打败。那样,我们就能天天在一起,坐在阳台上,看看落日,熏熏晚风,享受生活的美丽。或者两个人在一起忙忙家务,你洗衣服我拖地,你烧菜我做饭,闲暇时看看电视读读书,就这样一辈子过去了,多好!

现在,我每天早晨醒来都对远方的她说,我们的心永远在一起!

老　默

我平日交游不算广阔,结交的几个朋友,大多只能喝酒、吹牛、写一手漂亮文章而已,老默就是其中的一个。

老默特信缘,大学期间曾经结识一位俄罗斯姑娘喀秋莎,两个人常在大学宁静的校园里,在荷花塘的梧桐树下,手拉手聊着莫斯科郊外的夜晚、六朝的歌台舞榭,还有中国的古钱。在老默为她收集了几十枚“顺治通宝”后,她便驾车返回了故乡。千里姻缘的一根线就轻飘飘地断了。

老默气得住进了医院,也是“塞翁失马,焉知非福”,打针吃药不到半个月,就泡上了照顾他的小护士。他洋洋得意地写信告诉我:在这个幸福的时代,我们除了爱还需要什么呢?后来,就传来了他老婆有喜的消息。

老默的“爱妻”名言传诵已久:凡是老婆说的话,我都得听,凡是老婆的指示,我都得做。真难为他了,一个大男人,成天在家洗衣做饭拖地板,这时候,她老婆正在旁边照镜子,忙着涂小护士营养增白霜呢。有段时间他忙得苦不堪言,又知道我老婆对我比较服帖，便从C市赶到我家取经。小护士来我家住了几天，看着我老婆忙里忙外的。据老默说，小护士回家后的第一件事就是拿起了搓衣板，开始了婚后从没干过的家务，感动得他热泪盈眶。不料两天后，老默依旧官复"家庭妇男"一职，在厨房里快乐地忙碌着。

老默对自己的诗歌成就特别看好，他也很狂，在大学里说过"没准李白见了我都要喊一声师父"之类的话。分到C市有色金属公司工作后，他头脑灵活，一天酒后兴酣落笔为老板写了一篇歌德派的长篇报道文学。老板在办公桌上摊开当地的党报，欣赏着上面配有自己大幅照片的文字，一个电话便把他调到厂报工作。

半年后，老板的小儿子结婚，送礼的人踏破了他家的门槛。老默不知怎么搞的，竟忘了老板的知遇之恩。老板仔细检查了送礼名单，没有发现他的名字。"我待这个小子不赖呀"，老板心里嘀咕着。正好有一帮人在老板面前告老默的状，说他不务正业，成天写一些鸡零狗碎的破玩意，耽误了本职工作。老板听后勃然大怒，把手往办公桌上一拍：这还了得，让老默到锅炉室去！

老默换了份烧锅炉的差事。公司设备落后，环保设施不到位，高浓度的含硫、铅、锌的空气经常熏得他头晕眼花、脸色发白。说起自己的遭遇，老默不由得声泪俱下：这年头，要不是写文章挣不到钱，我早辞职了……

前不久，他过来看我。我陪他去母校追寻往事的痕迹。从前的日子变得熟悉又陌生，清风不改镜湖波，辉光依旧赭山月。闲步荷花塘，摸摸沉默在时光里的石椅石凳。他劈头问了一句："当年那个拖着布鞋噼里啪啦，走成校园一道风景的诗人到哪里去了呢？"

同学孤岛

孤岛是我的好朋友,他有什么话都喜欢对我说。他是一个诗人,说起诗人,我就想起了大学读书时的情景:我们整个寝室的同学结伴去四褐山玩,站在山崖的临江绝壁上,面对滚滚长江水,面对江上的白轮船和飞鸟的黑影,身体被温柔的风吹着,有一种飞翔的感觉。大家都来了兴致,有的大叫,有的朝江里扔石头,还有一个平时喜欢搞点小幽默的,扬起胳臂,面部表情丰富地朗诵起来:“啊——,长江,你是这样的长;啊——,江水,你是这样的淌。”他夸张的表情逗得大家都开怀大笑起来,笑声让白云带到了很远的地方。

孤岛却说,这样的语言缺少想象力,平时娱乐娱乐可以,要是诗可以这样写,他宁可跳江算了。

孤岛总是有点酷,他留着长头发,还扎成了“马尾巴”,让好多女生都恨自己的头发怎么没有孤岛那样又长又黑又精神。他有一个怪习惯,裤子不论新旧,膝盖上总要打两大块补丁。走路的时候,他随身带着一把紫红色的吉他,还紧紧抱在胸前,好像怕人把它抢走了似的。只要情绪一上来,他就眯起带着黑框眼镜的小眼睛,用一种陶醉而迷离的神情,在开满紫丁香的校园里边走边弹边唱,常常引来路人好奇的目光。

他总是那么不合群,不喜欢参加集体的活动,还常常逃课。辅导员为此找他谈了不少次,他却依旧我行我素。我也劝他说,何必搞得自己和别人不一样呢。孤岛却说:“校园里要没有几个特立独行的人,那有什么意思?大家都像工厂流水

线上生产出来的，一样的上课，一样的考试，一样的表情，一样的想法，这还是大学吗?”

在一次全市所有高校联办的大学生诗会上，他认识了邻校外语系的一个姑娘。那个姑娘不写诗，被诗会组织者安排朗诵了一首孤岛的诗。姑娘朗诵的声音像一块磁石，强烈地吸住了孤岛的心。一到散会，他就赶紧跑过去找她。两人一圈圈地在校园里转着，大谈海德格尔、弗洛伊德和博尔赫斯。那是一个飘雨的夜晚，两个人都没有打伞，在幽径上信步漫谈，细密的雨丝竟然没有熄灭他们内心的火焰。

孤岛热情很高，情书一封接一封地写，情诗一首接一首地发。花朝月夜，大家常常看到他们坐在教学楼前的草坪上，他弹吉他她唱歌，幸福得像两棵偎依在一起的小春树。背后说起孤岛，大家都是眼红不已。

四年时光就像毕业聚餐打开一瓶啤酒冒出的泡沫一样，很快就蒸发掉了。那个姑娘可比孤岛要进步多了，入了党又考上了研究生，要去上海读书了。在毕业前的一个下午，孤岛和那姑娘好好谈了一次。回来后，他在聚餐会上不停地给自己倒酒不停地喝，有人要把他的杯子拿走，他怎么也不肯。喝着喝着他一个人又哭了起来，边哭边骂：“都不是东西，都是势利眼 。”大家都有点看不过去了，就把他拖回了寝室。一回寝室，他就抱起吉他，坐在床头，眯上眼睛，声音嘶哑地哼唱了几句，然后就把吉他举起来，狠狠地往桌子上砸了下去。吉他裂开了，散开的弦上发出几声沉闷的音符。

他整个人也随后倒了下去，大家手忙脚乱的，把他抬到床上。第二天早晨，当我们从床上爬起来，发现孤岛的行李已经不见了，他的床空荡荡的。那把碎成几块的吉他，还躺在地上，像一匹被斧头劈开的野兽，我们仿佛听到了它的流血和呻吟。

大家都摇摇头，这个孤岛啊，说好了我们要给他送行的，竟然一声不响地走了，不把大家当兄弟啊。后来我们才知道，他没有接受学校的分配，孤身一人去了北京，成了“北漂”的一员，住在圆明园艺术村的出租房里，靠写点诗画点画混日子。

几年之后,一次偶然的机会他和那姑娘见了一面,当时她快要结婚了,和一家合资企业的经理。孤岛就祝贺她说:"结婚好啊,早结早了。我希望你能生一个女孩子。"姑娘奇怪地问为什么,他说:"我和你这辈子是没戏了,不过我希望能和你女儿谈谈恋爱,让我在她身上找到你年轻时的影子。""你这人有毛病!"气得姑娘把咖啡杯往桌上一放,站起来扭头就走。

后来的孤岛像浮萍一样,生活更加不安定了。一会人在西藏,寄张雪山的照片给我;一会又到了新疆,在茫茫大漠上留下自己的脚印;一会又到了内蒙古,和草原姑娘大碗喝起了酒。岁月变了,他人却没变。他说以后就这样过日子,长久地生活在想象的世界里,想去哪儿就去哪,把祖国的小酒馆当作自己的家,只要能按照内心来写作和生活。

第五辑

读史感悟

人生如梦亦如戏

在中国人的传统思想观念里，在文人雅士的细腻笔触下，总是天地如戏场，人生如大梦，开演之后，锣鼓喧天，繁华一梦，无常迅速，可悲可悯。

曹操感慨悲歌，“人生几何，对酒当歌。譬如朝露，去日苦多。”李白把酒感叹，“夫天地者，万物之逆旅也；光阴者，百代之过客也。而浮生若梦，为欢几何？”苏轼在词里吟诵，“世事一场大梦，人生几度秋凉？”曹雪芹则在《红楼梦》里悲叹，“镜里恩情，更那堪梦里功名，那美韶华去之何迅！”

当然，这也是传统中国人对人生的态度，功名富贵要当戏看，似水流年要当梦做，不可太执着，不可太追求，不可太沉溺。戏总有散场的时候，梦总有梦醒的时候。

看到权贵势焰熏天，无须羡慕，一句话就说尽了，“常将冷眼观螃蟹，看你横行到几时？”看到有人在名利场上得意忘形，可以用这句话来提醒他，“身后有余忘缩手，眼前无路想回头。”看到有人落魄潦倒，则可以安慰，“黄河尚有澄清日，岂有人无得运时。”看似简单的言词，蕴藏了极为深刻的哲理，值得我们在人生路上好好咀嚼，慢慢品味。

富贵的，骄奢淫逸、趾高气扬做什么？有谁见过富贵能绵延三五代甚至十几代的人家？多少父祖辛辛苦苦打下来的基业，遇到不争气的儿孙，很快就败光了。富贵时的场面如烈火烹油，烟花璀璨，很快就烟消云散，落得个白茫茫大地真干净。

贫穷的，自轻自贱、自怨自艾做什么？无限朱门生饿殍，多少白屋出公卿。古往今来，多少人是白手起家，奋力拼搏，成就一番事业。如汉高祖刘邦，一介布衣，风云际会，成就了大汉王朝；明太祖朱元璋，和尚皇帝，铁马金戈，写下了精彩篇章。

有的人在名利场上，身不由己，连梦都做不安稳。如苏轼因乌台诗案谪居黄州，一举一动被人监视。有一次他在东坡雪堂与友人喝酒谈诗，席散已经是子夜了。家童鼾声如雷，反复叫门也没人答应。他只好拄着拐杖，站在江边聆听江水奔流的声音。他酒后诗兴大发，写下了一首《临江仙》词，里面有两句，“小舟从此逝，江海寄余生”。结果第二天，满黄州城宣传，苏轼昨晚写下这首词后，就挂冠江边，乘着小船离开黄州了。太守徐君猷听到了传闻，以为苏轼这个由他负责看管的罪犯逃跑了，又惊又怕，连忙赶到苏轼住处去探访，发现苏轼正睡得鼻鼾如雷，酒还没醒呢。这首词还很快传到当时的京城开封，连神宗皇帝都担心地问起苏轼的去向了。

幸好，苏轼为人豁达豪放，参透人生，能够以苦为乐。如流放海南儋州时，虽然地处蛮荒之地，他还在头上插着鲜花，在农村里到处行吟闲走。当地一个七十多岁的老妇人对他说：“苏翰林，你现在才知道，昔日的荣华富贵，不过是一场春梦吧？”苏轼对老妇人的话深为赞赏，就称她为“春梦婆”。

当然，也有不少人对人生看得极其清醒，富贵时能做到战战兢兢、如履薄冰。如清朝的曾国藩，他明白宦海风波险，凡事要小心谨慎，才能演好人生这场大戏，不做唱脸上抹白粉的丑角，直到青史流芳。他认为，“盛时常作衰时想，上场当念下场时”，多次强调做事要追求“花未全开月未圆”的境界，不可好事占尽、有福享尽、有势使尽。曾国藩在做京官的时候，就把书斋命名为“求阙斋”，并且一生生活简朴，直到出将入相，每餐都只用蔬菜一道，被人送雅号“一品宰相”。

如此看得开人生，遇到坎坷波折，会有什么烦恼呢，会有什么委屈呢？

可惜现代人，过于信奉竞争哲学，天天忙于生计，忙于工作挣钱，忙于追求所谓更幸福的生活，活得太疲惫了。我们经常在电视里报纸上看到关于白领精英

“过劳死”的新闻，他们的生活质量实在是太差了。连人生应该追求什么都搞不清楚，实在是悲哀啊。

所以，只要我们活着，无论贫贱富贵，都有好好活着的理由。富贵的，应时时警惕，看雕栏玉砌、烟柳画桥，如虚空花、过眼云，这样才能长保创下的基业；贫穷的，应时时励志，上天给我们一双手，就是让我们努力工作，把握命运提供的机遇，创造美好的未来。

成王败寇总非宜

不少历史学家，上千年来形成了这样的传统，习惯于以成败论英雄，谁掌握了政权，谁就是王道，谁就迎合了历史的滚滚车轮，谁就得到了全国人民的拥护，谁就是伟大光荣正确的，这样的史观其实是要不得的。

翻开史书，经常看到的都是开国君主太祖皇帝如何有天子气象，英明神武，勤政爱民，天下归心；而末代皇帝则是如何骄奢淫逸，朝纲混乱，奸佞当道，不能守祖宗基业，自然招致亡国之祸了。

像司马迁在《史记》里这样秉笔直书的很少，说汉高祖刘邦“好酒及色”，描写他为了逃命把老婆和子女推下车。项羽捉住了刘邦的父亲，说要把他父亲煮了。结果刘邦说，我的父亲就是你的父亲，你要煮他吃，别忘了分给我一杯羹，活灵活现地写出了刘邦的流氓嘴脸。汉武帝看到写他的本纪后，见到描写他穷兵黩武、滥杀大臣，气得“怒而削之”，也就是把司马迁写他不好的话，全部删除了，可见“不为尊者讳”的良史总是不受欢迎。

很多“不容青史尽成劫灰”的史家，为历史的真相长存人间，搜检资料，爬梳剔抉，钩沉索隐，夜以继日，奋笔疾书，才得成就一部良史。但直言是要付出代价的，很多文人甚至为之付出了生命，所以后来对历史真相的回避讳忌甚至是戏说，就在我们生活里常见了。如东汉末年的大文士蔡邕，本是一个才子忠臣，不知从何时起，在民间传说里成了抛弃赵五娘的负心郎，实在是千古奇冤。连陆游在听到民间说书人讲蔡邕的故事后，也只能在诗里感慨，“死后是非谁管得，满村听说蔡中郎”。

大清王朝统治的这三百年里，西方发生了工业革命，资本主义盛极一时，而中国固步自封，视创造发明为奇技淫巧，视主张民权为洪水猛兽，丧失了走向现代化的一系列机遇，最终被西方的坚船利炮所痛击，才从天朝大国的美梦里惊醒，才让中国人开始走上了救国图存的民主共和之路。我对大清王朝，是向来没有好感的。清军入关之初，杀戮不断，所到之处，生灵涂炭，白骨蔽野，是很多当时人耳闻目睹并记之史书的。

如亲历清兵攻陷扬州进行大屠杀的王秀楚，他作为大屠杀的幸存者，根据亲身经历，写下了《扬州十日记》这篇文章。文章近八千字，但里面的记载让人触目惊心，不忍卒读。清兵初入扬州城，烧杀淫掳，无所不为。清兵连出生几个月的小孩都击脑杀害，连怀孕数月的妇女也强行奸污，实在是禽兽不如。乱后，焚尸簿计数有八十余万，还有落井投河、闭门自焚及上吊死的不算在内。烈日炙烤，积尸如山，尸气熏人，扬州城内前后左右，处处焚烧，烟结如雾，腥臭数十里外都能闻到。王秀楚本有兄、弟、嫂、侄、妇、子亲共八人，乱后仅存三人。王秀楚所见的，到处是哀号声喊杀声，清兵驱赶汉人如无数夜叉鬼驱杀千百地狱人，他觉得自己所处非人世间。

如清兵攻江阴，受到强力抵抗。据清人韩菼在《江阴城守纪》记载，清兵在城陷后实施大屠杀，满城杀尽，然后封刀。城内死者九万七千余人，城外死者七万五千余人。嘉定金华苏州等繁华之地，清兵所过之处，闾间一空。很多地方“县无完村，村无完家，家无完人，人无完妇”，据不完全统计，清朝统治者的大屠杀导致的

人口损失至少在5000万以上。

清王朝定鼎中原后，大兴文字狱，招致文人学士人人自危，只能钻入故纸堆大兴“考据”之学问，思想领域万马齐喑、一潭死水，从此，中华文化精神黯然无光。据不完全统计，有清一代，文字狱基本没有间断过，顺治帝兴文字狱7次，康熙帝兴文字狱12次，雍正帝兴文字狱17次，乾隆帝兴文字狱130多次。大才子、桐城派的创始人之一戴名世，他的《南山集》里并无攻击清朝的文字，仅仅是在记述明弘光帝逃亡南京时，用了“永历”的年号，便认为是大逆不道而处斩；大散文家方苞因为给《南山集》作序，受牵连入狱，被刑部定为死刑，后因康熙重臣李光地营救才免死出狱。乾隆帝的宠臣沈德潜因为给犯《一柱楼诗集》案的徐述夔写过传记，并且他的《咏黑牡丹》诗里有“夺朱非正色，异种也称王”之句，有影射清朝是“异种”之嫌，尽管这时沈德潜已死去多年，也被“革其职，夺其名，扑其碑，毁其祠，碎其尸”。

乾隆皇帝还借修《四库全书》的名义，开展大规模查办禁书运动，全国图书都要进献检查，不仅不利于清朝的文献被禁毁，连前人涉及契丹、女真、蒙古、辽金元的文字都要进行篡改。查缴禁书竟达三千多种、十五万多部，总共焚毁的图书超过七十万部，禁毁书籍比四库所收书籍还多，真不知道是收书还是改书毁书？多少珍稀古籍因此烟消云散，实在是叫人叹惋。

连“胡虏”“匈奴”“膻腥”等词语在清代也是犯忌的。如岳飞《满江红》词中名句“壮志饥餐胡虏肉，笑谈渴饮匈奴血”，被《四库全书》编者改为“壮志饥餐飞食肉，笑谈欲洒盈腔血”。张孝祥名词《六州歌头·长淮望断》描写北方孔子家乡被金人占领，“洙泗上，弦歌地，亦膻腥。”“膻腥”被改作“凋零”。后人看到这样的文字，哪里能感觉到我汉人抵抗入侵的血性和刚强？毁书屠民，对中华文化可谓是千古浩劫，何来大清王朝的顺天应命、文治武功？无非是屠刀高悬，让汉人不说话而已。

可惜的是，不少中国人安于当顺民，如《扬州十日记》中记载，扬州人一见到清兵，哪怕只有一个小卒，都垂首匍匐，引颈受刃，无一敢逃。而清兵入南京城后，南明朝的文武百官争相参谒朝贺豫王多铎，送上厚礼摇尾乞怜，媚态十足。城内的老百姓也在街头摆设香案，用黄纸书写“大清皇帝万岁万岁”“风调雨顺国泰民安”等字，家家大门前都贴上“顺民”两个字，争做顺民，实在是可悲可叹。

这样的观念，影响到现实生活里，就是一个人只有出人头地才叫本事，一个人如果在工作岗位上默默无闻就是无能。有些人习惯于向当权者屈膝，谁官位高、谁有钱就围着谁转，在社会上吹嘘我的朋友“某某某”之类，而如果那个人倒霉了，则唯恐避之而不及，甚至落井下石、墙倒众人推。

在某种意义上，历史确实是由胜利者书写，但是历史绝不是个让人随意打扮的小姑娘。我们的祖先走过的历程，有浩如烟海的史册、笔记和回忆录所见证，黑就是黑，白就是白，是不容戏说甚至随意篡改的。

传统文化丢不得

习近平总书记多次谈到弘扬传统文化，特别是前不久他在北京师范大学视察时表示，他很不赞成把古代经典诗词和散文从课本中去掉，“去中国化”是很悲哀的，应该把这些经典嵌在学生脑子里，成为中华民族文化的基因。确实如此，传统文化丢不得，丢了传统文化，中国人就会失去根。

可惜的是，由于近代中国被西方的坚船利炮所欺凌后，国人多半轻贱自己的传统文化，视传统文化为封建糟粕，弃孔孟之道为草履，视忠孝仁义为寇仇，什么都是西方的好，月亮是国外的圆，甚至连汉字都想废弃不用。反而是周边的日韩等国，在现代化的征程中发扬光大了传统文化，这确实令人扼腕叹息。幸好，我们在经济大发展的同时，终于认识到，人不能穷得只剩下钱，生活里应该有深厚的文

化底蕴支撑。

我觉得，传统文化里最不能丢的就是修身。在古书里，老生常谈的就是修身。无论是《论语》所说的"吾日三省吾身"，诸葛亮对儿子谆谆教诲的"淡泊以明志，宁静而致远"，还是王阳明宣扬的"知行合一"，所重的都是修身。试想，如果家长平日里爱抽烟喝酒，随地吐痰，晚上又喜欢熬夜打个小麻将，所为不善，他的子女耳濡目染，能学到什么好东西呢？如果一个单位的领导天天嘴上要求别人无私奉献、爱岗敬业，而自己行的是对上级溜须拍马、在酒桌上推杯换盏之事，对下属用心工作、加班加点没一点关心，能获得下属的尊重吗？所以，正人先正己，自己才高德厚了，自然会赢得社会和他人的尊重。

要想社会和谐，首先要行的是"孝道"。古人常说，百善孝为先，求忠臣必于孝子之门。此言确实不错，很多仁人志士，都是心性至孝。如抗清诗人夏完淳的《狱中上母书》，数百年后读之，犹字字血泪，孝思感人。而屈节降清、红顶子上染满汉人鲜血的洪承畴，在带领清军入关后，让世人不耻，连他的母亲洪老太太都不认他。她带着洪承畴的弟弟洪承畯，在家乡福建英都造了一只船，坐上小舟，泛舟江上，头不顶清朝天，脚不踏清朝地，过起了隐居生活。后人为纪念他们的民族气节，在他们孤舟隐居的石壁上，刻下"素月孤舟"四个大字。可见，不孝之人，必定难于撑起硬骨头；不忠的人，必定难以被父母和世人视为孝子。

我小学读书时，老师经常会在每个学期期末写一个评语，说"某某同学孝敬父母，尊敬师长，团结同学"，就有弘扬孝道的意思。试想，一个人如果在家里都做不到对父母说话柔和、态度恭谨，让父母生活得舒适安心，在工作岗位上他能处理好和同事的关系吗？何况父母是我们最亲的人，身体发肤，受之父母，我们能不天天怀着对父母的感恩之心，能不考虑怎样才能让父母安度晚年？并且，如果能够做到父慈子孝、尊卑和睦、家庭和谐了，社会秩序自然就会井然有序，不会出现什么纷争扰乱了。

要想社会和谐，其次要行一个"忠"字。这个"忠"不是传统的愚忠，君要臣死、臣不得不死是要不得的。我所说的"忠"，是忠诚事业、忠于职守、爱岗敬业。一个人除了家庭生活，还要有事业追求。如果我们每个人都能勤勤恳恳工作，不相信天上掉馅饼，不去做一夜暴富的大梦，脚踏实地，在平凡的工作岗位上贡献自己的聪明才智，甘当螺丝钉，甘为铺路石，甘做助人梯。如泰戈尔所言，果实的事业是尊贵的，花儿的事业是甜美的；但让我做叶的事业吧，叶是谦逊地、专心地垂着绿荫的。毕竟平凡的人生是大多数的，只要我们忠于自己的平凡事业，内心也是充满知足感的，像绿叶一样，多了，就成了美好的春天。

要想社会和谐，我们还要牢记一个“仁”字。一个人，要有悲天悯人的情怀，要有推己及人的仁心。古人云：“己之温，思人之寒；己之安，思人之艰。”也就是说，自己过上了温饱的生活，要想到世间还有不少饥寒交迫的人；自己过上了幸福安康的日子，要想到还有不少人生活得十分艰难。“仁”就是大爱，我们不但要爱自己的小家，还要爱这个世界上所有的人。这样，世间就会少多少战争苦难，就会多多少喜笑欢歌。

要想社会和谐，我们更要谨守一个“义”字。这“义”字，就是孟子宣扬的“富贵不能淫，贫贱不能移，威武不能屈”。我们泱泱中国，不乏舍生取义的人，如文天祥置高官厚禄不顾，义不降元，谱写了中华民族精神的正气歌；史可法孤守扬州城，为国捐躯，书写了彪炳千秋的泣血梅花曲；夏完淳在国破家亡之时，从军抗清，阐释了舍身成仁的民族魂！“义”字在今天，应该就是，不义之财不妄求，非法之事不可为，维权守信不可少，做一个明礼守法的好公民。

其实，传统文化就在我们身边，就在我们的生活中。只要我们每个公民做到孝养父母、和睦邻里、忠于职守、大爱无疆、诚信守法，那我们就基本上继承了传统文化，生活中也就充满了关爱礼让，再辅以公民权利义务教育，政府坚持公平正义，人人习得文明礼仪，国家就可以长治久安了。

传统文人的骨气

长假在家，翻读《戴名世集》《夏完淳集笺注》《逊志斋集》《张苍水全集》等，感觉传统文人的浩然正气在字里行间显露，如日月光明璀璨，如云水流动澎湃，令人心动神摇，让人心向神往。

孔子说过，“不义而富且贵，于我如浮云”。孟子也说，“我善养吾浩然之气”。传统文人的教育里，都是忠孝节义的思想，都是诚心正意的方法，都是舍生取义的气节。长期在这种教化熏陶下，自然而然教育出一批身体力行此道的传统士人。

很多人以为，传统科举取士，不能选拔真才。其实事实并非如此，不少俊义豪杰都被科举网罗、为国家效力。如南宋末年的丞相文天祥，满腹诗书，才气横溢。他在进士殿试时下笔洋洋万言，不用草稿，一气呵成。宋理宗读后大加赞赏，亲自选拔他为头名状元。文天祥本人非常仰慕古代忠臣义士的事迹，小时候在江西学宫看到欧阳修等一些忠臣画像，就羡慕得不得了，对同伴说，如果以后不像他们那样被后人敬仰供奉，就不是大丈夫。后元军大举入侵南宋，文天祥举兵抗元，战败被俘。由于元主忽必烈知道文天祥的才干和名气，想用高官厚禄收买他，甚至让为奴的女儿写信给他劝降，可是文天祥丝毫不为威逼利诱所动，最终被元帝所杀。他死前面南而拜，从容就义。他在狱中所写的《正气歌》，里面说：“天地有正气，杂然赋流形。下则为河岳，上则为日星。”文天祥的诗句慷慨激昂，声如金石，数百年后读他的诗如见他本人；他以身殉志，忠义之气，与日月争光，让江山生色，更是传统文人的楷模。

有一段时间去杭州学习，我专门找了个空闲时间，在西湖边上找到了于谦祠拜谒于谦墓。当时是下午，西湖边上一片斜阳草树，于谦墓区墓园静穆，翁仲庄严，行人寥寥，让我有时间品味感悟于谦谋国为民的赤胆忠心。于谦为官清正，每次进京商议国事时，都是空着手去拜谒公卿，从不携带任何礼品，很多官员都说他乱了做官的规矩。有人劝他说："你不肯送金银财宝，难道不能带点土特产去送送人？"于谦潇洒一笑，写了一首诗《入京》作为回答，"绢帕蘑菇及线香，本资民用反为殃。清风两袖朝天去，免得闾阎话短长！"就是说，他为官只有两袖清风，不可能低头媚俗，更不会搜刮老百姓的民脂民膏。于谦在瓦剌也先入侵大明时，率众英勇保卫北京城，成为国家柱石、救时宰相。后于谦被诬陷处死，抄家时发现他身为高官，居然家无余财。传统士大夫如此清廉自守，确实是让后人钦敬。后来，他的诗作《石灰吟》里的名句，"粉身碎骨全不怕，要留清白在人间"，流传久远，至今激励着多少为国为民的英豪。

与于谦、岳飞并称为"西湖三杰"的张煌言，是明末著名的抗清英雄。他在满洲铁蹄践踏江南时，毅然挺身而出，在江浙海上高擎抗清义旗，抵抗清军长达十九年。在南明永历帝被杀、鲁王病逝后，张煌言自知反清复明无望，于是散军隐居舟山群岛海中，后被清军俘获，慷慨就义于杭州。张煌言看重的是道义，看淡的是生死，崇尚的是岳飞、于谦的尽忠报国的气节。他生则只手匡扶明社稷，死则要留正气满乾坤。张煌言从容赴死，就刑临终前口占绝命诗，用"大厦已不支，成仁万事毕"这十个字总结了自己的一生。

传统文人看重生死大节，看轻名利富贵，认为人死有重于泰山、有轻于鸿毛，关键是要能做到匡扶正道，甚至能以身殉国殉道，不因富贵、贫贱、威武而改变其志。所以南宋、明末少数民族入主中原之际，起兵反抗、自杀殉节的士大夫不绝于书。如明末的爱国诗人夏完淳，十四岁少年时就随父兴兵抗清，殉国时不足十七岁。他被俘后，身为清马前卒的洪承畴亲自劝降，有意为他开脱，说他还是不懂事的小孩，没有能力起兵造反，只要投降一定给他官做。不过夏完淳并不领情，反而当众羞辱了洪承畴，撕开他屈身事虏的画皮。夏完淳在临刑的时候，挺立不跪，神色不改，刽子手战战兢兢，不敢正视他，过了很久，才敢持刀砍夏完淳的喉咙。夏完淳虽年少殉国，但他的忠肝义胆，他视死如归的精神，他慷慨悲壮的诗歌，无不像燃烧的火焰，温暖着我们民族的心灵。

可惜的是，经过清王朝多次大兴文字狱，很多文人在屠刀下吓得不敢再乱说话了，只知道称颂皇上圣明、皇恩浩荡，连诗人龚自珍也只能在诗里哀叹："避席畏闻文字狱，著书都为稻粱谋。"不能挺起直直的脊梁，不敢高声说出自己的心声，这也是文人的悲哀。

传统文化的薪火相传，历代圣贤的德行风范，仁人志士的风骨气节，具有强大的震撼力和感染力，穿透千百年来的史册，感召着我们这些后来人。只有尊重和传承熠熠生辉的民族遗产，我们才能锤炼出坚忍不拔、兼收并蓄的民族精神，才能自立自强于世界民族之林，才能圆自由民主富强的中国梦。

自古英雄皆解诗

闲来无聊，我睡前翻阅中国文学史，发现一个很有意思的现象，不少帝王豪杰，他们只是文学的票友，随口上台吟诵几句，就成了流传千古的佳作，在文学史占据一席之地；甚至在谈论一个时代的诗歌时，不提他们的名字还不行。难怪了唐朝有个诗人在诗里感慨，"莫言马上得天下，自古英雄皆解诗"。

第一个平民皇帝汉高祖刘邦，富贵后衣锦荣归，回到自己的故乡江苏沛县，召集家乡父老故旧，一起举杯畅饮。酒酣耳热之际，刘邦拿起拍子，随口就唱了起来，"大风起兮云飞扬，威加海内兮归故乡，安得猛士兮守四方"。信口而唱，短短

23个字，就道出了刘邦遭逢风云际会，成就帝王霸业而踌躇满志的心态。同时，也说出了他内心的隐忧，担心得不到捍卫四方的猛士，自己栉风沐雨辛苦打下的基业守不住。刘邦是一个没喝过多少墨水的人，但他的这首诗，是《汉魏六朝诗鉴赏辞典》的开篇之作，这也体现了这首诗的光彩与价值。

我们的安徽老乡曹操，一代枭雄，把酒临风，横槊赋诗，诗句慷慨悲凉，格调雄放，胸怀阔大，成为建安文学"建安风骨"的代表。感悟人生的"对酒当歌，人生几何"；痛心战乱的"白骨露于野，千里无鸡鸣"；抒发老当益壮豪情的"老骥伏枥，志在千里，烈士暮年，壮心不已"，无不是流传千古名句。毛泽东同志很佩服他的诗，说他是了不起的诗人，还在词作里提到他，"魏武挥鞭，东临碣石有遗篇"。可惜的是，后人津津乐道的是曹操与江东二乔的香艳故事，在《赤壁》这部电影里，周瑜竟然让自己的夫人小乔去曹营，用美人计拖住曹操进攻江南的时间。其实，做大事的英雄，岂会轻易沉湎于美色酒杯中！

三国时中国的雄才和文才似乎集中在曹操家族里，除了曹操自己本人，他的两个儿子魏文帝曹丕、陈思王曹植也是文采飞扬，文名播于后世。为了坐稳帝位，曹丕曾想杀掉才华远胜于他的曹植，限定曹植在行走七步内的时间里，写出一首诗，否则就要将他砍头。曹植在性命攸关的紧急时刻，口诵出这样的句子，"本是同根生，相煎何太急"！最终让曹丕念及兄弟之情，保全了他的性命，一首诗也让一幕兄弟相残的悲剧消弭于无形。

雄才大略的唐太宗李世民就不用说了，可惜他的诗名被文治武功所掩盖，很多人估计还疑惑，唐太宗会写诗？前几年的除夕夜的贺岁短信里，他的几句诗满天飞，写出了辞旧迎新的好心情，不少人应该读过，"阶馥舒梅素，盘花卷烛红。共欢新故岁，迎送一宵中。"其实，唐太宗的诗，显示了一个帝王的开阔胸襟，还开启了唐诗豪迈开拓的气魄，一洗六朝诗歌萎靡不振之风，描写长安城市面貌的"秦川雄帝宅，函谷壮皇居"；书写心志的"心随朗日高，志与秋霜洁"；描绘春光美好的"日晃百花色，风动千林翠"，无不显示了峥嵘气象，实为唐诗脍炙人口的滥觞。

宋太祖赵匡胤以武夫得天下，修整了五代时乱糟糟的中国山河。他不以文字名世，但爱好读书，喜欢重用读书人，曾说过"宰相须用读书人"。冯梦龙《警世通言》里有赵匡胤千里送京娘故事，体现了他悯弱重义的品格。没想到他也写过一首诗《咏日》，"须臾走向天上来，赶却残星赶却月"。诗很一般，描写了太阳出来出后扫尽夜空一切的霸气，很有帝王气象。

最让我想不到的是，同样是安徽老乡的明太祖朱元璋，尽管他出身寒微，逃过荒，讨过饭，当过和尚，没有受过系统的孔孟诗书礼乐教育，但他英才天纵，能够自学成才，并非仅仅是一个草莽英雄，在戎马倥偬、伏案国事的生涯中，提笔写过不少诗词，并有《朱元璋集》传世，书中就收有他创作的一百多首诗词。他的诗歌，意境韵律当然没有李白杜甫苏轼精工，但出口即气象万千，具有相当的艺术震撼力。如他在登马鞍山市鸡笼山时题诗说，"罢猎西山坐拥旗，一山出地万山卑。崔巍巨石如天柱，撑着老天天自知"。既是写景，也是抒发他支撑乾坤的豪情。如他到芜湖无为县蛟矶庙写的《题蛟矶庙》，诗里有这样的句子："荡荡长江俱左右，明明日月照东吴"，也是口气极大，气魄雄浑。

我们党和国家领导人，也有不少人一开口就惊动文坛。如开国领袖毛泽东，健笔雄文，让多少作手拜伏。如习近平总书记填过《念奴娇·追思焦裕禄》的词，追思模范人物，也是真切感人，别有感慨。

让我们读者奇怪的是，那些坐拥南朝半壁江山的君主，写出来的诗歌虽然精巧密丽，却是软绵绵的，不能振奋精神。如梁简文帝萧纲的《折杨柳》，"叶密鸟飞碍，风轻花落迟"，语言清丽圆美，如文人工笔画。如陈后主陈叔宝的有名诗歌《玉树后庭花》，"妖姬脸似花含露，玉树流光照后庭"，虽彩笔锦绣，摹写妃嫔的容态姿色出神入化，但缺少帝王的气魄和胸怀，因此被视为"亡国之音"。甚至连隋炀帝杨广，似乎也因为多次下扬州，诗笔沾染的也是南朝婉转温柔的靡靡之音，如他的《野望》，"斜阳欲落去，一望黯销魂"，缺少一种宏伟气象。南唐后主李煜也是大词人，沉浸在"问君能有几多愁，恰似一江春水向东流"的凄凄惨惨戚戚中，词句当然感人，可惜展现的是一种哀婉的美。读多了，心里也就多了儿女情长、英雄气短。

似乎他们的诗笔，像古代女人手中的绣花针，能刺绣出精妙细致的图案，但无法抡起威武的“千钧棒”，在诗歌的疆域里拓土开疆。

真是咄咄怪事，为什么那些不是混一天下的创业之主，就不能写出大英雄、大胸襟、大抱负的豪情乐章呢？

一寸山河一寸血

隔着战火硝烟，倾听抗日烈士们的带血呐喊，心里不由得激动震撼。烈士的英骨已长眠于泥土，那段惊心动魄的历史不能被国人淡忘。幸好，从2014年起，我们设立了国家公祭日。习近平总书记在南京大屠杀死难者国家公祭仪式现场讲话，宣示了中国人民牢记历史、不忘过去，珍爱和平、开创未来的坚定立场，用国家公祭的重量捍卫那段“一寸山河一寸血”的国家记忆。

我们永远不能忘记，日本侵略者的残忍兽行。曾经参加淞沪会战的第十九集团军金柏源回忆，沿路前进都是被敌机炸毁的一片片瓦砾废墟，折断的电线杆，杂乱的电线，满目疮痍。路边溪塘里飘浮着多具已被水浸泡多天的肿大尸体，更凄惨的是有人在路旁躺着哀叫：“做做好事呵，补我一枪！”日本鬼子所到之处，胜过传说的地狱。在车站，在城市，敌机狂轰滥炸，变成人间地狱般的火海。有的全家被炸死，有的只剩下一人，有的孩子还在惨叫，妈妈早已死去，永远不能回来。南京大屠杀不少于30万的死难同胞冤魂，他们还睁着不能瞑目的眼睛，祈求着国家的强盛与复兴，祈求着世界的和平与安宁。

我们永远不能忘记，抗日战争是中国人民近代以来第一次彻底打败帝国主义侵略者的民族解放战争，用鲜血和尊严捍卫了自立自强于世界之林的中华民族精

神。面对日本帝国主义侵略者的虎视眈眈，尽管当时中国国力、军力远远弱于日本，很多人认为中国人的抵抗持续不了三个月就要垮，但中国人民已经做好了准备，发出了“宁为战死鬼，不做亡国奴”的反抗最强音。当卢沟桥事变发生，日本侵略者的铁蹄在中国土地上肆意践踏之时，蒋介石在庐山发表了谈话，“如果战端一开，那就是地无分南北，年无分老幼，无论何人，皆有守土抗战之责任，皆应抱定牺牲一切之决心。”我们是这样对世界庄严宣告，也是这样用无数英雄儿女的血肉和坚强意志筑起了保家卫国的钢铁长城。

我们永远不能忘记，是无数抗日将士用他们的鲜艳热血和视死如归的精神书写了中国坚贞不屈、自强不息的国魂，让我们能够在辽阔的蓝天下自由呼吸，而没有像南宋、晚明那样，沦为亡国奴，在战乱的铁蹄下挣扎。抗日战争时期，中国军队奋起抗击侵略者，发动大会战二十多次、战役一千一百多次、普通战役两千八百多次，三百二十多万官兵热血沃中华，近两百名将军光荣殉国；四千多名飞行员血洒长空，两千四百多架战机成为“浴火凤凰”；海军更是全军覆没，舰艇全部被打光。他们同仇敌忾，前赴后继，痛击了侵略者的嚣张气焰，捍卫了祖国的锦绣山河，写下了壮丽的英雄史诗。

如中央军校教导总队，在淞沪会战期间与倭寇在宝山、吴淞一带激战，一个团整整齐齐地上去，下来时，只剩下几副伙食担子；第九十八师姚子青营坚守宝山，全部壮烈殉国；第十八师师长朱耀华，因大场阵地失守，自杀殉国；据第二十军第七九七团团长回忆，当时他们团第六连连长陈月村被敌机炸死，其妻当时亦在军中，悲愤至极，举起其夫断腿，代夫指挥，身先士卒，对敌冲锋，予敌以痛击。妻继夫志，真是可歌可泣。在整个战役里，不少旅长师长阵亡，中级军官平均伤亡过半，下级军官与士兵平均伤亡三分之二以上。

特别值得一提的是，当时的中国空军虽然与日寇相比实力悬殊，但作为中华战鹰，也是尽忠报国，出现了让日寇心惊胆寒的英雄人物。如空军大队长高志航，飞行技术高超，作战英勇，击落过不少敌机，连日本飞行员都怕作战时与其遭遇。据一被俘的日本飞行员说，日本飞行员发誓时常说，“我要是做了亏心事，出门就碰上高志航”。后来,高牺牲在抗日疆场。当时,有记者问一抗日军人:“那抗战胜利后,你打算做什么?”他回答道:“那时候,我已经死了。在战争中,军人都是要死的。”真是,对那些捐躯国难的军人来说,男儿欲报国恩重,死到沙场是善终啊!

今天,我们有幸生活在和平年代,眼前的天空里飞舞着美丽的白鸽。我们脚下的每一寸土地,都曾经抛洒过烈士的鲜血;他们的热血,滋养了锦绣山河上的一草一木,化成了鲜艳的紫蔷薇或红杜鹃,让我们闻到了飘荡在史册里的不朽芬芳!我们的祭拜与纪念,也是为了更好地感受天地间的浩然正气,更好地继承坚忍不拔的民族精神,更好地维护人类持久和平的梦想!

南朝的那些事儿

一、儿孙不知创业难

南朝的第一个皇帝宋高祖刘裕,可以说是个从一无所有的穷小子华丽大变身为“高富帅”的励志典型。刘裕出身寒微,父母早亡,成了孤儿,穷人的孩子早当家,他靠编草鞋、砍木柴为生,后来光荣参军入伍,屡建战功,直到龙袍加身。刘裕作为创业者,定西蜀,除内乱,两次北伐,灭南燕,破后秦,一度收复汉人丧失上百年的故土长安、洛阳,占据了黄河以南、淮水以北以及汉水上游的大片地区,他所统治时期的刘宋是南朝疆域最广大的,革命事迹在史册上也是“杠杠的”。

作为一个白手起家的布衣皇帝,刘裕没有丢掉艰苦奋斗的好作风。就是当上皇帝后,刘裕依旧崇尚节俭,不爱珍宝,不喜奢华,游宴甚稀,嫔妃也少。宁州的官

长为讨好刘裕，向他敬献了奇珍异宝琥珀枕。正好这时刘裕准备进攻后秦，有人说琥珀枕可以治疗伤口，是最好的医治创伤药。刘裕听后，马上命人把琥珀枕捣成粉末，分给诸将作为打仗受伤的将士们治伤药。平定关中后，有一个绝色美女姚氏被送给刘裕，她是后秦皇帝姚兴的侄女，长得倾国倾城，估计又有点娇滴滴的媚功，很快就得到刘裕的宠爱，日夜不离左右。眼看君王从此不早朝，臣下谢晦直接闯进他的寝宫，劝谏刘裕不要因为女色掏空了身子，荒废了政务。刘裕虽然心里有点舍不得，考虑到成大事的人不能沉溺女色，当晚就将佳人遣送出宫了。

当上皇帝后，为了让子孙后代接受革命传统教育，了解创业者的艰辛，刘裕还把他贫贱时干活用的农具、布灯笼、麻绳拂等，特意摆放在宫内，功能就像我们现在的中国革命博物馆一样，可见古人对下一代的家风教育也是煞费苦心。他的儿子宋文帝刘义隆还不错，能保住基业，也知道素好俭约，勤政三十年，成就了史书称颂的"元嘉之治"。到了他的孙子宋孝武帝刘骏，只知道美女美酒相伴，快活做神仙，丝毫不了解祖宗创业艰难。他看到刘裕所建的"博物馆"，不但不理解祖父的良苦用心，反而鼻孔发出了不屑的嗤笑声，还嘲笑他祖父只不过是个乡巴佬，能有这样的东西用，已经是很不错了。

如此昏庸的人治国，自然是很快繁华如花落去，刘宋只存在了59年便落幕了。

二、只得徐妃半面妆

凡是喜欢唐诗的人，肯定记得李商隐的两句诗，"休夸此地分天下，只得徐妃半面妆"。

其实徐妃大名徐昭佩，在后世流传的很多南朝艳事，有两条与徐妃有关，她是"徐娘半老"这个典故的创造者。徐妃是官宦世家的千金小姐。她的祖父是南齐太尉（枝江文忠公徐孝嗣），父亲是侍中、信武将军徐绲，都是当时响当当的人物。家世显赫，自然也要嫁到门当户对的人家。于是，她成了时为湘东王的梁元帝萧绎的正妻，被封为湘东王妃。

据史书上说徐妃"无容质"，长得不怎么样。但在成语"徐娘半老"里，似乎徐妃应该是人到中年，风韵犹存，长得还不差的。可惜，那时候没有照相机，印刷术也还没有发明，徐妃的图像没能流传下来，我们也不好说她是国色天香还是貌比嫫母。如果她能够遵守传统妇德，估计她也是一生享不尽的荣华富贵，没有什么波澜曲折了。

徐妃也许是被宠坏了，嫁人了还不知道收敛。徐妃干了不少大胆出格的事情：她生性喜欢喝酒，常常喝到大醉，等萧绎回到房间，还一定要呕吐在他的衣服上。她的丈夫萧绎是个“独眼龙”，本来生理有缺陷的人，多少心里有点自卑，在乎别人的看法。也许他们夫妻之间有过一段温馨时光，但后来萧绎冷落了她，毕竟古代的王爷身边，美女多的是。有一次，在萧绎去找徐妃的时候，徐妃独具匠心，画了个半面妆，在房间里等候萧绎，也许她只是想做点创新的事情博得宠爱吧，但萧绎认为她是有意嘲笑他只有一只眼，于是，他马上翻脸了，当即盛怒而出。从此，徐妃彻底被冷落了，一年见不到萧绎几次面。

当时，徐妃正值盛年，她没有什么贞洁观念，饥不择食，明目张胆和和尚以及萧绎的幕僚等人私通，给萧绎戴上了一顶大大的绿帽子。其中一个名叫暨季江的情夫，在和徐妃云雨后感叹说，“徐娘虽老，犹尚多情”！这就是“徐娘半老”典故的来历。

如此淫行，连一个普通老百姓都不能忍受，何况萧绎贵为王者！于是，正好萧绎心爱的女人王氏生子去世，就借机给徐妃安了个投毒的罪名，逼得她投井自尽；又将徐妃的尸体送回娘家，说是“休妻”。徐妃最终被以普通百姓的礼节安葬在江陵的瓦官寺，而且萧绎也不让孩子们为她穿丧服。

一场夫妻缘分就这么尽了，那么任性的徐妃，干了那么多任性的事情，终于毁了她本该锦团花簇的一生。只是她的故事，有些嚣张，有些任性，有些让人感伤。

三、谁是正统很重要

我中华自古以来，一直强调夷夏大防。春秋时期，管仲让齐桓公率先打出“尊王攘夷”的大旗，帮助不少小诸侯国抵御当时气势汹汹的外族入侵，成就了一代霸

业，连孔子都称赞管仲说："微管仲，吾其被发左衽矣。"

到了唐朝时候，大家对什么是中华文明已形成共识。如唐高宗永徽四年(653年)颁行的《律疏》(后称《唐律疏议》)，对"中华"一词释文如下："中华者，中国也。亲被王教，自属中国。衣冠威仪，习俗孝悌，居身礼仪，故谓之中华。"就是说，穿着峨冠博带的衣冠，行孝悌、讲礼仪的儒家文化，这就是中华文明。所以，到后来，清入侵中原，发布"留头不留发，留发不留头"的剃发令，强行改变汉人服饰等风俗习惯，导致风起云涌的反清斗争持续数十年。可见，中华文化能绵延不绝的持续性和向心力。

在南北朝时期，战乱的铁蹄践踏着锦绣中原，在北方匈奴、鲜卑、羯、氐、羌等少数民族先后兴起十六个国家，弱肉强食，战火不断，史书上称为"五胡乱华"。这些少数民族政权的存在，很难得到广大汉族人民内心的认同。在他们心里，南渡的东晋政权及继承东晋的南朝才是真正的正统，有不少世家士族也随之南迁，参与江南的开发。

虽然南朝偏安江左，版图基本上在淮河以南，但由于南朝在当时具有中华文化的正统代表地位，每每以华夏自居，而以"索虏""戎狄"之类语言称呼北方外族政权。古人比较迷信，如梁武帝时，大江南北流传童谣，"荧惑入南斗，天子下殿走"。梁武帝担心祸及己身，就光着脚丫在宫城大殿下跑了一圈。不料这异象却应在北魏身上——北魏孝武帝被权臣高欢逼得西逃关中。梁武帝只好讪讪地说："北虏亦应天象么？"可见，在他们心里，北方政权是草台班子，没有正统身份。

曾被收入中学课本的南朝文学家丘迟《与陈伯之书》，让我们看到了中华文化打动人心的力量。陈伯之本是梁臣，因听信谗言，投奔北魏，梁武帝北伐时他领兵与梁军对抗。丘迟在信中，以故国之思和民族大义打动他，"霜露所均，不育异类；姬汉旧邦，无取杂种"。就是说，少数民族在中原坐不稳江山。陈伯之在读信后十分感动，拥兵八千人回归了梁朝。

北方少数民族政权虽人在台上，内心却非常倾慕江南璀璨的中华文化。如北凉国主茂虔在元嘉十一年(434年)上表给宋文帝，自称"大宋之宗臣"，还多次请求刘宋朝廷赐予汉文化典籍。永明十年(492年),南齐派萧琛、范云出使北魏,由于他们是玉树临风、才华横溢、名震南北的才士,北魏孝文帝亲自接见了他们,接见结束后对群臣感叹,"江南多好臣",可见南朝文化对少数民族君主吸引之深。

在南北对峙交战之时,连南方的文人也受到北方的关心和保护。如元嘉二十七年(450年)北魏军队围攻彭城(江苏徐州),尚书李孝伯在与刘宋镇军长史张畅在阵前对话时,详细询问了南朝文学家谢庄、王微的近况,可见北方政权对南朝优秀文人的重视。而在战争中被强掳到北方去的,更是受到北朝的重用。如554年西魏军队攻占当时梁朝的都城江陵,数万南朝人士被迫迁往北方,著名文人庾信也在里面。庾信在南朝时地位不算高,但在北朝受到皇帝礼遇,官高位显,最后做到骠骑大将军、开府仪同三司的位置。

即使这样,庾信还是心怀故国,思念江南的乡土,写下了《哀江南赋》这篇名作,感慨自己屈仕北朝,"遂食周粟"。

北方的不少汉人对中华文化的认同深入骨髓,而到了北方长期生活的南方文人,在内心深处还是迷恋南朝中华文化的心态,自然不能不引起北方统治者的重视。他们在马上打天下之后,为了巩固统治,只能采用汉制、提倡儒学、推行汉化。如北魏孝文帝的全面汉化,一方面与他的祖母文明太后是汉族出身有关,另一方面也是稳定人心的需要。孝文帝让鲜卑人用汉姓,说汉语,在兴建新都洛阳时,还在使节中偷派能工巧匠,学习南朝"京师宫殿楷式",作为洛阳宫殿建设的范本。孝文帝的汉化成效明显,梁武帝派陈庆之出使北魏,回国后陈庆之就对人说:"自晋宋以来,号洛阳为荒土。此中谓长江以北,尽是夷狄。昨至洛阳,始知衣冠士族,并在中原。"就是说,到了南朝后期,北方地区的文化已经与南朝没什么差距了,这也为后来隋唐的统一打下了思想文化基础。

隋唐统一后,南朝梁陈的清商乐,很快就被定为华夏正声。虽然北方用刀剑征服了南方,但南朝传承并弘扬的中华文化,却真正征服了北方和整个中国,并在隋唐时期大放异彩。

第一最好不相见

世间最说不清最伤不起最无可救药的是感情。前几天，我一个朋友离婚了。这其实是他的二婚。我这哥们第一次结婚的时候，年轻不懂感情，经常因生活琐事而争吵，天天磕磕碰碰的，所以女儿生下来没多久，他们就离婚了。之后他一直在感情里流浪，或许是不想走进婚姻的牢笼，或许是以前婚姻生活带来的阴影，他一直信奉只谈恋爱不结婚的原则，近二十年来身边的女朋友像走马灯一样，换了一个又一个，但没有一个女人，能成功地和他一起手牵手步入婚姻的殿堂。

去年端午节假日里，当他带着比他小二十多岁的新女朋友出现在我们眼前的时候，朋友圈里的人都觉得，这只会是他的又一段感情经历而已，或者说是露水姻缘。不料，没过多久的一个夏日，我接到了他送来的大红烫金喜帖。我们在一家五星级豪华大酒店里见证了他规模宏大的婚礼，五十多岁的人还动了真感情，真的敢于面对婚姻家庭生活了。浪子改邪归正，真是意想不到。

到了去年年底，我们又得到了他的喜讯，他抱了一个大胖儿子了。那一段时间，他真是像弥勒佛一样，天天喜气洋洋的。我们都以为他的好日子会这么一直过下去，没想到前几天，又得到他离婚的消息。问他具体详情，他也不说，只是说，感情的事情，说不清楚，也许是缘尽了。然后一声叹息。

不要说普通人即使大英雄大人物，遇到感情的坎坎坷坷似乎也是没辙，也是慧剑难斩情丝，常常乱了方寸，甚至因此丢了江山丧了性命没了好名声。

西方如美国前总统克林顿与莱温斯基的风流韵事，弄得整个地球人都知道。

古人如风流天子李隆基，他老人家辛辛苦苦伏案工作三十余年，好不容易把大唐王朝弄成了一个花团锦簇的太平盛世，他个人的名望也达到了登峰造极的地步。也许是李隆基觉得自己的事业已经干得前无古人，可以歇口气了。这个时候，他无可挽回地爱上了自己的儿媳妇杨玉环，身边的六宫粉黛在他眼里一下子失去了颜色，也许只是杨玉环某天偶然一个回眸一笑，像子弹一样一下子击中了他的心脏勾住了他的魂。本来，爱上一个女人也没什么，但他是肩负苍生社稷的皇帝，“从此君王不早朝”只能说是国家不幸，何况他还从此用人靠裙带关系，只要是杨家的亲戚，无论七大姑八大姨全部裂土封侯，自然是激起天下公愤。一日，“渔阳鼙鼓动地来”，作为红颜祸水代表的杨玉环也只能以死向天下谢罪了。身为帝王的李隆基没能保护自己最爱的女人，更是让大唐的辉煌彻底成为夕阳黄昏，他只能在雨打梧桐的秋夜，在孤枕难眠里发出感时思人、痛彻心扉的怨苦声。这还算好的，虽然爱人已逝，他还有追忆，还有无尽的惘然。

还有北齐后主高纬，特别宠爱他的嫔妃冯小怜。据说冯小怜长得漂亮至极，身材凹凸有致，肌肤吹弹可破，连吐出的气闻起来都是香的。倾城佳人自然倾人国，高纬一见到如此绝世美女就被迷住了。他们爱得太腻了，有点浓得化不开。他们形影不离，坐时同席，出则同乘，高纬外出打仗也让小怜跟着，甚至发愿两人生死在一处。高纬即使是跟大臣商议国事，也常常将冯小怜拥在怀里，或把她放在膝上，不少大臣们看到这些香艳的一幕，常常羞得满脸通红，连说话都语无伦次。

高纬和小怜的爱情生活，超越了一个帝王对嫔妃的宠幸，达到了意乱情迷的地步，甚至分不清国事与家事孰轻孰重。他什么话都听冯小怜的，小怜喜欢打猎，他就陪她去打猎，连北周的军队攻到家门口了，也不知道要放下猎枪扛起抗敌的长枪。在南北朝兵荒马乱之际，一个帝王如此不爱江山爱美人，自然只能亡国亡身，最终也没能做到生死相依了。

我觉得，感情生活过得最多姿多彩、波澜跌宕的是“情天一喇嘛”仓央嘉措了。西藏六世达赖仓央嘉措生活在佛法与爱情的矛盾交战里。一方面，他是出家

的活佛，穿着袈裟，应该在森严的布达拉宫潜心参悟佛法；另一方面，他作为生活在红尘里的青年，又凡心不断，只想在拉萨的酒馆里放浪形骸，在美人的红唇上沉醉时光。他有一首诗这样写道，“默想的活佛的面孔／没有显现在心上／没想的情人的容颜／却映在心上明明朗朗”。明眸皓齿的美人总是比佛法的戒律清规更有魅力，让仓央嘉措徘徊在爱与佛法的边缘，“世间安得双全法，不负如来不负卿”，最终作为佛子的仓央嘉措只能如此喟叹，这也是他最为世人传颂的句子。

心应该清净不染的人，却在凡尘的爱里挣扎，这样的人，这样的诗，这样的传奇故事，自然让人为之动心动容。仓央嘉措还有一首诗，道出了爱的缠绵缱绻与无可决绝。“第一最好不相见，如此便可不相恋。第二最好不相知，如此便可不相思”。世间的男女，见面了，就动心了；动心了，就相思了。相思了，就演出一幕幕悲喜剧。很多人，爱的时候轰轰烈烈，如干柴烈火；一旦发生情变，就形同陌路，甚至恨得咬牙切齿，实在是不懂得情仇爱恨，伤己伤身啊。

我们为何来到世间？为何在青春里与爱人邂逅？为何有的人能牵手相伴、白头到老，有的人却只是天空里的一片云，一时飘到你的天空？是偶然，还是前世的缘分？台湾诗人席慕蓉在诗里说：“如何让你遇见我／在我最美丽的时刻／为这／我已在佛前求了五百年。”在女诗人的想象里，两个人的相遇，需要在佛前祈求五百年，我们怎么能不珍惜身边人心中人意中人啊？

“我回来就是要实现诺言的”，在电影《大魔术师》里，梁朝伟对拥在怀里翩翩起舞的周迅这么说。希望我们世间的有情人，都能珍惜身边的缘分，都能坚定不移地去实现要“执子之手相与偕老”的诺言，都能把相见时的一眼变成永久的相伴，否则，就不如不相见不相知不相伴了。

文人为何太薄情

少年时代，我很喜欢徐志摩，欣赏他清丽婉转的诗文，曾经在软面抄上密密麻麻地抄下了他的不少诗作。郁达夫为徐志摩写的挽联，我印象很深，“新诗传宇宙，竟尔乘风归去，同学同庚，老友如君先宿草；华表托英灵，何当化鹤重来，一生一死，深闺有妇赋招魂”。特别是我走上文学之路后，安师大的诗评家杨四平教授多次谬赞我为“当代徐志摩”，让我觉得心和徐志摩贴得更近了。我也很欣赏他和林徽因、陆小曼的浪漫爱情故事，觉得他敢作敢当、敢爱敢恨，是个奇男子！

“最是那一低头的温柔，像一朵水莲花不胜凉风的娇羞，道一声珍重，道一声珍重，那一声珍重里有甜蜜的忧愁——沙扬娜拉!”诗人的诗句，多么情真意挚，多么婉转动人！

“眉眉，这怎好？我有你什么都不要了。文章、事业、荣耀，我都不要了。诗、美术、哲学，我都想丢了。有你我什么都丢了。有你我什么都有了。抱住你，就比抱住整个的宇宙，还有什么缺陷，还有什么想望的余地？”诗人写给陆小曼的《爱眉小札》里，更是郎情蜜意，词语燃烧着火焰与激情。

“他的善于座谈，敏于交际，长于吟诗的种种美德，自然而然地使他成了一个社交的中心。”在同时代人如郁达夫等的记忆里，诗人也是具有各种美德、广受欢迎的一个人。

没想到一个燃烧着激情的诗人，对他的原配夫人张幼仪却是如此薄情，所作所为让我简直不敢相信，甚至觉得有点让人不寒而栗，难道这是诗人徐志摩吗？

难道这是众口交赞的大诗人干得出来的吗？然而，出自当事人的回忆，也让我不得不有点相信了。

其实张幼仪出生于上海宝山的一个大户人家，她有一个哥哥张君劢，是中国末代翰林，也是现代史上有名的哲学家和政治家，被称为“民国宪法之父”。不知为什么，这个出身名门望族的千金小姐，徐志摩就是那么看不上她，据说诗人在第一眼看到张幼仪照片的时候，便嘴角往下一撇，“哼，乡下土包子”。但诗人还是服从了父母之命、媒妁之言，和张幼仪结婚了。婚后诗人没有正眼看过张一下，只是履行最基本的婚姻义务，添了一个儿子徐积锴(阿欢)。作为长子，诗人总算完成了父母期盼已久的传宗接代任务。

不久，徐志摩便出国留学了。也许是诗人与其他女人在英国的风言风语传到了国内，也许是张的公婆还想再添个孙子，1920年，应公婆的要求，张幼仪怀着与丈夫团聚的梦想和希冀，漂洋过海，不远万里，来到英国徐志摩的身边。不料一见面就是心碎时刻。

“我斜倚着尾甲板，不耐烦地等着上岸，然后看到徐志摩站在东张西望的人群里。就在这时候，我的心凉了一大截。他穿着一件瘦长的黑色毛大衣，脖子上围了条白丝巾。虽然我从没看过他穿西装的样子。可是我晓得那是他。他的态度我一眼就看得出来，不会搞错的，因为他是那堆接船的人当中唯一露出不想到那儿表情的人。”这是多年后，张幼仪对诗人去码头接船场景的记忆，只有冰凉与凄苦。

总之，对其他女人浪漫多情的诗人，对张幼仪的态度却是特别冷淡、不友好，甚至可以说是有点残酷。老年的张幼仪回忆道：“我来英国的目的本来是要夫唱妇随，学些西方学问的，没想到做的尽是清房子、洗衣服、买吃的和煮东西这些事”，“我没法子让徐志摩了解我是谁，他根本不和我说话。”在这样的夫妻生活里，张幼仪再次怀上了孩子。

此时徐志摩正在疯狂追求林徽因，得知张有孕的消息，他第一反应就是：“把孩子打掉。”在那个年月打胎是危险的，张就说：“我听说有人因为打胎死掉的耶。”

徐马上回应:“还有人因为坐火车死掉的呢,难道你看到人家不坐火车了吗?”他的话如此冷冰冰,连我一个读者看了心里都一凉,那个在词语里对女人温柔体贴的诗人到哪里去了?

谈判不成,几天之后,诗人便撇下妊娠反应厉害的张幼仪,不声不响地离家出走了。张孤身一人,只能投奔她在德国留学的兄弟,生下了她的第二个儿子。孩子生下来不到一个月,徐志摩就上门来逼她离婚,对第二个儿子的出生却毫不理会。他们在一个朋友家里见面,张幼仪说:“你要离婚,等禀告父母批准才办。”徐志摩用狠硬的态度说:“不行!我没时间等!你一定要现在签字!”张幼仪见他如此无情,知道无法挽回,被迫签字离婚。后来,徐志摩的这个儿子夭折了,他在给陆小曼的信中,谈他儿子的死好像在谈一个外人,“方才送C(张幼仪)女士回去,可怜不幸的母亲,三岁的小孩子只剩了一撮冷灰,一周前死的”。此时,徐志摩又得知泰戈尔在南方生病,急着赶过去看望他,对儿子的上坟送丧只能草草了事了。

后来的事,众所周知,诗人在飞机上“凤凰涅槃”了,飞到了他热爱的天界,成了一片灿烂的云彩。林徽因让梁思成捡了一块飞机残骸,挂在她卧室的床头。陆小曼则晕倒在地,痛不欲生。还是张幼仪忙前忙后张罗他的葬礼。后来,张幼仪养大了徐志摩的儿子,将诗人的父母养老送终;再后来,张幼仪在台湾四处奔走,搜集出版了《徐志摩全集》。

对有些人,诗人的感情浓得化不开;对张幼仪,偏偏却形同陌路,只能说命中注定这是一段恶姻缘吧?如果徐志摩泉下有知,知道张幼仪以德报怨的种种行为,估计也会只向从前悔薄情吧?

异端者的美丽与哀愁

如果说中国文学是浩浩汤汤的长江，让观者在岸边看着心潮澎湃、心旷神怡的话，那么日本文学就是深山里百折千回的溪流，让游人在历尽艰辛接近后感到难言的神秘与欣喜！

不得不说的是，日本文学浸淫了中华文化的美，各类作品里摆满了古代中国的故事和典故。只是中国古典文学家一般信奉孔夫子的话，“诗三百，一言以蔽之，曰‘思无邪’”，讲究的是“乐而不淫，哀而不怨”，所以很少有笔走偏锋的。而日本人却敢于在中国古代文学不敢走的幽径里进行开拓，另辟蹊径，反而形成了一种极端、变态的美学。

我觉得日本文学总是追求极端、极致的唯美艺风，把病态的生活和官能的感受描写到了无以复加的地步，甚至是有点变态的审美情趣，让人觉得有点恶心，但品读起来却让人在这种陌生的、丑恶的、怪异的美感里欲罢不能。

如日本首个获得诺贝尔文学奖的大师川端康成，他喜欢追求那种悲哀、空寂、迷惘、无望、幻灭的美，常对别人说：“我已经只能吟咏日本的悲哀。”他在代表作《千只鹤》里，描写了菊治和太田夫人及其女儿文子的不伦之恋。其实太田夫人是菊治父亲生前的情人，菊治的父亲死后，他们在一次茶会上相遇，本来菊治对太田夫人没有好感，但会后太田夫人主动找菊治倾诉，正如小说里所说的，“说得极端些，她仿佛分辨不清谈话对象的界限，是菊治的父亲，还是菊治。”就这样，孽缘开始了，他们在北镰仓的旅馆里住了一宿。当然，他们之间也有不道德的罪恶感，所以太田夫人在和菊治聊天时也说:“罪过啊。我是个要不得的女人吧。”

出于对母亲的爱护,太田夫人的女儿文子来拜访菊治,请求菊治不要再和她母亲交往。可能太田夫人觉得罪孽深重,她服安眠药自杀了,之前她把文子托付给菊治。不料,太田夫人死后,菊治在文子典雅的脸上,看到了夫人的面影,他心甘情愿地接受了这种诱惑。由于这种诱惑,他拒绝了与稻村小姐的婚事。他和文子一起在茶室欣赏父母亲遗物——两只志野陶茶碗,菊治把自己的父亲与文子的母亲看成两只茶碗,就觉得眼前并排着两个茶碗的姿影,仿佛是两个美丽的灵魂。而且,茶碗的姿影是现实的,因此菊治觉得茶碗居中,自己与文子相对而坐的现实也是纯洁的。母亲的身体微妙地转移到女儿身上,菊治被这种感觉吸引。最终,志野陶茶碗被打碎了,文子也失踪了。

如果以世俗眼光来看,菊治沉溺在对一对母女不伦之爱的罪恶深渊里。而在川端的笔下,深入了人性不可说出的隐秘,对病态功能的描写是如此妖艳而美丽、璀璨而夺目,展示了日本文学的恍惚迷离之美。

另一个文学大师谷崎润一郎,习惯于在丑中寻找美,在赞美恶中肯定善,早期作品追求展现受女性虐待的快感,在肉体的恐怖中体味女性的美,故有“恶魔主义者”之称。他的代表作《春琴抄》里,春琴是大阪修道街药商的女儿,她生得美丽动人,从小备受呵护,九岁时因眼疾双目失明,从此发奋学习三弦琴,成为一名杰出的琴师。佐助比春琴大四岁,是给春琴引路的仆人,后来跟随春琴学琴。由于春琴为人孤傲,教人练琴又非常严格,得罪了一大批人。一个晚上,她在寝室睡觉时,被恶人用铁瓶装开水烫伤如花美貌,从此不愿见人。为了保留住他心目中的美丽女神春琴的形象,佐助不惜自毁双目,从此和春琴居住在同样的黑暗世界,眼里只有春琴未毁容前圆满微妙的白皙容颜,在混沌的明亮光圈里如菩萨一样显现。

为了爱,可以自毁。为了女人,可以放下自己的光明世界,这是与传统男权社会格格不入的,也是传统艺术世界里没有涉足的。

另一个被称为怪异鬼才的三岛由纪夫,他的代表作《金阁寺》,展现的也是绝

对的美与丑。故事主人公沟口出生于日本的穷乡僻壤，天生结巴，严重自卑，一个丑陋得没有恋爱没有关爱的人，由于不能忍受金阁的美，他干脆一把火烧了金阁，让金阁永远在他心里金碧辉煌。他觉得，在美好事物的毁灭里，真正实现了美的永恒。

日本文学为什么这么喜欢描写极端的美呢？正如美国人鲁思·本尼迪克特在《菊与刀》里所言，日本人心里没有伦理道德，在日本人的哲学中，肉体不是罪恶，享受可能的肉体快乐不是犯罪。乔治·桑塞姆爵士写道："在整个历史上，日本人似乎缺乏这种认识恶的问题的能力，或者说在某种程度上不愿意抓住这个问题。"

由于日本作家本身不像中国人那样内心里有太多的是非善恶，也没有传统伦理道德扎起来的藩篱，所以笔下没有禁区，写出的东西就像我们的名菜臭豆腐、臭鳜鱼一样，闻着不舒服，但品味起来还是蛮香的，别有一番瑰异美的风韵。

第六辑

金樽檀板

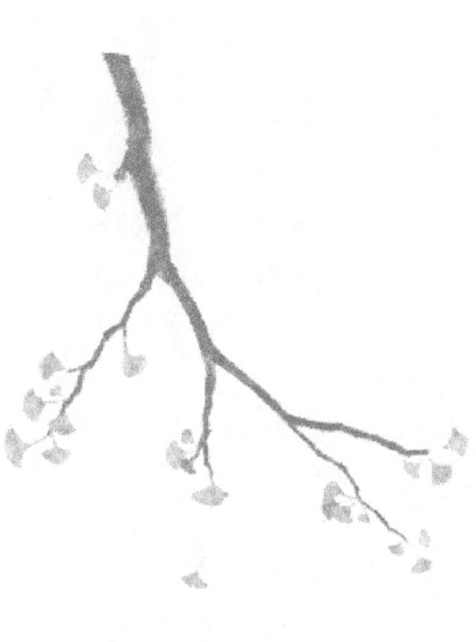

江南春

古典的细雨鞭打着春天的屋檐

这在空中站不稳脚的水呵，它使石头开出花朵，它使芭蕉拆开情人的信札，它使黑夜在诗人的指头渗出晶莹的疼痛。如果一旦触及大地黝黑的皮肤，便涌动青春的血液。

闪电在天空的身体里发出热烈的光，春雷在树木的肉身上爆裂鹅黄芽叶，草叶从人们的眼睛里钻出来，鸟群的鸣叫亢奋地飞翔。

在江南的绵绵飘雨里，人们是游动的鱼，用美丽诗篇的腮呼吸。

小楼端坐在天空下，听着岁月滴落纯净的音乐。杏花和少女的油纸伞绽放着，谁飘动风景中最鲜艳的色彩？

桃花擦亮天空的心脏

风中的暗香让春天浮动起来，桃花不过是季节点燃的灯盏，在庭院的深度里燃烧。

枝头的美学涵义一直延伸到墙外，春色的涌动就像法律无法禁止人们做梦一样。

十九朵桃花灼灼盛开，十九个春天打开心灵的道路，悲伤在一匹白马的尾巴上抖动，像头顶的蓝色星辰一样遥远的恋人呢？

梦想像一只惊慌的蝴蝶，越过堆满叩击声的木门，越过落花的影子和低微的呓语，时光猛烈地痛。

总有一阵风猛烈地吹，总有一群蜜蜂吮吸流淌太阳的空气，总有一只只晶莹的足音沾满绿色的音符。

季节张开美丽的一瓣，高举春天的形式和内容。

月亮涌动呼吸轻纱的春夜

天宫的传说在耳边一波三折，布满蓝宝石的岁月里，诗人握紧命运紊乱的掌纹。

月光散开乱蓬蓬的头发和思想。

白夜拥抱红月亮和光芒。

夜夜聆听风声越过小窗，思念的烛火燃起茸茸的暖意。诗人把歌声还给月夜，把芳草还给守望，把爱情紧敛玫瑰的心房。

一只鸣蛩抱着唐诗的背脊，它的歌声像一只按摩器，让夜色舒服地伸着手脚。

什么粮食比得上宽阔的天空和月光，什么剑芒直指情感交织的道路，什么酒醉倒步履纷乱的桃花和酡红的心跳？

一缕缕夜的颜色擦亮星辰，月光情绪饱满。

渔歌上面打满采莲女子的唇印

阳光飘落在垂柳的枝条上，天气很好。天气在天空里开放云彩和笑容。

河水飘流，河水的拐弯处指出村庄和岁月的方向。时光静静流淌，时光在水面露出镜子的存在，大地上行走的人喝干生命的水滴，只在水面留下倒影和芬芳。

春天是另一种形态的酒，醉了长发飘飘的豪情和流畅的笔尖。采莲女子的歌声和手臂搁在缓缓的桨声里，可剪辑的一段美丽记忆呢？如今栖身哪一方渔火？

江南系在垂杨荫里，白马是它奔跑的四蹄。

春天追逐少女般圣洁的河水，一位旅人捧着时间的水罐，啜饮绿梦的声音。

风从故乡来

风从故乡来，吹动我惘然的心。

一朵油菜花里，藏着我的故乡。

一条山道弯弯，走着我的童年。

阳光把黑黝黝的屋瓦打磨得发亮。吐绿的树木在祈祷，痛楚的微光在天空里自然愈合，如云朵溶解在脚下的溪水里。

燕子来了，衔来啾啁于田野的春光。

果子红了，有我脸上怀春的颜色。

杜鹃盛开，朗诵着被她抱在怀里的三月；蔷薇轻舞，衣袂摇晃着豆蔻的年华。

几声鸟鸣，滚落了寂静处珠玉的心跳；几点细雨，轻缝着漂泊者褴褛的衣袍。

风中传来你呼吸的余香。握在我掌心里的，是你世代相传的晚钟的声响，镀上了遗忘的锈迹的声响。

走过的脚印，开出了蓝盈盈的野花。丢下的笑语，游出了白亮亮的银鱼。

深藏山里的村庄，鸟巢点亮我回眸的路。新鲜如昨夜，母亲为我整理行装而燃起灯火。

在都市的大街上，不断翻版的街角，已找不到从前的身影；追逐香车宝马的人群，只有复印的烦恼，在展示俗世的轮回。切割掉故乡的脐带，我的孤独在这个世界里化脓。无法回家的灵魂，像一颗颗流星，闪烁在深渊一样的暗夜里。

我的云游，被一阵风拨动，直抵悬崖上的空空。

桃花扇

几朵桃花,灼灼盛开。

一声叹息,慢慢熄灭。

一柄血光闪闪的宝刀,剖开历史病入膏肓的肿瘤。

一曲燕子依然的春风,谱写暖夜纸醉金迷的灵魂。

是谁粉墨登场,扮演白脸和红脸?

是谁心如红叶,让风霜打磨出更加动人的颜色?

是谁长歌当哭,埋葬柔肠寸断的时光?

正义望风披靡。人民颠沛流离。

胡虏杀人如麻。诗歌苟且偷生。

英雄穷途末路,如残阳的光线摇晃着马尾。

美人古佛青灯,成寂寞尘埃落满的空房子。

你在哪里?那回眸里放飞的蝴蝶。

你在哪里?那朱唇轻启时的离歌。

多年后,一捆捆尸骨如稻把,在大地上垒起苍茫悲歌。

多年后,一颗颗汉字如胭脂,在尘缘里描画相依形影。

故事已成掩卷,你眼泪里空空的良宵。

世事一局残棋,我落子的手撼动江山。

一声叹息。美人的脸如正在西沉的圆月。

几朵桃花。碧血的火焰点染故国的眷恋。

天空的皮肤

天空的皮肤多么寒冷。

一片被剖成半个的月亮，是我孤独的灵魂。

在世间，我的寂寞是花自开自落，自恋自赏，直到变成贫血的灰颜色。

在世间，我所有的祈祷，声声慢板，比不上一只穿越万水千山的青鸟。

欣赏是一支热烈的长歌。风在草叶的呼吸里颤抖，蝴蝶的翅膀在阳光下闪耀，仿佛穿越在一个美梦里。

无端心绪，柳絮飞，正缠绵。

锦瑟华年，弦已断，不可弹。

蓬头垢面的词语，需要浸泡华清池的暖流，洗净倾国倾城的容颜。

曲线动人的江山，需要弯弓射雕的英雄，驰骋芳草萋萋的草原。

诗人独立在高楼上，手掌心里的星辰，开始翱翔灿烂的光芒。

在追忆的日子，总有一方天空是深蓝的让人渴望游泳的海洋，总有一些记忆让人断肠，总有一种遗憾让人难以从心里抹去。

天空开始老去，有着老妇的蛛网和沧桑。

谁盖起烂尾楼的人生，等待不可能的完工典礼。

我的肉身将朽，我的灵魂金身不坏。

秋　天

几片落叶和一只南飞雁　使我听到秋天不可言传的语言

晴朗的天来临　我们甜蜜的家在紫葡萄里饱涨得要滴出来

空中一定在发生什么　我能够凭嘴唇接触到　就像沉醉中与爱人一吻

你可以爱　在一片光秃得只剩下鸟群的林子　风大口大口地喘息

我手扶阳光的纤维　感受来年春天在树上生长开花的美丽细节　以致我一动不动地打坐　面壁　身旁流泻着大团时光

天空一闪　鸟的形象淹没于遥远的天空谁也不能看到

遥远的村庄在群山和水湄　簇团火焰　人群就是那些活泼在南国原野的火星　你的目光温暖　因为

稻谷成熟　它丰满的乳房鼓胀 人眼晕眩 丰收就是这金发的苗条女郎吗　为谁嫁娶　我关注她的终极目的　直至大风高高地远远地吹走我的乡村岁月

蝉声流淌遍地风流　在佛家轮回之前浪它一漫　命运的虚弱从最激越高昂的声音降下　如一枚饱满甜熟的果实最终危险　落下

那些《围城》里的葡萄一颗一颗地在我手中

那颗纯青色的　那颗紫黑色的　那颗瘦小的

以及那颗丰硕而陷于自恋中的

高拔地在树上挂起秋天声音的　人们选择自己恋爱的方式

落叶轰轰烈烈地在天空下面推进　整整一片枯萎着的秋天　它们没有统一

的指挥即将全军覆没　就像人们常说的

一个男人在罪恶的情欲面前无法解脱　绝望地让生殖器官孤独地呐喊　渴望着突入芳草萋萋的桃花源生活

我感受一束目光和玫瑰的枯萎　当我身在明镜台透澈地看清记忆

并在它上面仔细地雕花　玫瑰的刀锋立在我心尖　我拾起来游刃有余

我眯缝着眼发现那花朵不过是水月之像

我奋笔疾书《秋天》　心灵的愿望却在玫瑰的梢头开放九百九十九朵春天

在柔丽的烛光花朵上　光明的天空出现　所有的时光聚于一点　而唯一能穿透时空航行的是月光不断拍响中　一朵白帆划动的所有履痕

我嗅到精液的气味　秋天达到高潮

红尘短章

一个脚印

在走过的路上，一串深深浅浅的落叶，会不会被岁月的尘埃掩埋？

行走意味着方向。在敞开的日子里，我成了一帆透明的风。大风可以把理想的塑像风化，我们的嘴唇可以发出空洞的回声，泪水可以洗刷荆棘扎伤的脚印上的鲜血。

坚实的土地，使头顶的天空不会沦陷。

一粒种子

是洒满岁月的晶露，还是托起火红的朝阳？

一粒粒星星集合起来，点燃了春天的火把，季节的街头开始最壮观的游行。

点播了开花的幸福，收获着成熟的孤独，人生大抵如此。

果实从甜蜜的枝头爱着，一只鸟的飞翔催熟了秋风金色的翼音。

是种子的生命充实了大地，还是大地充实了种子的生命？

一颗梅子

一颗梅子的内核埋藏着一个人的秘密，它有着或酸或甜的味道。

敲开它密封着过去的日子，有美丽的身影暗香浮动。纯净的笛音雪花一样飘落，踏雪寻梅，那是怎样优美的意境！风衣袂飘飘，月脚步轻盈，共同画幅名叫疏影的国画。

如果一颗心成熟了，它是否从体内抽出美的枝条？

梅子黄时雨。雨把人间浸泡酸了。

一只红唇

一点红樱桃，在青春的枝条点亮诱惑和美的光芒。

体内的冲动使岁月的皮肤充血。

霓虹灯旋转着不安的时光，在都市的罐头里，多少樱桃被过早地摘下，任唇膏加工着容易擦净的爱情。

仅仅是夏季风的一点小伤，就可以擦破你柔嫩如新绿的目光。

生命的果园，当采撷的手伸出来，开花的日子便成了理想化的陌生。

在红尘里，所有的幸福会被一阵风吹掉！

生活短章

一些故事

走过童年的河流和嬉戏，走过花季的虹彩、雨季的油纸伞，走过青春的篝火，我已不再年轻。

记不记得一丛火热的目光？记不记得一颗晶莹的心跳？记不记得一页阳光编织的日子？

你走的时候，月已西斜。映在静夜池塘里的一点星光，是谁遗落的一朵梦？

一滴眼泪漂洗着落花的忧伤，一些故事被风雨改编，一杯温柔开始在红唇上冰封。

我无法把握飘走的天空。

一份心情

昨夜星辰在风的丝绸上飘动着：那些红叶、珍藏和梦想，那些灯光、幸福和心跳，那些月亮、蜜语和故事，流淌着青春的音乐。

沉默是一种等待，等待是一种沉默。

如今只有一阵寂寞忙音在日子里回响，我开始习惯了把酒临风，习惯了夜深闻笛，习惯了倾听催落花朵和愁绪的风雨。

或许还有梦，是果核深藏的春天；或许还有爱，是芭蕉未展开的火焰；或许还有路，交织在浪花和浪花间。

我无法追求从前，也无法预支未来。但从前是温柔的唇印，未来点播了憧憬。

让我们把憧憬缝成一张帆，在蓝色宿命里启航。

一杯阳光

以后的日子，雪压着红房子，雪压弯了命运。

四季在大地低低轮回，拥抱少女、羊群和歌声。擦亮一面青铜镜，我看到一缕定情的青丝，听到一声哀怨，找到一片古庙里生锈的钟声。

我明白：生活是一只蝴蝶标本，鲜艳的翅膀失去了自由；青春是一块伤痕，抽光了阳光的色素；人生是一个站牌，等待着希望开来汽车，却无法成为它的旅客。

何时能听到春天的笑声播进土壤？何时鲜花开满月亮的面庞？

寒冷的时候，让我们倒满一杯阳光，一饮而尽，一饮而尽。

一些风雨

没有好天气，只有一些雨丝连接昨天和今天的天空。

一张老照片，依旧溢出阳光和笑语；一封皱情书，依旧能摸到泪水和琴弦；一盒旧磁带，依旧重播红唇和岁月的老歌。

一枝桃花，一份宁静，一块天空。

酒在诗歌里击打着音乐玫瑰，生活在麻醉里旋转着霓虹灯和舞步，梦在阳光下飞翔一个永恒的白昼。

青草、飞鸟、大片的丰收，日子活过来了。麦子明白，是风雨锤炼了生命，阳光输送了血液。

花落之后，一些风雨从春天退场。

大阪城的姑娘

夕阳的羽毛纷落一地。

大阪城的姑娘啊，我站在民歌的梢头上，眺望着拉着夕阳奔来的红马车。

石头铺成的旅程一路平安。

大阪城姑娘的生活浸在西瓜的汁液里。她们的身姿在丰收里载歌载舞。

你的长辫子在歌舞中打疼了我，你的眼睛像星星在我的心空上闪亮。篝火流淌，姑娘，幸福时光在我们身边流淌。

现在时刻已到。我们将永远与丰收一起，抵达成熟的爱情。

大阪城姑娘坐上季节的红马车，心情是一根鞭子，疾速朝我和未来岁月驶来。

同桌的你

一些往事的雪片纷纷扬扬。

爱情是一种让目光颤抖的经历。那些日子经过图书馆、草坪和喷泉，经过经典影片的温馨细节，经过吉他弦上拨动的音乐，我们幸福的生活，手捧阳光和星辰。

黑板上哗哗溅起的字迹流淌着边城的河流，我们怎样泅渡人生的渡口？选择着宿命的渡船，纤绳紧拉着渴望和苦难。

现代节奏在电脑多媒体上破译命运的层层密码，在新开发程序上编辑未来的脚步。

时间不喜欢甜言蜜语，离别的手帕挥走了七月和江南的杏花，只有一支烟，吮吸着黑夜和心灵的咳嗽。

尽管昔日小径迷失在落叶覆盖里，我湿漉漉的梦，勇敢地穿过遗忘和风雨，被你热辣辣的目光晾干。

黄昏恋歌

船停在令人销魂的地方。你听到，一只蝉落在垂愁千缕的柳条上，唱一支歌。这质朴的歌声一粒粒敲打你的心房，让你黯淡的目光，在这忧伤的时光中抖了又抖。

一鞭残照指着你离去的方向。

蝉，你凄切的呼唤怎能抵达禅音的空灵呢？

海誓山盟的词句灌满了冷月的光，注定了我们今生哀哀婉婉的分离。我最害怕汽笛的声音，它会扯断我的情肠。

亲爱的，今后那些让月光照亮眼泪的句子，不要让我无力的手放在电话上，任

寂寞的忙音茫茫穿越耳际，不要在信笺中用冷静的汉字，如冰凉的雨滴打落我心灵花朵的芬芳。不要，不要这样……

我拉拉你的手，沉重的承诺不用语词的言说。

蝉音声声字字诉说那个我梦魂萦绕的江南，夜色中我飘飘的衣袂你说是指引你前进的旗帜。船驶进无边无际的黄昏。

我看看江水，真想拿起剪子，将江水剪裁一幅我清泪湿透的青衫。

爱情短章

没有爱

就像一场雪，期待脚印飘动一串洁白的音符；就像一个梦，需要阳光滚落多少鲜红的果实；就像一颗心，在破碎的镜片上拼凑生命的光芒。

我走过的日子，天空是蓝色的冰块，寒冷渗透我追寻的日光。

我想像白云一样梳理飞翔的羽毛，真想倾听一颗桃花灿烂的微笑，真想从岁月河流里手捧百合的倒影和芳香。

但我两手空空。

活　着

阳光是一枚邮票，寄给我片片温暖的笑声。那是青春在白色魔镜中的面影，如今时光摊开受伤的翅膀，我看到天空又高又远。

哪怕仅仅拥有一叶爱的目光，让我在温柔的灯光下，翻阅吹过岁月的蜜语；哪怕仅仅揉碎一朵开花的幸福，我空荡的房间里，也要飘落满地枯萎的春天；哪怕仅仅一条荒芜的小路，我追忆的落叶上，也响起银闪闪的脚印。

哦，我活着，苦难从体内抽出希望的枝条。

问 题

是生活滋润爱的根苗，还是爱吹皱生活的一池春水？

经过大学时代的草坪，经过校园民谣里飘动的蝴蝶结，经过后现代主义的奇幻图案，如今教学、诗歌和阳光成了我生命的三原色，调和着春天的色彩。

如果爱可以融化一座人心的冬天，我可以加上爱；如果恨能够擦破柔嫩如新绿的思想，我要减去恨。

简单的加减乘除，规范了人间。

眼泪很好

那些日子，一滴泪水打湿了我所有的欢笑。

难道只有泪水可以调好人生的味道？我不能回答。一弯红月亮吹起忧伤的歌声，这尾美人鱼，游动出感动的波浪。

夜太黑，我的目光太黑。

昨夜星辰扎伤了手指，这些多刺的故事，在抚摸的感觉里滴血。

爱情是什么？人约黄昏后，那是电影里涂满银色月光的细节。但生活里，柴米油盐浸透了所有浪漫的想法。一罐墨水，可以写下蓝色的情诗，也可以失手打湿一朵心灵的火焰。

看，一滴时光冲走岁月红唇上的甜蜜。

别　情

让我再看一眼，我说。

于是你温柔美丽的面庞任我贪婪的目光啃噬。

这时，一鞭残照落下来，击打我们脉脉相对的时刻。鸟翅携来黄昏布满天空，我扬起头，满眼苍茫。

我火热的目光熨慰的是真实的你吗？

我生长斜阳之外的芳草是美丽的你吗？

不知道，不知道，你目光的光芒抵达我的心灵，温暖迷惑的我；你纤手的相握传递你的心弦，颤栗幸福的我；你欲启樱唇张开鲜艳的花朵，沉醉心烦的我。

满眼苍茫，我的心有一片电话的忙音，寂寞地响着。你听到了吗？你把目光移向我的眸子，给我一个理解的示意。

路到水边为止。我要坐上小船风雨兼程，一只小船是一只鞋子，平稳地让我穿着，踏上干干净净的水面。

蝉声响亮地撕痛我的愁肠，垂杨纤削的手臂依依伸向我。我要走了，我垂下眼看着流水，挣脱你眼边泪光晶莹的诱惑。

另一片风景，泊在我即将栖息的渡口。

溪水倾倾斜斜地摆动我的身影，青山幽幽淡淡地遮住你的望眼。我走了，你呀，无论是杨花如雪或飞雪如花的时候，一定要等我。

我最后一眼中，你退作冷秋深处无言的沉默。

给你，一束玫瑰花

往事，离我很远。回想时，我如站在水之湄遥望那在水一方的苍茫。

那时，我们都进入十八岁的花季，渴望着每一瓣日子都是饱满而灿烂，诉说雨滴芭蕉的季节是最美的季节，我们都想走进“杨柳岸晓风残月”的古典意境与寒蝉对话。

同桌的我们，在一种羞怯的心情下不多说话，只是你那含颦一笑的翅翼，栖息在我的心头上，比蜻蜓立上荷角还轻盈；偶尔的目光与目光的抚触，这交会让我们拥有的天空铺满阳光。

因为羞涩，我们谁也不敢把一颗红心向对方亮出来；因为单纯，我们把所有的岁月当作不会流逝的幸福；因为年轻，我们把相同的梦境放在心上把玩当作欣慰的满足。

然而，时光不会满足我们，时光流逝，我们共同撑起的天空只能倾颓，我们得到的一切只能失去。在远离往事的日子里，又到了春天。我只有在心灵深处对远方的你说：给你，我失去的那些开放在梦中的日子；给你，一束我心血染红的玫瑰花；给你，这束玫瑰花。

悄悄的相约

（一）

一段蒹葭苍苍的传奇，在我无边的梦境的边缘彳亍，蜡烛把我的泪流到天明，斑斑点点，冷成一块块击打我愁肠的石头。让我心灵最深处的痛，钝响于那个寒蝉凄切的日子。

（二）

那寒蝉凄切的日子，如一枚浸醉于离人泪的红叶，在我记忆的日记里珍藏。有时摊开，让我的双眼灼烧阳光抚触的感觉。

（三）

在一种温馨的感觉里，我千万遍的凝眸，误认了江边的柳树；那千万朵帆影却漂流于水的尽头，其中有一只小船撑走我沉重的初约。也许它早游荡于斜阳芳草之外，面对在水一方，我的承诺要溯流而上：任凭弱水三千，我只啜饮一瓢。

听　蝉

骤雨初歇。一片凄切的寒蝉声。

端坐家中,往事抵达我的诗书和心灵。

那条小河还是淙淙流淌着往日的歌吗?

那只小船呢,是否还载着我们沉重的初约顺流飘荡呢?

那方渡口啊,谁飘飘的衣袂还在我的凝眸中无比鲜亮呢?

一声汽笛中我愁肠已断,泪落一衫春水。

君走潇湘,我随成群的蜂蝶流亡江南。

江南的莲花,托起百年的幸福与安宁。这日子清纯如水,这日子让人怀念和激动,我手捧莲子,远望在水一方的苍苍蒹葭。那些青嫩如梅的誓语啊,结在我八面玲珑的耳边,令我痴情果实的秋天。

离我远去,你可成了李清照词中瘦削的明日黄花?离我远去,你如花泪滴可打湿了明亮的月光?明丽的阳光和蝉声挂满我身上,这美丽的时刻,我触摸灵魂深处的颤栗。

许多宁静的日子所期待的青鸟的鸣叫,你一定要来,一定要来,从我们执手相看的泪眼中出现。

远远飘来的蝉声溢着心灵的暗示,你来,你来……

五　月

清纯热烈。五月的形象如一束少女明亮的目光。

五月,大把大把的暖风吹熟大片大片的麦子,成熟的丰收在田野上日益高贵。

鸟群滑翔入翡翠般的林子,山谷回响。而我的天真之子,忙着收集那一珠珠圆润的鸟鸣。

落花少女纷纷离去。芭蕉叶大,栀子花肥,从夏季的边缘飘来第一声脆薄的蝉音。

我走出家园,赶着牛拉起一块收割希望的原野。我把我青春的爱情献身农事。这时,成群的泥土挤过来为我歌唱。

五月呵,感受你那束少女的目光,我双掌合十,为在阳光下晴朗的乡土祈祷。

这次祈祷也许要花费我整整一生的情思。

寻找灵蛇

灵蛇，请给我一个青苹果，让我在它诱惑的光泽下苦涩人生。

这伊甸园密密遮遮的树，这伊甸园恬恬淡淡的风，这伊甸园是两个人的世界，除了那些安安稳稳栖息的鸟群，这是两个人的世界。

草地，好像生活得很好。

夏娃呀，你的一缕青丝阐述着我的日子。我的目光只能铺展在你丰硕的乳房上，我就一直思念着走出伊甸园。

灵蛇，我的灵蛇，如一支竹笛横在我的手臂吧。我要用你火红的信子燃烧一张晚霞的天空。

你要轻盈地游过来，眩目上帝浑浊的双眼。灵蛇，你要贴紧我，从我的嘴唇里吐出园外种粒发胀的声音。

灵蛇，你自园外打洞而来，在游动中模仿金属敲击的声音，告诉我真正的幸福只有献身农事。

夏娃温柔地听完你的诉说，就用它无边的水域包围我。断桥在接近你的时候断了，你咝咝的叫唤激怒千年的水汛。

众多的草走动如游鱼，一支支嘴唇咂摸我。我把自己放在水中取暖，靠近我的水燃烧，使我遗忘你的惊逃。

夏娃的嘴唇我无力反抗的身上套了无数的圆圈，我只能行走圆圈却浑然不觉。我身体的泥土在水中渗透，任水化成烂泥，安静地蛰伏潮水的下面。夏娃，你

水的力量视我的痛苦为无物。

夏娃,你在沉淀我肉体的时候我已不是原来的我。

夏娃,我任水无声的抟捏时我在做沉默的反抗。

人生这大肚子躺在草地上,依旧伊甸园的远离人世覆盖着他。

让我叛逃的注定是灵蛇,它衔来那颗闪着青芒的果子,青苹果火热的光芒蒸发走所有的潮汛。青苹果最终落到我口里,苦涩的滋味让我咀嚼尽世间的一切。伊甸园光明正大的赤裸其实不是美,我披上的树皮让淡泊的上帝撕掉面具,一切吃了青苹果而觉悟的人独立他管辖的灵魂。从此,伊甸园废弃在草丛里,我荷锄的月光在园外幸福地照耀。

灵蛇,我感激你时你掩埋草底,我的肩头荷着爱情以外的事。

游侠,游侠

唐朝好天气,到处放牧白马的四蹄。春风得意,游侠的眼看遍长安街道纷纷攘攘吵着春天的花朵。

风尘满面,杏花的酒旗飘摇,招引你停下。

你痛快的声音在夜光杯里泛光,“来,来,一饮而尽,一饮而尽。”

(白马呢? 白马在垂杨荫里,极度亢奋地嘶鸣。)

意气风发,游侠的目光犀利如剑,冷艳如剑,渴待在谁的头颅上磨亮呢?

豪爽的笑声穿透酒店,穿透现实的一切,直扑遥远的阳关。友人折来的一支柳色上布满整个春天。

芬芳的酒味,在喉间凝咽。

(白马呢?白马的蹄音溅满咸阳古道,萋萋芳草的生长,空在你绵绵的视线之外。)

沙场,烽火照亮的沙场。

敌骑的鼓点迫动你的心房,你矫捷的身形迎上。剑气呼啸,剑气急急地呼啸。

黄沙百战,磨损你身上金甲的光芒。快意啊,你最后一声带血的呐喊,惊破敌胆。

(白马呢?白马在尸骨横陈的沙场无边喑哑。)

高高的秋月呵,在死气沉沉的沙场上行走。寒鸦的声音,凄寒地扩散整块天空。

游侠,你的魂灵四方飘荡,何须家乡?

凉凉的秋月呵,照遍深闺人的好梦。

侠骨的香,透过沙场的沙粒。

千年后的我手捧沙粒。香气窒息胸膛。

(白马呢?白马在死亡的归途上,闪电般地奔跑那个时代的光亮。)

烛光的回忆

夜的调色越来越浓,烛光的热烈淡下去,我的记忆也将一寸寸淡下去。

当秋风把裙子像花朵一样从少女身上打落,我怜惜一朵红色的裙子,像玫瑰在我心园的曾经开放。

如今秋风在吹，秋风如流水卷走那朵红裙子。

而我，在秋风的淹没中大口喘息。

时间坐在水上，时间把人随意飘荡。我将去何方？

那躲入爱情内核的女人，拒绝我的心灵洞开。秋天把果核在土地中深埋，谁能抵达枝叶青青外延。

我的叹息无力如一枚落叶。

烛火渐渐淡去，我的记忆已一寸寸淡去。

春之渴盼

一个个美丽得令人心痛的日子，一页页给阳光和清风反复朗诵的情节，都熨慰着我辗转反侧的梦境。

离你而去，凄风冷雨浣洗着轻薄的光阴，青草池塘，又生出江南一片滴绿的春天。

在春天，我们的喜悦曾捉过轻飏的柳花。不久，渡头的残月便钩起一眉愁绪。蝉声乱淌，我们的灵魂便浮在躯壳之外。握住你纤纤素手，握住那个季节的生离死别，我缠绵悱恻的愁肠顺流而下。

从此，我如一枚落下的叶子，贴在窗口惨淡地颙望：在一个让人渴盼得心痛的春天。

大树与小草

山巅上，长着一棵参天古树，枝叶葳蕤，常与清风与白云相戏，在光阴的雪打下显着苍劲。

而大树根部不知什么时候生出一棵小草，嫩绿的躯体在微风中招摇，露珠也时常跳到上面晶亮地歌唱，阳光有时也粘到它身上，给它一种温馨的感觉。

然而，人们经过这里的时候，常驻步对高入云天的大树表示惊叹，而从来没注意过它根部的小草。

小草对此愤愤不平，对身下的岩石说："瞧我，多苗条，多漂亮，却没人注意我。而大树，不过仗着块头大，博尽人们的赞词。其实，它根本不如我。"岩石没理他。

有一天，一个伐木工人来了，走到大树下，小草听到锯木的声音响遍整个早晨。

"轰"的一声，大树终于倒了下来，躺在地上。而小草，从它的根部挺了起来，在风中扭动苗条的身姿，对岩石说道："看，它真的不如我，长得再高大有什么用，还不是倒下了。只有我，能够无忧无虑地生活。"

岩石没有回答，风吹着扑在地上的大树枝叶发出轻微的叹息……

渡的故事

清清纯纯的水横在前面。

一只小船从柳荫中撑出来，载着双星相会的故事。这份喜悦在我辗转反侧的梦境重复了多少次。一年一度，金风在我们相别的日子里轻轻地吹着。

难道相见只是为了让泪水模糊一次双眼。

沉默无言很久。传递的眼神抵得上多少句温馨的诉说。月光在地上摔得很响，一颗流星让黑夜刻骨铭心。就这样，你在我身边，醉心的虫吟围在我们身边。

往事，剩下一些金色的星在头顶生长。

那开放天空的光芒，让我感受九百九十九朵美丽的玫瑰。一千朵中，另一朵隐藏于你的心空。只有我知道，并坚信它有永开不败的芬芳。

是否三生石上刻下了我们的奇缘，没有又怎样呢？只要有一只青鸟在我们窗前啼叫，只要相会的光芒温暖我们的心灵。远离银河的夏天，我深深饥渴……

清清纯纯的水就要流走。渡口，袅袅娜娜的倩影。在小船上，我回头一望，心中流淌的感情不可言说。娉娉婷婷的你离我远去，离我远去……

对你倾诉

所有的春天,我不得不走出我的小木屋,寻觅那个东风响亮的日子。

行走中,我酒醉如菊花一样的步伐早已纷乱,鸟翅布满天空,布满我身后荒凉的背影。阳光披满我身上,阳光苍凉,我也在艰难跋涉中构成荒凉的风景,而飞鸟在我头顶布满不可言传的语言。

这飞来飞去的语言,在我挥动的手势中生动。

挥动的手势,让弯弯曲曲的道路在你离去时抖了又抖。

那片日子,夕阳如一滴滴金黄的雨水洒下来,让长亭边的绵绵芳草疯狂地喝饱,疯狂地生长。

我为什么会认识你呢?断桥边的千年水汛从不回答。

水边的野花开满你的面孔,其实我很早就渴望你是一尾幸福的鱼,在我黑色的心流上游动如一支烛火,我不识潮汛,却在渔歌唱晚的声音中无限温暖。

在你游走后,我却比任何时候更温馨地高举温暖的水汛。

我为什么要认识你呢?我终于走进那三月的桃花,斜阳端坐桃瓣上,因听到我们的倾谈而面孔酡红。

那扇深深的庭院紧闭着你娇嫩的声音,而我心灵的感觉曾如那纷纷的蜂群,盯过那声音里散漫的芬芳。时间的冲洗蚀淡了那馥郁的声音,我的心灵无比饥饿,饥饿地渴求那花蕊一般鲜艳的红唇。

从此,我离不开花香,我忠实地做甜蜜的囚徒而无疲倦!

甜蜜的囚徒不会悲哀，因为他品尝了那幸福的花香而永怀渴望。我要求一切，我伸进雨水一样落下的阳光，我伸进漂流着的东风。我要求玫瑰，而玫瑰抽开的红色的光芒，如锋利的刀刃。

我把自己在刀锋上磨砺了许久。

现在就剖开我的胸膛吧！我所有开放了多年、芳香了多年、渗透着多年的桃花。只能这样，在东风的漂流中，从我开阔的心里飘出来，一直飘到你的红颊上。

除了这样，只能这样。

剖开胸膛我毫不犹疑，在找到你之后。

——只要是你！

没有记忆的记忆

那个黄昏，天空给鸟群取走。

斜阳无可挽回地倒下去，和逝去的风景一起倒下去。那时，音乐的流水抵达我的门前。我心情很湿。

天空很灰，建筑物更灰。流行歌曲在大街小巷尽情传唱。我失去倾听，在失手打碎竖琴后，多伤的心声，只靠柳梢头的月光表达。

沉默回答我静静的思想。你的歌声触动我舒展如嫩叶的心事，这是春天，我手扶美好的阳光，植物在窗外涌绿生活的意义。

风从一片叶子上撤退，无比平静的夜晚，我举起往事的杯盏沾了下嘴唇，多好的现实，我潮湿在滂沱的记忆里。

音乐独自卷起潮汐，你的声音录进我心灵的磁带，在空旷的寝室和光阴里，正是我享受的时候。

各种感觉一齐倾听，我连忙捂住你稿纸方框的歌唱，我害怕，你燃起感情的声音会灼伤我稚嫩的青春。

玫瑰在远方燃烧芬芳，我稠密地呼吸它的芬芳，夜晚涌动你的芬芳。

音乐一滴滴渗进我深深的肉体，我遍体舒畅，我在音乐中一次次清洗自己的目光，至纯至洁的目光，穿越夜空和苍茫。

你手抱岁月的歌唱，站进我的凝望。

月光坐在书本上，我阅读着空白的月光，心情比空白的月光还空白。

爱情的花蕊紧敛在一柄油纸伞里。生活的欣悦走动在我们同行的小巷。

树木再三接触天空。从一颗心到另一颗心，我们必须碰动幸福这个明媚的语词。雨像折断的枝条，飘拂在我们走过的日子。很远了，但又像灯盏透出的村庄，不太遥远。

今夜，我坐在积满月光的夜，音乐是另一种月光，涌动我幸福的歌唱。思念退守内心的黑暗，月光折射一种情感。

在精神的家园，你携带清洁的鲜花和雨水，辛勤劳作。我的手掌给你的目光刺痛，我在汉字中包围自己，生活一声不响。

青　鸟

一只鸟在我窗外鸣叫，鸟的鸣声穿过现实的一切，让我回到那些与你同行的

日子。

艳阳天,玫瑰性感的嘴唇开放,让鸟儿听到你甜蜜的歌唱。

就像蝴蝶在对花香的渴求中挣扎,我在鸟儿的翅膀上放飞自己的憧憬。风轻轻地吹,芽叶们涌向枝头,开绽春天的美丽。

我就在那次美丽中,折一枝青梅给你。你接过它,欣喜的目光爱怜四溢。

爱怜四溢的目光,至今在我心上淙淙流淌。

(那匹竹马,奔出我的童年,你骑着它流浪何方?)

花落时节。落花悄无声息地在窗外洒下一地暮春。在那个时候,我格外留意青鸟淡蓝色的翼音。

鸟终于静悄悄地飞走,在片刻激动人心的鸣叫之后。

秋天的雨水

格外喜欢细雨霏霏的日子,每每这时,我的思念如雨雾扯天扯地地升起。

十月,雨水是金黄色的。

那古道边的连天芳草呵,又一次辉煌地枯萎。可我的心,一定是绿色的,嫩绿的心跳让你知道,心灵没有秋天。

十月,风很温柔,晶亮晶亮的雨水布满入眼;美丽的飘零,像那春日缤纷的落英,纷纷扬扬洒满一地。

十月,我记得一鞭残照里你飘飘而去的倩影……

许多日子,被雨滴一层层潮湿。

我在雨夜悄悄醒来，捧读记忆，它们的颜色越洗越旧了。雨水伸进窗来，可曾以为你为我招手的姿势？雨水拍得很响，可曾学得你足音渐来的节拍？多少年了，多少年，黑夜之雨渐轻渐远渐渺渐隐，我退守阳光，怀念视线之外风雨之中飘零的你。

你这颗雨滴落在何方？

秋雨遍地淌着满地风流。

我从一方弄得很潮湿的手绢上触摸到你的心思。

远方的人呵，可有白蘋洲上悠悠的凝望？

夜半对烛呵，可知哀怨不会随烛泪而枯干？思念不会像雨水那样时而中止，时而侵袭心头？

十月，我端坐秋天的雨水，抵达爱情的清纯。

十月，我离不开冷雨幽窗，听着一声声断肠的声音。雨的幽咽让我知道：多情岂独我一人。

阳光会在你身上行走，这是我的祝愿。

来年秋天，一定要下雨。

来年秋天，我们一定要走进丁香伞下的日子。

秋夜情思

秋夜，我把脑袋打扫得干干净净，静待你淡淡的足音来临。无边无际的风把我浸在里面，你的叩门声比风还远，我其实知道。

月亮在天空冷冷地呼吸，我的身体贴在窗口如一枚落下的叶子。(落下的叶子，记忆枯黄。)

那夜你不安的心跳，短促如你唇边滑落的句子。整个秋天我不知寒冷，在你热吻的暖意中。

你的面庞在我的语气里发红，你的动作在我的眼光里失调。难道真爱不需要语言？是否相恋不需要承诺？你只把温柔的目光，交换我眼中的火焰。踏月而归，松散如菊的月光令人陶醉不已。我没想到，一个月下的夜晚，竟花掉我青春全部欢乐的夜晚。

我想知道，为什么月光幸福的杯盏，不能完全供我啜饮？为什么你纤巧的倩影，只在我梦境的边缘徘徊？为什么我心灵的苇笛，流淌的只是抑郁的思情？

我的寂寞在面前的一支烛光上舞蹈。大地的箫声，从遥远的水湄升起。你早已移居那里。

(白色的帆沉默不语。)

你在跋涉中将行囊中的爱情偷吃干净。(空空的行囊，装过玫瑰的身姿呢？)

茫茫的水面，流走玫瑰的倒影和花香。而我坐在秋叶里面，叶子飘着沉重的叹息。万物所能听到的声音，没有你的足音。

(风踽踽而来。)

最真的日子

那个日子大雨滂沱，我却异常干渴。那个日子我端坐红楼，所有的回忆都在心空飘起茫茫雾雨。

在春雨的季节，莺飞草长，而我却长势委顿，渴望着一片晴朗的阳光。那片阳光曾从你的明眸落到我的心头，如今阳光撤去，我找不到一片阳光。

一把丁香般的小伞在雨中开放，灿烂地撑起我一瓣心香。让梨花带雨黯然失色，让雨滴芭蕉的声音不再动人，而风雨飘零的断桥头伫立的风景，雨珠在伞上拍打节拍歌唱它千年的故事。

雨照射地上，我因此看到你脚步的轻盈。你飘逸的足音曾在我心头上跳舞，之后一步步远去，让我在雨水的照亮中心寒。我千万次凝眸，却发现丁香早哀怨地凋谢。

青鸟在擦亮天空时潮湿了它的归程，百花也因没有你在渐渐暗淡。只有我端坐红楼，让期待的心情在最真的日子下滂沱。

第七辑

乡关何处

平淡生活里的诗心

常常有人问我，你在政府部门上班，天天面对枯燥的公文，能有心思写诗吗？在他们眼里，诗人应该是一头披肩发、一把飘飘如仙的胡子、一副蓬头垢面的样子，或者是脚踏着一双破布鞋，身上穿着补丁摞着补丁的衣服，整日与酒杯为伴。总之，在他们心里，诗人应该摆出点前卫的姿势，干出点惊世骇俗、让大家当作传奇的事情来。而我的生活和他们的想象完全是两样，平平淡淡、波澜不惊，我就这样活着，上班时用心工作，空闲时间写点小诗、写点文章。

其实在中国文学史上，诗人很多是政治家。中国伟大诗人屈原，不是做过当时楚国的三间大夫、左徒吗？开创了“建安文学”一代诗风的曹操、曹丕、曹植“三曹父子”，在离开故乡安徽亳州后，一手写诗一手横槊，更是干出了封王称帝的英雄业绩；苏洵、苏轼、苏辙“三苏父子”，虽说不算官高权显，但也是宋朝皇帝身边的大红人，宋仁宗谈到苏轼时说过“为儿孙选了一个太平宰相”的话；写出“先天下之忧而忧，后天下之乐而乐”的范仲淹，也做过宰相，主持过一段时间的改革大业；大改革家王安石，文章立论高远、纵横捭阖，跻身“唐宋八大家”行列；一代领袖毛泽东，健笔雄文，更不用说了。他们的文章至今传颂，也不影响他们在政治上有一番作为。如我辈凡夫俗子，不敢和伟人相比，但诗歌一直在我灵魂里涌流，不时奔泻澎湃的浪花。

我是一个农家孩子，除了上学读书外，业余爱好就是胡思乱想，写点打油诗。记得上中学的时候，那时候农村还经常停电，我在晚上就着煤油灯昏黄的光圈，读着古代大诗人李白、李商隐的作品，还有现代作家徐志摩、艾青的诗歌，那种如痴如醉，现在回忆起来，就像在书桌前一明一灭的灯光，给人以虚幻不实的感觉。所以在我的写作里，古典诗歌和现代主义的新诗打成一片，不像有的诗人觉得，在现代诗歌里必须彻底驱除掉古典诗歌的影响。当然，我中学的时候视野比较狭窄，读的多为古典名著，沉浸在虚无缥缈的梦幻世界里，对西方先锋文学的大量接触和浸淫是在大学之后的事情了。后来，安师大教授、诗评家杨四平在评论我的诗时，说我接过了徐志摩的“接力棒”，继承和发扬了中国现代浪漫主义诗歌的优良传统。其实，我的诗歌与徐志摩差异巨大，我的诗歌面目也是混沌多元的，应该说是传统与西方的混合体，像杂交稻一样。似乎到今天，新诗的规范还没有完全确立，只有一些零散的文本成为经典被读者接受，如北岛的《回答》、艾青的《我爱这土地》、徐志摩的《偶然》等。但像古典诗歌的格律、平仄、押韵这样的规则新诗还没有成型，我们当代诗人的写作，就像脚踩西瓜皮一样，想到哪里写到哪里，很多人甚至把分行散文当作诗歌。我曾经在一首诗里写道：“诗不是大白话的分行／不是手中的匕首和投枪／不是涂抹在面包上的奶油／更不是歌功颂德的马屁文章。”这是针对当今诗坛的某些弊端写的。

我的生活实在是平淡如一杯白开水，工作后就是上班挣钱养家糊口，下班陪着家人，偶尔陪着他们外出旅游，看看外面的世界。朋友圈也很小，除了同事、同学，还有一些文朋诗友。我一直认为，君子之交淡如水，所以和他们联系也不是很紧密。我觉得，相互在心里惦记着，这样就是真朋友。偶尔，他们来个电话，或者来我居住的城市转转，喝杯小酒，述点旧情，我心里就像白开水里加上了一勺勺白糖，甜蜜蜜的。

我平淡的生活里，不平淡的是想象的疆域，它们不时从心里涌出散发着魔力的词语。如一个诗人所言，我的孤独是一座花园，我的平淡生活也是一座繁花似锦的春天。何况，诗歌是我手中一把亮铿铿的铁锹，挖掘着人生记忆的丰富矿藏：比如童年的野花和荷叶一样展开的池塘，比如祖父脸上的皱纹和嘴边感慨的沧桑，比如村庄上空飘荡的星辰和槐花香，比如初恋的心跳和女友红唇上闪耀的甜

蜜月色，都在诗句里得到展现，它们是人生最值得收藏的珍宝。生活与诗歌同在，我不寂寞，我的心里有一片深邃而星光熠熠的天空。

故乡那灿如野花的歌谣

离开故乡到外地生活有二十年了。常常，故乡的声音用她的熟悉味道和甜蜜感觉在呼唤我，让我疾速地回到童年，迫不及待地打开记忆的仓库，看到里面珍藏的宝藏。

我生长在一个名叫望江的地方，从光着脚丫在田野里奔跑的懵懂孩童，到"指点江山、激扬文字"的壮年，时间久了，那里的山峦已成为支撑我身体的骨骼，那里的湖泊和江水已流淌成我奔流不息的血脉，那里一代代人沉默而坚实的生活已渗入我漂泊的灵魂。或许是一方水土养一方人吧，在我老家，几乎每个人都能哼几句黄梅调，就像我们在故乡随处可见的蓝莹莹、黄艳艳的野花一样，在蜿蜒的乡间小路上，在飘荡着粪肥气息的青青稻田里，在村妇俯身用棒槌在石板上捶打着换洗衣服的池塘边，我们会与娇媚如花、绵柔如酒、荡气回肠的黄梅调不期而遇。

我们老家有一句俗话，大人望插田，小伢儿望过年。确实如此，我还是小孩子的时候就喜欢过年了，有吃有喝有得玩，从正月初一开始，就可以看到舞龙灯、狮子灯、花灯了，特别是可以看到打扮得花枝招展的漂亮大姑娘，"呀子依子呀"地唱着黄梅戏。

哪个村庄的龙灯什么时候过来，已经提前贴在老祠堂的大门口了。我们小孩子急切地盼望着夜晚的来临，这样，我们就可以围站在村子里空旷的打稻场上，看一夜鱼龙舞，听伴随着我们长大的黄梅戏。在记忆里，夜那么浓黑，稻场上的灯火那么迷离恍惚，各式各样的灯笼旋转着节日的欢庆气氛，而古装打扮的唱戏小姑娘，就像天上仙女下凡，用清韵悠悠的黄梅调诉说着神仙生活的凄苦冷清；而最后的高潮，必定是《天仙配》的“树上的鸟儿成双对”片段，估计很多年轻人的爱情种子，就是在夜晚的蒙胧星月下，听戏时四目相对，幸福莞尔一笑，心灵灵犀相通，就这么种下了根吧？农村里的娱乐活动不多，黄梅戏的甜美唱腔、优美旋律、婉约词句，也是一种隐秘而绵长的爱的教育啊。

我们小孩子，经常一边做游戏，一边唱一些不知从哪里听到的民谣，如“张阿鹊，尾巴长，讨了媳妇忘了娘”。在望江方言里，尾巴读作“米猫”。方言增添了哼唱的韵味，也让我觉得，方言就是我和故乡严守的一个秘密，只要我使用方言，就像阿里巴巴念诵“芝麻开门”的咒语一样，一下子就打开了故乡宝库里金灿灿的宝藏，随便拿出点什么儿时记忆放进我的诗文里，都顿时让词语和故事增价，可以说是价值连城。

在我们国家，婆媳关系确实是一个不好处理的问题。在我老家，也发生过婆媳吵架，婆婆一时想不开就喝农药自杀的让人痛心疾首的事情。小时候，我妈妈就经常问我，你长大了，不会只对媳妇好，不管把你拉扯大的娘吧？其实，遇到问题，关键是要解决它，而不是相互抱怨。像我妈妈刚进城和我们住在一起的时候，确实由于生活环境的改变而有一些磕磕碰碰。如以前在老家，随地吐痰、乱扔垃圾不算什么；但进城后，只要看到她在地上吐痰，我们都会说她几句，这样，她会觉得我们对她不好，城里不自由。还有，有时候我们教育儿子的时候比较严厉，而爷爷奶奶对孩子有点溺爱，什么都听孙子的。有一次儿子太调皮，我们决定给他一点颜色看看，结果我父母不高兴了，就马上去收拾东西要回老家，不想看到我们对儿子的雷霆暴怒。如今，我母亲已经完全融入了城里人的生活，在超市里买东西，在健身场所健身，把垃圾装袋放进垃圾箱，经常跟着一帮老太太一起跳广场舞，每年到一些知名风景区旅游旅游、放松放松，也没有再提过要回老家的气话了。

小时候哼唱的儿歌，能和现实生活打成一片，也是一件很有意思的事情。依

稀记得，我那时经常把一根竹竿放在胯下，装出骑马的样子，唱着“骑马嘟嘟，赶到芜湖；到芜湖吃碗面，又赶回望江县”。当时我常想，为什么要“骑马去芜湖”呢，为什么在芜湖只是吃碗面？

后来，我站在东去芜湖的轮船上，看着滚滚长江水的澎湃汹涌，就这样开启了自己的人生历程；后来，我知道虾子面是芜湖有名的小吃，但我觉得没有我母亲亲手炒的略有臭味的咸菜好吃；后来，随着年龄的增长，觉得故乡像希腊神话里塞壬的歌声一样，让人无法摆脱她的诱惑和魔力。总有一天我会站在久违的故乡的土地上，总有一天我的灵魂会在故乡四处飘荡的歌谣里回乡！

记忆与回乡

望江，望江，望江……

写下这两个字的时候，对我就是一次回乡。

记忆里的故乡，首先是魂绕梦牵的老屋。老屋最初是土屋，在我上初中时变成了青砖瓦房，后来就再也没有大规模整修过。老屋似乎从此就停顿在二十年前，再也没有什么能打扰它老僧入定般的节奏。每次回乡，我都惊异于它的结实和内敛：院墙上爬满了巴壁虎，墙外是一泓竹子的绿潭，让很少有人来的小院显得无比静谧；老屋的墙上开始有了长长短短的裂缝，墙壁上有我和妹妹小时候涂鸦的字迹；我父亲亲手打造的木书桌上，还摆放着我不少中学同学的面孔，当年我们恰同学少年，书房和小院子里留下过他们的身影和笑声。由于时光的漶漫侵蚀，他们的笑容已经有点模糊，有点让人记不清楚了。

我在那里生活过十八年，在被淅淅沥沥的夜雨拉扯得漫长的春夜里，在夏日黄昏美人蕉燃烧的火红的烈焰边，在清凉秋夜渐高渐远的繁密星辰下，在冬夜趴在屋瓦上面呼号的寒风里，我安静地坐在自己的房间里，坐在小台灯有些模糊的光影里，苦学求知，读书写作，累了就在自家小院里走走，听风听雨，看花看月，读书阅世，心渐渐变得敏感，充满了恍惚迷离的想象和记忆。

不能不说门檐下挂着“耕读传家”匾额的老祠堂。这是我所在的小山村的文物级的建筑了，是好几百年前搬来这里居住的一世祖建的。老祠堂是典型的徽式建筑，分为前中后三进，里面有天井，可以看到外面蓝蓝的天空，一到下雨，雨水就从天井的下水道里流走。大门前摆着一个半人高的石墩，村里人都叫它“上马墩”，据说古代官员经过这里，骑马的要下马，坐轿的要下轿，可见，我祖辈的家族势力很大。记得小时候，我常常站在老祠堂大门前，踮起脚尖伸长了脖子看大门上精美的木雕，还默读大门两旁的楹联，“东海家声远，南州世泽长”，当然，那时候的我，根本不懂这两句话的含义，后来才明白，这是对我们徐氏家族未来祈愿的描绘。

平时，老祠堂大门挂着锁。每当清明时节，沉重而厚实的木门就被打开，回家做清明的人则拥挤在祠堂里。老祠堂最里面的一进是祭祀的地方，中间供奉的是“天地君亲师”的牌位；左边是祖先的牌位，墙壁上还画着一世祖和他四个儿子的图像；右边是关帝君牌位，也画着关公秉烛读《春秋》的图像，关公边上还站着手持大刀的周仓。画面栩栩如生，来此拜祭的人自然也是神情肃穆。我常常随着父亲一起燃香，每个牌位前的香炉里各摆放三炷；再把草纸点燃，放进专门烧纸的地方，还要放挂大鞭炮，响声如雷。很快，祠堂内香烟缭绕，一股鞭炮的香味弥漫在空气里，透过袅袅香雾看过去，仿佛每个人都是不真实的，成了祖先们虚幻的掠影。祠堂的地面铺满了大青石，夏天的时候，坐在上面乘凉是最佳选择，屁股一碰到青石板上，就像坐到了冰棍上面，寒气直入经脉，暑气顿消。

我的小山村周围被连绵起伏的小山丘环抱，每次回乡都要走一段曲曲折折的山路。穿高跟鞋的城里人，走山路是不适应的，可我走山路就像呼吸一样自然。

我的老屋也是附近地势最高的地方，那时候，我常常站在屋顶的水泥平台上，俯瞰周围的大地山河，顿有“日月每从肩上过，山河常在掌中看”的英雄豪气：我眼前的山树木郁郁葱葱，平坦如我读书的书桌；我左手是一条长长的飘带般流过的长江，我从来没觉得长江像现在这么近，好像我只要伸手一抓，长江就可以是披到我肩上的白色哈达；我右手是一勺银亮的武昌湖，下雨的时候烟雨空濛，斜阳西下的时候，则是金黄色的光线在水面轻灵的舞蹈，让人如临仙境。

我已经和故乡的山水紧紧连接在一起，那是一片芬芳而色彩斑斓的世界：我曾经骑在牛背上，穿过大叶板栗树和针叶杉树的浓密的树丛；我曾经在灌木丛里逮到过黄黄的、小绒球团般的小野鸡，它们和家里孵出来的小鸡没什么区别，只是鸣啾声里带着即将失去自由的紧张；我曾经扒开落叶翻开过草皮，看下面爬着的蚯蚓、小青虫和蚂蚁，还采摘过夏日暴雨后的地皮菇和各种肥嫩的菌菇；我曾经在小池塘里摸过鱼，和一帮小朋友一起打过水仗，弄得就像在泥里打过滚的水牛一样，遍体泥污，偶尔有一只灰毛野兔从带刺的野蔷薇花丛中跑出来，带着青草晃动的“沙沙”声。

如今，我在千里之外，依旧听到故乡山水的呼唤。我的曾祖父埋在这里，我的祖父埋在这里，我病夭的五岁的小弟弟葬在这里。记得我弟弟死后，我失魂落魄地游走在埋葬他的山林里，想找到他在世间的痕迹，露水悄无声息地将我的布鞋打湿。将来我也会埋在这里，这是唯一一块埋人的地方。

身在异地他乡，多年过去了，我就像水面上浮沉的水浮莲，天空里飘荡的白云，甚至是飘在菜汤表面上黄澄澄的油花。也许我漂泊的灵魂，直到有一天，葬在故乡的泥土里，听着故乡野花和啼鸟熟悉的歌唱，才会得到真正的宁静和安息。

夏日俏菜园

漫长的夏日到了，这也是我家空中菜园最美丽的时候。在我父母的精心拾掇下，菜园里一派生机，白的花红的果青的长条绿的长藤，仿佛是大自然这个大画师调配好各种艳丽色彩，唰唰几笔就弄成了一幅青翠欲滴的油画，以供我和家人赏玩。

在静谧、幽深的日子里，菜园在我面前展开它唯美、让人心醉的画卷。西红柿长得枝繁叶茂、花艳果累，高高的枝干长势迅猛，蓊蓊郁郁的，达到我的胸部。花形似唐朝女人额前贴的花黄，引起我作为欣赏者的无限遐想。果实密密麻麻地挤在一起，大的如圆苹果，远远望去就能感受到它散发着诱人的甜香；半红的如豆蔻年华的少女，看到情郎时升腾起羞涩红云的圆脸庞；小的青果隐藏在叶片下面，如躲猫猫时不时露头看看外面的调皮小屁孩。还有辣椒禾上的小辣椒们，打起了绿灯笼红灯笼，也许是想感受生命过程里得到的阳光和雨露，照亮一段夏日的美好时光吧。

在微风里，丝瓜、瓠子藤的叶子像伸出来的绿色大手掌，似乎期待着和谁友好一握。它们的藤蔓让绿色的潮水四处蔓延，一直攀爬到屋顶上，藤蔓上面点缀着星星点点美丽的白花和黄花，绿藤顶端细嫩的长长的游丝微微颤抖着，仿佛美女鼻端细微的香喘。南瓜秧盘扎在一起，硕大的叶子展开纸折扇般的扇面；它们层层叠叠簇拥着，像精工细作的一盆绿色盆景。几朵金黄的南瓜花在上面竖立着，花瓣张开大大的翅膀，像停留在绿叶上的黄蝴蝶，似乎沉醉在菜园无边的秀色里。

葫芦藤的生命力似乎最旺盛，它们爬满了我父母搭起来的棚架，像蜘蛛织网一样，织出了一片密不透风的绿色帘幕。夏日正午的时候，人站在绿幕下面，一片绿荫清凉，马上就远离了烈日锋利牙齿的撕咬。葫芦架上的葫芦花直直地朝天空翘起，连同连接它的叶柄，形状像极了书法家手中的大毛笔，也许是它们想挥毫泼墨，书写自己身体里花样年华的美好与灿烂吧？毕竟在世间活过一场，开过一次绚丽的花，留下了一段绝美如锦绣的回忆。

走近菜园，只要在这些绿色里停顿久了，你就自然受到无言的魅惑，就像猪八戒一眼看到嫦娥，就不想挪动脚步。

屋顶楼台的菜园，有新鲜蔬菜收获可供食用，有香花绿叶摇漾供养眼，既实用又美观，实在是让人喜欢。夏天里，在大自然免费风扇的吹拂下，城市的一角掀起了她美丽的裙边。菜园里，一茎茎一根根一叶叶，哼唱着大自然最甜美最动人最有诱惑力的歌曲。

当然，菜园也有让我们揪心的时候，夏天雨狂风骤，一阵大风一阵暴雨，就让生机盎然的菜园狼藉不堪，葫芦花、瓠子花掉了一地，像一声声苍白的叹息；辣椒的枝条断了，像受了伤的小野兽，耷拉着脑袋蹲在菜园里；已蔫黄或娇嫩尚存的叶片在风雨中四散飘残，像一个怀春的少妇在子夜的无聊等待与寂寞里写下了一首首哀婉动人的诗歌，又被她随手丢弃在地上。

当然，雨后的零乱与感伤里也有美好的事情。比如说，最美丽的是，你突然看见一只翩翩起舞的白蝴蝶，在菜园的白花绿叶里灵动地舞动着，仿佛是从梦境里刚刚醒来，仿佛是某个舞台上大幕开启，《天鹅湖》芭蕾舞剧开始上演，仿佛是从锦瑟的琴弦上，飘出来的一个个灿烂的音符，让雨后的菜园显得更加迷幻迷人。你只有屏住呼吸，凝神静气，驻足观看这大自然的精美乐章。恍惚间，蝴蝶飞走了，你无处寻觅，留下你一个人呆呆地站在菜园里，眼前的天空一片空阔苍茫。

一个人总有疲倦的时候，现在的都市人已经很难真正回归自然了，于是屋顶菜园便成了我个人的私密花园。每天工作结束后，一身疲惫地回到家，站在菜园里看看小菜们的长势，听听它们在微风中的轻轻絮语，闻闻菜花和果实或香或辣、或甘或涩的幽微味道，立刻心旷神怡，心情无比轻松了。特别是那些有月亮的晚上，站在高楼之巅，远离霓虹闪烁，亲近身边的满架果蔬，倾听它们隐秘而天然的言语，自然是有迥然出尘之感，仿佛自己已成了一个长袖飘飘的山林隐士了。

记祖父

祖父离开我们整整二十年了。在我的记忆里，他已经是一个两鬓斑白、满脸皱纹的老人了。由于他曾经是效力国民党的一名军人，后来被戴上了地主的帽子，接受过劳动改造，还有政治运动中不断的批斗会，让他吃了不少苦头，但后来的他走起路来依然腰板直挺、精神抖擞，就像一棵历经风霜而依旧挺立山岩的老松树。

祖父接受的是旧的私塾教育，读了不少古书。他思想非常传统，觉得人要有出路，就是要读书。他经常教育我说："朝为田舍郎，暮登天子堂。将相本无种，男儿当自强。"

由于我是长房长孙，是祖父的第一个孙子，并且我出生前后家里发生了不少怪异现象，这让祖父更加相信我长大了会有所作为，对我的疼爱更是多一点。我长到五六岁时，就开始在自己家和邻居家翻箱倒柜找书看。嗜书的我，让祖父觉得没辜负他的期望。他经常抚摸着自己下巴上长长的山羊胡子，对亲戚朋友夸赞我，"这孩子，从小就喜欢读书，长大了一定会有出息。"

小时候，祖父常常叼着一根竹子做的烟斗，在夏日正午的树荫下，在暮霭降临的院子里，在小屋昏黄的灯光里，他坐在一个小木凳上，给我讲故事。在他烟斗里

烟丝的一明一灭里，各种各样的故事闪烁在我童年的日子里。那些祖先如何建设村庄的故事，岳飞抗金的故事，薛仁贵征东的故事……在他绘声绘色的讲述里，我了解了不少正史和野史，也爱上了那个活跃着英雄与故事的世界。

我从初中开始就严重偏科，数理化一直学不好。高中时，班主任对我要求严格，希望我把数学搞上去，不让我看与学习无关的书，一看到我课桌上有什么小说散文就没收。我呢，对他就有点反感，高二分文理科时就偷偷填报了理科班。听到我报理科班的消息，父亲都懵了，劈头盖脸骂了我一顿。

当时，祖父正躺在病榻上，就赶紧让奶奶把我和父亲喊了过去，让我们站在床边。他用冰凉而如枯藤般的手，一手拉着我，一手紧抓着父亲，嘱咐我父亲说："你不要干活了，快点去，找学校，找县教育局，把孩子的名字改回文科班。我们家十几代都没出读书人了，下一代人里面，要想有考上大学的就要靠春芳了！"祖父又转过脸对我说："春芳，你都这么大人了，不能还和小孩子一样，在学校里什么都要听老师的。你不好好上学，难道想和我们一样，一辈子面朝黄土背朝天？"说着说着，祖父动气了，连咳嗽了好几声。父亲连忙说："我马上去学校，马上去！"父亲找到学校，我又回文科班上课了。还躺在床上的祖父听到这个消息，立刻坐了起来，连连说："这下子没事了，我放心了。"

1994年，我如愿考上了大学。当时，农村和城市各方面差距很大，大学还没有扩招，考上大学就是跳出农门、吃国家粮了。那年夏天的一个早晨，祖父知道了我高中的消息，有点欣喜若狂。他丢开平时习惯拄着的拐棍，从他住的山脚下，一路疾走到我家，边走还边喊我的名字。当祖父来到我面前，已经是气喘吁吁了，他见到我的第一句话就是，"我们家总算出读书人了！"

我考上大学，让祖父有点在世间心愿已了的感觉。不久，他的身体状况就一天不如一天了。当时，我也有祖父会离世的担心，就让我父母专门给祖父拍了一张照片，寄给在芜湖读书的我。照片里，祖父和祖母两人穿着一身新衣裳，正襟危坐，仪态庄严。祖父的眼窝深陷，两颊瘦得贴着骨头了，最可怕的是，他已经目光呆滞，没有往日的神威了。这是他们在世间留下的最后影像，也是唯一的影像。

1995年初冬的一天，我正在师大的课堂听课，接到祖父病危、让我速回的电报，就匆匆坐船返回老家。当时，祖父已经认不出人了，干瘦干瘦的身体躺在床上，喉咙管里发出“呼噜呼噜”的杂音。我跪在床前，拉着祖父冰冰的、干枯的、没有任何血色的手，“爹爹”“爹爹”地喊着。我父亲把头凑在祖父的耳边，大声说：“春芳已经回来啰！”祖父轻轻点点头，嘴唇微微蠕动着，想说点什么，却又发不出声来。看着祖父痛苦的样子，我的眼泪奔涌而出。

我回家的当晚，祖父就去世了，死时刚满七十八岁。听父亲说，祖父病重期间，不断高烧说胡话，呼唤着我的名字，还不时叮嘱我父亲，一定要发电报让我赶回去，就是盼着孙子回来送终。可惜的是，如今我回来，很快就阴阳相隔了。

祖父出生于民国那个乱世，没过上几天好日子。唯一让他安慰的是，看到了家里出了读书人。死后，祖父葬在祖祖辈辈都安息在那里的祖坟山上。随同他下葬的，有那根我记事起就陪伴着他的竹烟斗。

每当清明时节，我都会回去祭拜他，跪在长满墓草的坟前，深深地俯身下去。就像和祖父的一个约定一样，岁岁年年。怀念和祭拜，这就是人生。

做木匠的父亲

父亲是一个木匠。

我小时候，总觉得他那双手无所不能。

在我的记忆里，摆在家里的那些或长或短、或粗或细的木头，只要他拿起斧头一砍、锯子一刨、凿子一凿，就会变成一重门、一扇窗或一幅雕刻有花鸟或龙凤的

屏风。

在晚上，他常常一个人坐在老家中堂的八仙桌旁边，就着昏黄的灯光，拿出铅笔和圆规、直尺，用一双巧手在一张张白纸上涂涂画画、量量改改，一幅幅惟妙惟肖的梅兰松竹图、太师椅图、水车图就出来了，这就是他制作家具用的画稿。父亲对木工手艺特别钻研，别人家里的老式家具，城里新进的木器洋货，凡是没见过的图案和样式，他一定要仔细揣摩，用笔画下那些图案的草图，用尺子量量那些款式的尺寸，并记下来。这样的朝夕揣摩，自然让他成为远近闻名的好手，喊他上门做工的人特别多。

那时候，父亲出门做生务（生务是老家的方言，就是做工的意思），基本上是早出晚归。出门时，天蒙蒙亮；回家时，已是灯火亮堂堂了。出门回家，他的两只手都不会空着，一手拎着木柄斧头，一手拿着五尺（一种木工丈量尺寸的用具，五尺长），大步流星地走着，后面跟着两个抬木工箱子的徒弟。父亲平时比较注意仪表，他常教育我说，要站如松、坐如钟、行如风。所以，提着五尺阔步疾行走路的父亲，给人的感觉也是威风凛凛、风风火火。

天天和锋利的锯子、斧头打交道，父亲的手上已是伤痕累累，这里一个疤，那里一道痕。有一次，父亲干活的时候，一个人过来找他说话。一分神，斧头就把手指甲连肉削掉了一半。父亲只是用布把伤口一层层缠着包裹起来，也没有去医院拿药。后来，手虽然好了，但留下了伤痕，指头有点凸，指甲怎么也长不圆。

作为木匠，父亲最得意的两件事是修葺望江县文庙和老家的宗族祠堂。文庙是望江县留存不多的古建筑，也是文物保护单位，在历经“文革”等风雨沧桑后，已是朽败不堪了。1982年，县里重修文庙，知道我父亲木工手艺好，就让他承担了修复的全部木工工程。为了修好文庙，父亲跑到苏州的园林和杭州的岳王庙实地取经，看那些古建筑是怎么修建的。工程花了好几年，那时我还小，寒暑假放假期间，我就在文庙前的建筑工地上，和父亲同吃同住，睡在用两摞砖头搭起来的木板上，烧饭条件也简单，和城里人野炊一样随便在两块石头上架起来一个铁锅。父亲一心扑在文庙的修旧如旧上，重檐翘角的木料、雕窗的样式，以及木料连接处的榫头都要反复推敲,经常把对我的照顾都疏忽了。有一回,父亲急急忙忙赶去外地进木料,留下我和他的一个小徒弟看工地,忘了留钱给我们。我们没钱买菜买盐,就用仅有的酱油炒饭对付了好几天。父亲回来后,用手摸摸我的小脸,说:"这几天瘦了不少啊。"

这些年,农村生活条件改善,开始重视宗族祠堂修建了。我们村里的老祠堂是全村人祭祀祖先的地方,至今也有三四百年的历史,但年久失修,已是木墙朽坏、屋檐漏雨了,天井里爬满了绿色的苔藓。前两年,村里人又凑钱来修它。因为古建筑构造复杂、工艺考究、施工细致,他们就想到了我父亲,打电话要他一定回去主持祠堂修葺工作。当时,父亲已经来到芜湖,帮我们带他的小孙子了。于是,我父亲又赶回老家,和村子里的热心人一起,花了近一年时间,将祠堂修葺一新,展示了徐氏家族福泽绵长的景象。修整完工,只花了十几万块钱,和那些动不动就要花费几千万的古建筑保护工程相比,真是节约啊。当然,这对父亲来说,是个义务工程。他也说了,只希望村里的后代人记得,修祠堂的有他这个木匠的名字。

如今,我父亲已七十岁了,他也有几年没拿斧头和锯子了,家里的木工用具已布满了斑斑的暗红色锈迹。前两天,他有点感冒,躺在床上休息。我儿子硬把他从床上拉了起来,对他说:"爷爷,你一定要去医院!"在陪父亲去医院的路上,看着他满头的白发,看着他慢腾腾走路的样子,看着他无力的像枯藤一样摆动的手臂,想起父亲多年的木匠生涯,我顿时觉得一阵心酸!

哀堂妹

离开故乡很久了，故乡的人和事也渐渐地模糊不清了。偶尔有亲朋来芜湖看望我们，或通过手机联系，从他们的言谈中得知一些故乡的消息，心里或喜或忧，也是很自然的事。最近，又听说了一个堂妹去世的消息，无尽的感慨又涌上心头。

我那个堂妹叫秀梅，比我小六岁，和我妹妹同龄。她就像我妹妹一样，在我身边长大。因为和我妹妹小学一个班，她经常课后或周末到我家来玩。那时候农村里也没有什么可玩的，她们就在我家里躲猫猫，她们躲，让我来找。家里能藏人的地方都被她们躲尽了，床底下，门背后，放衣服的木箱里，楼上的柴堆里，甚至为我爷爷提前准备好的寿材里，她们也躲进去过。那放在阁楼上的实木棺材，那油漆过的、沉重的棺材盖子，也不知她们是怎么推开并躲进去的。她们到处乱躲，弄得身上脏兮兮的，花衣裳变成了灰尘厚厚的大擦布，头发上经常沾满了蜘蛛网或厨房的黑油烟灰。她们小孩玩性重，那时我已经上中学了，要赶着完成老师布置的作业，有时候就不想陪她们玩。秀梅堂妹就不依不饶地跑到我书桌前，摇晃着我的胳膊，恳求说：“春芳哥，再陪我们玩一次嘛，就一次，最后一次……”。我的心软了，就陪着她们继续玩。秀梅堂妹在我家玩得舍不得走，总是要玩到天已经黑了，屋子里亮起来昏黄的灯火，她妈妈一遍一遍地大声在村子里唤她回家，她才不情愿地嘴里答应着，慢腾腾地移动脚走了。

我的老家是个山清水秀的地方，小女孩子长到十一二岁，就出落得黑发如云、眉目如画，水灵灵的；并且她们非常单纯，看起来就像刚出水的芙蓉，一尘不染。

记得有一个夏天，我曾经带秀梅堂妹她们去走亲戚，她们穿着平时不常穿的红裙子，显得唇红齿白，顾盼生辉，与众不同。20世纪八九十年代，穿裙子在农村里行走是件稀罕的事，惹得邻村一帮小屁孩跟在她们后面，指指点点地说："这是谁家的女伢，长得和下凡的仙女一样！"

我那时候是村里出名的好学生，秀梅堂妹她们喜欢围着我转，有什么问题就来问我。记得一个秋日的中午，日光和煦，树影摇曳，我坐在堂屋前的雕花木椅上津津有味地看书，秀梅堂妹就在旁边，她大概是玩疲倦了，不知从哪搬来个小板凳，就趴在我的腿上香香地睡了起来。微风吹拂着她一头浓黑的乌发，从我膝盖上垂下来，我都忍不住用手轻轻抚摸了一下，那么香软那么温热。现在想起来，那小鸟依人的场景还是让人觉得温馨。

我们都在慢慢长大，我考上大学后，很少回家了。记得有一年回家，正月初一到她家去拜年，她在她瞎眼奶奶的房间，背对着房门，正低头在认真地给她奶奶梳头呢。梳子在她奶奶的头顶起起伏伏，我看到她奶奶在镜子里露出了满足而甜美的笑容。秀梅堂妹已经出落成大姑娘了，我喊了她一声，她回头看到我，微微低下了头，脸上飞聚了羞涩的红云。

秀梅堂妹非常听我堂叔的话，我堂叔觉得女孩子识几个字就够了，不需要上大学。我苦劝了几次堂叔，让堂妹一定要读书，他也不听。他觉得，好好打工也能混碗饭吃。初中毕业后，她就没再读书了，外出打了几年工，就嫁给了一个邻村的青年。后来，我堂叔也有点后悔，他对我说过，当时秀梅成绩也不比我妹妹差，我妹妹坚持读下去了，现在成了城里人，而秀梅就只能辛苦打工了。

秀梅堂妹死得真惨，本来她只是生了个小病，在县医院住了几天，都准备出院了。不料，那家医院的护士在给我堂妹吊水时，吊错了别人的药。当时，我堂妹很快觉得吊水后心里有点不舒服，就和她身边的丈夫说了。可惜的是，她男人见识不多，没有马上去找护士换药。等到水吊完，秀梅堂妹就撒手人寰了，这个时候，医院再怎么抢救也已经无力回天了。她男人很快就把她运回去火化安葬了。虽然我堂妹的死完全是医院的过失，但最终医院只象征性地赔了十万元。秀梅堂妹

才三十出头，就这么香消玉殒了，实在是可惜啊。

世间已无秀梅堂妹了。今后，只有在清明的时候，我才能在细雨里、青山中、孤坟前，烧一点纸钱，祭奠一下这悲苦而短暂的生命了。

老同学的故事

暑期到了，同学往来走动也多起来了。由于我毕业于师范大学，一帮同学大多从事教书育人的工作，好不容易放长假了，他们自然想着到芜湖回母校看看，忆忆青春美，叙叙同学情。大家聚在一起，少不了要喝点酒，少不了要交流别后故事，少不了要说说人生沉浮，如某某混得好，很快要当上学校副校长了；某某很快要调到上海师范大学任教了，某某被评为教授了；某某同学最近几年不是很顺，离婚了，工作也不稳定；等等。

上周末，同学阿健来了，阿健的到来自然让我回忆起了那些校园往事。阿健和我同一个寝室，他身高一米八，人长得玉树临风，非常阳光帅气，像一个唱歌的明星周华健，并且他的名字里也带一个“健”字，所以我们习惯喊他“阿健”。大学时候我们两个是死党，一起喝酒写诗，一起搞文学社的活动，一起摸爬滚打度过了大学四年的时光。

阿健形象好，又才华横溢，在学校里也算一个风云人物，自然得到不少女同学的喜欢和追求。在一堆爱慕者里面，阿健挑了一个叫苗苗的小学妹。苗苗比阿健低一年级，也是文学社的成员。由于文学社经常开展诗会和春游等活动，他们相遇在桃花灿烂的时节，两个人经常在一起散步读书，才子佳人的故事就这样开始了。当时我们也觉得他们两个很般配。后来他们毕业后分在皖北县城同一所重点中学，然后他们很快就结婚了，我们也觉得他们能够“执子之手、与之偕老”，会成为一段大学恋情修成正果的佳话。

不料，人生最说不清楚的是感情，结婚没两年，他们居然分了，原因竟然是那个苗苗红杏出墙。据说，阿健因为觉得小县城薪水少，就想到南方去闯闯。他独自一人到广州某中学应聘，居然很快就被录用了。他在广州工作不到一个月，作为青春少妇的苗苗估计是耐不住寂寞，就和县城里一个花花公子好上了，公然出双入对。毕竟世上没有不透风的墙，县城又小，他的一帮老同事看不过去了，就打电话告诉了阿健。阿健匆匆赶回县城，和苗苗办了离婚手续，一个人带着难言的创伤回到广州。

应该说，塞翁失马焉知非福。阿健由于要长相有长相，要文才有文才，被他们学校校长待字闺中的女儿看上了。经人牵线搭桥，两个人成了一个新家。如今，阿健过上了幸福的新生活，他买了个大套房子，添了个大胖儿子，工作也顺风顺水，成了单位的业务骨干。他经常在微信朋友圈炫耀他的儿子、他潜心教研获得的各种荣誉。当然，毕竟苗苗是他的初恋，也是他心里最深的隐痛。他每次回到那个县城，都要把一帮老同事、老朋友请到县城最大的酒店，摆上最好的酒菜，让大家都知道，离开了苗苗的阿健生活得非常好。不过，据阿健说，苗苗现在过得不是很好，刚开始那个花花公子还对她不错，给她买了一辆小轿车；再后来，小轿车变成了摩托车；现在，他的同事在县城里碰到她，居然骑的是电瓶车。阿健在说完这些的时候，一口气闷了一大杯酒，然后叹了口气，过去的就让它过去吧，大男人不能再纠缠这些陈年往事了。

还有一个女同学叫小娟，也是经历坎坷，毕业后找的老公是一个“花心大萝卜”。本来她思想比较传统，想有稳定的家庭生活，就对她老公睁一只眼闭一只眼。不料他老公反而得寸进尺，带着那个女人到处招摇，闹得她的邻居、同事一见到她，就神神秘秘地把她拉到一边，说：“今天又看到你老公和×××在一起了。”她实在没有办法忍着过下去了，只有离婚一条路，从此一个人带着小孩子艰难度日。

不过，虽然她婚姻生活触礁，但人却没有消沉下去，读了教育硕士，在单位工作也是蛮拼的，在学生中也有非常好的口碑，已经是一位名师，很多外市的名校都想挖她过去。我这两位同学虽然情路坎坷，不过人生却很励志，不像我们大多数人那么平淡，那么波澜不惊。

同学们来了又走，酒醉了又醒。酒席总有散场的时候，人生就是不断的聚散。离别与相聚，一些故事让人感慨，一些记忆让人回味和惆怅，一些经历又让很多人的生命像风吹雨打的老树，挺立的枝干带着熬过来的骄傲与难言的沧桑。

当新年遇上诗

真是光阴如箭逝啊。一年的日子如掠过天空的飞鸟那么快，我们睁大的眼睛还没来得及看清楚是什么颜色，它就消失在云海间不见了。

辞旧迎新，我们在展望新愿景时，自然不能忘怀一些旧时旧事旧人，也让我怀念起诗酒年华的大学时代了。

当时安徽师大有一个在全国非常有名气的文学社团——江南诗社，和北大、复旦等名校的文学社并称为全国高校四大诗社，实在是芜湖的骄傲。师大蜗居在芜湖这个小城，也许是江南奇山秀水的滋养，灵气集聚在一帮青年大学生身上。不少人喜欢文学创作，特别爱写那些青春萌动的诗句，走出了沈天鸿、钱叶用、祝凤鸣、方文竹、袁超、查结联等一批有全国性影响的诗人。

江南诗社经常举办一些文学活动，有诗歌墙、文学讲座、改稿会等，还出诗刊、诗报。特别是元旦诗会和端午诗会已举办多年，大家在一起以诗会友，切磋诗艺，已成为一种传统。我在中学时就酷爱文学，自然一进师大校门就加入了江南诗社，走上了我的诗歌之路。当时的社长是吴国桢，副社长是田旭，他们对后进的我悉心点拨、细心指导，让我知道了庞德、艾略特、里尔克、阿赫玛托娃、萨特等一批西方现代派诗人，并开始真正走进光怪陆离的现代主义诗歌大门。当时我写诗非常狂热，几乎一天一首，连当时一个校园诗人左言海（南海）也担心我会像海子那样，成为诗歌的“烈士”。

大一时的元旦诗会，是我作为校园诗人亮相的“表演会”。当时的元旦诗会在现在师大老校区教学楼阶梯教室举行，教室前面的黑板上用彩色粉笔写下了斗大的“元旦诗会”四个字，教室里拉起来彩旗，头顶的白炽灯灯管上粘上了不少彩纸，烘托出了节日的气氛。元旦诗会其实是一个赛诗会，从全校学生里征集到的上千首诗歌里，挑选十几首出来，由校广播站里那些朗诵水平高的同学来朗诵，由外面请的著名诗人担任评委，现场打分，评出一、二、三等奖。这种奖励是精神上的，我当时获得一等奖，奖品也不过是一本戴望舒的诗集和一纸获奖证书。

元旦诗会上的脱颖而出，再加上我不断在《飞天》《星星》《大学生》等有影响的刊物上发表诗作，大二的时候，我就被选为江南诗社社长，并连任两届。

其实当社长并非我的本意。我这个人一贯如闲云野鹤，不善交际，不爱应酬，但诗社的社务逼着我有时要去找校团委和文学院的领导，这让我觉得头痛。于是，我把主要的精力放在诗歌写作和对外推荐社员作品上，其他社务交给任声策、叶松丽、郑健、傅盛夏等人。后来叶松丽毕业后去了上海一家报社，他还记得我当时说的一句话，“诗歌需要活动家”。他就是这样一个活动家，具体操作元旦诗会、诗歌展等活动。

很多人的新年是大吃大喝、喝酒打牌，我们的新年却是和诗歌有个浪漫的“约会”。我接手后的第一个元旦诗会，请来了当时的《诗歌报月刊》主编乔延凤，诗人祝凤鸣、曹德华等人。阶梯教室里张灯结彩，课桌上摆放着瓜子和水果，大家在音乐舒缓而柔和的旋律里听着诗，赏着舞，聊着天，享受一场诗歌的盛宴。在诗歌朗诵的间隙里，还邀请了本校有艺术特长的同学进行舞蹈、乐器、相声等表演，其实这就是诗人的新年联欢会。岁岁年年,用诗歌倾诉生命和灵魂的声音。

此时此景,良宵不再,也难有如此雅致了。其实,不少人在青春时代都是诗歌的爱好者,只是由于公务繁忙、奔波生计,慢慢冷却了流淌在血液里的诗心。现在,我们常常用手机祝贺新年,有一年,唐太宗李世民的诗歌《守岁》火了一把,被编入祝贺短信发来发去的,“阶馥舒梅素,盘花卷烛红。共欢新故岁,迎送一宵中”。对新年的殷殷祝福,被一首小诗说尽。

可见,无论帝王将相,还是我们普通人,心中都有诗在。在我们的心里,都有一些美丽的诗句,像风铃一样摇响、回荡,熨烫着不安而充满期待的灵魂。

诗人何为?

今年是中国新诗诞生的一百周年。对写诗爱诗的人来说,是值得总结或回望一下的。

我感慨的是,新诗诞生都一百年了,在当今诗坛看不到几个可以流传后世的大师,倒是怪象一片:有自弹自唱,吹捧自己是大师的;有抢占了一个诗歌小刊物或一个小网站做自留地,就成了著名诗人的;有靠八十年代写过的一两首有影响的诗,继续顶着著名诗人名号混饭吃的;有美女诗人靠挖掘身体和性欲,博读者眼球的。也许是“诗人不作怪,世人不来爱”吧。诗人把心思放在诗外,靠炒作或行为艺术去走向读者,反而把读者推得更远。因为,那些所谓分行文字、没有美感的诗歌,大倒读者胃口,更坏了新诗的名声。总之,诗坛成了名利场,没几个诗人静下心来写作,也是一件可悲的事情。

难怪,我老婆一看到我晚上坐在电脑前写作,就露出不悦不屑的口气,你还写什么诗,现在有几个人看诗啊!不过也确实如此,我虽然笔耕不辍,但从来都没有底气大声说,我是诗人!

我常常想,在这个写诗比读诗的人还多的年代,诗歌还有存在的必要吗,诗人何为,诗歌向何处去?除了笔端不断涌出的诗句,除了心里还有一团要煮沸激情和灵魂的火焰,我不能回答。

元旦期间,我曾应邀参加了一个“纪念中国新诗百年跨年诗会”活动。出席的诗人众多,也让我觉得新诗写作还是有希望的。在会上,我谈到诗歌如何在读者、思潮和时间的检验中,真正成为经典的问题。如很多诗人,在当时名气很大、流传很广,结果成了时间淘洗里沉淀下来的泥沙。

记得大学时候听课,教唐诗的余恕诚老师讲了一个故事。晚唐有个诗人叫李涉的,名声很响。有一天他带着仆人一起去九江看望弟弟。坐船经过安庆时,有一群强盗在江边拦住了他,要抢劫他随身携带的财物。在抢劫前,强盗问他:“你叫什么名字?”“李涉!”“是那个大诗人李涉?”“是的!”“如果你真的是李涉,那我们就不要你的钱了!不过我们一直久仰你的大名,希望你能写首诗送给我!”李涉稍一思索,就笔走龙蛇,写了一首诗送给强盗首领。这首诗也流传到今天,“暮雨潇潇江上村,绿林豪客夜知闻。他时不用逃名姓,世上于今半是君。”写诗写到让强盗都佩服,可见李涉当年诗歌受欢迎的程度。不过,今天又有几个人知道李涉呢?可见读者有时候也是人云亦云,很难分辨好诗差诗。在今天,把大白话、把垃圾当诗写的人,更是不值得一提了。

唐诗确实取得了极高的成就。新诗虽然短短百年,也出现了一些脍炙人口的经典。如胡适的“醉过才知酒浓/爱过才知情重”;卞之琳的“你站在桥上看风景/看风景的人在楼上看你/明月装饰了你的窗子/你装饰了别人的梦”;艾青的“为什么我的眼里常含泪水/因为我对这土地爱得深沉……”;北岛的“卑鄙是卑鄙者的通行证,高尚是高尚者的墓志铭”;海子的“亚洲铜 亚洲铜/祖父死在这里 父亲死在这里 我也会死在这里/你是唯一的一块埋人的地方”。这些精彩的

名句，也展示着新诗的不俗成绩。

不可否认的是，在每个人心里都有诗和远方，都有爱与梦想。既然把诗作为爱好，就要坚持下去，老老实实写下去，让诗渗透生活，而不是让诗成为在台上蹦跳的小丑。

对于真写诗的人来说，就是把诗视为生命。无论走过多少路，醉过多少酒，听过多少寂寞的雨声，看过多少沧海桑田，诗歌永远是他心里最妙龄的情人。

地主的儿子

和我们住在一起的父亲，常常在茶余饭后，和我们说起他的一些陈年往事。已六十八岁的父亲，是一个有故事的人，他走过的岁月是一部历尽沧桑的大书。父亲经历了不少坎坎坷坷，吃了不少苦头，这一切都源于他从小就被戴上了“地主”这顶帽子。

我小时候，常在夏天的晚上，坐在打稻场上的竹床上纳凉，在星辰密布的夜空下面，听大人们边摇着蒲扇边说着闲话。听村里的老人说，当年我爷爷回村子的场景令他们终生难忘：我爷爷骑着高头大马，我奶奶坐着轿子，身后跟着浩浩荡荡的一群武装整齐的队伍。我爷爷的大白马停在村口高耸云天的老枫树下面，扬起蹄子嘶鸣几声。这时，我爷爷掏出别在腰间的驳壳枪，神情得意地朝天空“啪啪啪”放了几枪，回响声震撼着群山环绕的小山村，似乎在向全村宣告他衣锦还乡了。这样威风凛凛、好出风头的爷爷，之后被打成地主，分光家财，也是理所当然的事情了。

我父亲出生的时候,我爷爷正在县里当国民党保安大队队长。爷爷当时在县里八面威风,自然父亲的满月酒也办得非常隆重,据说办酒席杀掉了几十头猪,收的贺礼光银元就装满了好几斗。当然,那时候父亲还小,这些“风光”他也没有享受到。父亲三岁那年,中国历史掀开了新的一页。由于我爷爷是地主,我父亲的人生也被打入了另册。

父亲常常感慨命运的不可捉摸,他上学只上到小学六年级,升初中的成绩在乡里名列前茅,但由于地主成分,他只能辍学了。后来,他学了木匠这门手艺,靠此维持家人的生计。由于父亲的手艺好,周围十里八乡的村民,争相请父亲为他们打家具。父亲的名声甚至传到了江南,连江南的人都经常邀请他过去干活。不过,那时候出趟远门都很困难,还要当时的大队开盖大红公章的介绍信,父亲的介绍信上还要被添上一句:出身地主家庭。这样的介绍信,在坐船、住旅社的时候,都要被人盘问几句,像对待犯人一样。

长大成人的父亲出落得玉树临风、仪表堂堂,还多才多艺,吹拉弹唱样样都行。就是现在他在大街上行走,也常常被人误认为是退休干部,可以想见他年轻时候的风采。当时喜欢我父亲的姑娘非常多,不过到了谈婚论嫁的时候,他的地主帽子又成了大问题。在那个年代,找不到对象的地主子弟非常多,因为跟这样的人过日子,就意味着永远被人歧视,还要常常承受被批斗甚至死亡的痛苦,所以有不少地主的子孙一辈子打光棍,绝了后。

很多姑娘希望我父亲入赘到她们家,这样就不是地主身份了。但我父亲不愿入赘,这样婚事就拖了又拖。后来,他和一个同样是地主出身的姑娘好上了,并且到了谈婚论嫁的地步。不料,天有不测风云。我父亲从城里一朋友那借来一部收音机,那时候的农村,收音机是稀罕物,父亲喊来那姑娘的哥哥一起来摆弄收音机。我父亲他们随意换台,收到了严凤英演唱的《天仙配》,我老家本来是黄梅戏之乡,大家都好唱几句黄梅戏。这下祸事来了,由于严凤英当时已被打倒,黄梅戏也成了禁戏,他们收听的是台湾的广播,这样,就被人告发为“收听敌台”。父亲和那姑娘的哥哥就被乡里五花大绑逮了起来,要他们供认是反革命团伙。这时候,

一个垂涎姑娘美貌的贫民子弟就“趁火打劫”，因为他的家庭根正苗红，家里有人在公社里当领导，他们就吓唬姑娘的父母说，如果同意姑娘和那贫农子弟结婚，就放了姑娘的哥哥和我父亲；如果不同意，估计他们两个人都要被打死。姑娘考虑了很久，只有心一横，泪眼婆娑地答应了这门亲事。我父亲和姑娘的哥哥都被放了出来，但从此他和那姑娘只能是路人了。姑娘出嫁的那个晚上，父亲一个人钻进村后的竹林，拉起了凄凄切切、如泣如诉的二胡，二胡的声音让整个村庄浸泡在清冷的月色里。最后，二胡的弦被拉断了，我父亲几十年里再也没有碰过二胡。

幸好，不久改革开放的春风吹拂着中国大地，我父亲“地主”的帽子也被摘掉了，他从此开始了心情舒畅的生活。现在，每当他谈起往事，都不忘说上一句，“要感谢邓小平啊，让我们一家人过上了好日子！”

第八辑

唐风宋韵

锦绣江山帝王诗

芜湖作为中国东南的一个重镇，自古又是一个南来北往的繁华码头。芜湖地位最突出的当是南朝和明朝，当时王朝建都南京(明初也是如此，后成为留都)，芜湖“千年拱京华”，不少才子佳人、高官富贾在此停棹暂留，甚至一些帝王也来此巡视出游，他们饱览芜湖的秀美山川，自然也要题诗以示“到此一游”了。

帝王的最早题诗，应该是梁元帝萧绎的《泛芜湖》了，“桂潭连菊岸，桃李映成蹊。石文如濯锦，云飞似散珪。桡渡菱根反，船去荇枝低。帆随迎雨燕，鼓逐伺潮鸡。”这首小诗清新可喜，描写的是芜湖一派菱歌轻唱、莲舟缓泛的江南水乡景象，当时正春光旖旎，桃李芳菲，诗人乘船在芜湖的河流上欣赏岸边的美景，自然心旷神怡，诗思涌流了。

萧绎是南朝宫体诗的代表人物之一，虽说后来的文学史对宫体诗评价不高，说它清浅绮艳。其实一个时代有一个时代的文学，如果没有南朝宫体诗的发展，哪有后来唐诗艺术的瑰美与繁荣？如萧绎的《咏梅》，“梅含今春树，还临先日池。人怀前岁忆，花发故年枝。”今天读起来，比任何一首唐诗五绝也不差。

当然，今天的读者，知道萧绎的人估计不多了。但我在这里八卦一下，估计不少人知道这个艳事了。唐朝诗人李商隐一首诗里感叹过，“休夸此地分天下，只得徐妃半面妆”。萧绎其实就是这首诗里的男主角。女主角徐妃大名徐昭佩，是萧绎的结发夫妻。史书上说徐妃“无容质”，长得不怎么样，但喜欢干一些出格的事情。如徐妃喜欢喝酒,每饮必醉。喝醉酒的女人本来就不讨人喜欢,她还喜欢醉后把脏东西吐在萧绎的衣服上。萧绎是个“独眼龙”,结果有次萧绎去临幸徐妃的时候,徐妃也许是想标新立异,在皇帝心里留下难忘的印象,就画了个半面妆(一半脸上不化妆),在房间里等皇帝到来。萧绎认为她是有意嘲笑他只有一只眼,于是,他马上翻脸了,当即拂袖而出。从此,徐妃就失宠了。

大家都知道,南京及周边地区是明太祖朱元璋的龙兴之地。朱元璋在找到南京这块“根据地”之前,也是到处打游击,和元军作战。朱元璋扫平天下后,在南京登基做了皇帝。这时候,他有机会到京畿附近出巡了。于是他带着大脚马皇后一起,到芜湖游览了蛟矶娘娘庙。

蛟矶,在今天的江北鸠江区(原属无为县)。原来是长江中心的一个小岛,归属芜湖县管辖。以前的景色,古人描写说,“芜湖县治一望而近兀,然卷石江之心,而庙据其境”。《芜湖县志》也说,“蛟矶山高十丈,周九亩七分……每逢阴雨,烟波翻腾”,故有“蛟矶烟浪”之说。

“蛟矶烟浪”是芜湖的古八景之一,山上有蛟矶娘娘庙,据说是祭祀刘备的夫人孙尚香的。前几年,电影《赤壁》热映,我们芜湖姑娘赵薇主演的孙尚香在里面火了一把。当然,电影的精彩演绎和历史不是一回事。历史上,作为孙权妹妹的孙尚香活得很苦,她被孙权使“美人计”嫁给刘备,后又被孙权接回娘家省亲扣留。蜀吴在彝陵一战,刘备战败,东吴传闻刘备已死,孙夫人伤心不已,在芜湖一带望西痛哭,投江而死。后人在蛟矶立庙,号“枭姬祠”。

朱元璋和马皇后一起兴致勃勃地登山赏景,一路上霜风渐紧,江浪翻天,枫树上的红叶在霜打后,红艳艳的,比二月花还好看。这时候,山上的早梅也开花了,香气袭人。朱元璋登临胜境,凭吊了蛟矶娘娘,感慨锦绣江山在他手中一统,自然一股豪情涌上心头。朱元璋信口吟出了《咏蛟矶》这首诗,“龙车凤驾出皇都,蛟矶烟锁在芜湖。千林红叶秋来扫,万里长江一样模。荡荡长江俱左右,明明日月照东吴。梅花才报春消息,瑞气纷纷到处敷”。朱元璋虽然不以诗人出名,但他毕竟是开国雄主,写出来的诗也是口气极大、眼界极大、气魄极大,读了自有日高天阔

之感。

蛟矶,前不久我去过,已经不是古书中描写的江中绝岛了。它和长江沉淀的泥沙平原连在一起,已经离长江很远了,只是比周围地势略高而已,四处张望也看不见长江了。蛟矶娘娘庙只是一座简陋的旧建筑,更是衰败不堪。沧海桑田,确实是让人不忍回首啊。

江山如此多娇,芜湖的水色山光更是让人留恋。在岁月的淘洗里,那些帝王诗歌的美好词句,让我对芜湖更生热爱和自豪之情。

王敦惊破皇帝梦

历朝历代,有点才华又掌握了权力的人,野心很容易膨胀,就像小蛇想吞大象一样,最终身败名裂,苦果自咽。东晋时的王敦就是这样一个人,他败亡的故事就发生在芜湖。

在出事之前,王敦的头上布满了各种各样的光环:在魏晋那个讲究出身、上品无寒门的年代,他出身于琅琊王氏,根正苗红,铺下了仕途的平坦大道;又娶了晋武帝司马炎的女儿襄城公主为妻,成为当朝驸马,沾了皇族的光,他很快就高升为扬州刺史,成为一方诸侯;更何况在“五胡乱华”的时候,他和王导一起,同心协力帮助晋元帝司马睿在南京建立东晋政权,被封为侍中、大将军、江州牧,扼守长江,权倾朝野,成为当时屈指可数的权臣。

“王与马,共天下”,成为当时东晋百姓的口头禅。琅琊王氏士族的名声与威望比皇族更高,自然引起皇帝的不悦。如果王敦此时韬光养晦,像清朝曾国藩一样，懂得“有福不可享尽，有势不可使尽”的道理，主动解除兵权，功成身退，也就不会因叛乱而身首异处，遗臭万年了。

毕竟皇帝的龙椅诱人，一代枭雄王敦可能觉得晋元帝是靠王氏家族才当上皇帝，有点烂泥扶不上墙的感觉吧，也想自己过把皇帝瘾。于是，他以“清君侧”为名，一路打到南京，攻陷了石头城。晋元帝无可奈何，一口气封了王敦丞相、都督中外诸军、录尚书事等各种官衔。国家军政大权，尽归王敦。朝廷毫无主权，元帝名为天子，几乎号令不出宫门，气得他忧郁成疾，不久就一命呜呼了。

幸好，晋元帝虽说是平庸之主，可是他的继承人晋明帝却是一个奋发有为的英主，更是一个让王敦破碎皇帝梦的强大而睿智的对手。晋明帝把王敦觉得已是自己囊中之物的皇位，三下五除二轻轻夺了回去。在王敦攻打石头城的时候，作为太子的他就准备亲自出战，与王敦决一存亡，结果被属下砍死他的马，拦住了他。这样一个豪杰，王敦心里自然有点忌惮，想找借口废掉他太子的地位，结果没有成功。

晋明帝即位后，下了着好棋，安排了心腹郗鉴担任安西将军、都督扬州江西诸军事，华恒为骠骑将军、都督石头水陆军事，这样，京城防卫有保障，王敦沿江驻扎的兵马，一举一动尽在防御掌控中。

这时，大部队驻扎在姑孰于湖县(芜湖古称)的王敦又出了昏招，他主动上表给明帝称贺，要求朝廷诏他入朝。明帝将计就计，立即手写诏书，让王敦入朝朝觐，并且允许王敦带剑穿鞋上殿。不过，接到明帝诏书的王敦，这时又不敢只身进京了，他的部队一直屯驻在芜湖，准备着手攻打南京。

艺高人胆大的晋明帝，想亲自察看王敦军营的虚实。于是他骑着巴滇骏马，只带了两个随从微服出京，来到位于芜湖王敦的营垒。这个时候，王敦正在睡午觉，据说他正在做梦，梦见旭日绕城，红光炎炎，一下子把他惊醒了。正好探子来报，说外面有几个人在偷窥军营的布置，里面有一个人看起来威风凛凛的样子，应该不是常人。

王敦连忙爬起来说，这个人肯定是晋明帝，你们赶紧追过去把他抓起来。晋明帝看到一大队人马出来，连忙往回跑。他在路边看到一个老婆婆在卖烧饼，就买了几只，还丢下自己价值连城的七宝鞭说，如果后面有追兵过来，你就把七宝鞭拿出来给他们看。很快，追兵就来到了卖饼处，老婆婆告诉他们说，客人已经跑远了，你们追不上了，还拿出了七宝鞭。追兵们从没见过这么值钱的宝贝，就大家拿在手里传看，爱不释手，耽误了追赶的时间。晋明帝凭借自己的智慧，安然回到了宫城，进行了平叛部署。自然，由于王敦叛乱，不得人心，很快就失败了。

其实，在王敦反叛前，当时有名的易经大师郭璞就借卜卦劝告王敦，如果他反叛，祸在旦夕；如果他退回武昌驻地，则能够善终。王敦这时权欲熏心，哪里听得下去劝告，一怒之下，杀了郭璞。砍掉了别人头颅的王敦，后来，自己的头颅也被悬挂在南京城门上示众。野心太大的人，最终付出沉重的代价。

后来，在芜湖生活的宋代大词人、状元张孝祥，在《满江红·于湖怀古》里感慨这段事迹，“千古凄凉，兴亡事、但悲陈迹……巴滇绿骏追风远，武昌云旆连江赤。笑老奸、遗臭到如今，留空壁”。可见，那些只顾自己名位、不管百姓死活的野心家，千百年后，在老百姓心里，对他们只有唾骂和不屑。

士兵们玩七宝鞭的地方，也就是今天的汀棠公园。北宋时期，芜湖东承天院的蕴湘方丈建起了玩鞭亭，立起了诗碑，刻上了诗人温庭筠吟诵这段故事的诗句，并请大文豪苏轼在碑后题写了一段文字。如今，诗碑已不存，但“玩鞭春色”作为芜湖古八景之一，是游人络绎往来之处，在他们的指点间，那些前尘往事已成为体现芜湖文化底蕴的一道风景。

谢朓伤怀芜湖望

最早知道谢朓，是因为读李白的诗。李白在他的诗里经常提到谢朓，经常表达对谢朓的敬仰和崇拜，如“解道澄江净如练，令人长忆谢玄晖”“谁念北楼上，临风怀谢公”“蓬莱文章建安骨，中间小谢又清发”等诗句，火辣辣地表达了一个粉丝对谢朓这个诗星的仰慕之情，所以后人评价说李白“一生低首谢宣城”。李白向来恃才傲物、目空一世，难得有他低首拜服的人。梁武帝萧衍也特别青睐谢朓的诗，他曾经对人说：“三日不读谢(朓)诗，便觉口臭。”诗歌产生了牙膏、口香糖的功效，让写诗的人看了都觉得美滋滋的。诗歌得到帝王和伟大诗人的共同欣赏，可见谢朓在中国诗歌史上是一个多么了不起的人物！

谢朓，字玄晖，南朝齐时杰出的山水诗人。谢朓出身高门士族，与“大谢”谢灵运同族，世称“小谢”。谢家祖上出了谢安、谢玄这样指挥淝水战役、安天下苍生的大人物，可惜的是，谢家这样的高门大户，多次卷入翻云覆雨、血雨腥风的南朝动荡政局里，如426年，谢晦被杀；433年，谢灵运被弃市广州；445年，谢朓的两个叔叔谢综、谢约又因谋反而起遭诛。谢家的优秀人才不断凋零，到了谢朓的时候，谢家已是一派日薄西山的凄凉景象，慢慢成了“旧时王谢堂前燕”了。

当然，瘦死的骆驼比马大。谢朓的父亲谢纬官拜散骑侍郎，母亲刘氏也贵为皇家公主(宋文帝第五女长城公主)，这为谢朓走上仕途铺好了道路。但政治的变幻无常让谢家人成了惊弓之鸟，让他们步步小心、胆小怕事，也变得只求自保、冷血无情了。谢朓的一个亲戚曾经教育子女说，我们的嘴巴只能用来喝酒，千万不

要乱说话。可见没落的钟鸣鼎食之家是多么无奈！

谢朓的文学才气之高，让人高山仰止，但他在人格上留有涂抹不掉的污点——出卖自己的岳父。谢朓的岳父王敬则，是位高权重的南齐名将，曾因先后参加过诛杀刘宋前废帝、后废帝的政变而深得齐高帝萧道成的赏识，齐武帝萧赜对他也是委以重任。

齐明帝永泰元年(498年)，王敬则以武帝旧臣见疑于萧鸾，准备起兵谋反。当时王敬则的五儿子、时任太子洗马的王幼隆，觉得姐夫谢朓是自己人，就派人把计划原原本本告诉了谢朓，想让其帮忙。谢朓害怕谋反不成祸及灭门，就扣押了来人，将王氏的密谋告诉朝廷，于是王氏父子兵败被杀，而谢朓却因“功”提拔为尚书吏部郎。这一“大义灭亲”的举动，让他的妻子差点都要发疯了，就天天放把利刃在怀里，准备看到谢朓时就把他给杀了，吓得谢朓在很长一段时间不敢回家！虽说他岳父谋反不对，但不惜出卖自己的亲人，也确实令人不齿。这个告发岳父的人，不想身处政治漩涡，最终还是被人诬告致死。临死前，他才叹息流泪说，自己实在对不起岳父和王家人啊！

谢朓与芜湖的文字缘，是在他担任宣城太守的时候。建武二年(495年)夏，谢朓出任宣城太守。他从南京往返宣城都要经过芜湖，并且当时的芜湖地域归宣城郡管辖。谢朓有不少诗歌散佚，但写给芜湖的诗没几篇，其中一篇《宣城郡内登望》是在宣城工作期间写的：“借问下车日，匪直望舒圆。寒城一以眺，平楚正苍然。山积陵阳阻，溪流春谷泉。威纡距遥甸，巉岩带远天。切切阴风暮，桑柘起寒烟。怅望心已极，惝恍魂屡迁。结发倦为旅，平生早事边。谁规鼎食盛，宁要狐白鲜。方弃汝南诺，言税辽东田。”

谢朓从到任写起。诗首句“下车”，指到任。“望舒”，指月亮。记得到任时不是月明风清，而是月如钩，夜深沉。谢朓白天登高远眺，首先说残月，说自己的寂寞心情。残月，如人生难得几回圆的命运，时时提醒着诗人。当他“郡内登望”之时，领略到的是大自然萧瑟苍莽的景象：“寒城一以眺，平楚正苍然。”以下三联接着写登眺景色。三四联写山势水流。“陵阳”，是宣城山名。“春谷”，是繁昌南陵两县古称。远远望去,但见青山逶迤,流水潺湲。五联“暮”字点明郡城登眺时间,而“阴风”“寒烟”之凄冷意象,既是深秋景色,又加浓加重了诗句冷寂的色调。惆怅之情,自然涌上诗人心头,“怅望心已极,惝恍魂屡迁”,收束前面写景,转入后面抒情。

“倦为旅”,表明诗人厌倦了四处奔波的宦游生活。“宁要”句用齐景公披着狐白之裘坐于堂侧故事,事见《晏子春秋》。“方弃”句用东汉宗资故事。宗资是汝南太守,办事靠助手范滂,自己但唯诺而已。“辽东田”用的是管宁在辽东教化百姓的故事。谢朓连用数典,是说自己忝为一郡之守,就要尽职尽责,仁政惠民,绝不能食肥衣裘,尸位素餐。

谢朓一生处于矛盾心态中,既舍不得脱下官服,又明了宦海风波恶,所以思想里怀有一种无法化开的苦闷和惆怅。芜湖乃至宣城一带秀美的山川成了他抒发内心烦恼的载体。读这首诗,感受一个大诗人在面对不可知命运时的进退失据,也体会到古人在乱世苟活的艰难,更怀有对太平时节的珍惜。

鲍照赋诗南陵道

今天写的是南朝大诗人鲍照。我老家在望江县,望江古称雷池、大雷,著名的成语“不敢越雷池一步”故事就发生在望江县。因为是望江人,自然从小就接触到鲍照描写望江的著名散文《登大雷岸与妹书》,里面写景描摹精雕细琢、气势雄壮、惊心动魄,写情凄怆真切、感慨万千、一往情深,让少年的我读了为之动容。“吾自发寒雨,全行日少,加秋潦浩汗,山溪猥至,渡泝无边,险径游历,栈石星饭,结荷水

宿，旅客贫辛，波路壮阔，始以今日食时，仅及大雷。涂登千里，日逾十晨，严霜惨节，悲风断肌，去亲为客，如何如何！”无须翻译，无须解释，鲍照旅途的艰辛、思亲的情切已跃然纸上。

鲍照，字明远，人称鲍参军，东海郡人（今属山东兰陵县长城镇），我国南朝刘宋时期的伟大诗人，公认为南北朝时期文人中成就最高的，与颜延之、谢灵运合称“元嘉三大家”。鲍照虽然出身寒门，在政治上没有实现自己的抱负，但他的作品影响了唐朝以后的一大批诗人。读过鲍照的《拟行路难》就知道，大诗人李白的《行路难》其实是对鲍照诗歌的模仿，甚至有的句子基本相同，只是改了个别字啊。这样一个天才诗人，都要把鲍照的诗拿来抄，可见李白对鲍照诗歌的欣赏和鲍照诗歌的永恒艺术魅力。所以沈德潜在《古诗源》里高度评价鲍照，“如五丁凿山，开人世所未有”，就是说鲍照对中国诗歌有开凿之功。这样的评价，可见鲍照是何等伟大的诗人！

鲍照出身寒微，做官前还经常干农活。他在《谢秣陵令表》中说，“臣负锸下农，执羁末皂”。这是他自己在文章里写的，绝非虚言。魏晋南北朝时流传这样一句话，“上品无寒门，下品无士族”。那个时候只要你含着金汤匙出生，不管是不是傻瓜、品德如何差都能顺利得到高官厚禄；而如果你出生在下等人家，不管你才能再大、品德再好也没办法做大官。前一段时间中国人充满了对阶层流动固化的焦虑，如郝景芳获得过雨果奖的科幻小说《北京折叠》，其实折射的也是那些底层民众生活没有尊严、看不到一丝阳光的酸辛。所以鲍照虽然渴望建功立业，渴望这个世界“知我独为雄”，却一辈子只能“英俊沉下僚”，弯下腰来给那些封王封侯的皇族们当幕僚，兢兢业业地贡献自己的智慧和辛劳，结果命丧于刘宋诸王争夺皇位的内乱之中。

并且鲍家人丁单薄，只有他和妹妹鲍令晖相依为命。鲍令晖也是中国历史上有名的大才女，虽然诗才比哥哥鲍照略逊一筹，却在当时女作家中独步一时。大诗评家钟嵘在《诗品》里说：“令晖歌诗，往往崭绝清巧”，说她的诗歌清新奇巧，能说出别人不能说的东西。鲍照自己也为有这样一个有才华的妹妹自豪，他曾经对宋孝武帝这样说过:“臣妹才自亚于左棻,臣才不及左思”。左思是西晋文人,曾以他的《三都赋》而使“洛阳纸贵”。左棻是左思的妹妹、晋武帝的贵嫔,写有《离思赋》《啄木鸟》等诗文。鲍照表面上是自谦,实际却是把鲍令晖与左棻相提并论,在皇帝面前展示鲍氏兄妹的文学成就和才华。

兄妹情深,自然他们的诗歌和文章经常是写给对方看,在乱世红尘里用红泥小火炉般的亲情相互取暖。前面提到的《登大雷岸与妹书》是宋文帝元嘉十六年(439年),鲍照去江州(今九江)任临川王刘义庆的国侍郎,经过望江县时写的。离开日夜相依的妹妹,鲍照自然是夜难成寐、辗转无眠,就灯下提笔给他的妹妹鲍令晖写了那封流芳千古的书信。

鲍照为了追逐人生的梦想,到处颠沛流离,期间多次经过芜湖。他的另一首诗《上浔阳还都道中作》,就是在我们芜湖南陵一带写的。从内容来看,也是像书信一样,写给他妹妹鲍令晖,详细告知旅途情况和抒发乡愁的。“昨夜宿南陵,今旦入芦洲。客行惜日月,崩波不可留。侵星赴早路,毕景逐前俦。鳞鳞夕云起,猎猎晚风遒。腾沙郁黄雾,翻浪扬白鸥。登舻眺淮甸,掩泣望荆流。绝目尽平原,时见远烟浮。倏忽坐还合,俄思甚兼秋。未尝违户庭,安能千里游。谁令乏古节,贻此越乡忧。”

这首诗写于元嘉十七年初冬,刘义庆由江州移镇广陵(今江苏扬州),鲍照随刘义庆由九江去广陵,中间经过都城建康,他就在南陵住了一晚。鲍照一路乘船沿江而下,江滨到处是开出了白花花一片芦花的芦苇。芦苇在初冬的寒风里起起伏伏,让作为游子的鲍照不禁心生感慨。鲍照写到眼前所见的,天上的云彩像鱼鳞一样排列整齐,猎猎晚风吹得让人身上寒冷,黄昏的雾霭伴随着飞沙升起,江上无数白鸥在浪花里自由盘旋。在船上远眺江淮平原,又回望上江的荆州。眼前都是平野一片,不时看到远处袅袅的炊烟。鲍照在船上坐立不安,想到自己的妹妹足不出户,自己哪里能到处跑呢。最后他感慨自己为了生活到处奔波,只能在书信和诗歌里向妹妹诉说浓得化不开的离愁。这种兄妹间的柔情蜜意还不被人理解,钟嵘曾批评鲍令晖的诗歌“百愿淫矣”,大概是觉得兄妹之间写什么相思之情,

让道德观念强的人看了觉得不顺眼吧？如鲍令晖曾在鲍照远游时给哥哥寄过这样一首诗，“桂吐两三枝，兰开四五叶。是时君不归，春风徒笑妾。”桂谢兰开，秋去春来，哥哥不在，妹妹感怀。可见鲍氏兄妹的情深义重。

一切景语皆情语。翻读千年前的诗篇，感受芜湖历史的云烟，见青山绿水之妩媚，更感受到有爱的心灵更妩媚。

孟浩然夜泊南陵

芜湖作为一座具有两千多年历史的文明古城，又是长江上重要的港口，来来往往的人群里，有多少璀璨的名字。他们的逗留与吟诵，增添了芜湖历史的厚重，也给芜湖的文化底蕴镶嵌了一道道迷人的光环。唐朝孟浩然就是这光环中的一道。

中国诗歌，盛唐为最。除了李白、杜甫外，孟浩然也是盛名远扬的一位。小学课本里就有他的诗。我读书的时候，曾经摇头晃脑地读过，“春眠不觉晓，处处闻啼鸟”。孟浩然的诗虽然好，不过和其他唐朝大诗人相比，他的人生是最坎坷的一个。他生活在出世归隐和入世为官的矛盾里，既想过着自由散漫的生活，又想能够在治国理政上有所作为。本来盛唐是一个文人建功立业的好时代，政治清明，人心顺畅，很多诗人的从政意识十分强烈，他们都希望为大唐盛世奉献自己的智慧和才华。如高适做到了刑部侍郎的位置，王维当上了部长，李白当过唐玄宗的秘书（翰林学士），杜甫的官运差一点，也做过了左拾遗这样的芝麻官。只有孟浩然，一辈子都是布衣，没戴过半顶乌纱帽，更别说施展自己的高远抱负了。

性格决定命运。孟浩然求官路不顺，当然也和他放荡不羁的个性有关，导致几次到手的机会他都没抓住。一次是开元十七年(729年)，孟浩然的好朋友王昌龄考上了进士，留在京城为官。这掀起了本来在襄阳隐居的孟浩然的内心波澜，三十八岁的他跑到长安，想碰碰运气。在长安，他碰到了两位欣赏他的大诗人张九龄、王维。一天，王维带他到皇宫，两个人谈得正开心的时候，不料唐玄宗过来了。孟浩然吓得赶紧躲到桌子下面。王维为了把孟浩然介绍给皇帝，就说他的朋友孟浩然也在，只是怕冲撞到皇帝，就躲藏了起来。唐玄宗本来就是一个爱才的人，也熟悉孟浩然的诗名，就很高兴，让孟浩然出来觐见，并朗诵一首他的代表作。不料，孟浩然有点呆气，在皇帝面前朗诵了一首怨气比较深的诗，里面有“不才明主弃，多病故人疏”的句子。再开明的唐明皇听到这句诗，脸色就慢慢沉了下来，他对孟浩然说：“爱卿，是你一直隐居在襄阳不求仕进，并不是我不用你，为什么你要在诗里说我不用你呢?”于是，唐玄宗就让孟浩然回去了。就这样，能得到皇帝赏识的好机会就和孟浩然失之交臂。

回到襄阳后，孟浩然依旧故我，游山玩水、饮酒赋诗。过了几年，朝廷派到地方搜寻人才的採访使韩朝宗来到襄阳，他欣赏孟浩然的才华，就约孟浩然和他一起去京城，准备把他举荐给朝廷。到了约定的出发时间，不巧的是，这时孟浩然有一个诗友从外地过来，孟浩然就带着他去酒馆里喝酒，几个人推杯换盏，喝得昏天黑地。这时候，有人提醒他，该遵守与韩朝宗的约定，动身去京城了。不料孟浩然破口大骂，“现在是我喝酒正高兴的时候，顾不上其他的事情了!”于是他就没去京城，韩朝宗一个人怒气冲冲地走了。这样一来，举荐为官的事自然就没有了下文。后来，随着欣赏孟浩然的张九龄罢相，经历了开元盛世的唐朝走上了下坡路，他自然是更没有机会在仕途上一展头角了。

孟浩然游历芜湖，应该是青壮年时期。开元十四年前，孟浩然曾漫游襄阳、扬州、芜湖、宣城一带，还结识了定居南陵的大诗人李白。孟浩然年龄比李白大，当时的名气也比李白大，李白对他非常仰慕，曾写下了《赠孟浩然》这首诗，表达他对孟浩然的景仰之情。“吾爱孟夫子，风流天下闻。红颜弃轩冕，白首卧松云。醉月

频中圣，迷花不事君。高山安可仰，徒此揖清芬”。由于李白这首诗，在后人的眼里，孟浩然就成了一个栖居山林、不食人间烟火的隐士。

当时的南陵属于宣城郡，所以孟浩然留下了《夜泊宣城界》这首诗，“西塞沿江岛，南陵问驿楼。平湖津济阔，风止客帆收。去去怀前事，茫茫泛夕流。石逢罗刹碍，山泊敬亭幽。火识梅根冶，烟迷杨叶洲。离家复水宿，相伴赖沙鸥”。诗里其实写的是南陵青弋江一带的风景，勾勒出南陵一派水乡的神韵，平湖脉脉、杨柳依依，客帆不断、沙鸥轻翔，优美的水乡风光，让人难以忘怀。

一首诗如一幅照片，里面浓缩了千年前的时光。感恩孟浩然，用那么五彩斑斓的诗笔，为我们留下了千年前南陵水乡的鲜活模样。芜湖的诗韵，也是这样风光无限，生意盎然。

王维妙笔留锦句

唐诗是中国诗歌的一个高峰。凡是中国人，没几个不喜欢唐诗的，也没几个不会背几首唐诗的。我们小时候一上学，老师就开始带着我们摇头晃脑地背唐诗了，如“床前明月光”之类。我的儿子则从幼儿园开始，就会背几首唐诗了。老师还说，李白是诗仙，杜甫是诗圣，李贺是诗鬼，王维是诗佛。当时我不懂王维为什么被说成是诗佛，还以为他长得像佛像呢。我只是懵懵懂懂地知道王维也是中国历史上有名的大诗人，他的不少诗歌收入了我们的课本，伴随着我们读书求知的成长过程。长大后慢慢知道，王维中年后皈依佛教，诗歌里参透佛理，显得特别空灵，远离尘世，无一点人间烟气，因此被誉诗佛。

王维,字摩诘,号摩诘居士。他是河东蒲州(今山西运城)人,祖籍山西祁县,也是唐朝著名诗人、画家。他基本上和李白同时,但我们在《李太白集》和《王右丞集》里找不到两个人相互唱和的诗歌,在唐人笔记里也没有他们交集的描写。按说李白这样一个爱好交朋友的人,不会不去结交王维这个驰名天下的才士的。据有的学者研究,原来李白、王维这两个大诗人都曾拜倒在当时唐玄宗妹妹玉真公主的石榴裙下,都是公主的情人。难怪二人从未写诗相互吹捧过。

据史书记载,王维"妙年洁白,风姿郁美"。就是说,王维是个玉树临风的大帅哥,让女人一见倾心。王维是个大才子,诗书画都好,还精通音乐,会弹琵琶。古代读书人想干出一点事业,就要通过科举做官。唐朝进士考试有让上层领导打招呼的风气,王维一开始不认识玉真公主,当时他为了顺利考上进士,天天往岐王家里跑。岐王是唐玄宗的弟弟、玉真公主的哥哥,他特别赏识王维的才气,也知道自己的妹妹喜欢长得帅气的才子。为了向玉真公主推荐王维,岐王就给王维出主意说,你挑几首写得好的诗,还准备弹一曲别人不会的琵琶新曲,我们明天一起去公主家。王维就穿得衣冠楚楚,怀抱琵琶,在酒宴间为玉真公主献艺。这一下,他清雅脱俗的仪容引起了玉真公主的注意,公主就问道:"你弹的是什么曲子?"王维回答说:"《郁轮袍》。"他顺手拿出自己的一卷诗作给公主看,公主连连赞叹说:"这些诗都是我平时常读的,还以为是古人写的佳作,想不到是你写的!"就这样,王维成了玉真公主的入幕之宾。

成了玉真公主座上客的王维自然是春风得意了。玉真公主找到那年的主考官,说:"王维这个书生才华横溢,你们让他做第一名,也是选拔人才的荣耀啊!"果然,主考官听了公主的话,二十出头的王维就考上了那年的状元。王维通过玉真公主的裙带,走上仕途通达的金光大道。王维后来官至尚书右丞,也算是高干了。

王维本人似乎没有来过芜湖,但他的集子里有几首诗提到芜湖,还把芜湖的山水描绘得如锦绣画卷,如沁人心脾的音乐,实在是大手笔啊。

一首是《送邢桂州》,"铙吹喧京口,风波下洞庭。赭圻将赤岸,击汰复扬舲。日落江湖白,潮来天地青。明珠归合浦,应逐使臣星"。这首诗是王维送友人邢济

赴广西桂林担任桂州刺史的诗，全诗借助想象，描画了友人此行一路击水扬帆所见风光，白描了从镇江经芜湖过洞庭到桂州沿途所见的景物。京口送别时的鼓乐铙吹，洞庭湖上浩浩汤汤的烟波，船桨击打水面的悠悠声调，无不让人身临其境。赭圻就是我们繁昌县西北的一座山，东晋桓温曾在赭圻山脚下建起了赭圻城。一个没到过这些地方的人，写下了如此瑰丽动人的诗篇，我们不得不佩服诗人的想象力。特别是颈联两句尤为精彩，让江湖的落日和潮水的涌动，有着今天纪录片拍摄的精彩，成为脍炙人口的名句。

另一首诗也是送人的诗《送张五諲归宣城》，"五湖千万里，况复五湖西。渔浦南陵郭，人家春谷溪。欲归江淼淼，未到草萋萋。忆想兰陵镇，可宜猿更啼"。古人重感情，朋友的相聚和离别，都是一首诗。张諲是王维的好兄弟，他们经常在一起把酒谈诗。张諲也是一个洞察时务的人，他曾经装作隐士博得名声，，后来又做了官，在安史之乱前夕，他回家归隐山林。王维就在临别时，写下了这首诗。应该是张諲经常谈及老家的风景和风土人情，让王维的诗精准描绘了当时芜湖繁昌南陵一带的美景，南陵城边打渔船穿梭的码头，繁昌春天山谷里流淌的小溪，面前的滚滚长江东逝水，还有一路上碧连天的芳草，无不勾起诗人思念老友的情怀。毕竟是能画画的诗人，把诗歌也写成了唯美的山水画。

我们的大诗人，笔下有"红豆生南国，春来发几枝"的纯情，心里也有"孰知不向边庭苦，纵死犹闻侠骨香"的豪气，更有对祖国锦绣江山美的开掘与发现，让我们通过诗句，感悟唐诗之美，感受芜湖山川之美，感受人与人之间真情的纯美。我希望在芜湖的景区能够多一些描绘芜湖风光的诗碑，这也是对诗和诗人的尊重，更是对芜湖文化的整理和传承。

高适送人赴芜湖

以前高中、大学毕业临别的时候，同学们都要交换毕业纪念册，在上面龙飞凤舞地相互赠送几句祝福的话语。很多人常常会引用这样一句唐诗，“莫愁前路无知己，天下谁人不识君”，以表达对同学们前程似锦、名闻天下的美好祝愿。这首诗，就是唐朝著名边塞诗人高适的《别董大》。

唐朝的诗坛，群星璀璨，高适也是光华灼灼的明星之一。高适，字达夫、仲武，唐朝渤海郡（今河北景县）人，曾任刑部侍郎、散骑常侍、渤海县侯，世称高常侍。他与岑参齐名，并称“高岑”，有《高常侍集》等传世，也有不少名句被后人传诵，如“战士军前半死生，美人帐下犹歌舞”“拜迎官长心欲碎，鞭挞黎民令人悲”。现代著名小说家郁达夫的名字就是取自高适的字，他也是高适的一个资深粉丝。

高适的人生，用今天的话来说，就是一场的华丽“逆袭”。高适虽然祖上曾经很有钱，但因为他父亲早逝，也就没什么遗产可继承了。在50岁之前，他东奔西走，寄人篱下，穷困潦倒，甚至沦落到乞食度日，没有一日开心颜；50岁后，他毅然投笔从戎，十年间就改变了诗人只会舞文弄墨的形象，一跃而成横刀立马、身系一方安危的将帅，为唐朝平定安史之乱和稳定四川边区做出了应有的贡献，并因此成为唐代历史上仅有的因军功而至封侯的诗人。《旧唐书》评价说：“有唐以来，诗人之达者，唯（高）适而已。”当代学者周勋初评价高适说，“五十之前，蹭蹬落魄，盛唐诗人中罕有其比；入仕之后，喧嚇显达，盛唐诗人中亦罕有其比”，确是至论。

高适为什么喜欢写边塞诗？我记起了已故的余恕诚老师在我大学时代上课

的情景，当年他带着话筒讲唐诗课，专门把边塞诗作为重要的章节讲说。说白了，盛唐的强盛国力，盛唐的雄伟气魄，盛唐的昂扬精神，造就了盛唐气象。我们汉人在国力强盛、开疆拓土的时候，骨子里洋溢着一股尚武精神，诗歌里也高奏着对酒当歌、慷慨激昂的调子。如汉朝在开辟西域的时候，曾经对周边蛮夷小国传播过一句掷地有声的话，“犯我强汉者，虽远必诛”！而在国势不振的南朝和晚唐时候，则多为婉约柔媚的调子，徘徊低吟，甚至被人称为女性诗歌或者女郎诗。

高适生活的盛唐，诗人都能看到封侯拜相、建功立业的希望，自然诗歌里高唱从军乐啊。从初唐开始，诗人们就向往从军建业，进入“凌烟阁”成为“万户侯”，在诗里写下如“宁为百夫长，胜作一书生”的表白；甚至到了国势走衰的中唐，李贺还在诗里说，“男儿何不带吴钩，收取关山五十州”，还有铿锵刚健的气象。而在晚唐，诗人就感叹，“可怜永定河边骨，犹是春闺梦里人”，已是对战争和伤亡的无限沉痛悲凉了。

高适的朋友都是当时中国最杰出的诗人，特别是他与李白、杜甫的交游，更是让后人津津乐道。高适与李白年岁相近，比杜甫大十一二岁。天宝三年(744年)秋，李白在洛阳与杜甫相遇，随后两人相约同游汴州(今河南开封)，此时高适正寓居于此。于是名满天下的李白、初出茅庐的杜甫和仗剑游侠的高适三人在河南梁园相会了，他们白天一起到禹王台等名胜古迹共游，晚上滚一床被子，煮酒论文，笑谈古今，“醉眠秋共被，携手同日行”，结下了深厚的情谊。中国诗坛上顶级的三个诗人相聚相交，留下了文学史上动人的千古佳话。后来，他们各奔东西，高适不断升官晋爵，而李白、杜甫落魄潦倒，我们只能感慨命运无常啊。高适在四川任高官时，曾对避乱草堂的杜甫伸出援手，对其照顾有加。杜甫写给高适的诗作超过十五篇，和他写给李白的诗数差不多。杜甫曾写下《昔游》，深情回忆了三人壮游的情景，“昔者与高李，晚登单父台。寒芜际碣石，万里风云来”。可见，超级诗人相聚给诗坛带来了超级震撼。

今天，我能在文章里写高适与芜湖的交集，是因为他把酒赠诗送朋友崔录事到宣城任职。崔录事的名字今天已经不可考，不过当年他的朋友名气也很大，王维、杜甫等一批大诗人都为他写过诗，应该是一个喜欢结交朋友的人。

诗名为《送崔录事赴宣城》，高适这样写道，“大国非不理，小官皆用才。欲行宣城印，住饮洛阳杯。晚景为人别，长天无鸟回。举帆风波渺，倚棹江山来。羡尔兼乘兴，芜湖千里开”。这首诗应该是高适晚年在洛阳的时候写的。诗开头写道，无论是治国还是理县，都要使用崔录事这样的人才。第二句回到诗歌的主题，朋友任职宣城，大家一起摆酒送别。第三句写送别时的景色，兼感慨自己已是老年“晚景”。第四、五句怀想崔录事去芜湖宣城一带的景象，江南烟波浩渺，友人一路征帆；诗里也带着高适的祝愿，希望崔录事乘风破浪，在仕途上大有作为。

相见难，别亦难。诗人重情重义，自然为离别吟出了儿女情长的诗歌。隔着千年的时光，依旧生动的诗句，依旧生动的离筵别宴，依旧生动的浓浓情谊，让读者不禁心有戚戚、感慨万千。

许浑南陵留佳诗

杏花烟雨江南。

开不尽姹紫嫣红的花儿，飘飞着柔媚而甜腻的烟雨，这是芜湖这样的江南城市给人的典型印象。特别是烟雨，细密的针线一样穿起了缠缠绵绵的一年又一年。江南的冬天，雪不常见，却常常飘着淅淅沥沥的细雨。雨是诗歌的催化剂，一个诗人，听着冷雨敲窗，或者撑把伞走在雨中，自然而然会从心底涌出或寂寥或怀人的诗句，这让我想起一个特别喜欢写雨的古代诗人——许浑。

许浑的诗，几乎离不开雨或水，给人一种浑身被雨水淋透了的感觉。随便从

他的诗集里找几句,都是诗诗滴着雨水,句句透着水意,真是大“湿人”一个啊。如“溪云初起日沉阁,山雨欲来风满楼”,“日暮酒醒人已远,满天风雨下西楼”,“两岩花落夜风急,一径草荒春雨多”,“红叶晚萧萧,长亭酒一瓢。残云归太华,疏雨过中条”。无雨不成诗,“雨”字成了许浑诗歌的标配。所以后人提炼了许浑爱雨喜雨的癖好,把他和诗圣杜甫并提,评价说“许浑千首湿,杜甫一生愁”。能够和杜甫并称,这对一个诗人来说,也是极高的荣耀了。

俗话说,江南千山千水千才子。江南的绿水青山,江南的钟灵毓秀,江南的烟雨蒙眬,孕育了大批的文人雅士。缭绕的云烟,造就了唯美空灵的诗眼。特别是从晚唐开始,江南的文风远胜其他地方,成为中国一道靓丽的文化风景。许浑,字用晦(一作仲晦),润州(今江苏镇江)人。许浑一生基本上没有离开江南,除短暂地在京城当过监察御史外,都是在江南宦游。他担任过睦(今杭州)、郢(今武汉)二州刺史,活跃在晚唐的诗坛上,成为晚唐最具影响力的诗人之一。他没有李白汪洋恣肆的才气,没有杜甫忧国忧民的深沉,没有李商隐缠绵悱恻的深情,没有杜牧雄姿英发的豪气。为了闯出自己的天地,许浑选择了专攻律体诗歌的写作。他在诗中多描写水、雨等江南景物,题材多选择怀古、田园诗,艺术则以偶对整密、诗律纯熟为特色。当然,他也把“雨”“水”等意象的运用把唐诗推向了一个高峰,拓展了烟水迷蒙的诗境。

唐朝距今一千多年了,当时还没有活字印刷术,诗人的作品完整保存比较困难。许浑的诗集也一样,在经过时光淘洗后很难将其编年。虽然许浑留下了三首与芜湖有关的诗歌,但我已经说不清这些诗歌创作的具体时间了。我只能说,许浑早年先后担任过当涂、太平县令,期间肯定少不了在芜湖一带流连山水、饮酒赋诗。后来他从老家镇江去武汉做官,也是要往来经过芜湖的。这些往来居留,结晶了不少诗句。可惜的是,我们现在所见的,提到芜湖的,只有三首诗了。

一首是《南陵留别段氏兄弟》,写给姓段的两位兄弟的。“不知身老大,犹似旧时狂。为酒游山县,留诗遍草堂。归期秋未尽,离恨日偏长。更羡君兄弟,参差雁一行”。当时是秋天,许浑在南陵逗留,碰上了老朋友段氏兄弟。老朋友相见,自然是酒兴大涨、诗兴如狂，推杯换盏，不亦乐乎。南陵多山，所以说“山县”；唐朝房屋顶上多用茅草，所以说“草堂”。不过，段氏兄弟很快要告别南陵县，踏上新的宦途了，所以许浑心里有离恨、有惆怅，更有羡慕。因为自己同样是游子，却滞留在南陵，只能看着朋友像大雁一样飞到新的地方闯荡。

另一首是《送南陵李少府》，“高人亦未闲，来往楚云间。剑在心应壮，书穷鬓已斑。落帆秋水寺，驱马夕阳山。明日南昌尉，空斋又掩关”。这首诗我估计是写给晚唐另一位诗人李频的，因为他在南陵任职过南陵尉，符合“李少府”这个称谓。许浑称诗人李频为“高人”，往来在江南做官。唐朝读书人有点英雄气概，都喜欢携书带剑，向往建功立业。所以许浑在诗里说，诗人抚摸着宝剑，心里还有雄心壮志；读尽世间好书，人也变得两鬓斑斑了。后面两句写景，活灵活现地写出了南陵依山傍水的风物，帆船在青弋江上往来，水边码头附近还建有寺院；过客匆匆骑马经过，生怕夕阳就要落山。最后两句诗人感慨，朋友很快要去南昌担任新职，留下他孤身一人，见证过他们浓厚友情的、充满欢声笑语的书斋，要堆满空虚和寂寞了。

第三首是《酬郭少府先奉使巡涝见寄兼呈裴明府》，“载书携榼别池龙，十幅轻帆处处通。谢朓宅荒山翠里，王敦城古月明中。江村夜涨浮天水，泽国秋生动地风。饱食鲙鱼榜归楫，待君琴酒醉陶公”。郭少府是谁，已经不清楚了。我只知道他是县令，在南陵一带查看洪涝灾害造成的损失。首联写郭县长载书载酒，坐小船不辞劳苦查看灾情。颔联、颈联写宣城南陵一带的景色，谢朓住过的大宅、王敦屯兵的城池都已经荒废，月光照耀下显得那么凄凉；到处洪水肆虐，村落的屋顶在水中沉浮；秋风萧瑟，让洪水中的大地更显秋天的苍茫。尾联回到诗歌的主题，希望郭县长、裴县长能够不负上司所托，让百姓安居乐业，成为像陶渊明一样流芳千古的好官。

三首诗，三朵艳丽的小花，闪耀着不同的颜色。或感慨，或喟叹，或寄托，都是深情款款；有惜别，有寂寞，有期望，都是诗意绵绵。盛开了千年，依旧让人感受到真情灼灼的芬芳。

刘长卿诗诉怀乡情

我因为爱好写几句歪诗，也认识一些所谓的诗人。他们自以为是大师，写出来的作品在当代无人可比。经常看到他们在朋友圈里晒那些他们自鸣得意的诗作，如“今天你吃了吗？／吃了／牙缝里还有几粒芝麻／在一个吃货的眼里／芜湖是一只香喷喷的比萨／想到这里／他嘴角流出了哈喇子”。如果有人弱弱地问声，几句白开水一样的分行文字，这也叫诗吗？他马上摆出一副高高在上的样子说，你哪里懂得我诗里的深意？看不懂，看不懂正常！这么好的诗，哪是你们这些俗人能看懂的？我的诗是要给五百年后的人看的。

没有底气的张狂，没有像样的作品，只会让读者看了不舒服。不过，唐朝中期的时候，有一个诗人叫刘长卿，他自称“五言长城”，就是说，写五个字的诗歌，他是最棒的，像万里长城一样挺立在中国诗坛上。在大诗人如过江之鲫的唐朝，那些诗人听了这句话，却没有人不服气的。为什么他那么牛？因为他用好诗说话！在今天的语文课本里，还收录了他的五言绝句《逢雪宿芙蓉山主人》，“日暮苍山远，天寒白屋贫。柴门闻犬吠，风雪夜归人”。稍微读过几年书的人，有敢说自己没背过这首诗的吗？有作品在千年后还是经典，刘长卿自然能挺着腰杆说话。

说起来，刘长卿和芜湖还很有缘分。他是宣州人，当时的宣州，管辖范围很大，包括了我们芜湖的江南地区。史料上也没有具体说刘长卿是宣州哪里人，说不定他就出生在我们芜湖境内呢，不然，他怎么会对芜湖的落日、春谷的流水、江南的细雨念念不忘？当然，刘长卿自他祖父刘庆约开始，就在外做官，成了官宦世家。刘长卿本人,少年就在嵩山读书,就像今天的青年要接受大学教育一样,当年他的梦想就是考上进士。考上进士后,他又在苏州、睦州、随州等地做官,一生辗转漂泊,自然在老家宣城居住的时间不会太长,只能把乡情刻在心里、写在笔端、泼在宣纸上。

宣城和芜湖,一直有剪不断的联系,芜湖曾经在宣城地区辖区内。所以,以前我在市区大街小巷转悠的时候,见过宣城地区医院、宣城地区卫校这样的单位。初觉惊讶,了解了此番渊源后,便觉得正常了,毕竟两地一家亲啊。中国人,无论走到哪里,总是有乡愁、重乡情的;诗人的笔下,更是会让故乡的地名,镶嵌成闪耀着光芒的诗句。所以,隔了上千年的时光,还能看到刘长卿写到芜湖的诗便觉得特别亲切。

刘长卿提到芜湖的诗歌,至少有两首。一首是五言律诗《鄂渚送池州程使君》,"萧萧五马动,欲别谢临川。落日芜湖色,空山梅冶烟。江湖通廨舍,楚老拜戈船。风化东南满,行舟来去传"。这首诗是他在担任鄂岳转运留后期间写的。诗题里的鄂渚,指的是鄂州江边。鄂州,在今湖北省鄂城县,是转运使官衙所在地。当时,刘长卿送他一个姓程的朋友去担任池州刺史;临别前,写下了这首诗。在古代,刺史的雅称是"使君",享受的待遇是乘坐由五匹马拉的车,就像今天一定级别的干部享受专车待遇一样,所以诗句里出现"五马动"。听说朋友要去家乡的附近为官,激起了刘长卿思乡的情绪,所以他忍不住在诗里点出了故乡的地名。斜阳把芜湖一带刷上了黄金的颜色,梅根冶炼铜的炉烟缭绕在群山间。这些,都是刘长卿纠缠在心的记忆和怀念。其实,程使君从长江上游到池州履新,是不需要经过芜湖的。但刘长卿送人的离歌里,还是唱出了浓烈如醇酒的乡愁。诗歌的结尾,希望友人在自己的家乡大行仁政,教化民众,成就被往来船只传颂的好名声。简单的语句,写出了朋友间不简单的深情。

另一首是他在晚年写的五言律诗《越江西,湖上赠皇甫曾之宣州》:"莫恨扁舟去,川途我更遥。东西潮渺渺,离别雨潇潇。流水通春谷,青山过板桥。天涯有来客,迟尔访渔樵"。当时,他被免除随州刺史的职务,带着家人去江西九江居住。

在路上，碰到了去宣城隐居修道的老友皇甫曾。故人相见，都是背井离乡，都是在桨声雨声里，都有宣城这个命运交汇的地方，自然感慨万千。皇甫曾是在宦海沉浮多年的唐朝官员，后来厌倦了官场，就从舒州（今太湖、潜山一带）辞官到宣城春谷隐居。刘长卿还有另一首诗《送处士归宣城》提到，“鸟声春谷静，草色太湖多”。诗的首联安慰友人面对离别，不要儿女情太重，因为诗人的路程更远。颔联写当前的景色，湖上烟波浩渺，眼前细雨潇潇。颈联相信老友幽居山林的场景，倾听春谷的流水，闲过青山里的板桥。尾联写隐居之乐，偶尔有远方的朋友来访，感受一下知音之乐。

在诗里，诗人面对的都是离别，都是人生的长亭复短亭。人生是顺流而下，还是逆流而上，都是他们无奈面对的选择，都是行步匆匆的背影。只有浓浓的乡情，才是一生的牵挂，才能聊慰颠沛流离中渴望安宁的情思。

张籍伤春谢家池

春天来了，东风动，万物生。

特别是艳阳天的时候，人的心都是痒痒的，各种美好的感觉在身体里发芽。心更敏锐更细腻更有情韵的诗人，自然血液里流淌着给春天赋诗的冲动，留下一行行清词丽句。

今天写的张籍，就是这样一个唐朝诗人。在千年前的一个繁花似锦的春天，他是来南陵赏春的一个背包客。唐朝人普遍爱诗，就像现在的人好摄影一样。诗人写诗记游，和今天的游客拿起手机，把值得珍惜的时光定格、留住没什么不同。

张籍就是这样,游玩了,心动了,抵达了。他采撷那些春天的花朵和激情,用诗句留下当时自己的欢喜和感悟。

这就是我们今天看到的《感春》:“远客悠悠任病身,谢家池上又逢春。明年各自东西去,此地看花是别人。”

这首诗应该是张籍早年写的。张籍祖籍苏州,但他祖上就移居到和州,他是土生土长的和州人。和州就是今天和我们一江之隔的和县。张籍在和州一直生活到三十四岁,那年他考上进士,去京城做官,才彻底地离开了故乡。我们可以想象当年张籍正青春年华,经常过江来芜湖游玩,甚至可能在南陵有一个笔友,经常在一起谈人生理想,交流诗歌写作。

就像今天的年轻人爱追星、有偶像一样,张籍当年疯狂地崇拜诗圣杜甫。他曾经把杜甫的诗一首首抄在纸上,然后烧成灰,再把纸灰搜集起来,搅拌着蜂蜜一起吃掉。有一次,他吃灰的时候,正好被一个来拜访他的朋友看到了。那个朋友就很好奇,你怎么吃纸灰啊?张籍很自豪地回答,我吃杜甫的诗,以后就能和杜甫一样写出好诗了!膜拜顶礼某一个前辈诗人,很多诗人就是这样成长起来的。

从诗里我们可以看出,当年张籍到南陵做客,还生了一场病。因为春光明媚,阳光在窗外舞蹈,花朵在幸福地“秀”脸,啼鸟在枝头召唤,让诗人不禁病好了许多。他来到南陵的著名景点谢家池。谢家池,在南陵城北二里,因著名诗人谢灵运曾在这里写下“池塘生春草”的名句而得名。从此之后,文人雅士都喜欢来池塘边游赏题诗,李白、杜牧这样的大腕都在此留过墨宝,张籍自然也不例外。

一袭白衣的张籍,站在谢家池塘边,站在阳光的拥抱中,站在春天里。微微的暖风吹过,让他身上衣袂飘飘。池水柔嫩如少女的肌肤,池边的花树正发出欢乐的叫喊,唯美的春天让张籍心动。那些灼灼燃烧的花朵,是牡丹,是蔷薇,是杏花?我们已经不清楚了。春天的花、春天的气息、春天的蓬勃,让张籍留恋,让他无比欢喜,也让他有点伤感。颤动着花香的枝条,搅动了他心灵的一池春水,我只是一个匆匆过客,明年就不知道身在何处,在这里看花的换成别人了。

张籍的伤感也是一种预感。他后来一直在长安为官,在宦海里苦闷煎熬。他

再也没来过芜湖，更没有留下其他和芜湖有关的文字了。

做官的张籍无疑是失败的。因为他草根出身，在朝堂上没有什么位高权重的大贵人相助，一直在没有实权的岗位上混，到死只不过担任国子监司业，相当于今天大学的副校长，不过可没有今天的大学校长牛气。他曾经在主管皇家祭祀的太常寺太祝这个冷板凳上一坐就是十多年，所以白居易有诗同情并调侃他，“独有咏诗张太祝，十年不改旧官衔”。当然，他的两个文友白居易、韩愈对他不错，到处举荐，为他说好话，让他在仕途上有所成就。

每个朝代都有阶层流动固化的问题。开国之初，江山是打出来的，一帮创业者来自各行各业，甚至身份卑微。如明太祖朱元璋讨过饭，当过和尚。而到了朝代的后期，官位大多被“红二代”“官二代”占据。那时候不像现在，很多有才能的人可以投身商海，白手起家，成为著名企业家，在社会上地位很高。古人一直瞧不起经商的，所以读书人只有做官一条路。当阶层固化后，有点头脑的底层小民看不到希望，就起来造反，形成了历史的周期律。

当然，作为诗人的张籍是幸福的。千年后，还有我这样的读者，摊开一地的阳光，品读他富有哲思的句子，感受那些在诗句里美好的春天。

贾岛南陵送友人

我在中学读书的时候，语文老师为了教诲我们写作文要用心布局、字字推敲，特意在课堂上给我们讲了贾岛作诗“推敲”的故事，至今记忆犹新。

话说有一天晚上，贾岛趁着皎皎的月色，去长安城郊外的山里拜访一个叫李凝的朋友。不巧,这天李凝出门去了,贾岛在朋友紧闭的门扉前徘徊,听到被自己敲门声惊醒的小鸟发出叫声,忍不住诗兴涌动,想起了几句诗,“鸟宿池边树,僧推月下门”。第二天,贾岛只得骑着毛驴返回长安。一路上,他还在斟酌昨夜即兴得来的小诗,他觉得“僧推月下门”中的“推”字用得不够妥帖,可能改用“敲”更恰当些。贾岛骑着毛驴一路沉吟,一边吟哦,一边做着敲门、推门的动作,不知不觉进了长安城。这时,在京城担任高官的韩愈,在仪仗队的簇拥下迎面而来,依照当时的规矩,行人、车辆见到官员出行都得避让。贾岛却依旧在毛驴上比比划划,浑然不知闯进了仪仗队中。韩愈身边的卫士就把他带到韩愈面前。韩愈问贾岛为什么乱闯。贾岛就把做的诗念给韩愈听,讲拿不定主意是用“推”好,还是用“敲”好。贾岛也是走运,碰到了同是大文豪的韩愈。韩愈听了,也饶有兴致地思索起来。过了一会儿,他对贾岛说:“还是敲字好些。一个‘敲’字,使鸟宿月凉的静夜,多了几分生气。静中有动,动静相宜,岂不更有意境?”贾岛听了连连点头。惜才爱才的韩愈把贾岛带回自己的府衙。贾岛这回因祸得福,还和韩愈成了忘年交。推敲也成了脍炙人口的常用词,比喻无论做文或做事,都要反复揣摩、反复斟酌、三思而行,才能取得最好的效果。

这个故事的主人公贾岛,是与孟郊并称“郊寒岛瘦”的晚唐著名诗人。他一生作诗喜欢苦吟,在字句上狠下功夫,做到“二句三年得,一吟双泪流”。贾岛是个苦命的人,他家境贫寒,早年当过和尚,法号“无本”。念佛不成又写诗。后来韩愈发现了他的才华。可惜屡次考进士都不中,一生沉沦下僚。

据说他还曾经得罪了唐宣宗皇帝。古代读书人进京赶考,经常落脚在寺院。贾岛也曾寓居法乾寺无可精舍。一天,唐宣宗微服出游,来到贾岛所在寺中,听到有人吟诗,便循声登楼,看到几案上摆满了诗卷,唐宣宗便拿起来观看。贾岛不认识宣宗,就从后面一把夺走了诗卷,还瞪着眼睛大叫,“你们这些吃锦食、穿玉衣的纨绔子弟,哪里会懂诗?”闹得唐宣宗十分不高兴,就拂袖回宫了。贾岛知道得罪了皇帝,心里十分紧张,就跪到皇宫前请罪。宣宗皇帝就给了他一个四川长江县主簿的小官,将他贬出长安。这两件诗人轶事,应该是很靠谱的,在唐代就有几个诗人在他们的作品里津津乐道诗人的奇遇了。安奇在诗里说,“骑驴冲大尹,夺卷忤宣宗”。李克恭在诗里说,“宣宗谪去为闲事,韩愈知来已振名”。唉,谁叫贾岛是个苦命的诗人,只知道把心思放在写作上,不知道在外面钻营,不会去巴结皇上这样的大领导啊!

贾岛本人没有来过芜湖。他和芜湖的诗缘,是因为他的朋友要来芜湖做官,几个朋友要一起送别。唐人的规矩,临别必有诗。贾岛就在离别的宴席上写了一首诗,送他的朋友到南陵做官。题目是《送友人之南陵》,“莫叹徒劳向宦途,不群气岸有谁如。南陵暂掌仇香印,北阙终行贾谊书。好趁江山寻胜境,莫辞韦杜别幽居。少年跃马同心使,免得诗中道跨驴”。

这首诗比较简单,首联安慰友人不要感叹宦途辛苦,因为他还年轻有为、才华出众。颔联用典说事,说友人虽然今天虽然官不高,最终会像贾谊一样受到皇帝的赏识。仇香是东汉末年人,因其曾任主簿,故后人常用以代称主簿。后面四句要友人趁着青春年少跃马扬鞭,一路上饱览祖国大好河山,不要像自己一样做“骑驴寻诗”这样落魄诗人才做的事情。

由于诗题没有写送哪个友人,我也不清楚那个友人是谁。不过我个人觉得,这首诗应该是写给晚唐诗人李频的。因为李频曾担任南陵主簿、县尉,并且他和贾岛是忘年交,感情非常好。李频曾经在贾岛死后,特意跑到远在千里之外的四川贾岛坟前祭拜,写下了《哭贾岛》这首特别感人的诗作,“秦楼吟苦夜,南望只悲君。一宦终遐徼,千山隔旅坟。恨声流蜀魄,冤气入湘云。无限风骚句,时来日夜闻”。据《唐才子传》说,除韩愈、孟郊外,贾岛没什么朋友。他能交到李频这样的挚友,也是缘分啊。

古人重情义,爱友朋。“嘤其鸣矣,求其友声”。君子得到志同道合的朋友,他们在一起相互砥砺切磋,自然增长学问,厚实修养,完善自己修身治国的人生。今天,读到贾岛和他的朋友留下来的诗歌,心里也涌动着可以滋养人生境界的暖流,得佳友,品佳文,不亦乐乎?

李商隐南陵怀爱妻

我在读高中的时候，不知从哪个同学那里借到一本竖排繁体字版的《李商隐诗选》，一下子就被那些情真意切的句子打动了，如“此情可待成追忆，只是当时已惘然”“春蚕到死丝方尽，蜡炬成灰泪始干”“身无彩凤双飞翼，心有灵犀一点通”等，从此深深迷上了那些缠绵悱恻、清丽动人、蒙胧婉转的文字，也成了唐朝大诗人李商隐的一个资深粉丝。

后来在安师大读书，又接触到刘学锴、余恕诚两位老师，他们是学界研究李商隐的权威学者，出版了《李商隐诗歌集解》《李商隐文编年校注》等大部头的专著，为我深读李商隐提供了方便，于是对李商隐心灵世界的深入了解加深了一层。我在新华社工作的学兄兼诗人佘林颖，他看出了我的诗和李商隐诗歌的隐秘联系，在一次闲谈中说我的诗深得李商隐诗歌的精髓。每个文人的写作会折射他的人生历程，毕竟我是中文系出身，写作自然而然会受到传统诗歌的影响，并在词句里表现出来，这是不争的事实。

李商隐，字义山，号玉溪生，又号樊南生。他是晚唐著名诗人，当时就和杜牧合称“小李杜”，与温庭筠合称为“温李”，著名诗人白居易一读到他的诗就惊叹说：“我死后，能投胎做他的儿子就心满意足了。”大诗人如此青眼相看，可见李商隐的才情。李商隐是光芒万丈的唐朝诗歌殿军，也是中国诗歌的一座高峰，他和李白、李贺一起被并称为“诗家三李”。

人生不如意者十有八九，特别是李商隐这个梦想高远的诗人，在现实无情的摧折下，只能不断地妥协苟安，只能用纸笔来描绘心灵世界的万千变幻，最终成为中国古典诗人里挖掘灵魂深度最深的人。

李商隐出生于一个地位寒微的底层官僚家庭，高、曾、祖、父四代人只做过州郡僚佐、县令县尉这样低级的官职。李商隐的名字是父亲李嗣取的，取义于秦末汉初隐于商山的四位高士——“商山四皓”，字义山也有“四皓之高义如山”之意。可见，李嗣希望他的儿子如商山四皓一样，可以安定唐室江山。可惜的是，李嗣在李商隐十岁时就去世了，留下孤儿寡母相依为命。后来，他们一家搬到洛阳，李商隐拜当时的宰相令狐楚为师，学习骈体文。在令狐楚、令狐绹父子的帮助下，李商隐二十五岁时高中进士，锦绣前程就在眼前。

不过，李商隐作为诗人是卓越的，但政治眼光是短视的，政治作为是拙劣的。李商隐没有什么政治经验，不了解政治上山头主义很严重，各有各的团团伙伙，谁上去了他那一派的都会弹冠相庆，跟着高升。李商隐高中进士后，朝廷没安排他官职，他就应泾原节度使王茂元的聘请，去泾州（今甘肃泾川县）作了王茂元的幕僚。王茂元对李商隐的才华非常欣赏，并将小女儿嫁给了他。这段婚姻让李商隐从此卷入了晚唐“牛李党争”的政治漩涡，再也没有安宁过。因为王茂元与李德裕交好，被视为“李党”的得力干将；而令狐楚父子属于“牛党”牛僧孺一派的中坚。因此，李商隐的行为很容易被“牛党”解读为对刚刚去世的老师和恩主的背叛；而他经常写诗向令狐绹献好，又被“李党”视为怀有二心。这样，李商隐成了风箱里的老鼠——两头受气。无论是“牛党”还是“李党”得势，都没有人会想到提携李商隐。终其一生，李商隐都在七品小官上蹉跎，或依人在幕府，或沉沦于下僚，或回乡闲居，始终是“一生襟抱未曾开”。

当然，李商隐最擅长的是诗歌，特别是咏史诗和情诗。李商隐对自己的妻子很有感情，不同于一般的“父母之命媒妁之言”，为她写了好几十首情诗。据刘学锴老师考证，李商隐在婚前就已闻夫人王氏的美名，并有所向往和追求。也许，诗人当年不惮“牛党”忘恩负义的骂名，前去王茂元的幕府任职，是怀着想抱得美人归的目的吧？

李商隐的夫人不但人长得漂亮，还贤惠，也能诗会文。他们不仅是世俗意义上的夫妻，也是心灵的知音。婚后他们的感情深厚，李商隐写了不少献给夫人王氏的诗，著名的有“何当共剪西窗烛，却话巴山夜雨时”(《夜雨寄北》)、“秋霖腹疾俱难遣，万里西风夜正长”(《王十二兄与畏之员外相访，见招小饮，时予以悼亡日近，不去，因寄》)，都是爱意满满的作品。

李商隐有一首诗是在他出使南陵期间写给夫人王氏的，文字很不错，不过知道的人不多。这首诗的名字叫《凉思》，“客去波平槛，蝉休露满枝。永怀当此节，倚立自移时。北斗兼春远，南陵寓使迟。天涯占梦数，疑误有新知”。在这首诗里，诗人自拟妻子王氏的口吻，第一句就营造了怀人的境界，夫君远去，蝉声停唱，秋露渐凉，相思正长。秋夜里，站在家里的水亭边，一个人惆怅地遥望星空，爱人和星辰一样遥远，心里的思念和水面的波纹一样零乱。他远在南陵，为何迟迟不归？她只有依据梦境占卜丈夫的行程，良人不会是因为有了新欢，就在外面流连忘返吧？

这首诗写于何时已经失考，我们也不知道李商隐为什么来南陵出差，但这首小诗，就足以为南陵一个小县生色了。很多名人的踪迹我们已经无法寻觅，但他们的诗句或动人文字，留下了不会磨灭的画面，让我们的心和大诗人一样跳动着人生那些最美好的感情，毕竟爱无尽，思念永远无尽！

说不尽的李商隐

作为一个诗人，特别是一个迷恋古典文学的诗人，不能不欢喜唐朝大诗人李

商隐。李商隐的诗歌，是唐诗一抹绚丽的晚霞，色彩浓艳，婉丽唯美，让人惊艳；又像花蝴蝶一样五彩斑斓，飞翔在中国文学的百花园里，时隐时现，如幻如梦，自然让欣赏风景的人不由得怦然心动。

其实，与李商隐的结缘，从少年时代就开始了。十八岁之前，我一直生活在农村，虽然对文学有着特别的爱好，但所能读到的书不是很多。当时，不知从哪里借来一本人民文学出版社出版的《李商隐诗选》，封面似乎是淡黄色的，色彩素雅，内文还是繁体字排版的。也许是"书非借不能读也"，我一读就被迷住了，如获至宝，连夜捧读，那些喜欢的诗歌我就随手抄录下来，至今不少熟记在心。如，"身无彩凤双飞翼，心有灵犀一点通""春蚕到死丝方尽，蜡炬成灰泪始干"；"秋阴不散霜飞晚，留得枯荷听雨声""历览前贤国与家，成由勤俭破由奢"；"何当共剪西窗烛，却话巴山夜雨时""庄生晓梦迷蝴蝶，望帝春心托杜鹃"，等等。特别是那些《无题》诗，诗句恍惚迷离，脍炙人口，给人一种流年易逝、好景难留、惆怅无尽的美感。

后来，我来到安徽师大读书，才知道母校是中国唐诗研究的一个重镇，才知道教我唐诗的余恕诚教授，就是那本《李商隐诗选》的编者。由于对李商隐和唐诗的爱好，我自然就和余老师走得近了，经常向他讨教关于李商隐等唐朝诗人的问题，又得到他赠送的《李商隐诗歌集解》《李商隐文编年校注》等与李商隐有关的书籍。后来，我爱人又攻读他和刘学锴先生的研究生。有此机缘，毕业以后我和余老师一直走动频繁，经常得到他的言传身教。这样，我对李商隐诗歌的理解和把握更进一层。余老师去年八月份仙逝，如今，只要一翻开他赠我的书，就有"斯人已逝，斯文如星斗耀天"之感。

虽然李商隐在诗坛地位显赫，和杜牧一起被称作"小李杜"，可是他个人命运坎坷，一生怀才不遇。当然，他不是没有在政治上进步的机会。当时的宰相令狐楚非常欣赏他的才华，亲自指点他写诗作文，还资助他的家庭生活，并帮助他成为进士。可惜的是，不久，令狐楚去世。泾原节度使王茂元仰慕李商隐的才华，聘请他进入幕府，还把女儿嫁给了他。这桩婚姻让他陷入了"牛李党争"的政治漩涡。因为晚唐政治党争不断，王茂元与李德裕交好，被视为"李党"的重要成员；而令狐楚父子属于“牛党”核心。这样一来，李商隐娶亲的事情，就被“牛党”很轻易地被解读为对刚刚去世的老师和恩主的背叛，而“李党”也觉得此人人品不正，从此李商隐沉浮一生。不过，诗人不幸诗歌幸，在对理想求不得而执着的追求中，诗人开创了一条蒙眬哀婉、深情绵邈的诗风。

由于李商隐诗歌善于书写内心感受，意象富有跳跃性，诗境蒙眬而深微，对现代诗人而言，独具诱惑性。现代诗人林庚曾经迷恋这种古典唯美诗风的诱惑，不顾当时很多人的劝阻，致力于格律体新诗的创作，也取得了累累硕果。戴望舒在批评林庚诗歌的时候，把李商隐的几首诗翻译成了现代新诗。这也可以看出，其实，古典诗歌和现代新诗是共通的，只要我们挖掘古典文化传统里尘封起来的秘密，我们也能创造一种现代的美，因为创作本质上是一种探险，没有现成的地理图和指路牌，只有我们前行才能找到。

前不久，我很荣幸获得了“安徽诗歌奖·最佳诗人奖”。在颁奖典礼上，我发表感言时说，我是一个祖国传统文化的迷恋者和继承者，热爱长亭古道，喜欢明月樱花，无论是古典诗歌里的词语还是意象，早已是我心灵随身携带的、无法割舍的基因。如陶渊明、李白、杜甫、王维的诗歌，受到西方大诗人歌德、庞德等人的推崇。如李商隐的诗、吴文英的词，完全是现代主义诗歌的手法，时空错置，蒙眬而哀婉，唯美而感伤，如梦境迷离恍惚，如江南烟缠雨罩，完全可以作为现代诗歌的范本。

我在诗歌写作中，在李商隐诗歌中得到了不少启迪。如我的诗句，“那一夜，你的眼眸奔流着浓酽的酒浆／顺着泪水两行，火焰找到了方向／我醉在红烛摇曳处，明月刮破了纱窗／那时候，我们心里没有泥泞，口袋里没有钱币几张”（《暗随流水到天涯》）。还有，“来吧，走进童年的春夜与繁星／树叶簌簌响，虫声织密了幽径／怀乡病多么容易在霓虹灯下化脓／痛楚在池塘边的紫薇花上凋零”（《来吧，说出世间最美好的话语》），意境和情感的表达，应该说，和李商隐的蒙眬意境，有异曲同工之妙吧？中国的诗人，应该有自己的探索、自己的表达。

说不尽的李商隐，其实也是我说不尽的诗心。

杜郎俊赏过芜湖

熟悉文学史的人都知道，在古代文人里面，素有风流才名的，除了唐伯虎之外，估计就是写下“十年一觉扬州梦，赢得青楼薄幸名”的晚唐大诗人“杜郎”杜牧了。扬州是唐朝除首都长安外的最繁华城市，相当于当年的十里洋场大上海，明月春花，舞榭歌台，杜牧到那里流连也属正常。想不到的是，杜牧也多次经过芜湖，并留下了几首关于芜湖的优美诗章，让后人传唱。

杜牧出生显赫家庭，祖父杜佑，做到宰相；叔父杜悰，官至宰相，都是当时响当当的人物。京兆（今陕西西安）杜氏，是魏晋以来的高门望族。唐朝人有“城南韦杜，去天尺五”的俗语，就是说，当时京城的韦杜两家，和皇帝的地位差不了多少。杜牧在诗歌里也夸耀过自己的家庭，“旧第开朱门，长安城中央。第中无一物，万卷书满堂。家集二百编，上下驰皇王”。现在看来，杜牧是典型的官二代兼富二代。古人的炫耀，是有文化的，杜牧含蓄地说自己房子买在皇城繁华地带，家中除了很多藏书没有任何财富，他爷爷出过多本文集，连皇帝都经常翻看。

唐朝是一个很开放的朝代，凡是观察、节度、刺史的治所，都有官妓。官僚们举行宴会时，她们就要出来歌舞侑酒助兴。杜牧从小就是贵公子，耳濡目染，自然染上了放荡不羁、喜好声色歌舞的坏习气。他流连青楼，和不少名妓关系甚密。所以，在杜牧流传至今的诗句里，还留下了几个绝色名妓的芳名，如张好好、杜秋娘。“好花堪折直须折，莫待无花空折枝”。这是杜秋娘传唱到今天的歌曲。杜牧的风流韵事太多，甚至连晚唐另一个大诗人杜荀鹤，也被很多人说成是他的私生子。难怪南宋大词人姜夔在词里说，“杜郎俊赏，算而今重到须惊。纵豆蔻词工，青楼梦好，难赋深情”。所以杜牧考进士的时候，就有人提意见说，杜牧生活作风有问题，似乎不便录取。幸好，杜牧的出众才华，得到众人的交口称赞，还是顺利录取了，有了混官场的资格。

杜牧至少三次在芜湖一带活动。一次是担任宣歙观察使沈传师的幕僚，在宣城芜湖一带生活了三年。《南陵道中》应该是这一时期写的，可能他当时随同沈传师在辖区调研，路上所见，心有感触就信笔写下，“南陵水面漫悠悠，风紧云轻欲变秋。正是客心孤迥处，谁家红袖倚江楼”。这首七绝写得轻快灵动，是典型的青春壮年时期“为赋新词强说愁”的作品，因为他嘴上说着客心，眼里却关注的是倚楼看人的美女，并把她剪裁进诗句，当作天空里一抹美丽的云彩。

一次是担任宣城团练判官，在任两年，后调回京城为官。回京前，他写了一首与芜湖有关的诗，《宣州送裴坦判官往舒州时牧欲赴官归京》。里面有两句，“九华山路云遮寺，清弋江村柳拂桥”。当时的南陵县青弋江渡是一个有名的渡口，也是杜牧返京的必经之路。记得我以前当记者的时候，曾听南陵县的人说过，杜牧曾在现在的弋江镇那里亲笔题写过“柳拂桥”三个字的牌匾，直到“文革”前后这个牌匾才在人间蒸发了。诗人的珍贵墨宝消失不见，这也是文化史上的一件憾事。

再一次是他由池州刺史调任睦州（今浙江建德）刺史，途中经过南陵、芜湖一带，这时他已经四十四岁了。这次他在芜湖住宿了一晚，感怀往事，写下了一首诗，《往年随故府吴兴公夜泊芜湖口，今赴官西去，再宿芜湖，感旧伤怀，因成十六韵》。此时，他曾经的导师、幕主沈传师已经故去多年，当年他曾经跟随他一起来芜湖工作，如今自己也身为刺史，自然感触良多。诗中有这样的句子，“南指陵阳路，东流似昔年。重恩山未答，双鬓雪飘然。”南陵在芜湖的西边，长江水东流依旧。沈传师是杜牧仕途的引路人，可惜他的大恩大德还未报答就已经死去，而自己也韶华不再、两鬓斑白了。他只能感叹，“苍生未经济，坟草已芊绵。往事唯沙月，孤灯但客船”。悼念古人，怎不悲伤？

杜牧在芜湖的生活轨迹，随着时光的流逝漫漶不清了；只有他的清词丽句，还让我们不断诵读记忆。

温庭筠错写湖阴词

中秋期间，在安师大文学院教书的小师妹送给我一套刘学锴老师撰著的《温庭筠全集校注》和《温庭筠传论》。假日无事，正好用来读书，何况温庭筠也是我喜欢的词人。读到他写的《湖阴词》的时候，我想起大文人温庭筠读书失察，断句错误，竟把《晋书·明帝本纪》里"帝至于湖，阴察（王敦）营垒而去"，断句为"帝至于湖阴，察（王敦）营垒而去"，把芜湖的曾用名"于湖"当做"湖阴"，引起后世不少笔墨官司。对此，我不禁会心一笑。可见，读书写作不得不慎之又慎，否则误导读者会害人不浅啊。

温庭筠，本名岐，后名庭筠，字飞卿，是晚唐时期著名的诗人、词人。他的诗和李商隐并称，词和韦庄齐名。他是文人花间词的开山鼻祖、婉约词风的创立者，在温庭筠之前，唐朝没有什么著名的词人，在他用心做词之后，五代词便大放异彩。

温庭筠籍贯是唐代并州祁县（今山西祁县）人，据刘学锴老师考证，其实他出生在江南吴中的太湖之滨、松江之畔，他也自称"江南客"，视江南为自己的故乡。在他的诗词作品里，江南的风物随处可见，例如，"江上柳如烟，雁飞残月天""斜晖脉脉水悠悠，肠断白苹洲"例"鱼盐桥上市，灯火雨中船"，都勾勒了江南水乡烟柳画船的美好景象。自安史之乱之后，中国的文化重心逐渐转移到南方，至今不衰，所以有俗语说"江南千山千水千才子"。晚唐的著名诗人主要生活在江南，如李商隐幼年随父亲在越州生活，"浙水东西，半纪漂泊"，杜牧则在扬州、宣州、池州、睦州(今浙江建德)等地长期为官,许浑也长期居住在润州(今江苏镇江)。所以晚唐诗风也染上了“杏花烟雨”的浓郁江南色彩和情调,和世所称道的盛唐气象迥异。

温庭筠一生郁郁不得志,所以写诗作词就成了他心灵的慰藉。其实他祖上也曾经风光过,是大唐王朝的开国功臣,不少人位高权重,其中温彦博当过唐朝的宰相。不过到温庭筠父亲的时候,家道已经中落。温庭筠一心想振作祖上的显赫家世,可惜事与愿违,他处处碰壁,到死也只混到七品的国子助教官位。

温庭筠的官宦生涯坎坷,一方面缘于他特立独行的个性。少年的时候,他喜欢到风月场所游荡。他一个亲戚曾经资助他巨资,估计不少于百万,结果很快被他潇洒挥霍得一干二净,气得那个亲戚把他打了一顿,还把他赶走了。还有,温庭筠管不住自己的大嘴巴,他给当时的宰相令狐绹代写文章,结果他到处说宰相的文章是他代写的,气得令狐绹差点没吐血,当然也不会照顾他了。温庭筠的运气没有风流才子杜牧好,杜牧走到哪,都有宰相牛僧孺派人偷偷保护着,朝中有人就是不一样。可温庭筠就不同了,只要参加进士考试,就有人拿他的风流韵事说事,所以屡考不中。

另一方面是他的运气有点差。当时有一个高官李绅,就是写过“谁知盘中餐,粒粒皆辛苦”的那个著名诗人,非常欣赏温庭筠的才华。李绅把他推荐到当时唐文宗的太子李永身边,担任文字秘书。按说他成了太子身边的人,只要太子顺利当上皇帝,他就可以跟着平步青云了。不料天有不测风云,太子李永一天突然去世,唐文宗还追究了不少太子身边的人照顾不力的责任。跟随了太子近三年的温庭筠能平安无事就不错了,他只好回到吴中老家,另谋出路。

当然,在仕途上无所作为的温庭筠,却在文学史上青史流芳,生活的不幸、时光的流逝怎么也掩盖不了他个人的才气和在文学上的光芒。

话说有一天,温庭筠翻史书,看到王敦谋反的那一页。他忍不住想到了当时大唐王朝藩镇割据、动荡不安的现状,期待出现晋明帝这样雷厉风行平叛的皇帝。有感现实,他奋笔疾书,写了《湖阴词》,也有叫《湖阴曲》的。

他在诗前写“序”说明作诗的缘由,“王敦举兵至湖阴,明帝微行,视其营伍。

由是乐府有湖阴曲，而亡其词，因作而附之”。全诗如下：“祖龙黄须珊瑚鞭，铁骢金面青连钱。虎髯拔剑欲成梦，日压贼营如血鲜。海旗风急惊眠起，甲重光摇照湖水。苍黄追骑尘外归，森索妖星阵前死。五陵愁碧春萋萋，灞川玉马空中嘶。羽书如电入青琐，雪腕如捶催画鞞。白虬天子金煌铓，高临帝座回龙章。吴波不动楚山晚，花压阑干春昼长。”

全诗共十六句，前八句写晋明帝深入虎口、了解叛军虚实进行平叛的历史故事，后八句歌颂晋明帝高临帝座治理朝政，天下安享太平的美好景象。

诗是好诗，不过里面出现了两处错误。一处是把我们芜湖古称误以为是“湖阴”。另一处是“用典不当”，把晋明帝比成“祖龙”。其实，祖龙是秦始皇的专用名称，除了秦始皇，还有谁能说是皇帝的祖宗呢？

温庭筠这样一个大诗人、大学者，在写作中一不留神，就犯下了贻笑大方的错误。像我们这样的普通人，在正常的工作生活中，更应该慎而又慎、细而又细了。因为随便一个小错误，都有可能影响他人，都有可能造成不可估量的损失。所以我一直怀着感恩之心，感恩那些指出我小缺点和错误的人！

杜荀鹤避乱南陵

以前去池州旅游，半为感受九华佛国的灵山传奇和袅袅心香，半为追怀杜牧、杜荀鹤两位唐朝大诗人。“赢得青楼薄幸名”的杜牧，以风流倜傥的才子形象为世人所熟知。和杜牧相比，杜荀鹤的名声就小得多了。虽然他不少诗篇掷地有声，如“任是深山更深处，也应无计避征徭”的句子，道尽了乱世赋税太过沉重、民不聊生的困境，至今脍炙人口。

杜荀鹤的一生是悲苦的。首先，他的身世可怜。据南宋人计有功在《唐诗纪事》里说，杜荀鹤是杜牧的私生子，当年杜牧担任池州刺史的时候，沾染身边的侍女，毕竟他是朝廷命官，传出去不好听。为了掩盖住这桩风流韵事，杜牧就将侍女嫁给了石台长林乡正（乡长）杜筠，生下了杜荀鹤。虽然杜筠是个地方小吏，但那个时候的乡村小干部不是一个好差事，收不齐乡里乡亲的赋税，就要自己倒贴补交，不少人因此弄得倾家荡产。所以杜荀鹤从小家境不富裕，他放过鸭，干过农活，过着粝食粗衣的清贫生活。其次，他的境遇可怜。古时候人们只有读书做官一条路，他们信奉“万般皆下品，惟有读书高”，努力想通过进士及第改变地位、光宗耀祖。可惜的是，杜荀鹤生不逢时，他生活的年代大唐王朝已经日薄西山、奄奄一息，不复往日“大道如青天”的盛世气象。社会阶层已经固化，做官的不是宰相的孙子，就是刺史的女婿，还有裙带风、请托风、买官卖官盛行，平民阶层几乎没有平步青云、一展才华的机会。杜荀鹤多次进京赶考都是落第而归，他只能在诗里感慨，“空有篇章传海内，更无亲族在朝中”。朝中无人莫做官的现状，让诗人心里愤懑不已。

更让人叹息的是，他的命运可怜。杜荀鹤文场连败，好不容易在四十六岁的时候，他高中了第八名进士，结果吏部因为他没有过硬的背景也不给他授官，他只能满怀惆怅地返回老家，这时候他已经发白如雪了。几年后，他进了宣州节度使的幕府，被派遣到汴梁（今开封市）巴结当时大唐最有权势的枭雄、后来篡唐自立的梁太祖朱温。朱温正抓紧当皇帝的步伐，自然求贤若渴。他对杜荀鹤的文才十分欣赏，向唐朝皇帝推荐他，任命他担任翰林学士、知制诰。受到朱温的赏识，又成为皇帝身边的文字秘书，杜荀鹤一时春风得意。杜荀鹤拼命想做官，不惜违背良心写诗歌颂朱温以求垂青，违背了他“宁为宇宙闲吟客，怕作乾坤窃禄人”的清高灵魂。也是他没有官运，任命下来才十天，他就身患重病去世了。更搞笑的是，因为杜荀鹤被朱温倚为心腹，虽然他的官是唐朝皇帝封的，他一天梁朝的官也没做，却被史家写进了《五代史·梁书》。

杜荀鹤虽然志向高远，曾经赋诗借“小松”歌咏自己的抱负，“时人不识凌云木，直待凌云始道高”。

由于杜荀鹤生活在动荡的末世，他四处奔走，曾经在南陵躲避过兵乱，也经芜湖去大青山凭吊李白墓。可惜的是，由于时光漫漶，杜荀鹤在芜湖的行踪已经若隐若现，只余下一首诗《乱后宿南陵废寺寄沈明府》，让我们透过诗句怀想当时的境况了。

“只共寒灯坐到明，塞鸿冲雪一声声。乱时为客无人识，废寺吟诗有鬼惊。且把酒杯添志气，已将身事托公卿。男儿仗剑酬恩在，未肯徒然过一生”。从诗里我们可以看到兵乱后的悲惨景象。乱军过后，连昔日香火鼎盛的寺院都荒废了，门被砸烂了，菩萨塑像也打断了，和尚不知逃到哪里去了，窗户也被乱民拆下来生火取暖。当时是冬天，废寺外飘起了风雪。坐在如豆的寒灯下，诗人听着远远传来飞鸟凄苦的叫声。这首诗是杜荀鹤写给他的朋友沈明府的，我们已经不知道沈明府是谁了，只知道是个县官，明府是唐朝人对县官的称呼。此时的杜荀鹤应该还是满怀雄心壮志的，他人在废寺里呆着，诗里还想着有公卿欣赏他提携他，心里还是希望要报答皇恩，不能平平凡凡地度过自己的人生。唐朝人啊，在那样清苦的环境里，还想着要建功立业，要锦绣前程，要把人生过得波澜壮阔。在逆境中没有颓废、没有消沉、没有绝望，实在是难得啊。

今天温习杜荀鹤的诗和坎坷人生，其实也是学习做人的道理。我们即使身处逆境，不要表现出郁郁不得志的样子，不要自抛自弃，只要努力了，只要拼搏了，也就心安了。我们伟大领袖毛泽东也在诗里写过，“牢骚太盛防肠断，风物长宜放眼量”，其实也是这个意思，放下愁肠，敢于面对人生的起伏，总会收获心灵的圆满和甜蜜。

北宋文星灿芜湖

那是一个群星璀璨的年代，那是一个巨腕云集的年代，那是芜湖文化史上涌动的一次大洪峰。在北宋神宗时期短短的二十余年间，苏轼、苏辙、王安石、曾巩，唐宋八大家里有四位到过芜湖，黄庭坚、张耒、晁补之，苏门四学士里有三位到过芜湖，苏轼的儿子苏迈、苏过，他的朋友陈慥、李之仪、米芾、贺铸等人，都先后往来芜湖，并在芜湖流连歌咏，留下了文化大师们的名篇佳作。总之，那是一个激动人心的年代，那是一个让人向往的年代。

文化是需要培育和传承的。就像今天的芜湖，经过改革开放三十多年的厚积薄发，迸发出来的姹紫嫣红一样。那时的芜湖，有鱼米之富，得舟楫之利，有繁昌窑工业基地，做过南唐王朝的京畿之地，又经过北宋王朝近百年的休养生息，已经是“楼台森列、烟火万家”了，自然也是商贾云集、舟车辐辏，吸引了南来北往的过客。

文化的发达，当然得益于北宋宽松的社会环境。别小看了宋朝，著名学者陈寅恪曾说过，“华夏民族之文化，历数千载之演进，而造极于赵宋之世”，就是说宋朝是中华文化的巅峰。英国著名史学家汤因比也说过，“如果让我选择，我愿意活在中国的宋朝。”北宋皇帝对文人特别宽容，很少有因言获罪的，被杀的更是没有。当年苏轼犯“乌台诗案”，一帮小人上纲上线，在苏轼的诗句里鸡蛋里挑骨头，欲置苏轼于死地时，连和他政见不合、已退居江宁的宰相王安石也上书搭救，“岂有盛世而杀才士者乎?”这样，宋神宗很快就放掉了“妄议朝廷”的苏轼。

社会环境如此，得风气之先的芜湖自然也是文人骚客聚集。首先是芜湖本土走出来的两位有全国影响的诗人郭祥正和韦许。别看这两个人今天没什么名气，当年他们也是文坛大腕，结交的都是苏轼兄弟这样的大文豪。郭祥正，字功父，一作功甫，自号谢公山人、醉引居士、净空居士、漳南浪士等，历官秘书阁校理、太子中舍、汀州通判、朝请大夫等，著有《青山集》30卷。郭祥正的身世还有点神秘色彩，根据《宋史》记载，他是唐朝的著名诗人李白转世而来，连当时的著名诗人梅尧臣看了他的诗惊叹道，“天才如此，真太白后生也”！可见郭祥正诗歌的功力与魅力。

另一个诗人韦许，字深道，自号芜阴居士。据《芜湖县志》记载，韦许是李之仪的学生，筑有“独乐堂”，黄庭坚兄弟、苏轼父子，往来芜湖，皆与共晨夕。韦许原字邦任，后来改字深道，还是黄庭坚亲自取的，可见他们感情之深。韦许喜欢结交名士，很多人对贬谪官员唯恐避之而不及，韦许对这些人却笑脸相迎、青眼相看，如被贬官的黄庭坚等人不仅让他们有房住，还提供大笔生活费。后来，南宋高宗皇帝破格给韦许封官，有人觉得韦许没有做官的资格，高宗说：“当今谁知有元祐人如韦许者，可以常人比哉？”就是说，在皇帝心里，韦许是饱经风霜、硕果仅存的元祐党人，不是常人能比的。不过韦许早已看淡世间名利富贵，并没有接受皇帝给他发的乌纱帽。有这样两个特立独行的芜湖文人，自然让全国各地的文士墨客闻风而来，雅集宴会，让芜湖成为当时一个全国性文化中心。

这里，我顺便说几句。如有的学者因为清朝芜湖诗人黄钺的诗句，“当日到官才九日，未应便起读书台”，就认为黄庭坚在担任太平知州时不可能在赭山滴翠轩读书。其实黄钺只是质疑读书台不是黄庭坚盖的，九天盖不了读书台，但不等于他不能到赭山上读书吟诗。因为芜湖黄庭坚有韦许、郭祥正这样的好友，他的家小曾经寓居芜湖，黄庭坚对芜湖有特殊感情很正常，毕竟是第三故乡啊。赭山上僧院众多，黄庭坚来此读书是很方便的。我们看不少古籍都知道，甚至《倩女幽魂》这样的电影也可以看到，古代读书人有旅游甚至静心攻读时住在僧院的习惯。滴翠轩只不过因为暂住了黄庭坚这样的大文豪，才成为芜湖的一处怀古佳地，成就了一段文化佳话。其实我也认真查看了《黄庭坚年表》，能确证黄庭坚来芜湖逗留的只有他任职太平知州的一段时间，其他的说法都不靠谱。

我多次在文章里说过，我不是学者，也没精力去争鸣。并且大江晚报也不是学术杂志，写的都是一家之见，无须字字考证。如我的母校祖保泉老教授研究唐朝司空图的《二十四诗品》，竟然也有学者说《二十四诗品》不是司空图的作品，争论到祖老去世都没有定论。如岳飞的词《满江红·怒发冲冠》，因为没有收入他的孙子岳珂编的《金陀粹编》，也有不少人认为是伪作。这样的例子不胜枚举，可见考证认定之难。

在梳理一个个北宋文化大师的时候，我对当年的芜湖真有艳羡的感觉，和大师们的对话其实也是提升自己的过程啊。我也期待着芜湖有一天，能有更多的本土文化大师出现，让后人也艳羡我们这个年代——这个星光灿烂、如梦如幻的年代。

曾巩文颂繁昌县

漫长的冬夜是读书的好时光，在灯下，捧读曾巩的散文选，翻看《繁昌县兴造记》，了解曾巩的人生历程，才知道曾巩和芜湖有一段文字缘。

曾巩是北宋散文家，名列“唐宋八大家”之一，是中国文学史响当当的人物。曾巩的官运不佳，步入仕途也比较迟。不过他二十岁时，文章就已经享誉天下了。宋仁宗嘉祐二年(1057年)，曾巩三十九岁时才考上进士，那还是因为他的文学引路人、极其赏识他的文学家欧阳修担任主考官。同时，他的弟弟曾牟、曾布、

曾阜，妹夫王无咎、王几，曾氏六人全部中第，一时传为佳话。

曾巩高中进士，也就有了做官的资格证，他被朝廷任命为太平州司法参军。当时的太平州，州治在今天的马鞍山当涂县，下辖当涂、芜湖、繁昌三县。就这样，曾巩在芜湖及周边地区迈开了仕途的第一步，并以明习律令、量刑适当而闻名朝廷。曾巩在芜湖附近活动了三年，就被召回京城，结束了在芜湖一带的宦游。

当然，曾巩写《繁昌县兴造记》的时候，是庆历七年(1047年)，那时他还是意气风发的青年才士，并没有进入官场。当时的繁昌县县令夏希道在县城兴造工程落成后，因仰慕曾巩的文名，礼请他写了这篇流传后世的名记。

从记里我们知道，繁昌县是唐朝末年唐昭宗年间从南陵县分离出来的，县城设在今天的新港镇。到曾巩做记时，已建县一百四十年。由于历任县令的不作为，濒临长江的县城却没有城墙，靠搭一些竹篱笆做县城的屏障；进出没有城门，宾客行商往来也没有像样的旅舍馆驿。特别是县衙，更是低矮破败，连县令审案都只能在门廊里进行；那些历年累积的文书档案，管理无方，由于没有专门地方摆放，凌乱不堪，甚至丢失，导致繁昌县政混乱，在全国都以“陋县”著称。当时，当官的不愿到繁昌为官，旅游经商的也不愿到繁昌行走，自然繁昌的政事也是“葫芦僧乱判葫芦案”，连当地老百姓都为此感到羞耻和遗憾。

其实，繁昌县的资源禀赋和经济基础非常好。刚建县时，繁昌只有三千户人家；到曾巩做记时，人口已增长到万户人家。繁昌物产丰富，土地肥沃，种田亩产收获远远高于外县，鱼、虾、竹、苇、柿、栗这样的土产很多，老百姓里没有什么吃不饱穿不暖的贫民。繁昌又是一个山清水秀、江山秀丽的地方，能吸引到天下游人来此游赏，刺激经济。只要有一个能吏，繁昌自然会展现繁荣昌盛的新风貌。

夏希道就是这样一个能吏，他一到繁昌，就开始新建县城，用今天的话说，就是掀起了繁昌县大建设大发展的高潮。在短短数年，他带领百姓移走了竹篱笆，在那里兴建了巍峨的县城城墙，并开设了几个大门；他在东北门外的临江码头附近建造了瞰江亭，以迎接南来北往的宾客；他又重建了县衙，县长工作的办公室、工作人员的宿舍、文书档案室、机关食堂和浴室也建起来了，改善了办公条件。这样，人员各安其位，政事各归其所，那些公务人员就能安心工作、舒心生活、用心干活了。繁昌县的大变样，自然归功于县长夏希道。

曾巩在文章里指出，繁昌县城长期未兴修、破败卑陋的症结在于吏治，是历任县令"恬不知改革"的缘故。他的文章，称颂了夏希道锐意改革、兴利除弊的精神，赞扬了夏希道雷厉风行、讲求效率的作风。当然，曾巩写文章的目的，更是通过树立夏希道这个县级干部的榜样，希望那些州县官吏能够"为官一任造福一方"，敢于担当，有所作为，而不是敷衍苟且，当太平官，做一天和尚撞一天钟。后来，曾巩在任越州、齐州、襄州、洪州、福州、明州、亳州主官期间，都是大刀阔斧，政绩显赫，做到了忠于自己的从政理念。如他在一首诗里回顾自己的从政经历，"自知孤宦无材术，谁知京师有政声"。

古人写文章，讲究"文以载道"。曾巩通过对繁昌县面貌发生翻天覆地改变的高度称颂，说出了自己的政治主张，那就是：要选能吏，兴政事，不轻易变更。"凡县之得能令为难，幸而得能令，而兴事尤难；幸而事兴，而得后人不废坏之又难也"。

王安石倡学繁昌县

王安石是中国历史上著名的政治家、改革家、文学家，当然也是一个争议极大、甚至盖棺也不能论定的政治人物。评价高的高上九天，如梁启超，说他是中国历史上少有的完人，"若乃于三代下求完人，惟(王安石)公庶足以当之矣"。评价低的则把他打入十八层地狱，说他是和王莽、贾似道一样的大奸大恶之人，甚至把北宋的灭亡推到他的身上。连写小说的也来凑热闹，如冯梦龙在《警世通言》里专

门写了一篇《拗相公饮恨半山堂》,说王安石性子执拗,主意一定,佛菩萨也劝他不转,人皆呼为拗相公。

王安石变法离今天有近千年历史了,当年的是非我也无法定论。政治家又有多少不是独断专行,对自己的选择和决定一条路走到黑呢? 说得好听点,就是执着于自己的理想与信念。何况王安石确实是一个把一生奉献给自己济世安民的理想信念的人!

王安石少年就有大志向,他在自己的第一篇散文里写道,"时然而然,众人也;已然而然,君子也"。也就是说,作为一个君子要像孟子、韩愈那样特立独行,不能像普通人那样随波逐流、和光混尘。其实,这也是他后来变法的反对者越多,他决意前行勇气越大的心理原因,我就是我,我坚持我的道路!

不管人们对王安石的政治评价如何,作为一个政治家,他在人格上的完美确实是让我佩服。如他不近女色。在古代,做官的讨个三妻四妾是非常正常的事情,可王安石就没有。连他贤惠的夫人都急了,偷偷花钱给他买了一个小妾。一天晚上,打扮得妖妖娆娆的小妾来到王安石卧房。王安石见了后大吃一惊,就严厉地问道,"你是谁?"小妾就回答说,她是家里欠了高额债务,被迫卖身还债,现在成了他的小妾。王安石听了,马上安排人把她送回家去,还送钱帮她还清了官债,让她和家人得以团圆。英雄难过美人关,多少人能有王安石那样的自控力呢?

如他的身居高位而依然艰苦朴素。王安石成为宰相后,一天,他家里的亲戚到京城汴京来看他。王安石邀请他在家里吃饭,那个亲戚以为宰相摆的家宴,一定会有很多山珍海味,十分丰盛,就乐颠颠地答应了。他等了很久,桌上才摆了两个胡饼、四大块肉,还有两碟蔬菜。现在我们普通老百姓请客,也不会办得这样简陋啊。那个亲戚平日仗着宰相的权势,在老家生活过得十分滋润,哪里吃过这么简单的宴席,他就把胡饼掰开,只吃里面的馅儿,其他的摆在桌上不吃。王安石就伸手拿过来,把亲戚吃剩的胡饼吃得一干二净。那个亲戚看见王安石如此节俭,就特别羞愧地告辞回家了。可见王安石自律之严。

王安石可能没来过芜湖,因为他的诗歌、文章里没有留下在芜湖呆过的痕迹。但他到过芜湖相邻的和县,写下了《游褒禅山记》这一散文名篇;他的好朋友曾巩、宋次道在芜湖做过官,他们之间诗文传情过。保存在《王文公文集》里的《繁昌县学记》,更让我们看到了一代明相对芜湖兴办教育的重视。

应该说,当年繁昌县县长夏希道非常有识人的眼光。为了让自己的名字传之后世,请了大才子曾巩写《繁昌县兴造记》称颂他治理繁昌的功绩,又请了王安石写《繁昌县学记》提倡教育兴县的理念。要知道,当年王安石、曾巩不过是二十多岁,不过是刚考上进士、小荷才露尖尖角的毛头小子!今天我们能记住这个繁昌县长的名字,是这两个文学大家的功劳,更是夏希道自己有一双慧眼!

王安石在文中写道,“而繁昌,小邑也,其士少,不能中律。旧虽有孔子庙,而庳下不完,又其门人之像,惟颜子一人而已。今夏君希道太初至,则修而作之,具为子夏、子路十人像。而治其两庑,为生师之居,以待县之学者。以书属其故人临川王某,使记其成之始”。北宋时规定,有两百个学士的县,才能设立县学。从文章可以看出,当年繁昌县办学不合条件。夏希道一到繁昌,震惊于繁昌教育基础落后的现状,不得不采取权宜之计,重修了孔庙,并把孔庙中的侧屋作为县学“生师之居”,既不违背国家规定,又能行兴办教育之实。王安石在文章里还特意赞扬了夏希道对国家政策的变通,说他为了教育这一根本大计,提升繁昌教育基础条件是值得称颂的。

作为一代政治家,王安石对教育的重要性看得很透。他曾经在文章里写道,“天下不可一日而无教育,故学不可以一日而亡于天下”。也就是说国家不能一天不办教育,因此学校更不可以没有。教育兴国的理念,古人不比我们执行得差啊。

如今,大家都明白,国家的强盛,离不开人才;人才的兴盛,离不开教育;教育的发达,离不开学校。一流学校才能集聚一流人才。芜湖要想成为全国名列前茅的理想宜居宜业城市,就要像古人那样下番苦功夫,建设一批在全国叫得响的一流大中院校,汇聚天下英才在芜湖生活,为芜湖服务。

苏轼往来芜湖僧

苏轼，是我国家喻户晓的一个大文豪，也是一个多才多艺、面目多样的大英杰。在民间传说里，他是一个讨人喜欢的人，如大名鼎鼎的东坡肉据说就是他发明的。所以在张柏芝主演的电影《河东狮吼》里，苏轼以一个插科打诨、幽默搞笑的形象出现。他曾评价自己说："吾上可陪玉皇大帝，下可以陪卑田院乞儿，眼前见天下无一个不好人。"

曾写作《苏东坡传》的现代文豪林语堂则评价苏轼说，"苏东坡是个秉性难改的乐天派，是悲天悯人的道德家，是黎民百姓的好朋友，是散文作家，是新派的画家，是伟大的书法家，是酿酒的实验者，是工程师，是假道学的反对派，是瑜伽术的修炼者，是佛教徒，是士大夫，是皇帝的秘书，是饮酒成癖者，是心肠慈悲的法官，是政治上的坚持己见者，是月下的漫步者，是诗人，是生性诙谐爱开玩笑的人"。可见，苏东坡给人的感觉有点"看我七十二变"了。

不能不说的是，苏轼是一个比较虔诚的佛教徒。而芜湖作为天下通衢，北宋时有两座寺院全国闻名——吉祥寺、东承天院。当然，最有名的还是吉祥寺。据民国的《芜湖县志》记载，吉祥寺旧名永寿院，东晋永和二年建。这座寺院有皇帝缘，据说南唐开国皇帝李昇曾为避祸，"遁迹此院北山古松下"；后来北宋仁宗不知因何驻跸芜湖，吃了寺僧精心准备的素斋，一时龙颜大悦，马上挥毫泼墨，赐名"吉祥寺"。得到皇帝的垂青，这个寺院不火也不行。虽说今天这座古寺，我们连一块残砖断瓦也找不到了，但估计当年的香火不比今天的少林寺差多少。

苏轼这样一个佛教徒，自然是见到佛寺都要拜的，何况是仁宗皇帝亲自赐名的佛寺。苏轼对宋仁宗的感情实在不一般，当年宋仁宗对苏轼有知遇之恩啊，他老人家在挑选苏轼、苏辙两兄弟为进士的时候，曾高兴地对站在身边的皇后说，今天我为子孙选到了两个太平宰相。可惜的是，仁宗皇帝已老，没有提拔苏轼到高位的时间了，毕竟苏轼要从小官做起，任人权要由他的继任者说了算。他的预言自然没有应验，苏轼在政治上一直处于郁郁不得志的状态，经常被贬谪流放，他自己也曾在诗里一声叹息，"问汝平生功业，黄州惠州儋州"。

可能因为他是诗人，经常带着感情写公文，有的文字过于激烈，好几次被政敌抓住"小辫子"，在皇帝面前打小报告，被关进监狱不说，还差点连小命都搭上了。所以连国学大师钱穆都感叹，苏东坡诗之伟大，因他一辈子没有在政治上得意过。还是人生不幸诗家幸啊。

当然，我不知道苏轼来吉祥寺参拜的具体时间，但他留下了好几首关于吉祥寺的诗作。如《吉祥寺赏牡丹》，"人老簪花不自羞，花应羞上老人头。醉归扶路人应笑，十里珠帘半上钩"。宋人有簪花的风俗，苏轼这首诗有自嘲成分，说自己人老了还头上戴朵鲜花，和年轻人一起凑热闹，招来路人的笑话；甚至那些从大户人家珠帘里朝门外看帅哥的佳丽翘首引颈，结果看到一个喝得醉醺醺的糟老头子走过来，都不禁纷纷把帘子放了下来。

苏轼一到吉祥寺，因为他是妇孺皆知的大名人啊，连吉祥寺的僧人都是他的粉丝，忘记了佛祖教诲的"四大皆空"，忍不住找他求字。苏轼满足了粉丝的愿望，还写下了一首诗《吉祥寺僧求阁名》，"过眼荣枯电与风，久长哪得似花红？上人宴坐观空阁，观色观空色即空"。我觉得这首诗里，苏轼还是一如既往地小幽默了一把，世间的一切不是如电如风、过眼云烟吗?你一个出家人为何还放不下，要找我这样一个俗人题字呢？很遗憾，吉祥寺僧没在苏轼的文集里留下名字。

不过，东承天院的和尚蕴湘，就在苏轼的文集里千古留名了。在苏轼一篇短文《题温庭筠湖阴曲后》里，记述了苏轼和芜湖的一段缘，"元丰五年，轼谪居黄州。芜湖东承天院僧蕴湘，因通直郎刘君谊，以书请于轼，愿书此词而刻诸石，以

为湖阴故事。而鄂州太守陈君瀚为致其书，且助之请。七年六月二十三日，舟过芜湖，乃书以遗湘，使刻之。汝州团练副使员外置苏轼书。”

当时的和尚，为了传播佛法，多结交达官贵人。从文章可以看出，蕴湘法师活动能力还是不小的，为了要苏轼的字，他找到了苏轼的好友刘谊打招呼，还找到苏轼的上司鄂州太守陈君瀚来吹风。有这样两个重量级人物出面，当时被贬谪的苏轼为了搞好同僚关系，自然要掂量掂量。所以在元丰七年(1084年)的夏天，苏轼借去河南汝州上任的机会，坐船到芜湖，在酒酣耳热之后，挥毫泼墨了却蕴湘法师的心愿，也算是还清一笔拖欠了两年之久的人情债。

那些曾经金碧辉煌的寺院，如今只能在荒草里寻找遗踪了；幸好，那些大文人文字的珠玑，让芜湖这个古城的文化光芒永远闪烁着，不会随时间的尘灰而磨灭。

黄庭坚太平读书乐

说实话，作为一个文学爱好者，我不是很喜欢宋诗，除了苏轼、王安石、陆游、文天祥等少数几个诗人。总觉得宋人太理性，思辨性强，在写诗的过程中很少投入感情，有点像奥运会运动员上场进行体操比赛时，总是按程序要完成规定动作；不如唐人写诗，或慷慨激昂，或缠绵悱恻，或哀婉断肠，总是很投入的，有点醉后狂舞的感觉，让人看了痛快。

当然，对宋诗我平时有事没事还是读的，特别是黄庭坚这样的大家。他的名句“桃李春风一杯酒，江湖夜雨十年灯”“心犹未死杯中物，春不能朱镜里颜”“寻师访道鱼千里，盖世功名黍一炊”等，我也曾经反复记诵。记得90年代我在安师大读书，军训后上课没多久，上写作课的老师就安排我们班级全体同学去赭山广济寺。寺院依山而建，与地藏行宫平行靠西边有一幢不起眼的二层楼，有人指点说，那就是黄庭坚曾经在芜湖读书的地方——“滴翠轩”。当时我就想，芜湖真是一方风水宝地啊，黄庭坚这样的大文人也来这里逗留过。后来，我才知道，黄庭坚之所以来芜湖，是在他仕途不得意时，应他的朋友、芜湖诗人郭祥正的邀请，在赭山这片青山里调养身心。滴翠轩的得名，也是黄庭坚摘了郭诗人的诗句“湿翠濛濛滴画楹”而来。有芜湖诗人的佳句，有超级大诗人的命名，滴翠轩也可以名垂不朽了。

今天广济寺里对滴翠轩的介绍，说黄庭坚于宋哲宗绍圣元年(1094年)携家寓居芜湖。我考证后认为，黄庭坚1094年不可能来芜湖，当时他在朝廷做官，后来宋哲宗将他贬为涪州(今四川涪陵)别驾。宋朝人出一趟远门要很长时间，不像今天有飞机和高铁，他又成为朝廷监管的罪人，很难有闲情从开封或四川专门跑到芜湖来小住几天。据《山谷诗》编年，黄庭坚家是大家族，又喜欢聚居，他带着哥哥元明、弟弟知命的眷属家小几十口人住在一起。由于自己身为官宦，到处飘荡，身不由已，只有把家眷寄寓芜湖这样的交通要道，方便安定下来后迎接家属。这样，他带着哥哥黄元明到处宦游，而由弟弟知名留守管家。1094年携家住在芜湖的应该是他弟弟。

他应该是宋徽宗崇宁元年(1102年)来芜湖定居了一段时间，当时朝廷安排他担任太平州知州(辖今天的芜湖县、繁昌县及马鞍山当涂县三县)。由于他的政见与皇帝不同，宋徽宗认为黄庭坚没有坚决拥护他这个坚强的领导核心，就一纸诏书，免除了黄庭坚的职务。黄庭坚只担任了九天的市长，屁股还没坐热就被罢官了，然后在芜湖等待朝廷的处分。这段时间，应该就是他无官一身轻、在芜湖享受读书乐的时光。

有意思的是，黄庭坚不但与芜湖有缘，还与佛家有缘。野史上有一个美丽的传说，说他前世是芜湖一个香培玉琢的女子。

据说，黄庭坚在芜湖的时候，他天天晚上做同一个梦：梦见自己走到芜湖城郊

的一个乡村,看到一位白发苍苍的老妇倚门而立,好像在等谁,门口摆了一张香案,上面供着一碗芹菜面。黄庭坚觉得饿,就端起来把面吃了。梦醒后,他嘴里竟然真的有芹菜的香味。黄庭坚非常奇怪,就沿着梦中所见的乡间小路走,果然来到一座村庄,所有景物都和梦里一模一样,梦中见过的白发老妇也正站在门前,她身旁香案上是一碗香喷喷的芹菜面。黄庭坚上前问缘由,老妇伤心地说,今天是她女儿的忌辰,女儿生前最爱吃她做的芹菜面,所以每年这个时候,她都会摆芹菜面来祭奠。黄庭坚心想,事情也太巧了,今天正是他的生日,就又问道,你女儿死去多久了?老妇说,24年了。黄庭坚一惊,他也正好24岁。他就走进老妇人女儿住过的房间,里面有个尘封多年的大柜,一直没打开过。黄庭坚沉吟了一会,就找到了钥匙,打开了柜子。柜里摆满了女孩生前读的书,还有写的文章,居然和他自己历次考试的文章一字不差。黄庭坚这时醒悟了,原来他回到了前世的家。后来,他把那老妇当做自己的母亲,奉养终身。这个传说,除了芜湖,他工作过的黄州以及江西老家也说故事发生在他们那里。可见,最终大文人个个成了传说啊。

当然,人的前世虚无缥缈,这个故事只能说黄庭坚实在是与芜湖亲啊。当然,黄庭坚与芜湖的缘分体现在他的诗句里。以《赭山》为例,他写道:“读书在赤铸,风雪弥青萝。汲绠愁冰断,邨酤怯路蹉。玉峰凝万象,绿萼绕群螺。古剑摩空宇,寒光启太阿。”古人就是爱读书,尽管当时是冬天,赭山上冰雪皑皑,汲水担心井绳被冰割断,天冷想买酒喝又怕山路滑冻。天寒地冻,黄庭坚还是在山上书声琅琅,乐在其中,期待着自己将来如宝剑崭露锋芒。

我查了一下民国年间修的《芜湖县志》介绍,里面说,“滴翠轩在赭山广济院塔旁。旧名桧轩,即黄山谷读书处。久废。”里面还提到,滴翠轩后来重修过多次,担任过芜湖地方官的袁昶曾经重修过,他还题下了“山谷道人晏坐处”的横额。后来,寺僧不小心失火,烧掉了滴翠轩。经过岁月的风雨洗礼,滴翠轩已经不是宋时的面目了,现存的建筑据说是民国年间建设的,已成为市级文物保护单位,里面的墙壁上还刻着黄庭坚的画像,总算是让芜湖人有一方凭吊先贤的地方。

见贤思齐,我们怀想先贤,亦是期望芜湖出现更多贤人。

之仪江滨诉情缘

曾经有一个诗人，在读了我写的爱情诗后，发微信给我说，被我的诗融化了，浑身没有一点力气。其实我觉得，用他的话形容北宋词人李之仪的作品更确切些。如他的代表作《卜算子》，我是烂熟于心的，“我住长江头，君住长江尾。日日思君不见君，共饮长江水”。记得当年读这首词，觉得这些清清浅浅如蜿蜒山溪的文字直指人心，有让人无法摆脱的沉醉与清凉。

李之仪，字端叔，自号姑溪居士、姑溪老农。他曾经当过苏轼任定州知州时的秘书，这也让他背着“苏门”的标签，一生随着苏轼命运多舛、沉浮不定。晚年定居当涂，在当涂、芜湖一带活动。著有《姑溪词》《姑溪居士文集》，流传至今。

别看李之仪仕途不顺，可是他在情场上还是很得意的。首先，他娶了一个出身书香世家的好老婆胡淑修。得益于家门熏陶，胡淑修成了一个全才，她通五经，谙《史记》，研佛书，会诗词，行侠道，尤精于算术……说她是数学家，并不为过。连沈括这样的大科学家，也经常向她讨教数学问题，并且多次感叹：如果胡氏是个男的多好，肯定是能帮我的好朋友。在她丈夫受苏轼牵连身陷囹圄的时候，胡淑修在夤夜只身到一个官员家里，偷到可以证明她丈夫清白的手稿；在苏轼被贬谪别人都不敢接近时，胡淑修还亲手为苏轼缝制了锦衣，并在众目睽睽之下亲自送给他。多好的一个才女、侠女啊。她曾经和苏轼的爱妾朝云是好朋友，所以苏轼贬到惠州后，他曾经在给李之仪的一封信里详细说了朝云的死讯，还特别提到，“最荷夫人垂顾，故详及之”。可见胡淑修在苏轼心目中的地位。

当然，宋代的男人是可以妻妾成群的，宋朝公务员的私生活也没人监督。所以李之仪除了老婆外，他的感情生活并不寂寞。他跟随比他大十岁的苏轼去定州才半年，就和当地的营妓董九有一段风流韵事。

想不到到了58岁的晚年，刚刚丧妻、被朝廷除名编管在当涂的李之仪桃花运更旺了，把曾经让黄庭坚惊艳过的杨姝娶回了家。杨姝在中国美女史上，绝对是艳压群芳。当年在当涂当了九天太平知州的大文豪黄庭坚，就给杨姝写下了多首诗词。如诗歌《太平州作二首》，“千古人心指下传，杨姝烟月过年年。不知心向谁边切，弹尽松风欲断弦”。如词《好事近·太平州小妓杨姝弹琴送酒》，“一弄醒心弦，情在两山斜叠。弹到古人愁处，有真珠承睫。使君来去本无心，休泪界红颊。自恨老来憎酒，负十分金叶。”杨姝年仅十三四岁，却善于弹琴，文艺修养极高，又十分仰慕大文豪，同情黄庭坚、李之仪这样大才士的遭遇。才子佳人的心心相惜，让黄庭坚、李之仪等人文思泉涌，好句不断。黄庭坚曾在文章《题太平州后园石室》中说，“杨姝弹风入松、醉翁吟，有林下之意。琴罢，宝熏郁郁，似非人间”。可见在黄庭坚的心里，杨姝是一个风姿绰约的天上仙子啊。也许是黄庭坚在当涂呆的时间太短了，总之，杨姝没有成为他身边的朝云。

这给了黄庭坚的好友李之仪一个机会。黄庭坚和李之仪一直互动频繁，李之仪在当涂定居后，黄庭坚也曾经去看过他。杨姝是不是黄庭坚推荐给李之仪的，我不清楚。但宋徽宗崇宁元年(1102年)，在李之仪被除名编管太平州时，黄庭坚也在当涂、芜湖呆过一段时间，他们此时，可能一起坐在酒席上，听过杨姝弹琴。我甚至想，在后来杨姝成为李之仪家庭一员后，黄庭坚来访时，杨姝会不会抚琴一曲？琴声结束后，他们三人会不会相视而笑？

据说那首《卜算子》，就是李之仪为杨姝写的。当时，他们一起爬天门山，在长江边漫步。为了试探美人心意，李之仪对着滚滚江水，吟出了这首词。自然，杨姝听得心都化了，让李之仪抱得美人归。得到美人的垂青，李之仪诗情大发，还填了一首词《天门谣》，记录了他登览天门山的感受。想不到人到老年，李之仪诗兴不减，留下了多首写给杨姝的词章。如《浣溪沙·为杨姝作》，里面写道，“玉室金堂不动尘。林梢绿遍已无春。清和佳思一番新。道骨仙风云外侣,烟鬟雾鬓月边人。何妨沈醉到黄昏”。可见两个人的相处是非常欢乐而幸福的。杨姝,就这样成了流传到今天的女子,成了流传在文学史里的幸运女人。

当然,除了《天门谣》外,李之仪还留下了几首与芜湖有关的诗作。如《过玩鞭亭再见吉先之》,“姑熟溪头近请违,玩鞭亭上再相期。留连话旧忘尘虑,把盏枰棋得自怡”。如《次韵湖阴韦深道五小诗》,“髭须潇洒面嶙峋,怪我多非旧日人。百里拏舟谁复尔,却应情重故情亲”。吉先之是谁,今天已经不可考了,但他是李之仪在芜湖的朋友,韦许也是。他和吉先之在玩鞭亭把酒下棋,还相约了下次聚会的日子,可见感情之深。韦许也是他多年的老朋友,他特地从百里外行船到当涂看望李之仪,也说明了他们的情深义重。

古人就这样率性地活着,对朋友,对家人。人活着,有几个好朋友,有像江水一样澎湃而不断的感情,有值得咀嚼的日子,也不负此生。

李清照泪写断肠词

北宋著名词人李清照,曾被古人评说,“男中李后主,女中李易安,极是当行本色”。用今天的话说,就是词人里面帅哥李煜、美女李清照,写作是最“杠杠的”。李清照如果生在今天,肯定会冠以美女作家、“黄花教主”、“词国皇后”等名号,身后跟着一堆粉丝了。

我也是李清照的忠实粉丝之一,手头上关于她的书有好几本,有竖排繁体字的,有简体字的,如《李清照集笺注》《李清照诗词评注》等。她的诗词,我也是大半

能背诵的。当年在望江中学高中读书时，为了能买到她的诗词集，我可是连续吃了两个星期的咸菜，周末步行几十里路上学，省下父母给的路费和生活费才凑足钱的。可惜生不逢辰，没能亲眼看到这个绝世芳华的女词人写词吟词，也是一大遗憾啊。当然，读书也是阅读一个人，捧读她那些从灵魂深处涌流出来的词句，也是一件幸福的事情。

在当代，张爱玲、萧红、王安忆等一大批女作家持续走红。现在，随便翻开一本杂志、一张晚报，开设专栏的女作家随处可见，比比皆是。可是在当年，提倡“女子无才便是德”的年代，写出压倒须眉的妙词的李清照，绝对是女子中的另类。

李清照，号易安居士，是宋词婉约派代表人物。李清照出生于书香世家，父亲李格非是大文豪苏轼的得意门生，是苏门“八学士”之一；母亲是状元王拱宸的孙女，文学修养也很高。从少女时代起，李清照就过着贵族优雅的生活，泛轻舟，赏荷花，嗅青梅，加上家学熏陶，耳濡目染父母的文学爱好，自然也提笔写起诗来了，她少年时代便才华横溢，诗名鹊起，连当时的大文学家、苏轼弟子晁补之(字无咎)也对她的诗称赞不已。18岁时，李清照又应父母之命，嫁到了另一个门当户对的人家——当时宰相赵挺之的小儿子赵明诚。没有爱的婚姻，却让她找到了一个志同道合的夫君，成就了一段琴瑟和鸣的姻缘，这在封建时代也是很难得的。赵明诚也写点诗歌，喜欢收藏古玩字画，还在李清照的协助下完成了《金石录》这部中国最早的研究古代钟鼎彝器的铭文款识和碑铭墓志等石刻文金石目录和研究专著之一。

李清照和赵明诚在山东老家相濡以沫，共同研究学问，过上了“只羡鸳鸯不羡仙”的夫妻生活。按理来说，他们是不会和芜湖有什么交集的。不料，风云突起，金兵的铁骑在北宋的土地上横冲直闯，连宋徽宗、宋钦宗都做了俘虏，这就是中国历史上有名的“靖康耻”。此时，李清照夫妇来到南方避乱，赵明诚也担任了建康知府职务。1129年，赵明诚担任知府不到一年时间，由于当时金兵随时攻到南京，得到南京城中军队要作乱的消息，就匆匆忙忙带着家眷和几个同僚，在深夜从城墙上沿着绳子爬下来，“具舟上芜湖，入姑孰(当涂)，将卜赣水上”(《金石录后序》)。李清照夫妻在芜湖呆了几天,静候形势变化,还游赏了芜湖周边的名胜古迹,如和县乌江边的项羽祠,“生当作人杰,死亦为鬼雄”就是在那里写的。不久,他们就沿江而上,准备去投奔在江西当官的赵明诚妹婿。他们走到池州的时候,赵明诚接到了担任湖州知府的任命。就这样,赵明诚独自回南京觐见皇帝,李清照和其他家眷在池州住了下来。不料,赵明诚在南京一病不起,李清照爱夫心切,又坐船一日夜行三百里,匆匆赶回了南京。不久,赵明诚病逝,李清照伤心不已,葬夫后大病一场,还情深意切地写下了悼念丈夫的文字《祭赵湖州文》,里面有“坚城自堕,怜杞人妇之悲深”的句子,把自己比作哭倒长城的杞梁妻。

赵明诚就那么走了,也没留下一儿半女,李清照还要在乱世里漂泊。为了体现对大宋王朝的忠贞,她独自带着丈夫留下来的大批古董文物,跟在宋高宗的銮驾后面,跑了明州(宁波)、绍兴、台州、衢州、杭州等很多地方,有不少珍贵文物被人抢走或偷去。

人总是要过日子的。那时候的女人,不像现在的所谓都市丽人,有工作,很独立,还要强。李清照这个没了丈夫的女人,在兵荒马乱的日子里独自生活,就像没了腿的螃蟹,不知道怎么办好了。这时候,一个名叫张汝舟的人来到她身边,经常对她嘘寒问暖。独自生活的中年寡妇,有人来关心她安慰她帮助他,自然就能乘虚而入,走进她的心。

宋高宗绍兴二年(1132年),49岁的李清照改嫁了张汝舟。后世很多人觉得李清照这样一个贵妇人,年龄也不小了,不可能改嫁。其实,北宋时候,守节的观念还不是很强,上到公主贵妇,下到平民百姓,改嫁的不绝于书。如名臣范仲淹、欧阳修的母亲,就曾经改嫁过。何况张汝舟本来是个小混混,见人说人话见鬼说鬼话,对李清照又是有备而来。他精通古玩字画,接近李清照是觊觎她的珍宝;而李清照从小养尊处优,又是一个天真烂漫的诗人,哪里懂得人心叵测,自然是受不了张汝舟的如簧巧舌。后来,李清照的文章回忆说,“信彼如簧之舌,惑兹似锦之言”(《投翰林学士綦崇礼启》),承认自己一颗芳心被张汝舟的花言巧语所迷惑。

带着目的的婚姻自然很难长久。婚后不久,张汝舟就露出了流氓的本来面目，对李清照动不动就拳打脚踢，逼她交出前夫的文物。对这样的人，李清照自然是忍无可忍，就向官府告发张汝舟虚报人数领取补贴的不法行为。就这样，时任右承奉郎监诸军审计司属吏的张汝舟，被开除公职，发配到湖南柳州接受改造。按照宋朝的法律，妻子告发丈夫犯罪，即使罪行属实，本人也要判刑两年。幸好，李清照家族有不少亲朋好友在朝中当官，自然对案件的判决能施加影响，中国毕竟还是人情大于法嘛。远房亲戚、赵明诚的表兄、当时担任宋高宗秘书的綦崇礼就向李清照伸出了援手，他向有关人员说情，李清照只在牢里关了十天，就被放了出来。

这段婚姻只持续了百天，但对李清照来说，是一生清誉毁于一旦。以后的日子，李清照只能感叹自己遇人不淑，“忍以桑榆之晚景，配兹驵侩之下才”（《投翰林学士綦崇礼启》）。驵侩，原意是牲口市场的交易人，李清照用来比如禽兽不如的坏人，可见张汝舟对她的伤害之深。这个坏人，让一个才女此生蒙羞，“怀臭之可嫌”。从此，她过着远离尘世、清心寡欲的生活，“再见江山，依旧一瓶一钵；重归畎亩，更须三沐三熏”。可以说，李清照的晚年，完全是“凄凄惨惨戚戚”的。

千载之后，看着李清照这些感伤的句子，怀想李清照在芜湖逗留的凄惶。我只能感叹，总有一些记忆让人断肠，总有一方天空让人看到乌云密布，总有一种遗憾让人难以从心里抹去。

张孝祥热心助乡邦

去年，我曾经写过一篇文章，回顾了张孝祥与桐城李氏的一段缠绵情事。虽然大多数芜湖人都知道，镜湖是当年张孝祥捐建的；但估计很多人不知道，这个从芜湖走出去的状元老乡，曾经为桑梓兴利避害，做了不少好事。毕竟树高千丈必有根，张孝祥的家乡情结还是非常深厚的，让我们后人钦敬。

虽然时间过去近九百年，张孝祥的很多文稿、事迹淹没在时光的流水里。但只要翻开他的《于湖居士文集》，涉及老家芜湖的诗词文章不少，里面充满了张孝祥的故乡情怀，驿动着他留意民瘼的赤子之心。如七言古诗《月之四日，至南陵，大雨，江边之圩已有没者。入鄱阳境中，山田乃以无雨为病。偶成一章，呈王龟龄》。这首诗题很长，解释了他写诗的起因，南陵大雨，江圩被淹；而鄱阳县苦旱，处处灾祸，牵动了诗人的悯农忧国心。我摘录几句，“圩田水多水拍拍，山田正作龟兆拆。两般种田一般苦，一处祈晴一祈雨。去年水大高田熟，低田不收一粒谷，只今万钱粜一斛，浙西排门煮稀粥”。诗歌回顾了安徽、江西、浙江等地的灾荒，期待朝廷有好的解决办法，爱国词人必有忧国之心啊。

张孝祥虽然老家是芜湖对江的和县乌江，但他很小就随父亲和家族居住在升仙桥西，自小沉醉在芜湖的山水间，所以他也自认是芜湖人，曾在诗歌里自豪地写道，“吾家江南山水窟”，也是称赞芜湖的好山好水。他在诗里还多次吟诵赭山的秀色，“江平镜新磨，地迴玉琢成。赭山有令色，令我白眼青”（《赭山分韵，得成、叶字》）。

张孝祥在芜湖的故事传说很多。据说，张孝祥考状元前，芜湖东有龙穿岸腾空，风雷敻异，不久云霓五彩，光照百里，江山掩映如锦绣，大家都说是他高中状元的预兆。张孝祥除中年在外辗转为官外，他在芜湖度过了很长时间。他因病向朝廷请假回故乡休息后，在芜湖建了归去来堂，当时的领太平州事王佚秬还为他建造了一座状元第。张孝祥捐建镜湖后，整日游荡于赭山、陶塘（镜湖）、隐静寺之间，直到去世。

作为芜湖培养的大人物，张孝祥为芜湖办了好几件好事。一是向朝廷打报告，请求拨款修青弋江上的浮桥。他在《芜湖修浮桥疏》里写道，“万家之邑，百贾所趋；一溪之桥，累岁不葺。系破舡之六七，当骇浪之千寻。溺马杀人，习为常事；

镵蛟羁鬼，实使甘心。所愿因民病涉之忧，遂为此邦无穷之利。入谷斩木，造舟为梁；不日成之，吾事济矣。但度无苦，会看百步之修栏；得福甚多，共脱三涂之苦海”。古人写文章，惜墨如金。张孝祥寥寥一百二十个字，就写出了芜湖是个商贾众多的繁华之地，但青弋江上无浮桥，导致经常有百姓落水伤亡；最后希望朝廷高度重视，早点将芜湖浮桥建设立项，让老百姓早日得利。在张孝祥的斡旋下，芜湖的浮桥很快修好了。

二是邵宏渊部队扰民，被张孝祥倾力阻止，得以秋毫无犯。邵宏渊是南宋有名的将领，与李显忠一起主持了隆兴北伐。此人心胸狭窄，对部下非常放纵。他看到李显忠北伐节节胜利，心上不快。在李显忠部队被十万金兵包围时，他按兵不动，见死不救，致使宋军溃败。隆兴北伐失利，此人要负很大的责任。邵宏渊带着败兵溃卒南下，军纪败坏，根本不知道要“不拿老百姓一针一线”，所过之处，市井皆空。芜湖人听说他们要经过芜湖，都非常害怕。张孝祥在担任孝宗皇帝秘书期间，和邵宏渊就认识了。他知道了这件事，就写信给邵宏渊，劝他不要到芜湖。张孝祥还从市场上买了数百斛米(相当于现在的几万斤米)，带着儿子张同之穿着紫色官服，坐着皇帝使者的车子，上船来到邵宏渊在长江上一字排开的部队进行慰问犒劳。因为张孝祥当时是皇帝身边的红人，又是前途无量的年轻干部，邵宏渊也不敢得罪他。他收下张孝祥送来的大米，就扬帆绕行芜湖了。一场清洗芜湖的劫难得以消弭于无形，江城人民悬着的心终于放了下来。他们在张孝祥功成回芜的时候，都三五成群，主动来到江边夹道相迎，场面十分感人。

三是赈济贫民，爱护百姓。据《宣城张氏信谱传》，张孝祥居住芜湖期间，对找他帮忙的贫民，都尽量赈济。新修了观澜亭，方便在江边等候亲友的芜湖人。还注意和地方官处好关系，经常为芜湖百姓说话。张孝祥做了太多的好事，我就不一一列举了。

张孝祥去世的时候，芜湖的老百姓得知这一消息，很多人失声痛哭，连看重利益的商人都不做生意了，纷纷把商场关门，自发出来悼念他。我们的政府官员，谁把老百姓的事当做自己的事，谁给老百姓办好事，老百姓就会永远记住他啊。

今天，当我行走在镜湖边，都忍不住要在张孝祥雕像前徘徊良久，怀想诗人当年，感慨江城风月属于湖。一个城市，被张孝祥打下如此深厚的印记，留下如此美好的传说，实在是缘分啊，实在是芜湖之幸啊。

张孝祥遗恨镜湖波

多年前，我在安庆浮山旅游的时候，经过一个名叫“张公岩”的景点。岩顶有一个小道观，里面供奉的张公，一副仙风道骨的模样。同行的人说，张公就是南宋大词人张孝祥的儿子张同之，他是在这里修道成仙的。当时我还觉得奇怪，张同之一个当官的，他和枞阳又没什么交集，为什么会跑到枞阳浮山这个地方来修道呢？

后来，我拜读了母校宛敏灏老先生的《张孝祥词笺校》，才知道少年得志的张孝祥有一段隐秘的情史，他婚前谈了一个姓李的女子，两个人情投意合，甚至同居生子。这个孩子就是张孝祥的长子张同之。后来，张孝祥为了自己的仕途，不得不做出牺牲，送李氏回桐城老家浮山修道。张同之估计那时是以修道为名，掩人耳目去浮山和他的母亲相聚吧？

张孝祥籍贯是芜湖对江的和州（和县）人，他出生在南宋刚刚建立、皇帝被金兵追着屁股跑的兵荒马乱的年代。由于金兵的铁蹄在江淮大地上肆意践踏，张孝祥才几岁的时候，他随父渡江，定居在芜湖升仙桥西，芜湖当时名叫“于湖县”。后来，他的号为“于湖”，他的文集也被称为《于湖居士文集》，他的词被称为《于湖居士长短句》。从此，他的名字就和芜湖紧密地联系在了一起，成为芜湖人的骄傲。

张孝祥是个天才人物，从小读书过目不忘，下笔顷刻数千言，是当时有名的才子。才子边上自然少不了倾慕他的佳人，可以想见的是，他和李氏在月上柳梢头的邂逅，两个人的明眸一接触便点燃了爱情的火焰。这烈焰熊熊燃烧，最终把他们灼伤，成为一生的痛。不久，他们就在一起生活了，李氏还为他添了个大胖儿子。可惜的是，他们只是同居，就像现在人不打结婚证一样，夫妻关系没得到社会的真正认可。

古人看重的是科举功名，张孝祥也不例外。他在和李氏卿卿我我的同时，没有放弃蟾宫折桂的努力。应该说，张孝祥当时走得太顺了，他二十三岁的时候就成为状元郎，连奸相秦桧都愤愤不平地对他说，天下的好事，都被你家占尽了！秦桧为什么对张孝祥如此不满，是因为他本来想让自己的宝贝孙子秦埙当状元，他和考官都串通好了，不料皇帝钦点的状元是张孝祥，只能是气得他七窍生烟。由于张孝祥是天子的得意门生，人才出众，前程似锦，秦桧的党羽曹泳看上了张孝祥，想选他做乘龙快婿，就在金銮殿上拦住他，直接向他请婚。结果张孝祥因为家里已有李氏，就没有答应这门亲事，弄得曹泳碰了一鼻子灰。

得罪了奸佞小人，自然会被他们报复。再加上张孝祥的父亲张祁当时也在朝中为官，他们属于力主抗金的主战派，和秦桧本来政见不合。张孝祥又仗着皇帝的宠信，成为状元不久就上疏，请求给含冤而死的岳飞平反。岳飞是秦桧以“莫须有”的罪名处死的，这自然触到秦桧的痛处。秦桧很快就下狠手了，把张祁逮入监牢，准备罗织罪名把他干掉。幸好，秦桧不久就死了，否则的话，张孝祥一家会死得很难看。

在这个时候，张孝祥婚前生子的风流韵事很容易成为政敌的把柄。为了自己的大好前程，为了父亲和家族的平安，他只有忍痛割爱，另娶表妹时氏为正妻，并护送没有名分的李氏和张同之回她的桐城老家浮山，把这段不光彩的风流史隐瞒起来。当然，作别自己相见无期的娇妻爱子，张孝祥的心情是十分沉痛的。他在一首词里写道，“虽富贵，忍弃平生荆布”。毕竟，张孝祥是一个有良知的人，为了一己的功名富贵，抛弃了自己的糟糠之妻，只能让他一直承受着良心的谴责，他也希望得到李氏的谅解，“桐乡君子，念予憔悴如许”。

张孝祥在桂林、潭州、荆州等地辗转为官多年，他慢慢看破尔虞我诈的名利场，又辞官回老家芜湖，在他“捐田百亩”汇而成湖的陶塘（今镜湖）边，建了书斋“归来堂”，显示了他彻底归隐故园的决心。他整日读书写作为乐，留下了“绕院碧莲三百亩，留春伴我春应许”的词句。可惜的是，天妒英才，才三十七岁壮年的张孝祥，在芜湖中暑去世了。张孝祥生前，没有与李氏再续前缘，但他眷念李氏、感怀旧情的词作，一直没有中断。让我们稍感欣慰的是，张同之在长大为官后，从朝廷那里为母亲李氏讨取了封诰，也算是为自己没有名分的母亲正了名。

今天的镜湖，碧波荡漾，游船涌动，已成为芜湖人休闲的好去处。每次我走在镜湖畔，总觉得那些依依垂柳，是李氏哀怨而孤苦的身影；而被清风吹皱的湖面，涌流不尽的是张孝祥怀着眷恋和遗憾的心声。

陆游不忘张孝祥

端午在家，重新捧读南宋著名诗人陆游的《陆游集》，感受诗人眼中芜湖山水的赏心悦目，感受诗人笔下对芜湖词人张孝祥的深情厚谊，感受诗人心中的壮怀英气，顿时觉得芜湖这个城市的历史生动了起来，厚重了起来，明媚了起来。

其实陆游的作品，我小学三年级就开始接触了。当时最早读的是大学者朱东润写的《陆游传》，似懂非懂，囫囵吞枣，记住了“楼船夜雪瓜洲渡，铁马秋风大散关”“伤心桥下春波绿，曾是惊鸿照影来”这样的句子，就慢慢地对这个伟大诗人产生了浓厚的兴趣，在心里竖起了诗人慷慨悲歌的形象。特别是现代大文豪梁启超对陆游的评价，“集中十九从军乐，亘古男儿一放翁”，更让我觉得陆游是个顶天立地、用诗歌为武器战斗的男子汉。

陆游和芜湖的交集，一是芜湖当时出了个驰名天下的才子张孝祥，和他心有灵犀；二是他四十五岁去四川进入王炎的抗金幕府，途径芜湖并把这段经历写入了他的散文名篇《入蜀记》。

先说陆游与张孝祥的相交吧。陆游比张孝祥大七岁。因为母亲生他的头天晚上梦见了北宋词人秦观进门，他的父亲陆宰知道后就说，那就叫他陆游吧。因为秦观字少游，所以陆游就字务观了，可见他的家人肯定是大诗人秦观的超级粉丝，不然一个秦观死后才出生的妇女不会连做梦都梦到秦观。陆游和张孝祥都是早慧的才子，青年时代就在全国有很大的名声。至于他们二人何时相见，何时成为心心相印的朋友，由于史料随时间的流逝而散失，已经是无法考证了。

不过陆游和张孝祥的交集实在太多，不想成为好朋友都难。他们同是主战派的文人，念念不忘恢复中原，有共同的志向。他们有共同的恩师——丞相汤思退，他们作为丞相得意门生在仕途上都得到了汤思退的关照，在都城临安（杭州）同朝为官了一段时间。他们都有一个共同的对头——大奸臣秦桧，秦桧对他们都欲除之为后快。秦桧一心培养家族势力，想让自己的孙子秦埙成为状元，就给主考官打招呼，让当时状元呼声最高的陆游落选。而张孝祥虽然侥幸进入了殿试，但名次排在秦埙之后。不料，宋高宗识破了秦桧的小九九，亲自把张孝祥定为状元，还金口赞扬张孝祥将来必定名传后世。有如此多的共同点，他们自然惺惺相惜，成为知音。秦桧一死，张孝祥和陆游就马上被汤思退召唤到皇帝身边，成为草拟朝廷文书的秘书。这样，张孝祥和陆游这两个当时中国文坛的双子星座，交会在一起，散发出耀眼的光芒。

不过，由于这两个大文豪文章经过时间的淘洗，有不少作品没流传下来，所以我没见到他们之间的相互唱和。不过，《陆游集》里有两篇文章写到了张孝祥，里面充满了感慨两个人“同是天涯沦落人”、同样未能实现人生志向的深情。

一篇是作于南宋庆元五年（1195年）的《跋张安国家问》。张孝祥，字安国，担任过中书舍人。此时张孝祥已经去世二十五年了，他的家人带着装裱在一起的几幅保存完好的张孝祥家书，找到陆游，让他在上面题字。这也是中国人一贯的做法，找名人在字画上随便写点东西，以增加名家书法作品的收藏价值。陆游看着老友留下来的书法，见字如见人，怀想起三十六年前两个人一起在朝廷共事的经历，不禁感慨他们当年风华正茂，如今故人早已沦落黄泉，而自己则是七十岁的风烛残年了。他在文里赞赏张孝祥的书法作品被人重视，受到珍藏，“紫薇张舍人书帖，为时所贵重，锦囊玉轴，无家无之”。又说自己和张家是“世旧”，“某自浮玉（杭州代称）别紫薇，三十六年之间，催颓抵此”。他还感慨，自己老病卧家，如果张孝祥还活着，见到他的衰老相都可能不认识了。其实，这是陆游借文章浇自己心中块垒，说自己是个衰翁，因为他活了八十五岁，在古代绝对是长寿老人，身体一直很好。他的伤心、他的颓废、他的老病都在心上，因为他一生都是壮志未酬，未能见到国家的统一啊。

另一篇文章是给张孝祥叔父张郯写的《朝议大夫张公墓志铭》，这篇作品具体时间不详，但应该也是陆游晚年的作品，因为张郯活了八十七岁，也是高寿长者，不像张孝祥英年早逝。文中也特别提到，“秘阁之子中书舍人孝祥，以进士第一起家，出入朝廷二十年，文学议论政事，隐然号中兴名臣，亦未四十而卒”。陆游给张郯写墓志铭，里面却大段写到张孝祥，其实是不符合中国人墓志铭写作习惯的，因为张孝祥毕竟只是张郯的侄子，而张郯子孙众多，子六人、孙六人、孙女十五人，是个簪缨世家。除张郯外，陆游重点写了一段张孝祥事迹，可见陆游对张孝祥的感情之深，对张孝祥早逝的遗憾之深。

尽管君子之交淡如水，两个大文豪的相知相交，令中国文化生色，也让我们感受到古人相交在心，而非现在常说的酒肉朋友、利益之交。可见，读古人书，也是学习古人的砥砺相交，也是浸淫传统文化，更是对自己人格与灵魂的提升。

姜夔怀古裕溪河

在定居芜湖之前，我曾经在合肥生活过近四年时光。当时我工作的单位附近，就在环城河边，有一座新修的现代石桥，周边垂柳掩映，我常在下班后在附近漫步。看了桥旁石碑的介绍，才知道这就是大名鼎鼎的赤阑桥，南宋著名词人姜夔曾经为之写过诗。

“肥水东流无尽期，当初不合种相思”，姜夔为那对合肥姐妹写的情词自然而然萦绕在我耳边。从文字资料里我们知道，姜夔年轻时候是个大帅哥，长得玉树临风，“望之若神仙中人”，再加上才华横溢，自然容易博得女性的芳心。当年姜夔来到合肥，不知如何和一个大户人家侍婢的合肥姐妹相见相知。这是一对姐妹花，她们善弹琵琶，两姐妹同时和诗人相恋，这也是佳话一桩。毕竟在古代，男人三妻四妾也是常事。也许他们在桥边初见，一曲琵琶，一瞥惊鸿，就在姜夔的心上涌动爱的惊涛骇浪？也许他们卿卿我我时曾经在桥边漫步过？也许姜夔离开这对合肥姐妹时，他们在桥下水边道别，她们恨不得用裙带系住情郎的行舟？千百年过去了，肥水流到今天，似乎还摇漾着诗人无尽的春愁、无尽的遗憾、无尽的相思。

在术业有专攻的今天，从政的人会写诗绝对另类。但在以前，从政的人不会提笔写诗会让人笑话。诗人基本上头上都有一顶乌纱帽，李白之所以郁郁不得志是因为他的理想太远大，想拜相封侯，唐宋八大家也无一不曾任过高官，王安石担任过宰相。我们新中国的开国领袖毛泽东，在日理万机之余也不忘吟哦诗句，毛主席诗词也是一版再版，他可是今天的风流人物啊。

在那个年代，诗文写得好的姜夔与官场无缘，绝对是他人生的悲剧。现在大家都喜欢看手机微信里的朋友圈，当年的名流士大夫都争相结交姜夔，他的朋友圈绝对是一个国家级的豪华团队。杨万里称赞姜夔“为文无所不工”，酷似唐代著名诗人陆龟蒙；曾经官至参知政事（副宰相、副总理）的范成大觉得姜夔高雅脱俗，翰墨人品酷肖魏晋时期的人物；大理学家朱熹对他青眼相加，佩服他深通礼乐；辛弃疾“深服其长短句（词）”，经常和他填词互相酬唱；当时的著名诗人萧德藻也深爱其才，把自己的侄女许配给姜夔。凭诗文换来一个老婆，可见姜夔的才华不同凡响。可惜的是，姜夔的官运差了不止那么一点点，每次考试都不中。连一个世家公子张鉴都为他打抱不平，想拿钱给他买个官做。姜夔当然不愿意那么干，自然他只能一辈子是布衣，做个平头百姓。在古代，一个普通百姓在讲究身份地位的文坛能站住脚跟，他的诗文集能流传不衰，不能不说是一个奇迹。

姜夔是江西波阳县人，他后来经常往来苏州、湖州、南京、合肥等地。不用说，他回江西老家或由湖州去合肥都要经过芜湖。他流传至今的八十首词里，有一首就提到了芜湖的裕溪口，这是他居住在合肥期间，携合肥姐妹到巢湖游玩时写的。这首词是《满江红》，“仙姥来时，正一望、千顷翠澜。旌旗共、乱云俱下，依约前山。命驾群龙金作轭，相从诸娣玉为冠（庙中列坐如夫人者十三人）。向夜深、风定悄无人，闻佩环。神奇处，君试看。奠淮右，阻江南。遣六丁雷电，别守东关。却笑英雄无好手，一篙春水走曹瞒。又怎知、人在小红楼，帘影间”。词很简单，写的是巢湖神姥相助孙权的传说。词的上片写神姥出现在巢湖上的神奇境界，湖上碧波千顷，山前乱云翻滚，群龙驾车，仙姝相伴；神姥去后，夜深风定，空余环珮余音。下片写神姥施展神威，安定淮右，保障江南，以一篙春水让曹操这个枭雄退回中原。其实也是感慨南宋现实，没有良将安邦，只能靠山河之险偏安江南。

词的前面有一篇长序，写出了姜夔此词对满江红词牌创新的原委，改声情激越豪迈的仄韵为婉约和缓的平韵，让文词一咏三叹；又讲述了自己以此词为神姥祝寿、受到神姥顺风相送的神话；最后又回顾了曹操孙权在濡须口（芜湖裕溪口）

相争的历史故事。"'心'字融入去声，方谐音律。予欲以平韵为之，久不能成。因泛巢湖，闻远岸箫鼓声。问之舟师，云：'居人为此湖神姥寿也。'予因祝曰：'得一席风径至居巢，当以平韵满江红为迎送神曲。'言讫，风与笔俱驶，顷刻而成。末句云'闻佩环'，则协律矣。书以绿笺，沈于白浪。辛亥正月晦也。是岁六月，复过祠下，因刻之柱间。有客来自居巢云：'土人祠姥，辄能歌此词。'按：曹操至濡须口，孙权遗曹书曰：'春水方生，公宜速去。'操曰：'孙权不欺孤。'乃彻军还。濡须口与东关相近，江湖水之所出入。予意春水方生，必有司之者，故归其功于姥云"。应该说，姜夔对神姥的神灵非常崇敬，将孙权的霸业和自己的顺风到居巢归功于神姥。

有情人为何未能成为眷属，我不知道。后来，姜夔怀着无限的惆怅，离开了合肥，他也只能在诗词里怀念那对姐妹花了。后来，范成大看到了姜夔魂不守舍十分落寞，就把自己的侍女小红送给了姜夔。姜夔身边有佳人相伴，又过上了一段神仙日子，他曾经在诗里写道，"自作新词韵最娇，小红低唱我吹箫"，让人艳羡词人浸泡着风雅的感情生活。

诗句，是文人的江山。姜夔就是这样，留下有关芜湖的诗句，让后人触摸到他内心深处的每一滴感动；让芜湖的江山，浸润着历史的芬芳；让我们的寻踪处，品味到不会随时光消散的暗香。

文天祥鲁港歌正气

每当车行经过长江与漳河交界处的鲁港大桥时，不禁就想起了那个影响南宋历史的鲁港溃败，耳边也回荡起民族英雄文天祥痛定思痛后感慨鲁港溃败的诗作《鲁港》和《鲁港之遁》。文天祥那些感怀忧世之作，已成为中华民族血脉里涌流的正气歌。

文天祥曾经两次来到芜湖鲁港，第一次是来到芜湖鲁港督师，目睹了奸相贾似道率领的十三万大军与元军交战一战即溃、全军覆没的场景；第二次是他起兵抗元被俘，押解北京北上途中经过鲁港。鲁港一溃之后，南宋已无实力与元军的屠刀抗衡了。如此江山如此恨，怎么能不让文天祥在亡国之后，奋笔挥毫，写下锥心之痛的作品呢？

文天祥共留下了两首关于鲁港的诗作。一首是五言律诗《鲁港》，“方夸金坞筑，岂料玉床摇。国体真三代，江流旧六朝。鞭投能几日，瓦解不崇朝。千古燕山恨，西风卷怒潮”。另一首诗是五言绝句《集杜诗·鲁港之遁》，“出师亦多门，水陆迷畏途。蹭蹬麒麟老，危樯逐夜乌。”两首诗里，对奸相误国的愤怒之情如江潮难消，今天读起来，也还是让人感受到“无限山河泪”的悲愤之感。

文天祥是一个偶像级的人物，他长得眉清目秀、面如冠玉，从小深受儒家忠孝节义思想的熏陶，一直有精忠报国的远大志向。他是江西人，小时候有一次看见学宫里供奉着欧阳修、杨邦乂、胡铨等乡贤的画像，就羡慕不已，大声对周围的人说：“如果我不能成为其中的一员，就不是真正的男子汉。”应该说，文天祥在人生的起跑线上，就显示了超越常人的禀赋。后来，他在殿试时不打草稿，一口气就写了一万多字的策论，指点江山，激扬文字，得到宋理宗和考官王应麟的激赏。就这样，他以二十岁的青春年华，被皇帝钦点考中了状元。

当时的南宋王朝，外有蒙古大军虎视眈眈，内有权臣贾似道祸国殃民，已是“夕阳无限好，只是近黄昏”了。虽然很多有识之士，认为文天祥是能够拯救南宋危亡的中流砥柱，如已退休的宰相江万里在见到文天祥后就说：“我感觉南宋将发生巨变，我已经老了，将来能够担当国家兴亡重任的人，也只有你啊。”可惜的是，由于奸相贾似道掌权，文天祥一直在原来的官位上徘徊，未能担任要职施展才华，甚至在三十七岁的盛年，就被迫退休了。文天祥在政治上无所作为，就只能寄情

山水，如他自己所说，“予于山水之外，别无嗜好。衣服饮食，但取粗适，不求鲜美”。当然，即使是游山玩水，他也无法忘记天下苍生和他效忠的南宋王朝。他在广东潮阳游历张（巡）、许（远）二公庙时，写下了《沁园春》词以明心志，“为子死孝，为臣死忠，死又何妨。自光岳气分，士无全节；君臣义缺，谁负刚肠。骂贼张巡，爱君许远，留取声名万古香”。后来，他用一生的光辉历程证明了自己的誓言。

蒙古大军的入侵激起了南宋军民的强烈反抗，毕竟在元朝之前，从来没有少数民族彻底征服过汉民族。南北朝的“五胡乱华”，或五代十国的短暂分裂，或宋朝与辽金的对峙，南方的汉人政权一直存在着，汉衣冠也一直没有改变。文天祥此时担当大任，成为南宋丞相，自然走上了领兵抗元的前线。虽然最终兵败被俘，在元人的威逼利诱下，保持了民族气节，以死捍卫了一个民族的尊严，实在是难得。

在今天很多人看来，文天祥的死是愚忠，其实不然。在当时南宋谢太后已向元朝签署投降表的情况下，文天祥投降元朝，别人也不会非议。忽必烈知道文天祥是难得的人才，亲自劝他投降，许以高官厚禄，文天祥不为所动。为了让文天祥投降，忽必烈很是下了一番功夫、动了一番脑筋。他知道儒家讲究君臣之道，先是让被俘的亡国之君宋恭帝出面当说客，文天祥一见到恭帝就泪如雨下，边哭边说：“圣驾请回，圣驾请回！”很艺术地处理了难题，既给了恭帝面子，又保持了自己的气节。君恩不行，就用亲情来打动他，就让已经入宫为奴的妻妾和女儿写信来劝降，文天祥虽然读信后痛割肠胃，但他已经只能“舍生取义、杀身成仁”了，以身殉道，坚守坚贞不屈、为国捐躯的凛然正气了。其实，这也是中华民族能够几千年来屹立于世界东方的精魂所系，正是有一批民族的脊梁顽强拼搏，才有国雄于东方！

文天祥在哀悼国破家亡后，心中无愧地离开了人间。但他流出的碧血、留下的诗篇、流传的故事，光耀千秋，彪炳史册，也感召着一代代后人。鲁港一带，也成为繁华的市镇，但我们不会忘记，那些民族的精魂，曾经啼血洒遍我们的锦绣河山！

汪元量鲁港悼宋亡

鲁港这个芜湖小镇，曾是中国历史上一个巨大的伤口。只要轻轻抚摸它，都会感到那些历史浸染在斑斑血泪里。虽然已经过去了八百多年，虽然在宽阔的街道上已看不到当年的烽烟，虽然我们生活在太平年月里，想起当年南宋在这里被蒙古铁蹄踏破长江天堑的防线，想起汉文明在这里被蒙尘、被蹂躏、被摧残，想起文天祥、汪元量等爱国志士在这里的悲歌，我还是忍不住泪眼婆娑。

汪元量，字大有，号水云，亦自号水云子、楚狂、江南倦客，今天的浙江杭州人。他是南宋末著名诗人、词人、宫廷琴师，才华横溢，被人称做“小李白”；又因为他的诗歌完整记录了南宋灭亡的过程，是一部沉甸甸的“诗史”，又被人说成是“小杜甫”。他和文天祥、大宋王妃王清惠的诗词唱和更是文学史上的佳话，那些字字珠玑的文字至今散发着光彩炫目的光芒。

据资料记载，汪元量出身宫廷世家，小时候就能出入宫廷，有人写给汪元量的诗里说，“青云贵戚玉麟儿，曾逐銮车入紫闱。王母窗前窥面日，太真膝上画眉时”。就是说，汪元量小时候经常出入宫廷，近距离看到过皇太后的样貌，也坐在宋度宗宠妃的膝盖上画过眉毛，得到了宫廷贵妃们的宠爱。

有人说汪元量和王清惠有一段缠绵的情事，根据是汪元量自己写的一首和王昭仪的词，里面写道，“人去后，书应绝。肠断处，心难说”。史书上没有确实的记载，我也不敢胡乱揣测。不过汪元量是个大帅哥，“长身玉立，修髯广颡，而音若洪钟”。他从二十多岁起，就供奉内廷，“为太皇、昭仪鼓琴奉卮酒”，从那时起，他就

能经常看到王清惠，并为她弹琴斟酒了。那时的王清惠芙蓉如面柳如眉，在宫廷里盛开着青春的暗香。他们一个手抚五弦，一个静听琴音。在深宫的戒备森严里，在严格如绳缚的礼教面前，他们有没有意味深长地相看，他们有没有在琴声里听到灵魂的贴近，他们有没有读懂对方内心深处的火焰？我不知道。

繁华容易消歇。最终，羯鼓掀天，霓裳舞破。南宋的小皇帝和三千宫女成为元军的俘虏，被迫北上。蓬头垢面的前朝王妃王清惠也是北上大军中的一个。汪元量一路相随，国破家亡的落难命运让他们成为心灵的知音。在经过北宋都城汴梁夷山驿站时，看着这昔日的故都，感慨自己如浮萍漂浮的命运，她以墙为纸，写下了那首流传千古的《满江红·太液芙蓉》。里面有几句让文天祥感到不安，"问嫦娥、于我肯从容，同圆缺？"对前路如何应对用的是商量的口吻。文天祥是个重气节的人，他担心这个昔日的王妃意志不坚定，在蒙元的弓刀面前屈服，苟且偷生，丧失名节。文天祥模仿王清惠的口气，步其韵，作了两首和词。他暗示王清惠最好的归宿，是选择以死明志。也许是为了要照顾教育那个才几岁的小皇帝，也许是为了看到故国重复旧山河，也许是对默默跟随左右的汪元量有着无法割舍的牵挂？王清惠没有选择死，而是选择冰清玉洁地活着，虽然这样也很难。于是，她自请成为女道士。后来，汪元量也出家成为道士。虽然他们放下红尘，但依然相互思念、相互诗词唱和。他们同甘共苦，"手把诗书授国公"，他们在天山一起看漫天雪花，他们相邀一起割驼肉，走过了那些艰辛岁月。虽然他们有缘无分，但他们在滚滚风尘里用诗歌相互取暖，心灵的相知可以穿越千年，让今天的我读来心酸。

汪元量在北上经过鲁港的时候，想起奸臣贾似道误国殃民，在鲁港面对元军进攻时率先逃跑，招致宋军全军覆没，从此南宋毫无抵抗之力。他悲愤不已，一口气写下三首诗。一首是《鲁港》，"博徒无计解其纷，夜半鸣钲溃万军。鲁港朔风掀恶浪，吴山寒日翳愁云。周褒媚已终亡国，孟德斯孤忍负君。大木已颠天柱折，钱塘江上雁成群"。这首诗谴责了贾似道是赌徒不懂军事，半夜潜逃导致宋军溃败。鲁港一带长江的寒风掀起大浪，江南山间的落日让人生起愁云。宋朝皇帝宠信贾似道的姐姐导致亡国，宋朝大木倾倒已无人能扶啊，而那些在钱塘江上游戏的大雁不知道亡国恨。

诗人意犹未尽，写下了第二首诗《鲁港败北》，“夜半槌金鼓，南边事已休。三军坑鲁港，一舸走扬州。星殒天应泣，江喧地欲流。欺孤生异志，回首愧巢由”。诗里说，贾似道夜半逃命，大宋就灭亡了。贾似道自己逃到扬州，留下士兵死在鲁港。死了那么多将士，大江咽流，天地同悲。你这个权臣摆布权术，把皇帝玩弄于股掌之上，现在想想应该愧对那些古代的贤士吧？

诗人还是觉得不尽兴，又怀着咬牙切齿的愤恨，写下了《越州歌二十首（其八）》，“鲁港当年傀儡场，六军笑尽贾平章。三声锣响三更后，不见人呼大魏王”。诗里说，一个毫不懂兵的贾似道靠着裙带关系青云直上，虽然他带着宰相的帽子粉墨登场，但那些士兵没有一个不嘲笑他无能的；自从他不战而逃后，再也没有人喊他“大魏王”了，没有人不痛恨他导致南宋锦绣河山沦丧。诗人把对权臣弄权的痛恨发泄在这三首诗里，字字都是亡国恨，句句都是断人肠。

一座城，几句诗，无尽的情意。虽然今天安享太平，虽然历史如过眼烟云。回眸那些家国河山下的真情，回首那些不能自主的命运，回忆那些在历史里渐渐远去的身影，我只能感慨，我们的国家民族，依靠那些伟岸的身躯引领、那些不屈的灵魂支撑、那些不朽的文字传承。

第九辑

青史劫灰

王阳明登临览胜景

在中国传统里，知识分子梦寐以求的是立德、立功、立言三不朽。明朝人王阳明做到了，所以包括我在内，国内外有不少人是他的“粉丝”。如在对马海峡击败俄国海军的日本人东乡平八郎，在为他举行的庆功宴会上。面对与会众人的一片夸赞之声，他默不作声，只是拿出了自己的腰牌，让众人传看，上面刻有七个大字：“一生伏首拜阳明”。

王阳明的一生是个传奇。据说王阳明出生时，祖母梦见有穿着红衣的神人在云中吹吹打打，送了个胖小孩给她。一家人都觉得这是个好兆头，就给他取名叫王云。不料直到五岁，他都不会开口说话。一天，他在门口和一群小孩子一起嬉戏，一个路过的和尚丢下一句话，“这是个好孩子，可惜被说破出身。”王阳明祖父听了，心有所悟，就给他改名王守仁。名字一改，王阳明果然马上就会说话了，还能背诵他祖父写的诗。十岁时，他就吟出了一首富有哲理的诗，“山近月远觉月小，便道此山大于月。若人有眼大如天，还见山小月更阔”。

长大后的王阳明，喜欢说大话，立大志向要做圣贤；又喜欢骑马射箭，想着用兵四方。自然在别人眼里，这个年轻人有些放荡不羁，做事不合常人。如为了理解朱熹的“格物致知”，他对着一棵竹子看了七天七夜，竹子没“格”出来，人却病倒了。他的新婚大喜之日，他出门闲步，看到一个道观，就走进去和里面的道士谈玄论道，秉烛夜谈，忘掉了结婚这件事情。直到第二天，家人才把他找到。新婚之夜新郎不见了，自然成了当时的奇闻。

资质再好的人，不经历一番磨砺，也很难成为大器。王阳明担任兵部主事后，上书言事得罪了大太监刘瑾，被发配到贵州修文县龙场驿担任驿丞，一呆就是三年。当时的贵州，偏远落后，他只能在龙场附近的一个小山洞里"(把)玩(周)易"，剖析程朱理学的不足，沉思人生的解脱之道，终于形成了震古烁今的阳明心学，影响遍布海内外。

非常人成就非常事。王阳明在立德方面，创造了心学，构建起"心即理""知行合一""致良知"的基本理论框架，成为朱熹之后的一代大儒。在立言方面，虽然他不是孜孜以求成为大作者，信手写下的一些诗词文章，也在后世影响深远。如《古文观止》这部最有名的古代文章选集里，王阳明的作品就有三篇。在立功方面，他以迅雷不及掩耳之势平定宁王朱宸濠叛乱，又平定了江西土匪和广西少数民族叛乱，被封为新建伯。

这样一个千古完人，也留下了多首与芜湖有关的诗歌。第一次是壮年时期，春暖花开，他由南京去九华山玩，在繁昌新港附近，长江上风浪大作，为了安全，他乘的船只能停下来。他停留的时间不短，就到繁昌四处看看，了解风土人情，还挥毫写下了《繁昌道中阻风》二首，"阻风夜泊柳边亭，懒梦还乡午未醒。卧稳从教波浪恶，地深长是水云冥。入林沽酒村童引，隔水放歌渔夫听。颇觉看山缘独在，篷窗刚对一峰青。东风漠漠水沄沄，花柳沿村春事殷。泊久渔樵来作市，心闲麋鹿渐同群。自怜失脚趋尘土，长恐归期负海云。正忆山中诗酒伴，石门延望几斜曛"。

第二次应该是晚年，平定宁王叛乱后由江西回南京。当时的蛟矶是江中心的一座孤岛，上面有纪念刘备夫人孙尚香的蛟矶庙，也是一个远近闻名的旅游胜地。由于王阳明一举让宁王叛乱烟消云散，功高不赏，引起了朝野不少人的讥议和猜忌，如说他想谋反等。此时，他的心情自然是沉重的，想着如何才能够急流勇退、归老山林。这种情绪体现在他写的《登蛟矶次草泉心刘石门韵二首》诗中，"中流片石倚孤雄，下有冯夷百尺宫。滟滪西蟠浑失地，长江东去正无穷。徒闻吴女埋香玉，惟见沙鸥乱雪风。往事凄微何足问，永安宫阙草莱中。江上孤臣一片心，几经漂没水痕深。极怜撑住即从古，正恐崩颓或自今。藓蚀秋螺残老翠，[illegible]鸣春雨落空阴。好携双鹤矶头坐，明月中宵一朗吟。”诗里“江上孤臣”体现了他的寂寞心境，“极怜撑住”则表明了他在一片风雨中的苦苦支撑，而“好携双鹤”则明显是想隐退之词。

很多人为了国家民族，耗尽了心力，却被一些小人构陷而郁郁不得志，王阳明同样没逃脱这个命运。临死前，围在他身边的学生想他留点遗言，他只说了一句话，“此心光明，亦复何言？”确实如此，一个人能够做到心地光明，也就什么都不用解释了。

如今很多帝王将相的名字淹没在历史的长河里，而王阳明和他的心学还会流传下去。芜湖也有幸，把名字留在阳明先生不朽的诗句和声名里。

袁中道乘兴芜湖游

周末在家，闲翻《珂雪斋集》，才发现晚明著名文学家袁中道曾来到芜湖游玩，并多次写下与芜湖相关的文字。也可见芜湖这方佳山好水，得到历朝历代的文人雅士的垂青，屐痕旅迹常履此土。亦是芜湖的魅力外发，招来骚客吟咏不断，至今芜湖山水生色不少。

袁中道，湖北公安人，他是名震晚明文坛的“公安派”领袖之一，是文学家袁宗道、袁宏道（袁中郎）胞弟，当时并称“三袁”。兄弟三人同时驰名，领袖文坛，这也是历史上少有的事，曾被传为一时佳话。

袁中道成名很早，也很有个性。当时的著名文学家、思想家李贽特别欣赏他，逢人就说袁中道的才名。大同巡抚梅国桢特别仰慕他的才气，就多次写信邀请他去大同做客。结果袁中道回信说："贵巡抚的马厩里养了上万匹马，都不拿出一匹好马来接我过去。想凭一封信就要让我这个国家大才招之即来，您也是太高傲自大了吧！"不过梅国桢爱才如命，没有官气。他看了袁中道的回信也没有生气，而是赶紧派专人，备好马，到袁中道家里把他迎接了过去。袁中道漫游了大同当时这个大明王朝的边塞地区，梅巡抚一直待为上宾，好吃好喝招待，还全程陪同他打猎、游览，袁中道诗兴上来就写诗，他每写出来一首诗，梅巡抚都要赞赏说："真是大才子啊！"可见古人做官爱才的程度，别忘了，当年的袁中道还没有考上进士，只是一个年轻的布衣诗人啊。袁中道官运也不咋样，直到四十六岁才考上进士，后来升职南京吏部郎中，没多久就去世了。

不过袁中道这个自视甚高的大文人，也有两个让他拜服的人：一个是李贽，一个是袁宏道。袁中道曾经在文章里这样写道："本朝数百年来出两异人，识力胆力，迥超世外，龙湖（李贽的号）、中郎非欤！"就是说，他认为大明王朝只出了两个厉害人物，李贽和袁宏道。李贽是大思想家，以孔孟传统儒学的"异端"自居，反对程朱理学，主张婚姻自由，在文学上提倡"童心学"，在晚明掀起了思想解放的新风，所以袁中道十分佩服他。而只比他大两岁的哥哥袁中郎，在文学上反对"文必秦汉，诗必盛唐"的风气，提出"独抒性灵，不拘格套"的性灵说，是开一代文风的人物，自然也得到他弟弟的崇拜。

顺便说一句，受李贽影响，袁中道也深得佛教熏陶。他的文集《珂雪斋集》得名是取佛经《观无量寿经》里"观如来白毫相如珂雪"而来。佛经里有不少好东西可供我们取用，习总书记在讲话里提到"不忘初心"，后来成了流行语，其实最初也是高僧解读佛教经文得出的教诲。

言归正传，话说文人都喜欢游山玩水，何况芜湖是交通要道，所以爱玩的袁中道也来芜湖了，还不止一次。一次是万历四十五年（1617年），袁中道考中进士的第二年春天，朝廷任命他为徽州府教授，他经过芜湖去徽州任职。这次他新进官场，虽说只是个县处级小干部，但他总算解决了想进官场而不得入的心病，心情特

别高兴。这次，他早早从芜湖出发去徽州，一路田园诗般的风景让他陶醉，忍不住写下了《芜湖早发入新安》这首诗，“岂拟长宦耳生轮，劳尾鱼今暂息鳞。冠带场中为隐士，烟岚国里作官人。和云竹叶阴森路，泛水桃花艳冶春。欲觅渔郎何处是，数家鸡犬隔重津”。前四句写他的心情，总算“耳生轮”官运来了，不用做尾巴摇个不停的劳尾鱼了。古人认为耳朵有垂珠是福气。后四句写一路的美丽风光，竹叶蘸着云朵在摇动，桃花落在流水上；打鱼船在河上欸乃声不断，鸡犬之声相闻，仿佛到了陶渊明笔下的武陵源。

人逢喜事精神爽，新当官的袁中道怀着对未来的憧憬，激发了他的诗兴。写完一首，意犹未尽，他又写了一首《由芜湖入新安道上杂咏》，“春水平田鹭一群，黄花陌上野香熏。若为雨霁犹屯雾，总以松多易染云。洞拂古莎来鹿女，原留新迹过山君。马蹄闲踏萧森影，夜月朝曦两不分”。这首诗完全是寓情于景了，前四句写眼前所见，稻田里郁郁芊芊，白鹭在田野里悠闲地飞翔，路旁到处是黄色的野花，幽香在空气中浮动，徽州那边的远山则烟雾缭绕。后四句写山路的幽静，马蹄闲踏，人影斑斓，晚上的月光如此明亮，都像清晨的阳光那样分不清了。总之，袁中道一路上兴致勃勃，游兴增添了他的诗兴。

第二次到芜湖是万历四十五年(1617年)冬天，袁中道升官了，成为国子监博士。他来到芜湖，等待朝廷的任命书。他在《采石度岁记》里写道，“予从北来，入新安，徘徊东国几数月。至鸠兹，候凭不至。或曰校职也，可不须凭”。从文中我们可以看到，在芜湖他等了一段时间，都快过年了，任命书还没到，古人实在是慢生活啊。别人说这是虚职，可以不等朝廷任命书，直接去单位报到。于是，他就赶往南京，顺道去了马鞍山，他的同年进士曹元甫老家在那里。曹元甫看到老同学来了，特别高兴，就挽留他在马鞍山过年，还陪他游采石矶。他在采石矶望见天门山东西梁山，“如两眉隐隐”，还听人唱了弋阳腔。

这就是袁中道与芜湖的文字缘。人生苦短，文字却可以留住那些逝去的旧时光。数百年过去了，捧读袁中道的诗文，感受当年芜湖的诗情画意，对比当今的工业社会，亦生无限感慨。

罗洪先慈心救死囚

前几年，每到暑假期间，不少媒体和商家喜欢炒作高考状元，一个市的，一个省的，还分文理科。其实，现在的高考状元含金量和古人科举得来的状元比起来差远了。古人考状元实在是难啊，什么乡试、会试、殿试，过五关斩六将不说，它还要三年才考一次，一次全国才有一个，最后还得皇帝亲自定，成了状元就是皇帝的学生。天子门生，红袍纱帽，骑马夸官，谁不另眼相看啊！现在就是什么博士、博士后也没这个待遇，所以当年读书人都有状元梦。

说起状元，除了张孝祥，我不禁想起另一个和我们芜湖有点交集的明朝状元罗洪先来了。罗洪先，字达夫，号念庵，江西省吉安府吉水黄橙溪(今吉水县谷村)人。他是明代著名学者，杰出的地理制图学家。他精心绘制的两卷《广舆图》，是我国历史上最早的分省地图集。考试全国第一，在自己热爱的学术研究上又做到全国第一，这是个牛人吧！

很多读者估计对这个人不是很了解，但如果喜欢文学和宗教的人，一定熟悉这个名字。由于罗状元精于道学，主动放下他高官厚禄的锦绣前程，经常有些奇行异举，留下不少逸闻趣事被民间津津乐道，视为“得道仙人”。他的诗作《罗状元醒世歌》劝人珍惜短暂人生，看破你争我斗，摒弃负面情绪，保持良好心态，至今脍炙人口，流传不衰。里面的句子如，“要无烦恼要无愁，本分随缘莫强求。无益语言休着口，不干己事少当头。人间富贵花间露，纸上功名水上沤。看破世情天理处，人生何用苦营谋”。还有，“知事少时烦恼少，识人多处是非多”“人心曲曲弯弯

水，世事重重叠叠山”“人心不足蛇吞象，世事到头螂捕蝉”，都是人生哲理金句啊。特别是对我们生活得苦巴巴、紧绷绷，还喜欢膜拜成功者、崇尚成功学的中国人来说，读了有点在心上抹了清凉油的功效。

罗状元和芜湖的故事，记录在一个安徽人吴肃公写的《明语林》卷二的“德行”里。话说当年罗状元春风得意考上了状元，被嘉靖皇帝授予了翰林院修撰的官职，成了皇帝身边的文字秘书。罗状元高中得官后，自然要衣锦还乡啊。他从北京回江西老家，走水路经过芜湖。正好他的同年(古代同一年考上的进士相互称呼，相当于现在的大学同窗)项乔是同科榜眼(第二名)，担任了南京工部主事，分管芜湖关。

估计两个老同学相见，喝高了玩累了。罗状元又一路舟车劳顿，身体受不了，一下子在芜湖就病倒了。他天天躺在旅店床上呻吟，脸色枯槁，一天比一天差。古代医疗条件没现在好，随便一个感冒发烧就能让人命没了。当年张孝祥就是到船上陪老朋友吃饭，回家中暑就病逝了。此时，随同罗状元返乡的舅舅心里就打起了小九九，外甥这样下去不得了啊，如果他一病不起怎么办？身上连买棺材的钱都不够啊。

别看芜湖今天不是一线城市，在全国的地位没那么重要，但当年芜湖关和杭州、荆州一起，成为明朝税收最多的三个关。在芜湖做生意偷税漏税的也非常多，朝廷抓到也是判处重刑。正巧芜湖有个商人偷税漏税，被项乔的手下抓住了，估计是数额太大准备判处死刑。他的家人来找罗状元，愿意出很大一笔钱请罗状元说情。《明语林》里说是“千金”，总之数额很大。罗状元的舅舅就心动了，答应帮那个死刑犯脱罪。项乔来探病的时候，罗状元舅舅就悄悄地把项乔叫到了门外，把情况告诉了他，想让项乔帮忙。

不料罗状元人虽然病了，耳朵却非常尖。他大声喊道：“项乔，君子喜欢结交有品德的人，你一定要让我做一个清清白白的鬼。就算我病死了，难道你不能用俸禄帮我买棺材吗?”项乔听了连连点头。

没几天，罗状元的病好多了，他和舅舅在闲谈的时候说：“偷税漏税罪不至死，但项乔会因为我说的一番话，一定要判他死刑，看来那个人没有活路了”！于是，罗状元强撑病体坐了起来，偷偷地写了一封信给项乔，让项乔量刑要慎重，毕竟人命关天啊。后来，那个芜湖商人在交了一笔罚金后，很快被放出了监狱，不过，他获得自由后根本不知道是罗状元为他说情，才让他得到生路。当然，罗状元更没有收他家的钱。可见，古人操守之严，行善不欲人知，造恶害怕天谴。

罗状元在芜湖的作为，也是一个示范。做官的人，要坦坦荡荡、堂堂正正、清清白白，才能心安理得，才会不留骂名。

归有光南陵得门生

自屈原以来，中国的文人很少有不关心政治的。李白希望“长风破浪会有时，直挂云帆济沧海”；杜甫希望“致君尧舜上，再使风俗淳”；李商隐希望“欲回天地入扁舟”。他们的文字里，都充满了在政治上有所作为的期许。可惜的是，得偿大愿的文人少之又少，命运蹭蹬的文人多如河沙，导致不少文人的一生常常以悲剧收场，诗文里描写理想与现实冲突的内容随处可见。明朝大文学家归有光也是如此。

归有光，字熙甫，又字开甫，别号震川，又号项脊生，世称“震川先生”。他是江苏昆山人，在活着的时候就被称为“今之欧阳修”，后人称赞其散文为“明文第一”。当年，恃才傲物的徐文长目空四海，看谁的文章都觉得是臭狗屎，不值一哂。一次，状元郎诸大绶衣锦还乡，摆下盛宴邀请徐文长吃饭。不料，他和一帮宾客从黄昏等到凌晨一两点钟，徐文长才姗姗来迟。一问，原来徐文长在一个书生

家里看到一卷归有光的文章，读了几行就特别喜欢，忍不住一口气读了下去，把宴请的时间都忘掉了。诸大绶看见从不服人的徐文长竟然如此推崇名不见经传的归有光，感到特别吃惊，就赶紧让人找来归有光的文章。两个人在灯下开卷欣赏，把其他宾客晾在一边，都忘记了宴会这件事情；读到好处，他们不时拍案叫好，直到通宵达旦。

归有光得到与解缙、杨慎并称“明代三大才子”的徐文长如此钦佩，他的文学成就之高，自然不用多说。归有光的文章《项脊轩志》在我读书的时候就收进了高中课本，他的作品善于描生活琐事，通过一幕幕生动的画面打动了当时年少的我。他的祖母、母亲和妻子三个女人，被他用寥寥数笔栩栩如生地描画出来，声情并茂地活在一代代读者的心里。

归有光出生在昆山的大族，在当地有“县官印不如归家信”的说法。也就是说，归家在地方家族势力非常强，归家人办事打个招呼，连县里的官员都要给面子。可惜的是，归家祖上没出过什么显赫人物，只有归有光的曾祖父当过几年县长。他的祖父、父亲都是平头百姓，从《项脊轩志》里我们知道，连他的祖母都寄望他光耀归家门楣！归有光背负着家族的众望活着，他考啊考啊，想考个一官半职。不料，直到六十岁才考上进士，当了一个小县长。六十三岁的时候，因为得罪了上司和当地豪强，被明升暗降调任顺德府（今河北邢台）通判，管理马政。一个志在救世济民的文人被边缘化，成了管理马匹的“弼马温”。归有光自然十分愤慨，他在诗里写道，“号称三辅近，不异湘水投”，就是说，自己和屈原的处境没什么差别。六十五岁的时候，他总算升为正六品的南京太仆寺寺丞，如在今天，也算厅级干部了。当时的首辅李春芳非常赏识他，留他在北京掌内阁制敕房，代皇帝草拟诏书，纂修《世宗实录》，身列文学侍从之位。归有光总算在仕途的泥泞里看到了光明，不料，不到六十六岁他就染病离世了，留下了未尽其才的遗憾。

归有光虽然仕途不得志，但文学上的成就让他光芒夺目、声名远播。他还收了不少门生，扩大了他文学上的影响。从《震川先生集》我们可以知道，南陵县的何煃、何燮两兄弟，就曾经慕名不远千里，到昆山拜归有光为师，成为归有光的得意门生。

归有光对二人极其器重，在二人学成返乡时，特地给他们两人写了一篇送行文章《送何氏二子序》，里面写道:“(二子)自芜湖浮江而来，千里而从予于荒野寂寞之滨，予常以是告之，二子未尝不以予言为然也。岁暮，辞予而去。惜二子亦方有事于进士之业，而未暇于予之所云。然二子要为知予，而其志意非苟然者。”归有光以循循善诱、依依惜别的口吻，留下了老师对学生的深情言说。归有光在文中，写了自己身处荒野、不受重视的处境，对两位得意门生熏陶以孔子之道，希望他们牢记圣人之言，将来成就一番事业。从文中我们可以看到，何煃、何夔在昆山呆了近一年时间，到年底才离开。当然，他们离开也是为了应科举考试。归有光认为，何氏兄弟志存高远，不屑于苟且钻营，将来会名垂青史。

从民国年间修的《南陵县志》我们知道，何氏兄弟果然不负恩师厚望，在史册里留下了厚重的一笔。何煃从小品德高尚，只爱读书一件事；虽然家里穷，但在村里人都去争抢从地窖里挖出的大堆银子时，他不屑一顾，只是一个人坐在书斋里高声读书。中进士做官后，他敢与当时一手遮天的权臣严嵩斗争，还经常直言力谏皇帝。在皇帝准备重用他的时候，不巧因病去世了。何夔则喜欢读书做学问，特别爱好王阳明的心学。他不喜欢功名利禄，曾经有大官赏识他，想破格提拔他为贡生，他都婉言谢绝了。王阳明的弟子对他评价非常高，称他性情“温良和顺”、心地“光明淳实”、才干“果决练达”、操行“孝友廉洁”。

南陵县文联的杂志《春谷》编得不错，我在里面看到一篇文章，提到归有光有一篇《横山挽诗序》，说是写给何煃祖父的。不过我翻遍《震川先生集》，没看到这篇文章。可能是这本书的编者把这篇文章遗漏了，毕竟过了五百年的时光，自然有不少明珠蒙尘啊。

古人重师道，归有光的教育、归有光的榜样，让何氏兄弟坚持自己的梦想，并取得了各自的成功。为官者不畏权贵，为民请命，青史流芳；为隐者不恋荣华，安守陋巷，安贫乐道；可见归有光教育的成功，也给我们后人培养人才提供了思路，每个人都有自己选择的道路，不是只有功成名就才叫成功。

桃花扇底悼南明

芜湖是一个有故事的地方，有不少重大的历史事件就发生在芜湖。如南明弘光王朝的覆亡，就是在芜湖荻港划下的句号，留给后人无尽的反思与感伤。我曾经坐船经过荻港时，感觉滔滔江水在斜阳明灭里，流淌着不尽的沧桑。

1644年这个农历甲申年，注定是中国历史的沉痛一页。这一年，李自成的农民起义军攻克北京，大明王朝的崇祯皇帝上吊自杀，身后留下了一片兵荒马乱、疮痍满道的江山；这一年，吴三桂“冲冠一怒为红颜”，打开山海关大门，存在了近三百的大明王朝被清朝取代。这一年，在南京这个大明王朝的留都，在风雨如磐的时候，在大臣的纷纷议论争吵之中，福王朱由崧被迎立为弘光帝，成为恢复神州、光复大明的一时寄望。

可惜的是，福王朱由崧并非挑得起中兴大业这副重担的绝佳人选。史可法曾反对拥立福王，列举了福王“贪、淫、酗酒、不孝、虐下、不读书、干预有司”等七条理由。应该说，如果福王有这七条恶行中的任何一条，都说明他不足以在乱世中担当大任。让后人扼腕的是，当时手握兵权的凤阳总督马士英及江北四镇的将领高杰、黄得功、刘良佐等人，想以拥戴邀功获赏，选择了福王，推戴他登上了龙位。而史可法由于之前说了反对意见，自然在朝堂上受到排挤，也为后来孤忠报国的悲剧埋下了伏笔。

当然，此时淮河以南的中国尚在明朝的控制之下。如果弘光帝此时能够振作一番，澄清吏治，整顿武备，不说恢复中原，最起码像东晋、南宋那样偏安江南半壁河山，也是可以的。

不料，刚上台的弘光帝就把北方的失地抛在脑后，过上了歌舞升平、纸醉金迷的日子，成天看歌舞、选美女、卖官爵，毫无进取气象。当时的著名诗人陈子龙劝谏弘光帝说："自古中兴之主，没有不身先士卒、与老百姓同甘共苦的，因此能成就大业。现在的京城里，到处都有人饮酒作乐、高歌狂欢，和太平时节没什么两样；这样的局势，就像在漏舟之中唱歌、在焚屋之内痛饮一样，我真不知道这样下去怎么得了。"可惜的是，忠言逆耳，弘光帝听不下去。

另一位爱国烈士、大诗人夏完淳在文章里反思弘光王朝覆灭的原因说，"朝堂与外镇不和，朝堂与朝堂不和，外镇与外镇不和，朋党形势成，门户大起，虏、寇之事，置之蔑闻。"外面有清军、农民起义军等敌手虎视眈眈，随时扑来，弘光王朝内部却是文武交讧，将领纷争，贪图的是身家富贵，丝毫不以国事为念。如江北四镇的将领经常为争夺地盘而相互刀兵相见，马士英、阮大铖等大臣们却利用手中的权力鬻官肥家，导致"中书随地有，都督满街走，监纪多如羊，职方贱如狗"。这样的朝廷，自然是离覆亡不远。

弘光当上皇帝不到一年，就传来扬州失守、史可法殉难的消息。不久，清军渡江，弘光帝不作任何抵抗的部署，也不通知任何公卿大臣，就带着几个宦官像丧家犬一样，在一个凌晨仓皇离城出逃。

本来，弘光帝想去的地方是杭州，结果在江苏溧水县被当地士兵所阻，就转而投奔太平府(今当涂县)，太平府官吏闭门不纳。弘光帝只得来到芜湖，投奔靖南伯黄得功驻扎在荻港板子矶的军营中。皇帝的突然驾临让黄得功大吃一惊，问明缘由后，他不胜感慨地说，皇帝如果能够死守京城，发诏书召唤将士勤王，他还能率兵前去死拼；怎么能够轻信奸佞小人的话，抛弃国家社稷呢？现在进退失据，我的兵力又单薄，怎么能护驾呢？弘光帝此时也很后悔，只好说，我只有将军可以依靠了。黄得功跪了下来，泼了一杯酒在地上，痛哭流涕地说："所不尽犬马以报者，有如此酒。"黄得功决定对皇帝效忠到底，就把皇帝迎接进军营安置。

不料，清兵追赶弘光帝来到芜湖。此时，黄得功部下将领田雄、马得功贪图富

贵，决定降清。黄得功不知军心已变，引兵迎战清军。叛军趁黄得功没有防备，暗中发了一箭，射中黄得功咽喉。黄得功知道大势已去，就拔剑自刎了。

田雄把弘光帝放在背上，马得功抓住弘光帝的两只脚，不让他挣扎。弘光帝恸哭着哀求两个人放了他，两个叛徒无耻地回答说：“我们的功名富贵就在这里，不可能放你的。”弘光帝气得把田雄的颈部咬得鲜血直流，他就这样被田雄、马得功活捉献给了清军。

弘光帝后来被一辆破旧的小轿子抬回了南京，他身穿蓝布衣，用油扇遮着脸，这个时候，这个昏庸君主，也知道不好意思面对国人啊。一路上，老百姓夹路唾骂，还有朝他扔瓦砾石块的。可见，这个风流天子，是多么的不得人心啊。

寄托了当时无数汉人光复梦想的弘光王朝，就这样在芜湖长江边的猎猎江风中凄惨落幕了。《桃花扇》里所说的“眼看他起朱楼，眼看他宴宾客，眼看他楼塌了”的一幕幕悲喜剧，就这样不断上演着。

钱谦益芜湖觅知交

国破家亡之际，我们有不少民族英雄挺身而出，挽救民族危亡，如岳飞、文天祥、于谦、史可法、陈子龙等人，至今碧血照千秋。也有不少人由于一念之差，一时贪生怕死，从此就声名如美玉沾玷，只能终身遗恨了。本文所说的钱谦益就是这种人。

钱谦益（1582—1664年），字受之，号牧斋，晚号蒙叟、东涧老人。学者称虞山先生。他是明末东林党的领袖、清初诗坛的盟主之一。流传至今的《钱牧斋全集》

有厚厚八大本。对他的文学成就,我只能拜服;而对他的人生抉择,我只能一声叹息。

古人讲究的是学而优则仕,作为一个读书人,钱谦益一直有一个梦想,就是成为调和鼎鼐的宰相。作为东林党的领袖人物之一,钱谦益门生故吏遍天下,声望很高,在崇祯皇帝上台之初,便有了一个成为内阁首辅的机会。因为他害怕两个资历深的老干部温体仁、周延儒进入内阁会排在他前面,就密谋阻止此二人进入内阁。不料,搬起石头反而砸了自己的脚,温、周二人结起了反钱同盟。老干部一发威,让钱谦益的首辅梦彻底破灭。终崇祯朝,钱谦益一直在副部级高干的位置上混。到了南明弘光朝,钱谦益也只熬到了礼部尚书这个职务,也没如愿成为阁臣。

不过,官场失意、心情不爽的钱谦益,在情场上得到了补偿。他得到被称为“秦淮八艳之首”的柳如是垂青,以近60岁的高龄,娶得芳龄二十出头的美人归。我不能不佩服柳如是这个女人,实在是有一颗慧眼:她选择过两个男人,第一个是大诗人陈子龙,连做妾都心甘情愿,陈子龙对柳如是也是心动情动,可惜到行动时就打退堂鼓了。第二个是钱谦益,为了赢得美人的芳心,钱谦益在江苏张家港老家为柳如是盖起了华丽壮观的“绛云楼”和“红豆馆”,并给了柳如是正妻的名份,柳如是也是心满意足了。

很快,钱谦益迎来了人生最大的抉择。清军占领南京,柳如是劝钱谦益投水殉国,钱谦益在家中花园的水池边徘徊了很久,在柳如是催促下,他慢慢地走进水里,最后还是爬上了岸,对柳如是说:“水太冷了,我真走不下去啊。”其实是说他真不想死啊。柳如是对这个贪生怕死的丈夫只能摇头,她本想一个人去死,跳进了水池中,最终还是被钱谦益拉了上来。

此时的钱谦益,根本没有铜驼泣泪的悲伤;他只想在改朝换代之际,实现自己入阁拜相的梦想。何况此时的清政权统战工作做得好,宣传说他们是为崇祯兴师报仇,大明原来的臣工在新朝职务不变、待遇不减。于是,他急忙剃掉头发,扎起长辫,带上一堆贵重礼品,拜访豫王多铎。在关于南明弘光王朝灭亡的野史《江南

闻见录》里，记载了钱谦益给多铎的名片和礼品。礼品有流金银壶、法琅银壶各一具，蟠龙玉杯、宋制玉杯、天鹿犀杯、葵花犀杯、芙蓉犀杯、法琅鼎杯各一进，法琅鸽杯、银镶鹤杯各一对，宣德宫扇、真金川扇、弋阳金扇、弋奇金扇、百子宫扇、真金杭扇各十柄，真金苏扇四十柄，银镶象箸十双。据说这还是降清大臣里礼品送得最薄的。而当年崇祯皇帝缺少军饷向满朝文武募捐，结果只得白银20万两，只能说这些大臣考虑的只是自己的身家啊。当然，如此行径也让汉人遗民不齿。

虽说钱谦益向清表忠心，最终清朝只给了他礼部右侍郎的位置，这自然让想在政坛大显身手的钱谦益大失所望。清朝统治者对汉人还是防范心理极强的。在江南稳定后，他们就黑起脸来对付降臣了，后来还将钱谦益等降臣投入大狱。这样，就把钱谦益推向了远在广西云南一带抗清的永历政权一边。认识了清朝丑陋面目的人，开始谋求恢复南明。

当然，钱谦益秘密从事反清活动，也得益于柳如是的气节。柳如是是一个有着强烈家国情怀的奇女子，她曾经对人说："现在国家危亡，一定要有大英雄出来御敌戡乱；如果我是男人，就一定出来救亡图存、以身报国！"由于柳如是不断吹枕边风，钱谦益和郑成功、张煌言、瞿式耜等抗清英雄联系不断，并资助他们；还联络江南尚存的具有反清思想的义士，如芜湖的沈士柱、沈士尊兄弟等。在得知郑成功带领的南明军队攻打到南京时，钱谦益心情振奋、欣喜若狂，写下了《金陵秋兴八首次草堂韵》这首名作，里面说，"杂虏横戈倒载斜，依然南斗是中华"，相信中华文化长存；还说要"杀尽羯奴才敛手，推枰何用更寻思"。可惜的是，其最终复明之梦破灭。

在《钱牧斋全集》里，有钱谦益写给沈士柱的诗《人日得沈崑铜书诒我滇连心红却寄》，"人日缄书寄老翁，封题意与古人同。怜予味蛰黄连苦，顾子心殷朱粉红。磨砺丹心回白首，涤除双碧向青铜。滇云万里通勾漏，职贡遥遥问乙鸿。"这首诗是钱谦益在大年初七时，收到沈士柱从芜湖寄给他的信和从云南弄来的黄连，心有所感而写的回诗。当时，广西云南一带是南明永历政权的政治中心，也是大明遗民心怀复兴梦的希望所在。南明王朝的一举一动，都牵动那些遗民的丹心;南明地域的一花一木,都寄托着那些遗民的梦想。虽然钱谦益降清失节,心多愁苦;但他头虽白心犹丹,一片丹心还是向着南明王朝。能够与南明通讯往来,能够得到南明王朝的器物,能够感受到一点一滴抗清的消息,让他心里燃烧着复兴的希望。

钱谦益最终看着南明王朝无力回天,在感慨“败局真成万古悲”里离世;而沈士柱在芜湖一直身着大明衣冠,为复兴奔走,最终牺牲在清的屠刀下。

岁月不断流逝,回眸那些沉浸在历史里的悲苦面影,阅读那些曾经软弱的灵魂。我只能感慨,一朵浪花曾卷起整个海洋,一些人的奋斗曾寄托一个民族的希望,一首诗里也传承着芜湖最美好的文化。

陈子龙江城交俊彦

陈子龙是明朝最后一个大诗人,被公认为“明诗殿军”“明代第一词人”。他也是复兴南明的积极分子,积极投身抗清斗争中,最终身殉故国,用一腔碧血谱写了反抗凌辱的正气歌。

陈子龙是松江华亭(今上海)人,初名介,据说他生下来前夕,他的母亲梦见有龙在家里的墙上蜿蜒游动,后来就改名子龙。古人的字号繁多,他初字人中,后改字卧子,又字懋中;晚年号大樽、海士、轶符、於陵孟公等。

如果是升平年代,陈子龙会以一个风流才士闻名。《明史》说他“生有异才,工举子业”,少年就以文章驰名江南。他二十岁成亲,娶了父亲为他定的娃娃亲——邵阳知县张轨端的女儿。在那个年代,官宦人家娶几个小妾是平常事,作为一个

风流多情的文人，陈子龙未能免俗，也先后娶了三个小妾。陈子龙长得风流倜傥，人又文才出众，让当时“秦淮八艳”之一的柳如是动了芳心，主动女扮男装跑到松江投奔他。陈子龙对天上掉下来的柳妹妹来者不拒，和柳如是度过了约半年浪漫多情的时日。不过，落花有意，流水无情。当柳如是想成为陈子龙名正言顺的姬妾时，被陈子龙拒绝了。一方面是柳如是的妓女身份，而陈子龙家人对他娶妾的要求是“良家女”；另一方面是柳如是个性放诞不拘，追求自由和受人尊重，连第一次去陈子龙家拜访时，用的名片都是“女弟”身份。陈子龙虽然爱柳如是的美色，敬佩她的诗才，但他毕竟是有严重的大男子主义倾向的。就这样，陈子龙和柳如是的缘分擦肩而过，当然，他们保持了终身的好朋友关系。

文人的诗酒繁华梦最终还是惊破了，中国历史上惨痛的“甲申之变”降临，崇祯皇帝上吊自杀，南京的弘光政权建立。作为大明的忠臣义士，陈子龙自然想有所作为，挽救时代的危局。内忧外患的南明王朝，本该和衷共济。不料掌权者们忙于争位置、抢地盘、用党羽、谋私利。用当时有识之士夏完淳的话说，“朝堂与外镇不和，朝堂与朝堂不和，外镇与外镇不和。朋党成势，门户大起，虏寇之事，置之蔑闻”。就是说危机中他们还在闹内斗，不管外有清军压境了。对此忧心如焚的陈子龙只能书生议政了，在效力弘光朝廷的近六十天时间里，陈子龙上了三十道奏折建言献策，平均两天上一个，也真是尽心尽力了。他呼吁朝廷振作，甚至希望弘光皇帝御驾亲征，成为中兴之主。在皇帝面前谈及危局时，陈子龙直言，“今入国门再旬矣，人情泄沓，无异升平。清歌漏舟之中，痛饮焚屋之内，臣不知其所终。”就是说，弘光朝廷依旧歌舞升平，在漏船里歌唱，在着火的屋子里喝酒，不知灾祸降临，实在是让人痛心啊。可惜，他的话没有感动弘光皇帝。不久，他感到“时事必不可为”，弘光朝廷“倾覆不远矣”，就眼不见为净，请假回故里隐居了。

后来，混乱的弘光朝廷仅支撑一年，就被清军很快拿下了。复兴大明王朝的希望，如同想把快熄灭的灰烬重新吹燃一样，实在是太难。不过，陈子龙没有放弃，他和夏允彝、吴易、吴志葵等人一起，招募水兵，在太湖抗清，最终失败。陈子龙因兵败被捕，见到审讯他的清朝官员，他“植立不屈，神色不变”。官员问他，为什么不剃发？陈子龙正义凛然地回答，我要留着我的长发（汉人衣冠），才有脸去九泉之下面对崇祯皇帝。再审讯他，陈子龙就拒不回答。陈子龙在被押往南京途中，乘看守人不备，投水而死。清军还是残暴地将他的尸体凌迟斩首，弃尸水中，可见清朝对陈子龙这样抗清义士的痛恨。

陈子龙平时注重结交豪士俊彦，他的亲朋好友大多尽忠大明王朝，以身殉节，如夏完淳父子、芜湖遗民诗人沈士柱，等等。他留存至今的诗作，让我了解了他和沈士柱（字崑铜）的亲密往来。如《集严子岸同沈崑铜、闻子将、彭燕又》，"江城集群彦，冬月延高清。辉辉弄怀抱，亹亹称生平。美人酌寒醑，抚袂俄以盈。遥隈网上鲜，芳洲搴杂英。君家事渔猎，慨然为我烹。主宾东南秀，历落湖海名。顾盼生光曜，不言人已惊。即逢飞觞密，且觉雄辩轻。承时极荒宴，岁暮有余情。寒星散幽客，回望谁能明？早春变澄湖，及此黄鸟鸣。睠焉后期会，因之百虑萦。"

这首诗前四句，写了一批俊彦汇集江城，当然，我们芜湖诗人沈士柱也应邀出席。中间八句，写的是集会的盛况，有美人，有佳肴，更有名闻东南的秀士。再八句写的是在集会中大家推杯换盏，谈笑风生；大家兴致勃勃，到天快亮时才散。最后四句，写明对时局的忧虑。这首诗虽不知道写作时间，但我估计应该是大明未亡时所作，大家还能雅集，还能高谈阔论。当然，作者还是写了对时局的隐忧，毕竟爱国诗人对国事无法置身事外啊。

最后，无论是我们芜湖的沈士柱，还是陈子龙，都用生命诉说了对国家的忠贞之心。他们虽然未能只手补天，但用心中的正气、手中的巨笔，摹绘了那些英杰的身影，留下了他们在历史里鲜活的叹息和笑声，让我们能够仰望和钦敬，并在学习先贤中净化自己的灵魂。

我和夏完淳

我读书三十多年来，看了古今中外不少名著，它们对我的影响是一点一滴，随眼潜入思，润心细无声，让我的灵魂在艺术人生里获得圆满与自在。当然，说到对我人生影响至深的，不能不提《夏完淳集》这本书。由于我中学时候对夏完淳的偏爱，这本书我1991年秋天刚上高一就买了，它伴随我身边也近二十五年了。

我喜欢夏完淳的诗文，首先是因为这个人；我崇拜夏完淳这个人，更是因为他的诗文。当然，由于他的诗歌是古体的，多为律诗绝句，文章更是由文言文写的，对不少现代读者来说，习惯了白话文的阅读，已经和夏完淳有很大隔膜了。

不知为什么，从当时的语文教科书附录中读到夏完淳的诗作《别云间》，我的内心便产生震撼的感觉。一个十六岁的少年，用生命的正气和眼泪书写的字句，如声声鼓点敲在我的心上，让我从此对这个明末抗清少年英雄倍感崇敬。

毋庸置疑的是，夏完淳是一个天才，他五岁知五经，七岁能诗文，九岁就出书了，并且文章写得快，幼年就有“神童”之美誉。如果不是明末的天崩地裂，如果不是因维护民族尊严而英年早逝，估计夏完淳的文学成就不可限量，会成为文学史上屈指可数的大家。当然，仅凭他现存的四百多篇诗文，里面的才情已是光芒万丈，炫人眼目，已被现代文豪柳亚子赞许为“悲歌慷慨千秋血，文采风流一世宗”。

几乎所有作家的写作，都是从模仿开始，夏完淳也不例外。不过，由于夏完淳是大家，笔端气吞万象，笔下变化万千。有的诗句，词清句丽，歌颂祖国锦绣河山，如“吴江天入水，震泽晚生霞”。有的诗句，缠绵悱恻，描写委婉惆怅的相思情怀，如“离别又春深，最恨也，多情飞絮。恨柳丝，系得离愁住，系不得离人住”。有的诗句，感怀故国，无限伤心，无比悲怆，如“吊亡国云山故道。蓦蓦地，杜鹃啼血，棠梨开早。愁随花絮飞来也，四山锁尽愁难扫。叹年年春色倍还人，谁年少”！有的诗句，志在匡扶明朝，一股英雄气冲天而起，如“复楚情何极，亡秦气未平。雄风清角劲，落日大旗明”。特别是他最后的辞世之作《别云间》，“三年羁旅客，今日又南冠。无限河山泪，谁言天地宽？已知泉路近，欲别故乡难。毅魄归来日，灵旗空际看。”一字一句，无不展示了他的碧血丹心、忠肝义胆和铮铮铁骨。真是日月其人、星斗其文啊！如此英雄少年，千秋难得！

一个人的成长环境特别重要，夏完淳的成就和他所受的良好家教分不开。他的父亲夏允彝是明末复社巨子，天天和一帮读书人在一起，砥砺气节，讲究文章道德，在明亡后奋袂抗清，最后以身殉国。他的老师陈子龙更是明朝文学的殿军、一代文宗，文章才华横溢，做事讲究“经世致用”，在抗清失败后投水殉国，他以其特殊之才情文章与铮铮之民族气节成为当时文人的代表。他的亲属嘉定侯一家在抗清斗争中，父子几人同时遇难，几乎全家都为国捐躯。他的岳父钱彦林也是嘉善一带极有名望的才子，和夏完淳翁婿两人同时殉国。有这样的好父亲，有这样的好老师，有这样的好亲属，夏完淳耳濡目染，日夜熏陶，自然是健康成长，写的作品也是满满的正能量，一身的“正气歌”。对比夏完淳晚生近四百年的我来说，每次读他的诗文，就是学习他的作文与做人，就是汲取精神的营养，就是让自己在工作和生活中获得灵魂的升华。

我老家曾经有这样一句俗语：跟好学好，跟叫花子学讨。我也见过老家不少本来素质很好、未来前程锦绣的人，结果因为和那些流氓混在一起，为非作歹，毁掉了自己本该美好的人生。夏完淳在成长过程中，有特别让人羡慕的“朋友圈”，如陈子龙、史可法、黄道周等人，都是那时的英雄豪杰。他结交的都是卓尔不群的君子，自然他的人生路就不会走偏。

通过读书，我交到了夏完淳这样一个好朋友。我常常在夜里，反复捧读夏完淳那些散发着光和热的文字，在真挚动人的词句里，在产生的共鸣里，在对人生的

观照里，接受先贤的教诲洗礼，获得心灵的澄明纯净。

阮大铖遗臭芜湖

阮大铖，在电脑上打出这三个字的时候，我的心里比较踌躇。此种人物，值不值得写呢？转念一想，写作就是要存历史本来面目，做到表彰忠臣义士，鞭挞权奸小丑。我们不能因人废言，何况阮大铖的诗作文采斐然，连大学者陈寅恪都说他的作品是"有明一代诗什之佼佼者"，自有其可取之处，让读者在欣赏之中自有评判。

阮大铖首先是晚明史上一风云人物，关系南明弘光王朝的一代兴衰。他又是一位争议性人物，在投降清朝后，他所效忠的新朝却毫不犹豫地在修《明史》时将其列入奸臣传；连《姑妄言》这部清朝雍正年间出版的长篇艳情小说，都对阮氏家族进行了丑化和怒骂，可见明朝灭亡后的遗民对阮大铖这个卑鄙小人的痛恨；著名戏剧《桃花扇》里面，在《骂筵》一出里，借阮大铖与马士英对话说出，"那戏场粉笔，最是利害，一抹上脸，再洗不掉。虽有孝子慈孙，都不肯认做祖父的"。也就是说，阮大铖作为戏曲里出场的抹白脸奸人，是要遗臭万年的。我也不能不说，阮大铖绝对是个才子，也时常旅居芜湖，在荻港、天门山、无为泥汊等地题咏，仅他存世的《咏怀堂诗集》里，有关芜湖的诗作就有十几首，应该说是不少的。

阮大铖，字圆海，桐城人（一说怀宁人，主要他名声太臭，两个县都不想有这样的同乡）。阮大铖少年就以才学闻名乡里，《明史》也说，"机敏狡猾，有才藻"。阮大铖很早就考中进士，初入仕途就傍上了当时在朝廷上"膀大腰粗"的东林党，成为东林党的青年骨干，又得到同乡左光斗的垂青看重，可以说是走上了“金光大道”。

人不是一生下来就坏。阮大铖年轻的时候，也许是一个梦想着尽忠报国的热血青年，梦想着能够成为王朝的国家柱石，梦想着干一番经天纬地的大事业。阮大铖正踌躇满志的时候，人生的第一次大挫折来临了。当时，他有一个由行人升吏科都给事中的机会。别看吏科都给事中只是一个七品芝麻官，但位卑权重，是个肥差，又有前途。本来左光斗想把这个职位交给他，不料，当时的宰相(首辅)赵南星等人另有中意的人选。当时的官场，大家都知道，讲的是背景关系，讲的是论资排辈，有才的另说。这样，阮大铖就被摆到了一边。左光斗又给他谋到了工科都给事中的职位，是一个不错的岗位。但阮大铖不高兴，他心里有气啊，想的事情就歪了，反正是靠关系，不如找一条“终南捷径”，傍更大的关系。于是，他投靠了当时皇帝身边的大红人、“九千岁”宦官魏忠贤，魏公公在如今的影视作品里，都常常出来扮演大奸大恶的角色，被人骂“死太监”，当年他的名声有多臭就可想而知了。阮大铖虽然一时遂愿，成为吏科都给事中，但他走上了一条不归路。从此，“魏阉余孽”成为他终身清洗不掉的政治印记。

后来，崇祯皇帝上台，诛除魏忠贤，清理“魏党余孽”。阮大铖被削职为民，列入《钦定逆案》的“黑名单”。崇祯皇帝当政十七年，未得到任何任用。如果阮大铖是个淡泊名利的人，完全可以在老家游山玩水，饮酒赋诗，过着神仙般的日子。可是，阮大铖没有哪一天不想着为自己翻案，不想着高官厚禄。闲居期间，他东奔西走，用文才结交了史可法、方以智、钱澄之、张岱等一帮名士，又和周延儒、钱谦益、马士英等一批退休赋闲的高级干部往来甚近，还有意用金钱美色艳曲把一批在南京的太监和皇亲国戚“拖下水”，谋求着东山再起。

虽说等得有点久，阮大铖的机会还是来了。李自成军队攻破北京，崇祯皇帝上吊自杀。南京的弘光王朝粉墨登场，阮大铖的好哥们马士英成为内阁首辅，力挺阮大铖；再加上一帮太监们在皇帝耳边吹风，阮大铖在一片反对声中还是如愿以偿、重新出山了，成为兵部尚书，位居要职。值此内忧外患之际，按说阮大铖他

们这些掌权者首先应该想的是如何中兴大明王朝，可是此时的阮大铖已经有点心理扭曲了，在经历了那些坎坷与挫折之后，特别是十七年的被闲置、被东林党人的打压、被全国读书人的嘲笑，让阮大铖内心的仇恨在增长，他只想着个人的名利地位了，甚至踩着别人的尸骨往上爬。什么正义、什么理想、什么救世济民，统统都被他抛到了脑后。他首先要的是报复，只有报复！

阮大铖大权一在手，就磨刀霍霍，开始了对东林、复社人士的打击报复，编印了《蝗蝻录》《蝇蚋录》两份黑名单，准备一网打尽。不料，清军很快下江南，阮大铖只能中断了自己的“报复大业”。不久，他投降清军，由于表现积极，有病不医，死在追随清军进攻福建隆武政权的路上，为后人所笑。

往来芜湖、歌咏芜湖的时候，阮大铖表现得像一个诗人，一个怀才不遇、吟风弄月的诗人。如《雨泊芜湖谢罗侍御澹研招饮兼志别情》，“寒雨满天地，萧条况孤舟。尽此一樽饮，为销万古愁”。短短二十个字，就营造了孤舟漂泊的凄苦景象。如《荻港杨守戎子仪移酌舟中》，“霜铃月戟靖江关，樽酒还来慰旅颜。孤棹影开冰雪路，残年迹滞雁鸿间。笔从投后花逾盛，字即行间问岂闲。日暮潮声如雪涌，看君麾羽向胡山。”五十六个字，写的天涯孤旅中关心国家灭清大计的情怀。如《泊天门寄元甫(曹履吉)》，“别意无持赠，寒香屿屿通。舟痕开积雪，梦路察飞鸿。是地栖帆月，前期对酒峰。此情入琴理，莫藉古人同。”因曹履吉是当涂人，此诗于船停天门山所写，表现的感情是视曹为高山流水般的知音。此诗写诗景物描写生动，因景造情，富有艺术感染力。

但小人无德，写出来的东西就像鲜艳的罂粟花，终究是美丽的毒素，不可亵玩。读阮大铖的作品，我只能感慨，有大才有大权者，当以此人为鉴，不可图一己之私，累斯文受辱，让芜湖蒙羞。

一掬明末遗民泪

不知为什么，我特别喜欢读明清易代之际的历史，对史可法、陈子龙、张煌言这样的民族英烈满怀崇敬之情，对吴三桂、马士英、阮大铖这样的大奸巨慝恨得咬牙切齿。抚摸那一段满是血泪的历史，追怀那些明末的仁人志士为挽救民族危亡的可歌可泣事迹，感叹遗民们的满腹辛酸和血泪，震惊于清军铁蹄的凶残与暴虐，我内心里也是无比酸楚、无比沉痛。

可惜在今天，人们已经将这段历史忘却。电视里大多充斥的是康熙皇帝的丰功伟绩、雍正皇帝的勤于政事、乾隆皇帝的风流韵事等。清朝的建立其实是明末遗民的大灾难大流血大悲剧，特别是清朝的固步自封打断了我们的近代化进程，导致中国从此远远被西方甩在后面！

可惜历史不能重写，时光不可以倒流，我只能把故纸堆里芜湖遗民的悲惨故事写出来，虽然他们无比寂寞，很多人甚至没有留下名字。我的沉吟也算是缅怀这些芜湖的民族脊梁，让他们的英灵毅魄接受一个后人文字的祭奠与致敬！

我首先写的是汤燕生。汤燕生明末时是诸生，才名早就远播大江南北。南明的时候，史可法、瞿式耜仰慕他的才名，多次写信招他进入幕府协助抗清扶明大业。可惜的是，他看见南明小朝廷成天忙于内耗，没有振作气象，感到中兴事业不可为，就婉言谢绝，没有赴任。在弘光小朝廷覆灭后，汤燕生隐居在芜湖东河沿，建起了补过斋，自称黄山樵者。汤燕生是一个个性孤傲的人，除了沈士尊沈士柱兄弟、萧云从、渐江和尚等知己外，其他人一概不见。由于他是名人，偏偏想见他

的人络绎不绝，甚至有不少清朝达官贵人慕名而来，想拉拢他为清廷效力，都吃了闭门羹。当然，从他结交我们可以看出，他们都是一帮有民族气节的大明遗民，都是不愿与清合作的铮铮铁骨。后来，汤燕生怀抱神州陆沉、遍地膻腥的遗恨郁郁而终，他的寂寞也是那个年代遗民的寂寞。

我们从汤燕生另一个至交吴肃公全家的遭遇里，可以看出清王朝民族压迫之深重。吴肃公是宣城人，大明灭亡的时候他是个秀才，忠于大明王朝的他从此绝意仕进，靠卖字行医兼授徒为生。他曾经在文章里写过，“宋之天下亡于蒙古，而人心不与之俱亡”。其实吴肃公的意思是说，大明王朝虽然亡了，但我的心还是大明心。从这里我们可以看出他的民族意识很强。他舅舅麻三衡在清军下江南后起兵抗清，最后英勇就义，大学者黄宗羲还给他写了墓志铭。麻三衡牺牲后，清军到处追捕他的亲人，吴肃公的母亲甚至让他冒名顶替麻三衡的儿子，准备让他代死以保存烈士遗孤！幸运的是，清军的株连不知为何停止了，吴肃公总算留下一条小命。当然，吴肃公是不屑去做清朝的官的，他白天行医养家糊口，晚上提笔著述保留明朝史料，为我们留下了《明语林》《街南文集》等著述。在汤燕生去世后，还写下了情真意切的《汤岩夫先生传》，让我们得以知道汤燕生的遗民事迹。最可怕的是，清王朝以编著《四库全书》之名，行禁书之实，将很多有民族气节的文章进行偷梁换柱，导致吴肃公的很多作品缺损，让后人难得一窥真面目。

不少不甘臣服于清朝的人在明亡后当了和尚。如在芜湖寓居的渐江，本来是徽州休宁人，俗名叫江韬。明亡后剃发当了和尚，也是为了免除称臣的痛苦。他驻锡芜湖准提庵，和汤燕生是最好的朋友，两个人经常在一起切磋写诗作字，感叹明亡的离黍之思。

当然，不是当了和尚就六根清净、不问红尘。我们芜湖有个和尚释海明，在明末抗清首领金声被俘就义后，赶到南京抱着金声的尸首痛哭，然后在南京看热闹的市民那里募资，买到一口好棺材装殓金声的尸首。在他装殓金声尸骨的时候，不少清兵把他包围起来，拿着刀枪指着他，不允许他动金声的尸首。可是和尚大义凛然，他一点都不害怕清兵的刀枪，边哭边继续装殓。清兵也被不怕死的和尚感动，让他把棺材运回芜湖庵中。后来，释海明去世后，也葬在金声墓旁。烈士和仰慕烈士的人，最终在青山里安息。

天崩地裂里，受伤害的不仅仅是挺身而出的大男子汉，不少女性也展示了“巾帼不让须眉”的节烈。如沈士柱在南京殉难后，得到这个噩耗，他的妻子绝食十天后死去，他的两个妾也随即上吊自杀。芜湖人敬佩她们的贞烈，专门建了节孝祠纪念她们，并称她们为“沈门三烈妇”。今天看来，这些女性有点傻，不知道爱惜生命。但在那个年代，以生命陪葬丈夫也是一种果敢、一种承诺、一种真爱。

在这个四海为家、天下清平的年代，追怀那些三百多年前的大明遗民，抚触他们留下的旧伤，似乎有点不合时宜了。其实我们需要沉思历史的教训，其实我们的灵魂里也浸透了他们的血泪，其实我们的先辈也期待着我们能充分运用智慧和汗水，实现中华民族伟大复兴之梦。

遗民诗人沈士柱

明末清初改朝换代之际，芜湖曾经出了一个名满天下的著名诗人沈士柱。当时，和他交游的都是一时才俊，如陈子龙、黄宗羲、钱澄之等名士，他本人也和吴应箕、沈眉生、杨维斗、刘伯宗合称为“复社五秀才”，曾著有《土音集》。可惜的是，由于沈士柱长期从事反清复明活动，牺牲在清军屠刀下；自然他的声名如蒙尘的明珠，也渐渐埋没在流逝的时光里。

沈士柱，字昆铜，号惕庵。他是明朝御史沈希绍的长子，沈士柱虽说是个官二代，却嗜好读书，为人豪爽，喜欢结交朋友。沈士柱才华横溢，读书明敏，下笔千

言，连大思想家黄宗羲都对他佩服得五体投地，在回忆录里说，"余束发交游，所见天下士，才分与余不甚悬绝而为余之所畏者，桐城方密之（方以智）、秋浦沈昆铜、余弟泽望及子一四人"。普天下除他自己的两个弟弟外，黄宗羲"所畏者"只有方以智和沈士柱，可见沈士柱的学术和诗歌创作造诣。

很多读书人喜欢关心政治，把个人命运与国家安危牵系在一起。明末，外有清军虎视眈眈，内有农民起义风起云涌，已处于风雨飘摇的危险时刻；朝堂党争不断，加剧了大明王朝的统治危机。这时候，沈士柱牵头组织了芜湖读书社，并加入在晚明历史上有深远影响的复社。从此，沈士柱一生光阴便用于力图复兴南明王朝。

芜湖离南京很近，文脉相连。当时的南京是明朝的留都，保留了完整的中央机构，后来又成为南明弘光王朝的京都。沈士柱奔走于芜湖、南京之间，和一帮文人雅士在秦淮河丝竹管弦，流连风月。崇祯皇帝在煤山上吊自杀的消息，惊破了他们的太平安乐梦。不久，南明弘光皇帝登基，当时已在政治被上打入另册的魏忠贤党余孽阮大铖看到了东山再起的希望，就抓紧活动，还撮合"秦淮八艳"之一李香君与"江南四公子"之一的侯方域的婚事，想利用此捞取资本，重新粉墨登场。于是，沈士柱就联络陈慧贞、吴应箕、沈寿民、黄宗羲等复社成员140余人，写了《留都防乱揭》，在南京的大街小巷到处张贴，让众人看清阮大铖的小人面目。不料，小人自有上位的功夫。阮大铖勾结了弘光皇帝的宠臣马士英，成为兵部尚书。小人一旦得志，便开始对复社一帮人疯狂打击报复，大兴文字狱，顾杲、黄宗羲被捕，沈士柱因为提前远避到手握百万大军的武昌左良玉幕府，躲过了一场牢狱之灾。这段历史波澜，在剧本《桃花扇》里有生动的描写。

不久，南明弘光朝昙花一现。沈士柱流落江南数年，又回到老家芜湖。当时清朝政权已经在江南站稳了脚跟，便开始推行"留发不留头，留头不留发"的野蛮政策，逼迫汉族人留小辫、穿夷服。沈士柱不管清朝政权的严令，依旧穿着明人的高冠大带，还到处结交江湖豪杰，图谋恢复大明王朝。

沈士柱的活动很快被清王朝的爪牙盯上了，他于顺治十四年被捕。审讯时芜湖知县李浚说："本朝大局已定，你为何还穿着前朝衣冠？"沈士柱铿锵回答，"我是明朝人，死是明朝鬼。"后来，一个凄风冷雨的清明日，沈士柱在南京凤台门慷慨就义。他的妻子方氏，妾汪氏、鲍氏在得到他的死讯后，也一起自杀了，被时人称为"三节妇"。

值得一提的是，沈士柱的诗歌艺术成就非常高，作品中饱含故国之思、眷恋之情。如《故宫词》，"赵瑟秦筝入选频，一年歌舞号长春。烟花金粉销沉尽，肠断南冠梦里人"。这首诗，感叹短命的南明王朝，只知歌舞升平，不能力图振兴。如《绝笔诗》，"三百年恩总未酬，宸居何意卧羁囚。先皇制就琉璃瓦，还与孤臣做枕头"。这首诗，更是在临终前抒发了对故国的缅怀和孤忠。

一个无权无势的读书人，为国事奔走操劳，想在天崩地裂后的冷灰里吹出复兴明朝的火星，实在是难为难得。当时，他们受到民族思想、爱国主义熏陶，特别是儒家"夷夏之防"的大义，更是让他们不能不走出书斋，投身抗清复明的活动。正如顾炎武所说："君臣之分，所关者在一身；夷夏之防，所系者在天下。"（《日知录》卷七）

沈士柱这样的文人能够以天下为己任，这种精神是我们的民族魂，更是后辈学习的楷模。读着沈士柱以血写作的诗句，我觉得那个人还活着，古老中国的民族精神还活着。

沈氏兄弟谋国事

在明亡清兴之际，不少仁人志士在清军铁蹄蹂躏锦绣江南之时，纷纷奋起反抗，在这片热土上抛洒了一腔英雄血，唱起了大汉民族的正气歌。芜湖的沈士柱、沈士尊兄弟是其中的杰出代表，他们一介布衣，挺身而出，广交朋友，为国尽忠，实践了"天下兴亡匹夫有责"的理念。

沈士柱的生平我上篇文章重点介绍过了，这里再说一下他的弟弟沈士尊。沈士尊，字天士，号五盐。他才气纵横，与哥哥齐名，被人称为"江上二沈"。明亡之前，他们是贵公子，生活优渥，锦衣玉食，喜欢秦淮金粉，流连烟花柳巷，结交宇内名士。

他们当年的风流生活从沈士柱流传下来的诗作里，可以以管窥豹。例如，"曾醉旗亭唱白云，诗名传遍石榴裙。香奁集欲窥韩相，绣被歌还拥鄂君。久向春风无误曲，未虚夜月有回文。夷吾吟尚囚江左，论诵微词小妇闻"。这首诗沈士柱自诩为美男子（鄂君是美男子的代称），喜欢饮酒赋诗、觥筹交错、衣香鬓影的诗酒生涯，才华名声在秦淮八艳那样懂文化的脂粉堆里盛传。又如，"落魄江湖又十年，一生惟爱杜樊川。玉台咏半红笺写，金谷诗多翠袖传。草付雪儿词度曲，花同天女笑参禅。美人今向离骚忆，读到更深泪似泉"。这首诗前半段说自己和十年一觉扬州梦的杜牧（杜樊川）一样，诗歌在青楼翠袖里传诵；后半段说自己的内心境界其实和屈原一样，以"香草美人"书写自己的忧国忧民之思，常常为捉襟见肘的国事忧心落泪。

明朝后期由于资本主义萌芽的蓬勃生长，社会物质生活极其丰富，平民百姓中弥漫着纵情享乐之风，士大夫里倚红偎翠的名士风流已成为普遍现象，沈氏兄弟也未能免俗，一方面沉醉于日日花柳、夜夜笙歌的太平生活，一方面又对日薄西山的大明王朝怀有深重的隐忧——清兵入侵和农民起义双重压力交迫下的内忧外患。

果不其然，很快，清兵挥师渡江，江南王气黯然收。沈氏兄弟也成了遗民，他们痛心明王朝的覆灭，不甘于山河陆沉下的隐居生活，只能联络陈子龙、黄宗羲、钱澄之、方文、万寿祺等一帮旧交，在故乡芜湖一带从事反清复明活动。

从他们酬唱的诗歌里可以看到，他们的复朝之心多么强烈，而现实处境又是多么艰难。如文学家万寿祺的诗《寄沈昆铜》,“美人迟暮旧相思,廿载论交鬓已丝。闭户著书松自老,耦耕辍叹客何为。楚遗三户供奔走,鲁有诸生望羽仪。珍重山中年尚壮,侧身南北一追随”。万寿祺在诗里感叹,南明覆灭后,自己只能隐居山中闭户著书了;看到沈氏兄弟势单力薄还图谋恢复(三户供奔走),也希望能追随左右,共图复明大业。著名诗人方文也和沈氏兄弟一样,不与清人为伍,“缘有数人同苦节”。他感慨沈氏兄弟的遭遇,“君当九死一生后,我正千愁万恨时”。

沈氏兄弟确实是把脑袋挂在裤带上,和清朝势力抗衡。不久,沈士柱慷慨就义,妻子殉节。沈士尊为了保持沈氏一脉,只能隐姓埋名、谨言慎行了。这时候,沈士尊住在蓬门陋巷,天天穿着寻常百姓穿的布袍,粗茶淡饭度日,已经没有人知道他曾经是一个一掷千金的贵公子了。最终沈士尊在穷困潦倒中死去,他们的声名也如那些碑碣,慢慢蒙尘在时光里。

得知沈士柱牺牲,他的知己、著名思想家黄宗羲踉跄奔走,专程赶到芜湖,在沈士柱的坟前号啕大哭,感慨知音已逝。黄宗羲还挥毫写下两首痛悼沈士柱的诗作。

一七绝,“寻常有约在芜湖,再上高楼一醉呼。及到芜湖君已死,伸头舱底望浮图。”这首诗短小凝练,字字血泪,句句悲苦,饱含了黄宗羲对友人的无限怀恋之情。可惜斯人已逝,黄宗羲只能一个人站在船上,在瑟瑟江风中,看着赭山广济寺的佛光塔影,怀念沈士柱醉呼高楼的音容笑貌了。

一七律,“高天厚地一蘧庐,君亦期间何所需。此日党人宜正法,彼之华士又加诛。盛名自古身为累,大厦真思一木扶。月表有人留季汉,应知俗论不能糊”。这首诗痛心沈士柱被清政权所杀,说沈氏想只手独木匡扶南明这个将倾的大厦;虽然最终沈氏未能成功,但他的德行和名字会光耀史册。

江山代有人才出,芜湖历史上涌现出来的英杰,让后人在缅怀里,充满了敬仰和思慕之情。

吴伟业常怀前朝恨

在明清易代之际，芜湖作为明朝留都南京的拱卫之地，曾经驻兵众多，成为南明的复兴基地；更是各派势力争夺江南的兵家必争之地，又是南明弘光皇帝被清军俘获的伤心之地，自然引起当时一帮文士的关注，以芜湖抒发报国情怀，寄托故国哀思，在他们笔端留下了无尽的怅惘。吴伟业就是其中的一个。

吴伟业，字骏公，号梅村，别署鹿樵生、灌隐主人、大云道人。他是江苏太仓人，是明末清初著名诗人，与钱谦益、龚鼎孳并称"江左三大家"。他擅长写七言歌行，被后人称为"梅村体"。

他曾经少年得志，二十二岁便在进士考试中成为榜眼，文章得到崇祯皇帝的赏识，在他的试卷上御笔亲批"正大博雅，足式诡靡"八个大字，这自然对吴伟业也是一种激励。皇帝对他青眼相看，认为他的文章是天下士子的样本，是他们的典范，还给他赐假回乡完婚，不断给他升官晋爵。作为皇帝身边的红人，他成为多少读书人羡慕嫉妒的对象。在春风得意之时，吴伟业写下了这样的字句，"陆机词赋，早年独步江东；苏轼文章，一朝喧传天下"，以陆机、苏轼这些古代大文豪自比。

他曾经才子多情，和秦淮八艳之一的卞玉京有一段缠绵断肠的爱情故事。当然，这也是那个时代的特色，侯方域与李香君、钱谦益与柳如是、龚鼎孳与顾媚，都是才子与佳人的结合。当时吴卞的初见，吴伟业才三十出头，正是玉树临风的壮年；而卞玉京更是刚到十八岁绝代芳华的妙龄。一个是才华横溢，一个是婀娜多姿，两个人一相见就对上眼了，在苏州过上了一段鸳鸯双栖的时光。据吴伟业自己写的那首缠绵悱恻的《过锦树林玉京道人墓并传》，卞玉京和他一相见，就想以身相许。在一次两人酒酣耳热之际，卞玉京乜斜着明眸，粉面含春地看着他说："亦有意乎？"吴伟业一时不知怎么回答为好，就装着没听懂她的话，对着酒杯长吁短叹。卞玉京何等聪慧之人，她就再也不对吴提及此事了。当然，吴伟业不是不想娶卞玉京回家，只是他已经是使君有妇，并且吴伟业父母思想又非常正统，娶一青楼之女会让他们震惊。此外，吴伟业家境只是小康之家，古代妓女从良的花费很大，他一时花不起那么多钱。怀着矛盾的心情，吴伟业不辞而别，离开了卞玉京。还是仓央嘉措说得好，第一最好不相见，如此便可不相恋。

他的少年得志，他的才子多情，最终都成就了他悲剧的一生。崇祯皇帝的浩荡皇恩，让他终生难忘。然而清军入主中原，成为吴伟业作为遗民之长痛长恨。我们今天看到他晚年的画像，都是用头巾包裹住已经被清人剃掉的长发，从这也可以看出，他对仕清非常地心不甘情不愿。所以他在诗词里，常常表达他的失节仕清之悔恨。如他的词《贺新郎·病中有感》里写道，"故人慷慨多奇节。为当年、沉吟不断，草间偷活。……脱屣妻孥非易事，竟一钱不值何须说！人世事，几完缺？"这首词，一方面怀念陈子龙、夏允彝夏完淳父子等慷慨赴死的故人，一方面感慨自己"草间偷活"。他心中的红玫瑰卞玉京其实后来也有机会和他复合，但他一直抱着暧昧态度，虽然享受着重逢时"依然绰约掌中轻。灯前才一笑，偷解砑罗裙"的艳福，但最终没有迎娶进门，致使佳人遁入空门、含恨早逝。吴伟业性格软弱、畏首畏尾，干什么事情都不能斩钉截铁地决断，他不能在明亡时追随一帮烈士抗清殉难，他不能在卞玉京示好时决意抱得美人归，他更不能在清政权征召他做官时毅然拒绝，只能用诗歌悲悼无法挽回的时代，用词语复活备受煎熬的灵魂，这也是他一生的悲剧。

今天，在他的文字里，我还能从他与芜湖的心灵纠缠里读到他的怀恋和遗恨。如七言律诗《江上》，"铁马新林战鼓休，十年军府笑谘谋。但虞庄蹻争南郡，不信孙恩到蔡州。江过濡须谁筑垒？潮通沪渎总安流。芦花一夜西风起，两点金焦万里愁"。这首诗还是写于南明弘光时期，当时外忧内患不断，朝廷短视，只担

心上游想争权的左良玉部队，不管即将渡江的清兵铁骑。连芜湖裕溪口一带的江防都无人问，对着萧瑟西风，担心胡马渡江的诗人只能愁长万里了。

在《梅村诗话》里，吴伟业主要留存他交游密友的事迹和诗句。里面有陈子龙、龚鼎孳、卞玉京等人，自然也有寄居芜湖的诗人汤燕生，还特别收录了汤燕生怀念故国的两首《赭山怀古》，我在这里摘录一首，“赤铸山头鸟不飞，上皇曾此易青衣。无多侍从争投甲，有限生灵但掩扉。五国城西边月苦，景阳楼下暮钟微。伤心莫唱淋铃曲，未得生从蜀道归”。诗歌写的是弘光帝在芜湖被俘的史事，寄托了诗人的故国故主哀思，自然得到吴伟业的共鸣，得到非常高的评价，认为该诗“哀婉凄节”。

读书，其实也是读一个人的人生路。有路就有选择，很多选择不由自主。英雄气短的吴伟业只能选择成为历史的看客和记者，在伤心往事里逗留、追忆和惘然。也让我们这些读者体会，在我们芜湖濡须、赭山这些地名里藏有一个个让人感慨的故事，故事里写出了在世间有高不可攀的高贵灵魂，有卑贱得无可救药的灵魂，也有在尘世里苦苦挣扎的灵魂。

张煌言芜湖扶南明

我喜欢一个人站在芜湖中江塔附近的江边，看着无语东流的江水，看着江上来来往往的船只，怀想一代代过客一样的英雄人物，他们在天地的大舞台上，或金戈铁马，或横槊赋诗，或楼船夜月，最终背影像江边的落日余晖一样消散。留给后世追怀的我辈，是一点红唇印，是几滴英雄泪，还是一句豪情诗？我不禁想到明末民族英雄张煌言了，他在芜湖叱咤风云的日子，足以让一个妩媚的江南城市，历史厚重而活出英雄气。

张煌言和岳飞、于谦这两个民族脊梁一起，被并称为“西湖三杰”。张煌言出生在明朝日薄西山的年代，他生下来的第二年，辽东的满洲贵族就已经起兵反明，从此成为大明王朝的心腹之患了。张煌言从小就钦佩岳飞、于谦这两个能文能武的民族英雄，一直视他们为“正气留乾坤”的榜样，在自己的诗歌里多次提到他们，如“国破家亡欲何之，西子湖头有我师。日月双悬于氏墓，乾坤半壁岳家祠”。他不像当时一般的读书人只读死书，他在攻读诗书之余，骑马击剑，修文习武，日夜不息，期待着有一天为国家效力。不久，他尽忠报国的日子来了。张煌言二十六岁那年，南京的南明弘光王朝覆灭，锦绣江南被清军的铁蹄践踏。是可忍孰不可忍，身为大明举人的他追随当时的监国鲁王朱以海，以浙江舟山群岛为基地，开始了坚贞不屈的漫漫十九年抗清路。

应该说，1659年（顺治十六年、永历十三年）张煌言来到芜湖招抚南京上游州县，这一时期是他抗清事业的一个巅峰。那一年，他和郑成功一起发动长江战役，准备一举收复南京，重建大明王朝中兴事业。当时清统治江南已经十几年了，但暴虐的民族征服政策一直不得人心，南方老百姓的心里依旧怀念着故国。一听到郑成功出兵，各地仁人志士兴高采烈、翘首以待，而清统治者在得知郑成功军队势如破竹时，他们闻风丧胆、坐卧不宁，顺治皇帝甚至准备回东北老家了。

郑成功、张煌言一路打到南京附近，这时，传来芜湖等地官绅纳降归附的消息。郑成功就请张煌言率领舟师西上，郑负责进攻南京。当年七月初七日，张煌言到达芜湖，部下兵不满千，船不满百。他以延平郡王郑成功的名义发布檄文告谕芜湖附近各州县，晓以民族大义。他在文中说，“天经地义，华夷之辨甚明；木本水源，忠孝之良自在”，勾起江南汉人的故国之思。应该说，张煌言在芜湖的招抚起到了非常好的效果。他在《上监国鲁王启》里说，“传檄而下徽（州）、宁（国）、池（州）、太（平）四郡，和州、无为二州，及招降溧水、溧阳、高淳、建平、庐江、巢县、舒城、含山诸邑，计得江南、北府州县三十余城”。

张煌言治军纪律严明，秋毫无犯。如在芜湖的时候，他手下一名士兵在外买面，按当时的价格应给卖主十分白银，而那个士兵只给了四分铜钱。卖主告到张煌言那里，张煌言核实情况后，就把那个士兵杀掉了。张煌言深得芜湖民心，老百姓箪食壶浆相迎，而当时的士大夫更以重睹汉官威仪为盛事。不久，他的部队达到了万余人，一时南明军队声势甚振。

也许是陶醉在自己攻无不克战无不胜的军威里，不知为什么，当时郑成功的军队围着南京迟迟不攻，连一支箭也没放；他也没有派部分部队去接管周边归降的州县，防备清的援兵。由于他的军队久不战斗，慢慢松懈下来，不少士兵竟放下武器，到附近山林池塘以捕鱼打柴为乐。南京城里的清军，抓住这一有利战机，一举击溃了郑成功的军队。而失败了的郑成功，此刻又归心似箭，连已经占领的镇江、瓜州等地也置之不顾，也没有通知张煌言，就仓促退出了长江口。清军重新掌控了江南，孤军在芜湖的张煌言，由于军心涣散，被清军击败，只能一个人走陆路步行数千里，九死一生回到舟山群岛。精心准备的光复事业就这样毁于一旦，南明最后一个中兴的大好机会就这样被郑成功浪费了，从此，他们再也没有大举威胁清朝的实力和人心基础了。

之后没两年，南明永历帝被杀，鲁王朱以海病逝，郑成功又从荷兰人手中收复台湾，张煌言光复大明的希望破灭，他已经一个人无力回天了。他只能散兵悬岙岛，隐居度日了。由于奸人的出卖，他被清军俘获，实现了“死留碧血欲支天”的夙志。

张煌言曾写过《忆西湖》这首诗，“梦里相逢西子湖，谁知梦醒却模糊。高坟武穆连忠肃，参得新坟一座无?”表达了他死也要和岳飞、于谦葬在一起的愿望。张煌言这样一个慷慨就义的英雄志士，他的愿望得到后人的尊重，死后被葬在西湖边上，成为凝聚民族魂的千秋忠烈，他也应该含笑九泉了。

追怀张煌言与芜湖的这段缘，也是为今天的我们进行精神“补钙”，那些伟大的名字永远是我们民族星空中熠熠生辉的星辰。

屈大均赭山感兴亡

我以前写过一篇散文《荻港江风悼南明》，发表在《大江晚报》上。由于南明历史不受重视，很多掌故慢慢地掩埋在历史的尘埃中。很多人不了解南明弘光皇帝在芜湖被清军俘获的这段历史，甚至问我可有什么古书为证？他们担心我是杜撰的。

其实，芜湖地处长江、青弋江两江交汇处，又有水阳江、漳河、裕溪河等大川穿境而过，地处要冲，位置险要，历史上就是兵家必争之地。三国时期，一代枭雄刘备就对孙权说过，“江东先有建业（南京），次有芜湖”。就是说，江南的城市，除了南京，最重要的就是芜湖了。那时候的上海还是一片汪洋看不见呢。所以至今，芜湖还有周瑜点将台、黄盖墓、小乔墓等一批三国历史遗迹。

只要王朝定都南京，芜湖自然就成了拱卫京畿之要地，有重兵驻守。南明弘光皇帝之所以跑到荻港，也是因为当时的靖南侯黄得功部驻扎荻港，锁钥大江，为朝廷依靠。不料，民族危亡之际，一批悍将贰臣为了个人身家性命，卖身求荣，招致黄得功自杀，弘光帝被俘，才粉墨登场短短一年的南京南明王朝就这样覆灭了。

消息传出，多少志士仁人为之扼腕长叹，堕泪难眠；一批遗民诗人如丧考妣，感慨赋诗。例如，当时寓居芜湖的当涂诗人就写了《赭山怀古》痛悼此事，“赤铸山头鸟不飞，上皇曾此易青衣。无多侍从争投甲，有限生灵但掩扉。五国城西边月苦，景阳楼下夜钟微。心伤莫唱淋铃曲，未得生从蜀道归”。

随着弘光王朝在芜湖的落幕，芜湖就成了明遗民怀古伤今的一个地理符号，

也是他们怀念故国的一处心灵琴弦。与陈恭尹、梁佩兰并称“岭南三大家”的明遗民诗人屈大均，就曾多次来到芜湖，写下了多首与芜湖相关的诗作。

屈大均是一个心存民族大义的诗人，虽然大明王朝崇祯皇帝上吊自杀时，他才虚十五岁。从此，他的一生就走上了反清复明的道路，还曾担任过南明永历皇帝的秘书。广州被清军攻陷后，他遁入空门，以化缘为名，联络抗清志士，力图恢复大业。他曾经到南京谒明孝陵，又到北京登景山，寻得崇祯死所进行哭拜凭吊。估计就是在化缘期间，他来到芜湖弘光帝被俘处，写下了《芜湖述哀》这首哀歌，“一战芜湖丧六师，南朝宗社遂倾移。花当竟系降王组，细柳难张大将旗。马角不曾生大漠，龙髯谁为葬焉支。秦淮父老多哀慕，岁岁清明祭不迟”。屈大均感慨南明王朝缺少周亚夫这样的名将，芜湖荻港一战之后，南明王朝就倾覆了。弘光帝等明朝宗室沦亡殆尽，只有那些遗民，还在清明的时候祭奠他们。

在芜湖悼念弘光帝之后，屈大均还登临天门山，写下了两首《天门》七绝，“青山双挟大江飞，飞到松寥失翠微。北望天门南九子，长风不解送将归”。“梁山博望两峰尊，万里长江此大门。不使南朝长有此，茫茫天堑复何言”？一首写眼前实景，一首发悼亡幽情。他感慨地写道，说什么长江天堑，竟然不能让南明王朝多延续一段时间！

屈大均爬上天门山游览一番后，他就从天门山过江北上了。过江后，他感伤之情未尽，又写下了一首《浮江作》，“浮玉天门上下标，长江至此一回潮。青山尽向金陵出，虎踞龙蟠为本朝”。在屈大均的诗眼里，芜湖是首都南京的门户，天门山等江南青山山水有情，虎踞龙盘，都是在拱卫并依恋大明王朝。

在1662年永历皇帝被清军杀害后，没几年台湾也被清朝一统。这样，屈大均复明已无一丝希望，于是他只能回到广东广州老家，闭门著书修史，以历史来保存一个民族不屈不挠的抗争精神。特别是他撰写的《皇明四朝成仁录》，记载了明末崇祯、弘光、隆武、永历四朝的史实，热情讴歌了在清兵南下时奋勇抵抗的死难将士和普通百姓。

晚年屈大均，壮志难酬，写出的作品深沉悲痛，让人不忍卒读。如诗作《壬戌清明作》,“朝作轻寒暮作阴,愁中不觉已春深。落花有泪因风雨,啼鸟无情自古今。故国江山徒梦寐,中华人物又销沉。龙蛇四海归无所,寒食年年怆客心”。一个怀有高远理想的诗人,在神州陆沉的时候,只能终老山林,这该有多么绝望多么遗恨啊!

幸好,我们处于一个天下一家的和平年代,没有了铁蹄下挣扎的痛苦和悲怆。在对往事的追怀里,少了一些悲痛,少了一些郁闷和激愤,多了一份平静和从容,多了一份以史为鉴、激浊扬清的情怀。

戴名世获港江上订交

在中国文学史上,常常有一些巨星同时涌现,他们共同组成一个耀眼的星团。他们在天空里交会时发出的光亮,让江山生色,让后世的人追想起来,也是心潮澎湃。享誉天下的桐城派巨子戴名世,他在芜湖繁昌旧县(今新港镇)江舟上与另一古文大家朱书的订交,在今天我辈的追思下,也是非常的真挚感人。

一个文人,不可无江山供文眼,不可无知己酬唱,不可无超尘脱俗的气象。戴名世就是这样一个人,他性好佳山水,喜欢行千里路,游历江山,增长见识;他喜欢结交那些奇伟魁特的人物,在一起切磋砥砺,议论古今英雄成败、文章得失,而把名利富贵看得像天上的浮云一样。

戴名世那时刚刚三十出头,文名已经满天下了。他踏遍江南江北的山山水水,一直在寻找着文学的知音。他和朱书在芜湖的偶然会面,在他的文章《送朱字绿序》里,读起来是那么真切动人。

那是康熙二十三年(1684年)的一天,戴名世从老家桐城坐船,渡江去南京。船行得慢,到繁昌旧县渡口的时候,天已经快黑了,斜阳的余晖在江面上涂抹着最后的辉煌,远处升起了暮霭和炊烟。

戴名世决定泊船在新港渡口住宿一晚,第二天早上再继续行船。由于夜很长,戴名世和船夫一起下船,到江岸边走走,他们一边漫步一边用很明显的桐城方言交谈着。这时,戴名世看到两个书生模样的人,呆呆地站在江边深沉地望着滚滚江水。有一个书生听到戴名世说话,就迎面走了过来,大声问道:"你是桐城人吗?"戴名世马上回答:"我是桐城的。"那个书生继续问道:"桐城有个秀才叫戴名世,你认识他吗?"戴名世一听,想不到在这个江皋孤艇、荒烟落日的地方,竟然还有人在打听他的名字。他就问道:"您是哪里人,怎么会认识戴名世?"书生回答说:"我是安庆宿松人,久闻戴名世大名,所以就问问。"戴名世想起宿松有个叫朱书的文人才气盖世,他非常佩服,就问道:"您是宿松人,知道贵县的朱书吗?"那个书生自豪地回答:"我就是朱书。"戴名世也一字一顿地说:"我就是戴名世!"两个在文章里经常心心相印的人,终于第一次见面了。他们大喜过望,相视大笑。

戴名世连忙邀请朱书到他的船上相叙,他心情特别激动。戴名世从五六年前就知道朱书的大名了,他们两个年岁相若,同气相求,相互倾慕多年。戴名世读过不少朱书的文章,一直以没有见过朱书为遗憾。在茫茫的大江上,两个人能够被上天安排邂逅相遇,怎么能不让他们欣喜若狂呢?他们坐在船上,抵掌相谈一晚,没有美酒佳肴,没有丝竹相伴,只有他们慷慨激昂的交谈声,被江风吹到很远很远。两个人一见面,从此成为终身之交。后来,另一年龄稍小的名家方苞也加入进来,三个人成为声气相近、命运相连的好兄弟好朋友。从此,这当时中国文坛最顶尖的"三剑客",文章一出手就光华闪耀,名震京城。戴名世在随后的科举考试殿试中,成为榜眼。朱书顺利成为进士。方苞三十二岁成为江南解元,三十九岁参加会试得到贡士第四名,可惜因母亲病危未参加殿试。

戴名世对朱书非常推崇,每每写出文章,都要给朱书斧正,甚至连他从南京到北京的日记《北行日纪》都交给朱书。戴名世在给朱书文集写的序言《杜溪稿序》

里说，“所谓百世之人已属之字绿，而余之与朝菌蟪蛄相去几何……”戴名世的意思是，朱书的文章可以流芳百世，他甚至谦虚地说，自己的文章要靠朱书帮助流传后世。

其实戴名世也不是谦虚，同为大文豪的方苞也发自内心地佩服朱书的文章。方苞在《朱字绿文稿序》里说，“其所著书，已数十万言。余始见之甚喜，继复大骇，久而惭且惧也”。方苞认为，朱书的文章光芒万丈，让他自愧不如。三人就这样惺惺惜惺惺，他们相互给对方的文集写序言，经常在一起交游，讨论文章，根本没有一点文人相轻的气息。

其实文人在文章里发点牢骚、抨击点社会现实是正常的。早在北宋时候，范仲淹就说过，“宁鸣而死，不默而生”。可惜的是，由于清朝统治者入主中原，他们缺乏包容心，害怕汉人心怀故国，经常在文字里面挑骨头，一有风吹草动就磨刀霍霍。而戴名世、朱书、方苞等人由于父辈是明遗民，他们自然受到影响，熟知明朝遗事，推崇忠义人物。特别是戴名世，在文章里经常歌颂南明抗清英雄，自然让清朝统治者不悦。他们以“大逆”的罪名，将戴名世处斩，与他关系紧密的方苞被关进大牢。此时朱书已经去世，但他的文集也被禁毁，这也是朱书生前声震文苑、而后世人知道不多的原因。

当年，三颗巨星的光亮让中国文学史光芒四射，他们的交游也成为后人津津乐道的佳话。可惜的是，留存下来的戴名世文集里仅有一篇写方苞的文章，而我翻遍《方苞集》，找不到一篇他写戴名世的文章，连他为戴名世《南山集》写的序言也找不到。估计因为戴名世成为一个被政治屏蔽的名字后，方苞只能忍痛禁毁了吧？连他在《朱字绿墓表》里提到一句戴名世，也用的是“宋潜虚”这个假名。文章被政治腰斩，不亦悲哉?!

姚鼐妙词颂芜湖

芜湖这座锦绣江城，怀抱长江，背靠黄山，可以听潮声、看山色、览胜境，如此秀美的山水，自然引来古今多少文人墨客的称颂。清朝著名的文学大师、桐城派“三祖”之一的姚鼐，多次往来芜湖，提笔写下不少歌咏芜湖风光的诗歌，多达十几首，这实在是芜湖文学史上的一件盛事。

古人出门多走水路。姚鼐是安庆桐城人，早年到南京赴考，中年辞官后主讲南京、扬州、歙县的书院，都要经过芜湖。

我才学浅陋，尚未找到姚鼐诗歌的编年。只能根据文词猜测了。在一个春天，姚鼐赴南京应试，写下了《过芜湖》这首诗，“不见春江际，安知路所经。还随烟外席，时逗岸边亭。鹊尾（今三山）云弥白，鸠兹（芜湖古称）山渐青。更投前港宿，雨势复冥冥”。写的是，姚鼐顺着春天的长江而下，有时上岸到江边的小亭子里休息一下。很快，离芜湖越来越近了，清秀的青山也越来越清晰了。马上要到芜湖港停船住宿一晚，因为雨水开始下大了。

《四合山阻风》这首诗应该也是同一个时期写的，同样是春天，同样是遇到大风，船停泊在四褐山，不能开。诗是这样写的，“柳枝摇不息，久立望空津。帆势遥投戍，涛声故近人。云光开岸晚，草色淡溪春。安得知言者，披襟志一申（伸）。”意思是：“大风吹得岸边的杨柳枝条摇摇摆摆，空荡荡的芜湖港口没有什么旅人。江涛很调皮，故意靠近我，在我身边拍打着。眼前一派春光，我在赶考的途中，将来可能遇到知音，让我一展平生的大志向呢。”

青年时代的姚鼐，怀抱着经天纬地之心，想在政治上有所作为。此期，关于芜湖的诗作，要么清新秀丽，要么瑰玮雄奇。如《舟中望板子矶以南山势甚奇因题长句》这首长歌，如长河入海，汹涌澎湃；卫星行天，光彩夺目。有点李白的诗歌包罗天地、气象万千的味道。诗是这样写的，“黄山天半卅六峰，包含云海蟠奇松。忽乘风雾走江岸，横入江心如卧龙。风清雾霁水摇碧，远见初日穿玲珑。烟鬟俯仰久未定，玉圭角立谁为宗。十年前再入春谷（南陵），每下篮舆揞（拄）短筇（竹杖）。枫丹照眼秋锦乱，茶香熏鼻春焙浓。山中犹未识山好，正坐一障藏千重。轻舠兀坐忽昂首，有似故人天际逢。凋零绿鬓尘埃后，借问青山好忆浓。”这首诗先写远眺江南江水，黄山山脉如龙奔走，一直插入芜湖的江中。然后写江南山如烟鬟玉圭，让他回忆起十年前到南陵、繁昌一带，拄着竹杖行走在山路上，秋天，枫叶如丹，满眼锦绣；春日，茶香扑鼻，春意正浓。以前身在山中，不识芜湖山水的美好；现在坐在江舟中，感觉芜湖山水像老朋友一样，让他真心怀念。

我觉得，这首诗感染力强，意境深远，有如品味黄山的千山万壑、烟绕云罩，是姚鼐诗歌的顶峰，也是中国古典诗歌的艺术瑰宝。可惜的是，姚鼐的诗名被他的文章所掩盖，知道这首诗的读者也不多。

姚鼐其实是青年得志的，他二十岁中举人，三十三岁成为进士，短短三年内就官至四品，担任过礼部主事、四库全书纂修官等，连当时的大学士于敏中、梁国治等人都争相笼络他，先后许以高官厚禄，都被他婉言谢绝了。姚鼐在四十三岁的盛年，就辞官回乡，先后主讲于扬州梅花书院、安庆敬敷书院、歙县紫阳书院、南京钟山书院，致力于栽培人才，培养了方东树、姚莹、刘开、梅曾亮、管同、李兆洛等一批著名弟子，使桐城派影响泽被天下，当时人纷纷感叹，“天下文章其在桐城乎”！

姚鼐之所以辞官不做，致力于读书、教学、著书，是因为他明白，宦海恶，无日不风波，坦荡君子很难有所作为。还有，文章可以流传千古，真正成为千古流芳的事业。他的名作《登泰山记》，让当时的泰安知府朱孝纯（字子颍）在后世留下了名字。否则，过了几百年有谁记得一个小小的知府呢？这不就是文章的不朽吗？

在时间的长河里，曾经涌现了多少帝王将相，但有几个人的名字，能被后人记

住并赞叹呢？而仅凭一支生花妙笔，姚鼐的名字就在中国文学史上光芒万丈，成为一座后人必须攀爬的高峰。芜湖，也凭借这些绝美词章，增添了文化的魅力！

方苞家族芜湖缘

又到了阖家团圆的新春佳节，国人又开始了一年一度的拜亲访友、贺岁祈福的日子。家是中国人生活的核心，而芜湖作为一座山水灵秀的宜居之城，自然也是一个家族安居的不错选择。

在古代，家族观念非常强，每个家族都有祠堂、修家谱、兴私塾，出的名人更是家族的骄傲。如孔子家族、曾国藩家族、桐城方苞家族等，都在中国历史上产生了不小的影响。近日，拜读《方苞集》，发现桐城派文学大师方苞的身上，打下了深深的芜湖印记；甚至他的方氏大家族，也在芜湖留下了悲欢离合的艰难而温馨的身影。

古人很少为活人写传记，方苞也是。从他为自己的祖父、哥哥及门生写的怀念文章里，我们清楚地知道，方苞家族不少人在芜湖居住了较长时间，并有祖先安葬在繁昌县。据方苞为他祖父方帜写的悼念文章《大父马溪府军墓志铭》记载，方苞六岁的时候，他的祖父方帜担任过芜湖训导，在芜湖呆了十多年。方苞和他的母亲、弟弟等一部分家人留在南京，长大后，方苞由南京回安庆桐城老家探亲应试，考秀才，中举人，都要经过芜湖，陪祖父住一段时间，让祖父得到膝下承欢的快乐。后来，他的祖父退休后，估计是对芜湖的人事念念不忘，也许是把芜湖当作第二故乡，又回到芜湖定居，直到因病去世。而他的曾祖父方象乾，就安葬在芜湖繁昌县江边的一个地方。

方苞对家人与芜湖的关系多有描述，据他在《兄百川墓志铭》里说，哥哥方舟比他大两岁，也是一位才华横溢的文士。当时不少文章大家称赞方舟，近两百年没出过这样的人才。方苞的古文写作，就是他哥哥手把手教的。当时方苞家里很穷，有时候一天只吃一顿饭，在寒风刺骨的冬天，一家人连棉衣都没得穿。方舟十四岁的时候，就陪祖父方帜在芜湖住了一年多的时间。方舟在去芜湖之前，舍不得离开他的两个弟弟，靠着方苞的背大哭一场。当时的芜湖，不如安庆是省会，文人荟萃、才士众多。方舟在芜湖呆了一段时间，觉得很难找到文学上的知音，切磋提高自己的才学，还是离开了芜湖。可惜方舟三十七岁就去世了，不然的话，桐城派文学会多一位大家。方苞对他的哥哥感情非常深，多次写文章哀悼他的哥哥，自然也提到芜湖。如《七思诗》，“兄始赴兮鸠兹，余心孤兮类狂痴”，“既移家兮白门(南京)，兄侍祖兮芜江坟”，写的就是方舟到芜湖陪侍祖父这件事。

后来，方苞一直在仕途奔走，主要居住在京城，退休后居住在南京。想不到他八十岁高龄的时候，还回到繁昌祭扫了一下曾祖父的坟墓。这件事被方苞记载在《尹元孚墓志铭》里。他在文章里写道，“余畏邦人疑诧，乃扫墓繁昌，入九华山以避之”。

尹元孚名叫尹会一，是当时的江苏学政。方苞暮年时，已经是名满天下、无人不晓了。尹会一也是他的粉丝之一，一直想成为方苞的弟子。于是，他找到方苞退休后居住的南京清凉峰，为了表示诚意，他一个人徒步走来拜访，就像现在的佛教信徒一步一磕头去朝拜九华山一样。第二天，尹会一又单独这样去拜访他。方苞是退休的礼部侍郎，而尹会一是当今的政府大员，两个人天天单独“密谈”，这样搞在一起会招来他人议论，更会引起朝廷搞“团团伙伙”的猜疑的。而方苞由于经历过惊心动魄的清朝文字狱“南山案”，九死一生，差点人头落地，他明白政治的厉害。方苞和惊弓之鸟一样，为了保护自己，就以去繁昌祭祖为托词，赶紧离开南京到芜湖，暂时避开风头，不和尹会一会面。

其实方苞不是一个胆小怕事的人。据史料记载，他长得高高瘦瘦的，脸上稍

微有一点小痘痘，看人时目光锐利，很多人和他目光一相对，就吓得不敢说话。他性情直率，喜欢当面指出别人的缺点和错误，连当时的王公贵族都有点怕他。

方苞家族，注重家风教育。方苞本人也喜欢言传身教，到哪都让子侄陪伴左右；方苞后来深得康熙皇帝宠信，甚至给了一个让他儿子做官的名额，他把这个名额给了他哥哥的儿子。我有时候想，今天铺天盖地是教人尊师孝亲、安顿灵魂的“心灵鸡汤”，哪里比得上古人家族的日夜熏陶、身体力行呢？

刘大櫆畅游天门山

一次外出，在高速公路上看到马鞍山大青山的广告牌上学着“中国第一诗山”，以前我去敬亭山旅游时，也看到敬亭山上有龙飞凤舞的“江南第一诗山”六个大字。看到这些的时候，我就想起我们芜湖的天门山了，雄峙大江，气压吴楚，秀绝江南，也是寻幽怀古的好去处。李白曾经为它泼墨题咏过，多少知名的文人墨客登临赋诗过，天门山更担得起“天下第一诗山”这个称号啊。可惜的是，天门山至今犹如“养在深闺人未识”的美人，在游客中的知名度远不如青山、敬亭山，景区资源实在是有待挖掘与推介啊。

古往今来，题咏过天门山的名人灿若星辰，如李白、沈括、杨万里、屈大均、王士祯、姚鼐、黄景仁等，他们都是中国文学史上金灿灿的名字。写天门山的诗句，最有名的自然是李白的“天门中断楚江开”了。其实还有不少名诗值得我们品读。今天我写的是，桐城派文学大师刘大櫆对天门山的两次题咏。

刘大櫆作为桐城派三祖之一，和方苞、姚鼐相比，他其实是最不得志的一个。

方苞担任过礼部右侍郎，深得康熙、雍正、乾隆三代皇帝赏识，算是位高权重了。姚鼐三十多岁，就担任过礼部主事、四库全书纂修官等职务。只是他无意高官厚禄，四十岁就辞官回乡，以教书写作为乐。而刘大櫆早年着意功名，多次赶考，连个举人都没捞上。他一生布衣，到处教书糊口，直到六十三岁时，才得到黟县教谕这个芝麻粒大的小官，干了几年，就回枞阳老家了。在那个重功名的年代，刘大櫆作为一介平民百姓，通过自己的努力，靠着一支笔杆子，在方苞死后扛起了桐城派的大旗，培养了姚鼐这样的名弟子，成为名重天下的文学宗师，被时人称为“昔有方侍郎(苞)，今有刘先生”，也是一件了不起的事情。

刘大櫆虽然出生在桐城，但他很早就去了北京。直到乾隆四年(1739年)，四十三岁的刘大櫆才随翰林叶酉南归，到南京拜访江苏学政吴檠，然后坐船返回老家枞阳，途中经过天门山。在船上坐累了，看到江边有这样一座屹立的奇峰，自然令刘大櫆兴致勃勃。他游兴甚佳，不顾天近黄昏，一路健步而上，爬到了东梁山顶，在落日余晖里俯视长江，心潮澎湃，写下了《登东梁山绝顶》这首诗，“凭高一望暮云奔，烟树茫茫落照昏。俯视江流如蜥蜴，跂行蠕动下天门”。站在高山之巅登高望远，烟树苍茫，残阳如血，在刘大櫆的眼里，锦绣江山尽收眼底，脚下的浩瀚长江不过像一条小蜥蜴，在慢慢爬动着。

这一次乘兴而游，刘大櫆顺道走进天门山上的寺院里，沿着寺院里的石阶闲步。在寂静少人的山寺里，他默默看着佛殿里袅袅升起的香烟，静静听着响彻林间的僧人梵唱，他的心顿时安静下来。在寺院里徘徊，他忘却了时间的流逝，一直到明月东升，朗照庭院。当然，这时候的刘大櫆尚未断除功名心，他还虔诚地跪在佛前抽了一支签，想了解自己茫然不可知的未来命运。回到船上，他回味自己的游历过程，写下了《天门山》，“僧家耽宴寂，精舍压厓巘。梵响浮林杪，经香溢殿帷。云生趺坐处，月照独行时。欲究楞伽义，先签二百疑”。

后来，刘大櫆到黟县担任黟县教谕。当时从枞阳到徽州，走的是水路，基本上都要经过芜湖。估计又在此时，刘大櫆又一次来到芜湖，再度游览天门山，写下了《天门山》这首诗，“终古岷江水，东奔向沃焦。流来南国恨，散作海门潮。相对蛾

眉晚，回看灌口遥。不知津渡日，曾见鬼神朝”。写这首诗时，刘大櫆已经六十多岁了，他的诗笔在历经沧桑后，已经是气势沉雄、气魄远大了。诗的大意是，千百年来，长江水由上游四川奔泻下来，东向入海；江水涌流着多少朝代兴亡的亡国恨，看着江山如美人一样妩媚，更激起了诗人涌流的心潮。

刘大櫆为天门山写下了三首诗，可惜的是，刘大櫆以散文名世，他的诗名为文名所掩盖，很多人都不知道他这些优美动人的诗歌。不过，也有不少大诗人欣赏刘大櫆的诗，袁枚甚至在《随园诗话》里说，刘大櫆“诗胜于文”。

我常常想，天门山千百年来与文豪结缘，留下的诗文无数，如果把那些文人的咏吟全部搜集起来，请书法家题写、镌刻在诗碑上，建一座天门山诗廊，供游人玩赏，该是多么有意义的事情。

吴敬梓芜湖相交朱草衣

《儒林外史》这部杰出长篇小说，估计没几个读书人不知道的，作者是我们安徽的吴敬梓。胡适在《吴敬梓传》开篇就这样称赞：“安徽的第一个大文豪，不是方苞不是刘大櫆，也不是姚鼐，是全椒县的吴敬梓。”可见吴敬梓文学地位之高。让我想不到的是，芜湖激发了吴敬梓不少的创作灵感。《儒林外史》小说里有好几个人物原型是芜湖人：如大名鼎鼎的范进，原型是芜湖人陶镛；江湖诗人牛布衣，原型是客居芜湖的朱卉（朱草衣）；善于雕刻印章的郭铁笔，是芜湖的诸葛祚；此外，还有甘露僧。他们，构成了《儒林外史》描绘人物里重要的“芜湖板块”。

清代文人程晋芳在《文木先生传》里说，吴敬梓出身名门望族，曾祖父和祖父两代人"科第仕宦多显者"。吴家出了六名进士,其中榜眼、探花各一名,在当时是远近闻名的书香门第。不过,到了吴敬梓父亲吴霖起一代,已经家道中落了。当时文人要有所作为,只有做官一条路,当官就要苦学八股文,才能通过科举取士;而吴敬梓个性强烈,视八股文为仇人,自然只能是一生抑郁不得志了。吴敬梓不善于谋生,性格又豪爽,喜欢施舍穷人,还结交了不少文人墨客,常常通宵达旦饮酒歌诗。他过着挥金如土的浪子生活,没几年就把家产败光了。

家产没了,吴敬梓只能外出奔波谋生。有一年,他连过春节都是一个人形单影只,在宁国一家小旅店里度过的。应该是这一段外出谋生的时间,他沿江走动,结识了芜湖的一帮落魄文人,如当时屡考不中的陶镛、朱草衣等。

《儒林外史》里有个人物牛布衣,原型就是朱草衣。据《芜湖县志》记载,朱卉自号草衣山人,是休宁县人,在南京呆过,后侨居芜湖,年少就以写诗闻名,在《过孝陵》诗里有"秋草人锄空苑地,夕阳僧打破楼钟"这样的好句,让人感慨朝代兴亡。可惜,他的诗集《草衣山人诗集》今天已很难看到了。牛布衣在《儒林外史》中不是什么重要人物,他的行踪、言语零散地见于范进、娄氏兄弟、匡超人等人的故事中,只有第二十回"牛布衣客死芜湖关"中,那两页书算是他的本传,内容写的是他客死他乡的凄凉结局。并且他死后,还被小混混牛浦郎冒名到外面招摇撞骗,留下了一串让人啼笑皆非的故事。

当然,牛布衣在芜湖的生前死后事,是这部充满冷嘲热讽的讽刺小说里少有的温情笔墨,让人感受到浊世里毕竟还有真情在。牛布衣一个人从南京来到芜湖,孤苦无依,只有在长江边的甘露庵住下。幸运的是,庵里的老和尚古道热肠,从素不相识到成了他的知己。甘露僧见他孤寂,时常煨了茶,送在他房里,陪着说话到一二更天。若遇清风明月的时节,便同他在前面天井里谈说古今的事务,甚为相得。造化弄人的是,不久,牛布衣染恙一病不起。在他临终身后,又是甘露僧尽心尽力地照顾他,买棺材和邻居一起装殓、超度他,还不远千里去北京找朋友报告他的死讯。当然,这是小说里的牛布衣处境。

真实的朱草衣和吴敬梓是至交好友,虽然生活比较落魄,但在芜湖有居所。

在吴敬梓存世不多的诗词里，他写给朱草衣的诗词有三首，两首诗、一首词。诗名叫《寒夜坐月示朱草衣二首》，“今夜霜中月，依然照独吟。短檐窥野马，曲木碍归禽。但觉情怀减，其如岁序侵。邻家歌舞宴，彻晓恼人心”。第一首八句，写的是诗人在秋天霜降的月夜，一个人独自吟诗；由于身边没有朱草衣这个好朋友，对着月光也没有什么雅兴了。而邻居家在大摆宴席，彻夜歌舞不休，让他的心无法安宁。“忽念朱居士，耽吟夜捻髭。篆烟萦画障，漏水咽铜蠡。蠹木虫何苦，钻窗蜂太痴。何当一樽酒，斟酌月明时”。第二首八句，写的是诗人怀念朱草衣这个知己、这个诗痴，不知道在哪里捻着胡须、摇头晃脑地吟诗呢；他感慨朱草衣痴迷诗歌，像木头里的蠹虫、钻进窗户的蜜蜂一样；最后，诗人希望在这样的良宵月夜，能和朱草衣一起欢聚，把酒吟诗。

吴敬梓还有一首词，写的是他来到芜湖，没见到朱草衣，在经过朱草衣住过的旧房子的所见所感。这首词名叫《燕山亭·芜湖雨夜过朱草衣旧宅》，“川后停波，屏翳送寒，摇荡澄江青雾。桥外数椽，藓蚀苔殷，映带柳塘花坞。燕子归来，知认否、当年谁主？无语，衔落蕊迎风，缭垣低度。怊怅孤客凄清，听瑟瑟萧萧，夜窗声苦。梁市阮厨，烛擒香销，知他故人何处？他日相逢，难说尽别离情绪。思汝，同听者，半宵春雨”。

我们应该都有过这样的经历，在车船经过一个城市时，就想起了住在那里的某个老朋友，想起和他一起的年少轻狂，心里自然而然升起一股暖流，仿佛春天里唱着歌的小溪水。吴敬梓的这首词，写的就是这样的感情。当然，词和诗比，更加婉曲，感情更加凄伤。词里的景物，江水、小桥、柳塘、花坞、细雨、燕子，让读者觉得亲切。密集的江南景物描绘后，再写对朱草衣的怀念，自然就水到渠成了。读着吴敬梓与朱草衣交游的诗句，我不禁这样想，如果我也有吴敬梓这样一个朋友，千百年后，还有人读着诗就想起我的名字，多好！

吴敬梓不忍别芜湖

作为中国文学史上的杰出小说家，吴敬梓曾经在芜湖生活过很长时间，认识的朋友也是三教九流，遍布不同行业，有和尚（甘露僧）道士（王昆霞），有儒生（陶镛）文士（朱草衣），有贩夫走卒，有精于镌刻的诸葛祚。可惜的是，由于吴敬梓一生落魄，当时地位不高、名声不显，关于他的资料不多，很难确定他什么时候在芜湖生活，在芜湖生活了多久。但根据他流传下来的诗词和传说推测，吴敬梓居留芜湖至少有数年时间。

在芜湖生活久了，吴敬梓对芜湖的风景名胜自然是了如指掌。现存的诗词里，他提到了梦日亭、识舟亭、三山等地名。如他写从芜湖出发到当涂去的诗《晓发姑孰道中》，“晓风吹酒醒，鞭影拂云屏。水涨燃犀浦，烟迷梦日亭”。一大早，芜湖的一帮朋友就以酒饯行，把吴敬梓喝得有点醉醺醺的。这个时候，诗人眼里的景物，就显出了蒙眬美，淡淡的烟雾飘荡在梦日亭一带。据《芜湖县志》记载，梦日亭在今天的鸡毛山附近的故王敦城，用的是王敦梦见太阳照临的典故。到清朝嘉庆年间亭子就已经荒废。

如他的词《减字木兰花·识舟亭阻风，喜遇朱乃吾、王道士昆霞》，“卸帆窗下，一带江城浑似画。羽客凭阑，指点行舟暮霭间。故人白首，解赠青铜沽浊酒。话别匆匆，万里连樯返照红”。据《芜湖县志》记载，识舟亭是明朝古迹，曾经叫过八角亭，明崇祯四年，王思任担任芜湖榷关期间，根据谢朓诗句“天际识归舟”改名。该亭在今天天主教堂附近的鹤儿山，可以俯瞰大江，到光绪年间已荒废。当年，芜湖的大码头就在长江、青弋江交汇之处的江边，从识舟亭上眺望，可以清楚看见往来的商旅；远来的亲朋好友，一般也在识舟亭迎候。吴敬梓往来经过芜湖多次，我也不能断定这次经过芜湖的时间，只能根据诗中描述，推测这已经是吴敬梓的晚年了。

这次吴敬梓经过芜湖去外地，由于风大，天又黑了，船不能行，就停泊在识舟亭下面的码头。诗人正欣赏着江城美如画的风景，巧合的是，两个老朋友朱乃吾、王昆霞也趴在识舟亭的阑干上指指点点，他们看到了站在船头的吴敬梓，就高喊他的名字。老朋友多年未见，相见时已是白发苍苍了。那时候交通又不发达，很多朋友一辈子见一两次面也不容易，难得相聚一次，自然要在一起把酒言欢了。他们喝着酒，谈到吴敬梓晚年贫困潦倒的境况。我们芜湖的文人朱乃吾好客，对吴敬梓十分敬重，就在临别时赠送给他一些银两，补贴他的家用。吴敬梓对芜湖人的古道热肠非常感激，在他们离去后，就写下了这首词。

吴敬梓还有一首词《小重山·三山》，“云榜凌波拂曙行，回看烟雾里，别江城。点头沙鸟过遥汀。临断岸，绿遍水香菱。八字贾帆轻。连宵春雨过，浪花平。凭舷山影落窗棂。青天外，何处晓霞明？”根据这首词来看，吴敬梓为了谋生，甚至可能四处经商，而芜湖当时是徽商重镇，也许这就是他居留芜湖较长时间的原因之一。“贾帆”就是商船的意思。也许他是为了到上下游贩卖货物，不得不离开芜湖去外地。所以这首词，写了他拂晓时分离开芜湖的依恋之情；特别是船朝上游走，三山一带的山影渐渐变远，在船舱中望去，有点恍惚，更让他感慨，漂泊的日子何时才有尽头？

吴敬梓之所以对芜湖如此留恋，是因为他在芜湖有一帮重情重义的朋友。如范进的原型陶镛，是我们芜湖有名的书痴。陶镛读书的县学在儒林街附近，是雍正十三年举人，乾隆四年进士，他的老丈人是一个杀猪的屠夫，这些都与书中的“范进”不谋而合。陶镛在做官后，廉政爱民，在老百姓里口碑不错，对吴敬梓也是有过资助的。还有视陌生人为亲人的甘露僧、慷慨解囊的朱乃吾，他们都让吴敬梓感动。所以，在《儒林外史》结尾，明神宗皇帝大肆表彰的去世贤达里，芜湖县籍占了三人，有二甲第二十名甘露僧，三甲第三十名牛浦，三甲第三十二名郭铁笔，再加上三甲第九名牛布衣（书中说他是绍兴人），是除吴敬梓定居的南京江宁县外，受表彰人数最多的县，这也寄托了吴敬梓对芜湖的深厚感情。不是故乡，胜似故乡，难得啊。

吴敬梓由于父亲早逝，全椒老家亲族对其财产侵夺，他只能举家迁移南京，这既让他饱尝人间的辛酸，更让他有了一双解剖刀般看透世态炎凉的冷眼。这些不堪回首的经历，形成了他呕心沥血的传世佳作《儒林外史》。幸好，在芜湖，他的朋友们安慰了他冷漠的心，让他对芜湖多了一份留恋和温情。我也相信，这份温情，会在我们人间长久存在、薪火相传。

邓石如人生多感怀

在中国篆刻、书法史上，邓石如是一个光芒万丈的人物，被当时人称为，“其四体书皆为国朝第一”。作品流传海外，在日本、朝鲜等国家备受推崇，被日本人称为“邓完白先生篆隶，天下奉为圭臬”，也就是说，在日本、朝鲜这些国家，邓石如的作品成为了篆刻、书法的标准。可见，邓石如的实力。

邓石如的实力，也是他长期苦练的结果。为了实现自己心中的书法篆刻梦，他从故乡怀宁出发，独自背着行囊，走遍祖国的名山大川，也多次往来芜湖这一滨江重镇，结交了黄钺这样的朋友。他在芜湖的游历，也是值得后人津津乐道的。

邓石如，原名邓琰，字石如，号完白山人。1743年出生于安庆怀宁县大龙山西北的白麟坂。由于家境贫寒，邓石如十岁就辍学了，在家乡的大龙山上砍柴，到凤

凰桥下钓鱼，卖柴贩鱼补贴家用。如果他一生就这样过下去，那他就和千百年来农村里许多农民一样，娶妻生子了此一生，历史上就不会有邓石如这个名字了。幸好，邓石如是一个有梦想的人，他凭着自己对书法篆刻的钻研，完成了一个“屌丝”的人生逆袭，实现了成名成家的华丽转身。

现在看来，邓石如确实在很多方面值得我们佩服。一是对书法篆刻艺术的钻劲。早年，他一心临摹那些能找到的碑帖和篆刻。后来，他足迹踏遍祖国山河，到处寻访名碑残碣。他多次去山东泰山、湖南衡山，还登上江西庐山绝顶。那时候，名胜古迹地势非常险峭，服务设施也不像现在这么完善。邓石如经常要像蛇行猿爬一样攀援而上，既要忍受饥渴之苦，又要冒着生命危险，只是为了访求那些平常难见的金石碑刻真迹。曾经有一次，他在庐山顶上寻找碑碣，见到石刻就坐在下面细心揣摩，忘记自己所带干粮不够，连续八天没有饭吃，只能采摘山上的野果充饥。现在多少所谓的书画名家，没有静心写作几年，有点小成就就觉得自己睥睨古今，天下第一了。他们看重身外的名利，从来不想甘坐冷板凳，和邓石如比能不惭愧吗？

二是人虽布衣，胸有方心，身无媚骨。邓石如虽然一生没有做官，但他的朋友圈里有不少高官显贵，如今天我们熟知的宰相刘墉、内阁大学士曹文埴、湖广总督毕沅等人，他们都非常赏识邓石如的才学。如刘墉在京城一看到邓石如的书法作品，就惊讶地说：“千数百年无此作矣。”他很快就主动去邓石如的寓所拜访，以宰相之尊和一个平头百姓结为莫逆之交，实在是难得。但邓石如从来不知道阿谀奉迎，自始至终保持他“从不因人热，甘于自守卑”的布衣本色。有一次，当朝宰相曹文埴回安徽歙县老家探亲，邀请邓石如和他一起入京。这种事情在一般人看来是“受宠若惊”的事情，但邓石如还不想去，曹文埴一再强请，他才勉强答应，还提出了自己的条件，“戴草笠，靸芒履，策毛驴，后三日行”，就是说，他要在曹文埴出发后三日才启程，还是不和宰相同行。这个苛刻条件，曹文埴也答应了。担任毕沅幕僚的时候，邓石如也是布衣徒步，不像其他的幕僚，骑高头大马，穿华丽衣服。

邓石如和芜湖结缘，是很早就开始了。青少年时代，邓石如就随着在私塾教书的父亲沿长江一带活动，西到九江，东到我们芜湖。后来，他经常往返扬州、徽州和老家安庆，都要途经芜湖。因为邓石如当年是布衣百姓，留下关于他的记载不多，他自己写的诗文散佚了很多，只能从存留的诗文里感知邓石如和芜湖的联系。

现在我们能看到的邓石如关于芜湖的诗有三首。一首是五律《旅夜感怀》，“濡水停游笈，萧然心事违。探囊惟古剑，梦我只渔矶。静夜喧寒蛩，秋风妒葛衣。何时江上路，高挂布帆归”。这首诗是邓石如坐客船外出途经芜湖，时值晚上了，就停泊在今天的裕溪口码头，裕溪河古称濡须、濡水。诗里一方面感慨自己独自漂泊，在秋夜里听着寒蛩鸣叫，备感凄凉；一方面诉说了思乡之情，希望能早日扬帆回乡。

另二首七言绝句诗，是写给当时芜湖著名诗人、画家黄钺的，诗名为《题黄左田〈九日登高合作卷〉》，“崖壑千层笔底收，群公高会兴悠悠。图成合自频回首，满纸风飙凝古秋。赭阜年来久寝牵，登高几度踞层巅。他时我若逢斯会，添个阿农山石边”。黄钺字左田，是清朝乾隆、嘉庆年间的著名大臣，因和当时的大贪官和珅关系不好，后告假回老家芜湖，“掌教皖南北书院十载”。闲暇时，黄钺常和一帮文朋诗友在赭山聚会，写诗作画。邓石如这首诗应该是在此期间写的，当时黄钺根据一次雅集的情景，画了一幅名为《九日登高合作卷》的画。邓石如因为有事外出，不在芜湖，没有参加这次雅集，就在回芜看到这幅画后，题写了这两首诗。第一首诗写的是画里的场景，在凉风瑟瑟的秋天，一大群文人雅士登山聚会，雅兴悠悠。第二首诗里，邓石如写了自己对芜湖的深厚感情，说自己曾多次登上赭山山顶远眺，现在人虽然在外面漂泊，却经常在梦里回到赭山；希望有一天能回来参加黄钺的聚会，让黄钺也把他画进画里。

从邓石如写芜湖的诗里，我们可以看到，邓石如经常来芜湖，在芜湖有黄钺这样的重量级好友。也正是这些留存的诗句，让芜湖的历史有了生动的面貌，让芜湖的文化有了可以流芳千古的深度和厚度，这是芜湖之幸、诗歌之幸。

黄景仁彩笔歌芜湖

喜欢现代作家郁达夫小说的人，一定读过《采石矶》这篇历史小说，也会对黄仲则这个孤傲多疑、才华横溢、多愁多病的清朝诗人留下深刻的印象。

仲则是诗人黄景仁的字，他一字汉镛，号鹿菲子。他是今天江苏省常州市武进县人，今天有《两当轩集》行世。黄仲则诗，纳兰容若词，并称为清代文坛诗词双璧，受到不少喜欢古典诗词的读者追捧。连郁达夫也是他的超级粉丝，他的古体诗词受黄仲则影响颇深。他曾经说过，“要想在乾(隆)、嘉(庆)两代诗人之中，求一些语语沉痛、字字辛酸的真正具有诗人气质的诗，自然非黄仲则莫属了。”

黄景仁是一个苦命薄命的诗人，一生颠沛流离、贫病潦倒，在人间只活了三十五岁。很多天才诗人似乎寿命都不长，唐朝的李贺，清朝的纳兰性德，民国的苏曼殊，国外的普希金、拜伦，当代的海子，没有一个活过四十岁的，无不是天妒英才、短命夭亡。

采石矶离芜湖不远，黄景仁到处谋生，自然也在芜湖留下了履痕。他流传下来的一千多首诗词里，涉及芜湖的就有二十余首，可见他对芜湖这方土地怡人风物的心仪。

根据清人编的《黄仲则先生年谱》，早在二十岁时，黄景仁就在那年夏天先游徽州，后经芜湖赴江宁乡试。二十一岁时，黄景仁又在春天再次游黄山，后经芜湖到扬州。两次乡试落选，作为一个穷秀才的黄景仁只能到处谋求生计。他在二十三岁时，来到太平知府沈业富的幕府，当了一名小小的幕僚。在当涂太平府，他遇到了爱才的安徽督学朱筠。朱筠虽然官居高位,但他是一个学者,人称笥河先生。朱筠一见到黄景仁就惊呼其为“天才”,说他神态如“闲云野鹤”,把他和另一个江南大才子洪亮吉比作宝剑“龙泉”“太阿”,将其留在自己的幕府。就这样,黄景仁作为高官身边的大红人,在安徽南方呆了四年,在帮助他们处理公务之余,到处游山玩水,饱览锦绣河山,写作优美词章,直到朱筠被乾隆皇帝召回京城。不久,黄景仁也追随座主去了京城。

芜湖作为太平府的属县,黄景仁自然是方便到处游历的,有时他也会随沈业富、朱筠等官员调研。如繁昌荻港、无为臬矶的灵泽夫人祠、天门山、南陵春谷、青弋江,这些绝佳风景、历史古迹,甚至寻常经过之地,在他骑马或行船逗留中,在得到他诗眼饱览后,无不被他用锦心绣口吟诵。

如《将至芜湖忆文子容甫》这首诗,写的是他秋天到芜湖游玩,快到芜湖县城时对两个挚友的怀念。容甫是清朝大文学家汪中的字,文子是顾九苞的字,都是他的好朋友。“向晓离亭举客杯,青山一路送人来。际天无树知江近,极浦有帆和雨开。吊古空滩余战舰,悲秋斜日上层台。故人回首重城外,为报离肠已九回。”八句诗比较清浅,如青青溪水流淌,通过对所见芜湖风景的描写,如青山一路,港口有帆,遣词比较凄婉,抒发了对故人的怀恋之情。

如《渡青弋江》,“群山如接髻,青青度陵阳。山平水界途,一苇兹用航。锦石灿沙屑,晴洲郁兰芳。甫聆棹讴响,劳躅渺已忘。马目眩水色,客鬓愁波光。人马一时渡,去路如川长”。这首诗是写诗人牵马过青弋江渡口的场景,更是歌颂了芜湖群山相接、水色波光的美丽景色。

如《南陵道中》,“又作轻装发,惊心逝者川。残春辞马首,旧路落愁边。县古飞花里,程遥去鸟前。还看道旁柳,手植已吹棉”。短短八句四十个字,写的是诗人在春天依依惜别南陵县的情景。在诗人的眼里,南陵是一座无处不飞花的古县。诗人应该在南陵呆过不少时间,他亲手栽的垂柳已经东风飘絮了,这怎么能不让他生出离愁呢?

又如《发芜湖》这首诗,写的是诗人离开芜湖的所见所想。诗人刚刚吃了芜湖的江鱼，就坐轿子出发了。他看着远处的青山芳草，不禁浮想翩翩，想起了芜湖的历史底蕴深厚，是楚国的要塞，也是六朝的名城。诗人觉得自己谋生辛苦、行程匆匆，实在是不值得，只想在芜湖境内随便找个山峰结庐隐居下来。“才煮鸠兹市上鱼，微哦依旧上肩舆。偶看芳草思名马，每见青山想异书。古戍按图三户后，荒祠披版六朝馀。野情更畏劳踪迫，安得前峰便结庐”。这首诗还被郁达夫在他创作的诗里化用过，“曾因酒醉鞭名马，生怕情多累美人”，可见此诗的艺术感染力。

黄景仁写这些诗的时候，还是他人生里相对美好的、无愁的时光。后来，他到京城等地漂泊，终其一生未能考上进士、谋得高官，只是写下了“似此星辰非昨夜，为谁风露立中宵”“十有九人堪白眼，百无一用是书生”“风前带是同心结，杯底人如解语花”这样哀婉动人、悲酸孤寂的诗句。最后，因为债主逼迫，他抱病去陕西借钱，最终病死路途。一代才人就这样在花样年华断掉了锦弦，实在让人惋惜悲怜。

有幸的是我们这些后人，通过大诗人黄景仁的彩笔描画，看到了芜湖在诗词里摇曳的风景，感受着一座古城唯美的容颜。

曾国藩经营芜湖

开国领袖毛泽东曾经说过，“愚（我）于近人，独服曾文正”。曾文正就是曾国藩，他是中国近代史上一著名人物，也被传统史家认为是“立德立言立功”三不朽的大人物。立德方面，《曾国藩家书》曾经风靡一时，治家格言和处世交友之道备受推崇；立功方面，他苦心经营，平定了太平天国运动，发起了学习西方的洋务运动，被称为“晚清中兴四大名臣”之首；立言方面，是晚清散文“湘乡派”的创始人，以瑰玮雄奇的文风，一扫“桐城派”后期枯淡的流弊。一个人能取得如此成就，是五百年难得一见的人物。他死后，清政府给他的谥号是“文正”，所以后人常称他为曾文正。

曾国藩与芜湖的交集，自然是在他平定建都南京的太平天国期间。芜湖作为兵家必争之地，三国时刘备就曾经对孙权说过，江南的要地，首先是南京，其次是芜湖。曾国藩兄弟四人为首的湘军，在对抗太平天国过程中，为清政府出尽了力。曾国藩在湘军占领安庆之后，自然就谋划着以芜湖为据点，围剿南京的太平军。他在写给弟弟曾国荃的诗《沅甫弟四十一初度》里，透露了消息。诗是这样写的，“濡须（裕溪口）已过历阳（和县）来，无数金汤一翦开。提携湖湘良子弟，随风直薄雨花台”。意思说，在弟弟曾国荃的努力下，湘军很快就攻下芜湖裕溪口和和县；鼓励他乘着胜利的东风，一举攻下南京。

在此思路指导下，曾国藩安排弟弟曾国荃、曾国葆，兵分两路，直扑金陵（南京）。曾国荃一路在江北，攻打巢县、无为州、和县等地；曾国葆一路在江南，攻打池州、铜陵、南陵、芜湖、太平府等地；还有彭玉麟的长江水师，沿江而下，协助围剿太平军。他们在芜湖会合后，形成了直捣南京的势头。

咸丰十一年（1861年），在经过多年苦战后，湘军攻陷安庆。随后，他们开始了对太平军的穷追猛打，不给任何喘息机会。农历九月十六，曾国荃攻下了无为泥汊口的太平军营地；二十日，又攻下了无为州城。同治元年（1862年），曾国荃于三月攻陷了裕溪口，不久，又攻下了芜湖对江的西梁山。曾国葆于农历三月十三日，剿灭繁昌荻港旧县、三山夹的太平军守卫部队；三月十三日，又攻克了繁昌县城。很快，曾国葆又攻破鲁港太平军军营以及南陵县城。四月二十二日，曾国葆又收复了芜湖县城，不久又占据东梁山和六郎桥。这样，芜湖境内的太平军全部被肃清了，他们也无力骚扰芜湖的湘军。这时候，曾国藩在给朝廷上书的奏折里，敢于夸说芜湖“防守稳固”了。

由兄弟出马，扫除了芜湖一带的障碍，作为湘军“总司令”的曾国藩，就来到芜

湖，视察指导湘军工作了。同治二年(1863年)二月初三，曾国藩就乘船来到芜湖，他还没下船，湘军大将彭玉麟就赶过来拜见他。初四，曾国藩登岸，检查芜湖城防情况，随后他坐船赶到当时属于芜湖的金柱关，会见了另一个湘军大将杨岳斌。十九日，他又坐船检查了东西梁山营盘，再赶到裕溪口。二十日，他又换小船进入裕溪河，视察了无为州的湘军军营。曾国藩在芜湖呆了近一个月。在此期间，彭玉麟的湘军水师攻克了太平军在湾沚的营垒，芜湖水陆各军攻克了黄池的太平军营垒。可见，曾国藩督促检查的功效。

芜湖地境太平了，但经过多年湘军、太平军在这一带的拉锯战，导致良田抛荒、民生凋敝、百业待兴。曾国藩一路上看到，不少人流离失所，隐藏在江边、湖滩的芦苇丛中过日子，住的地方就是用芦苇和草绳随意拉起来的陋室，连遮风避雨也做不到。有的流民无饭可吃，甚至发生了人吃人的现象。在了解这些情况后，曾国藩心里十分难受，只能希望早日结束战乱。他常常感叹说，一个人最不幸的，就是在乱世里要担当救亡图存的大任啊。

曾国藩采取了不少措施来恢复芜湖和皖南一带的生产生活：一方面，派人通过施粥发衣等方式，赈济贫民；一方面，给每个县筹措几千两银子，购买耕牛和种子等生产资料，免费发给农民，让他们恢复生产，并核定了皖南开垦荒田的章程。这些举措及时而得当，很快流民纷纷返乡，经济慢慢开始恢复。

如今，历史的刀光剑影已经黯淡，那些当年显赫一时的名字也进入历史的尘埃。抚摸历史的沉寂，我感慨芜湖作为一个大舞台，经常上演历史的精彩；也期待那些可以主宰世事的大人物们，像曾国藩那样，以天下生民为重，尽心政事，忠心谋国，成为后世师表和人生楷模！

曾纪泽往来中江

芜湖作为长江、青弋江等江河交汇之地，得舟楫之利，自然行人商贾往来众多。特别是不少活跃在历史里的杰出身影，与芜湖结缘颇深。近日翻读三大本的《曾纪泽日记》，才知道曾国藩的儿子曾纪泽曾多次往来经过芜湖，并留下了关于芜湖的诗作。

曾纪泽虽然没有他父亲有名气，但虎父无犬子，他也是中国近代史上赫赫有名的外交家，担任过清政府驻英、法、俄国大使，曾维护了中国主权和领土的完整。今天回望千疮百孔、饱受欺凌的中国近代史，人们必须承认，是曾纪泽的强硬交涉、据理力争，从强邻俄罗斯那里"虎口索食"，改变了崇厚签订的丧权辱国的《里瓦几亚条约》，促成《中俄伊犁条约》改签，收回了新疆伊犁地区被沙俄占据的国土。曾纪泽与沙俄的谈判成为中国近代历史上唯一一次成功的谈判，是近代中国以来难得的一次外交胜利，也使曾纪泽成为后人必须记住的外交家。因为自从他1890年去世后，晚清政府在西方列强面前再没有强硬过。

曾纪泽几次经过芜湖，都是来去匆匆。第一次是同治十一年(1873年)四月廿六日，曾纪泽护送父亲的灵柩从南京返回湖南老家，那天是晴天。曾纪泽在日记里写道："卯(时)初起。饭后习字二纸。舟泊芜湖，答客拜约五刻许。李稚泉来一谈，习字三纸。饭后看望各舟良久，习字五纸，小睡。夜饭后至母亲船坐极久。二更舟泊荻港。归，习字一纸。三更睡。"船在芜湖呆了一天。

第二次是同治十三年(1875年)八月，曾纪泽在湖南老家为父亲守孝将近三年，坐英国轮船“飞似海马”号，从武汉沿江而下，准备拜访他父亲在金陵、扬州、上海等地的故旧后，再到北京活动，意图重新进入官场。

这次他坐轮船经过芜湖获港时，看着窗外的月光，不禁想起了已去世的朋友唐伯存。他在日记里写道：“八月初九日，晴阴半，微雨。卯(时)正起，在船艄徘徊良久，作诗一首，吊唐伯存。”曾纪泽的这首诗名叫《舟过获港有感》，“夜御飞轮涉激湍，白云何处问刘安。乱飘木叶商飙急，忽浸窗棂素魄寒。唱些招魂烟水渺，期君入梦海天宽。长鲸永逝无消息，万象苍茫孰一抟”。诗的大意是，在长江的激流里，想起了老朋友唐伯存已经无处询问了，只能希望在梦中相见了。

曾纪泽此次远行，本来想大展宏图。不料，中途又得到他母亲去世的消息，只能匆匆赶回去奔丧。一路上，他自责不已，在日记里写道：“不侍母疾，远游京师，以图仕宦，此心可诛！”他又匆匆忙忙乘坐问津号轮船由南京出发，赶回老家。九月初四日，轮船又经过芜湖，他记了一笔，“夜饭后汉卿来久坐，舟泊芜湖。子初睡。”

估计曾国藩在南京任职期间，曾纪泽往返老家和南京，经过芜湖也多次。但曾纪泽日记保存不完整，我们所知道的最后一次与芜湖有关的信息，是光绪十五年(1889年)四月廿一日，那天是大晴天。曾纪泽在日记里记着：“核函稿四件，查芜湖李孟仙(李鸿章弟弟李鹤章的长子，李经馥的长兄)来电。”

曾纪泽作为一个含着金钥匙出生的官二代，能够在中国近代史上有所作为，得益于他父亲曾国藩的言传身教。曾国藩教子非常严格，不但自己手不释卷，每天记日记；还要求自己的儿子持之以恒地读书、写日记。曾国藩曾经在日记里写过，治家贵严，严父长多孝子，不严则子弟之习气日就佚惰，而流弊不可胜言矣。”他在给曾纪泽的家书里更是常常苦口婆心、循循善诱，如“吾(我)于尔(你)有不放心者二事：一则举止不甚重厚，二则文气不甚圆适。以后举止留心一重字，行文留心一圆字。至嘱”。曾国藩总是担心子女沾染富贵习气，不能成就大器。

中国有句古话，君子之泽，三世而斩；也就是常说的富贵不过三代。其实，我们眼前常见的，富贵人家多是眼见他起朱楼、宴宾客、楼塌了，很多人一代都不能善始善终,能得意人生多少年呢?曾国藩的苦心教诲,才让他的家族流芳千古,这种家风的传承,值得我们学习,值得我们借鉴力行并发扬光大!

张之洞门生情谊重

很早之前在芜湖读书的时候,只知道元泽桥是个很有名的地名,我经常坐车路过这个地方;后来我慢慢知道了,元泽桥的建造,是为了纪念芜湖以前一个"为官一任造福一方"的地方官袁昶。最近,我翻看晚清名臣张之洞的诗文选,才知道袁昶是张之洞寄望甚高的得意门生,袁昶的早逝,让张之洞十分哀痛,写下了四首感人至深的悼诗。

张之洞这四首诗是七绝,名为《过芜湖悼袁沤簃》,不长,在这里我全文照录,体味一下张之洞痛失爱徒的心情。"七国连兵径叩关,知君却敌补青天。千秋人痛晁家令,能为君王策万全。民言吴守治无双,士道文翁教此邦。白叟青衿各私祭,年年万泪咽中江。凫雁江湖老不材,百年世事不胜哀。盖公堂下青青树,曾见传杯读书来。江西魔派不堪吟,北宋清奇是雅音。双井半山君一手,伤哉斜日广陵琴。"

四首诗从四个方面概括了袁昶的一生。第一首诗是痛心袁昶被冤杀。事情是这样的,1900年,昧于大势的慈禧太后想利用风起云涌的义和团势力对付洋人,准备攻打各国驻华使馆。时任太常卿的袁昶极力反对,因为他知道义和团故弄玄虚、刀枪不入的所谓"神通",对付不了西方列强的坚船利炮,就上奏疏给朝廷,力言奸民不可纵,使臣不宜杀。由于袁昶属于洋务派,和傀儡光绪皇帝走得比较近,

结果触到了慈禧太后的霉头。她发出上谕说，袁昶任意妄奏，莠言乱政，且多语离间，有不忍言者，实属大不敬，着即行正法。老佛爷说话一言九鼎，袁昶就这样被一纸上谕判了死刑。慈禧太后此刻信心满满，她认为义和团神功盖世，可以帮助她兴盛大清国，就一口气向英、日、俄、美等十一个国家宣战，结果造成八国联军打进北京城，慈禧太后她老人家也仓皇逃到西安，最终以签下卖国的《辛丑条约》了事。所以，张之洞在诗中感慨袁昶像晁错一样被冤杀。

第二首诗是歌颂袁昶在芜湖的德政。袁昶1894年起任徽宁池太广道道员，驻节芜湖，兼管芜湖海关关税，管辖范围大致相当于今天的皖南地区。袁昶一到芜湖，就新官上任"三把火"，捐银5000两兴修水利，捐银购桑树苗数万株分发百姓兴农桑，为中江书院设立常设经费以兴办教育。应该说，袁昶为芜湖老百姓干了不少实事、好事，所以老百姓称颂不断。在他死后，芜湖老百姓年年都要自发地在中江(今天的中江塔附近)边上，烧纸钱祭拜他。可见，当官的只要能真心想着老百姓，老百姓是永远不会忘记的。

第三首诗是记述师生情谊。张之洞是晚清政坛改革派的一面旗帜，他敢于涉险滩，啃了不少他人不敢啃的硬骨头，如兴办新式学堂、兴建铁路、借鉴西方法律制度等。同治六年，张之洞任江南乡试主考官，袁昶这一年到南京参加考试，成为举人。按当时的惯例，张之洞就是他的座主(老师)了。从此，袁昶的成长一直受到张之洞的关心关怀。朝廷刚任命张之洞为两江总督(管辖地为江苏、浙江、安徽三省)，他就把袁昶要到芜湖，助力他发展地方经济、整顿地方军备。袁昶也没有辜负老师的期望，在芜湖干得风生水起。袁昶在芜湖干了一年多，老师就从南京赶过来检查他的政绩了。袁昶将老师安排在盖公堂住下，一起把酒论文。当时，张之洞也写了《过芜湖赠袁兵备昶》这首诗纪行。里面说，"我镇金陵强一载，蒋山萝薜何曾扪。老牛困鞭思脱纼，经义就子同寻温"。张之洞在南京一年，连蒋山(钟山)都没去过，但他很快就到芜湖来看学生，可见两人感情之深。估计是当时袁昶表达了厌倦官场、想归隐山林的愿望，所以张之洞在诗中还安慰他说，"胡为欲理严濑钓，儒效未竭安酬恩"，要他力行儒生治国平天下之志，尽心竭力，勤于政事，报答皇恩、师恩。如今白发人送黑发人，张之洞自然要感慨盖公堂下的大树依旧郁郁青青、生机勃发，曾见过他们师生一起饮酒读书，只是大树宛然、斯人不在了。

第四首诗是赞赏袁昶的文学成就。袁昶是晚清"同光体"代表诗人之一，那时的政府官员，基本上都能写点诗文。"同光体"诗人宗杜甫及北宋诗人，所到之处，吟诗抒怀记踪。袁昶的诗作，得到过张之洞的悉心指导。袁昶在芜湖也留下不少诗作，如歌咏天门山"岧荛天门山，峡束青萝带"，赞叹赭山"岩扃古冶铁，石驳皴霞青"，称颂神山淬剑池"莫邪何许往，碧莹镜开奁"。袁昶诗作尚雅正，所以张之洞称赞袁昶诗歌是"北宋雅音"。当然，张之洞不喜欢江西诗派，所以说它是"江西魔派"。张之洞赞赏袁昶学到了黄庭坚（双井）、王安石（半山）诗歌的精髓，可惜故人已逝，他的遗作就像一曲广陵散，已无人可解了。

张之洞与袁昶的一段师生谊，已成红尘往事。但一个能吏贤臣，已用铭刻在百姓心中的业绩，在芜湖地方史上打下了深深的印记。后来的地方官，能不慎乎，能不继先贤遗志干一番事业乎？

张之洞芜湖问政事

我个人比较喜欢阅读那些诗人政治家的作品，如曹操、李煜、司马光、王安石、文天祥、王阳明、曾国藩等人的集子，没事的时候都喜欢拿出来翻翻。政治家写诗，都讲究诗言志，文以载道，不会简简单单地吟风弄月，不会把视野局限在自我的笼子里。他们总是希望写出来的东西，有补于世道人心，有益于社会安定，张之

洞的作品也是如此。

张之洞估计现在有的读者不熟悉了，在晚清政坛上他曾经是一个活跃的人物，也是清代洋务派代表人物，与曾国藩、李鸿章、左宗棠并称为“晚清中兴四大名臣”。张之洞，字孝达，号香涛，又当过总督，故时人皆呼之为“张香帅”。他出生于贵州兴义府(今安龙县)，祖籍直隶南皮(今河北南皮县)。主张变法维新的谭嗣同十分推崇张之洞，曾经说：“今之衮衮诸公，尤能力顾大局，不分畛域，又能通权达变，讲求实济者，要惟香帅一人。”就是说，谭嗣同认为，当时中国能挽救晚清危局的，只有张之洞一人。

张之洞从小就读书用功，常常要读到凌晨两三点钟，累了就趴在桌子上睡一会，醒了又继续读书思考，他喜欢“详解字义，必索解乃至”。九岁就读完了四书五经，十六岁就乡试考中了举人，二十七岁进士考试中又成为探花(一甲第三名)，真是当年名副其实的考霸啊！

张之洞不但书读得好，官也做得顺利。他从翰林院编修，一路做到山西巡抚、两广总督、湖广总督、两江总督(多次署理，从未实授)、军机大臣等职，最后入阁拜相，成为李鸿章之后最受重用的汉臣。

官做得再大，没有自己的字字珠玑，没有自己的真知灼见，没有自己的业绩政声，也难以名垂后世。我最喜欢的就是张之洞提倡的“中体西用”理论，也就是常说的“中学为体，西学为用”，就是要坚持中国的传统文化，以西方的“富强之术”为辅助。只要坚守我们民族的文化之魂，西方文明里好的制度、好的科技、好的理念我们都可以拿过来用。其实细想起来，这与我党现在提倡走中国特色的社会主义道路有异曲同工之意，毕竟中国有自己的国情和民族特性，一味地学习西方只会削足适履，反而导致自己在前进的路上丢失自我，不断受到伤害。

这几天读《张之洞诗文集》，觉得他和芜湖缘分不浅。据《张文襄公年谱》记载，明朝的时候，他的祖先张端曾经在繁昌县工作过，担任南直隶繁昌县荻港巡检，也就是荻港镇水上派出所所长，这只是一个乡镇干部，比芝麻还小的官，可见张之洞家族曾经在芜湖一带长期居住过。

张之洞本人也多次来到芜湖，一次是光绪二十二年(1896年)，他六十岁的时候，去湖北武汉就任湖广总督的期间，因为他的得意门生袁昶在芜湖担任父母官，他自然要顺道来芜湖看看，给学生进行行政上的一些指导。这次师生的会面非常开心，张之洞在芜湖呆了好几天，肯定在袁昶的陪同下，看遍了芜湖当时的风景名胜。晚上，袁昶摆下盛宴热情款待他的老师，那时候还没有公款吃喝这个概念，张之洞一时喝高了，马上要来宣纸，笔走龙蛇，写了一首长诗送给他的学生，谆谆教导袁昶要为民谋利，不负皇恩。

张之洞第二次来芜湖已经是光绪三十年(1904年)了，这时他已经六十八岁，虽然官位还是湖广总督，但受到慈禧太后的重用，除了三天两头得到她赏赐的画扇、纱袍等物件外，连科举考试选拔人才等大事情都安排他去担任首席阅卷官，在李鸿章去世后，大清的国事只能依赖张之洞这样尽心尽力的汉臣了。那年三月十五日，张之洞来芜湖考察江南制造局在安徽兴办新厂的事宜，当时的两江总督也从南京赶过来陪同，毕竟这在当时是一个大项目啊，工程建成后对地方经济发展绝对有促进作用。他们来到现在的芜湖县城湾沚镇，一起选择新工厂。不过可惜的是，新工厂后来没放在芜湖，不然我们今天说到芜湖的工业发展史，可以大书特书一笔啊。考察结束后，张之洞回到南京，给儿子娶了一房媳妇。因公务催促，他又经芜湖回到武汉。四月十九日，他船过芜湖，想到自己的得意门生死于国事，忍不住痛心国步艰危，写下了沉痛悼念袁昶的四首诗歌。

张之洞虽不以写诗出名，但他公务之余创作不断，在当时文坛上评价非常高，说成是“黄钟大吕”。他还曾经为我们芜湖的张孝祥写过一首诗，诗名叫《咏史·张孝祥》，诗是这样写的，“射策高科命意差，金杯劝酒颤宫花。斜阳烟柳伤心后，仅得词场一作家”。当然，这首诗并不是怀念张孝祥的，而是张之洞借写张孝祥来抒发自己的政见，因为有一年朝廷取士，结果只选了一个只精通诗词歌赋的人做状元。这当然招致张之洞内心的不满，因为他觉得晚清乱世，需要更多能应对当前危机的实用人才。诗里前两句写张孝祥高中状元时的得意场景，众多官员奉上庆祝的酒杯，状元郎乐得乌纱帽上的宫花直颤；后两句感慨，朝廷选才只选作家。所以他在诗里说，我大清王朝已经是“斜阳烟柳”了，朝廷选用人才，一定要选用经世致用的人才，不能视野狭窄，只选拔文章写得好的作家。张之洞这么比较当然是不公平的，因为张孝祥虽然是状元，并且才华横溢，在地方官任上也为老百姓做了不少好事。但他去世得早，没有充分展示自己的政治才华，导致后人只知道他是南宋著名词人。

政治家无论写诗还是做事，考虑的都是国家治乱、苍生福祉。张之洞与芜湖产生的交集，都是围绕干实事产生的，或教育门生，或选择项目，或关心人才选用。可见，在政治家的笔下，诗歌不仅仅是风花雪月，更是书写自己的人生襟抱和政治主张。

苏曼殊芜湖恋诗酒

我在中学读书的时候，就养成了抄录妙词佳句的习惯。当时喜欢的诗人里，就有苏曼殊。如他的《本事诗》，“春雨楼头尺八箫，何时归看浙江潮。芒鞋破钵无人识，踏过樱花第几桥”；还有《题拜伦集》，“秋风海上已黄昏，独向遗编吊拜伦。词客飘蓬君与我，可能异域为招魂”。我都抄录并背诵下来。他的诗歌，哀婉凄艳，读起来至今齿颊留香；他的人生更是半僧半俗，身世飘零，风雨一生。到今天，我们还搞不清他到底是中国人还是日本人。当然，他一生眷恋膜拜的是中国传统文化，这是毋庸置疑的。想不到，就是这样一个奇人，竟然和芜湖也有过一段过往情缘。

由于苏曼殊生活颠沛流离，谋生艰难。1906年，苏曼殊在国学大师刘师培的介绍下，来到芜湖赭山脚下的皖江中学教书，重会老朋友，结识新朋友，留下一段佳话。刘师培的夫人何震是向苏曼殊学画的女弟子，当时，刘师培和陈独秀在芜湖活动，在安徽公学组织岳王会，宣传反清革命。其实，陈独秀也是苏曼殊的老朋友，他们在上海就相识相知。另一个国学大师章士钊在纪实体小说《双枰记》里描写道，他们三人当时在上海同居一室，夜抵足眠，日促膝谈，意气至相得。苏曼殊和陈独秀交谊最深，在学问方面，颇受陈独秀影响。如苏曼殊所翻译的法国大作家雨果小说《悲惨世界》，交给陈独秀修改润色过。苏曼殊在上海时开始学作诗，也是得益陈独秀的熏陶和指导。所以苏曼殊对陈独秀一直非常尊敬，在《文学因缘自序》中，称他为“畏友仲子(陈独秀字仲甫)”，并经常送诗画给陈独秀。

在芜期间，他们往来唱和，度过了一段诗酒流连的好时光。他们在暑假空闲时，还结伴东渡日本，看望苏曼殊的日籍母亲河合仙，可惜的是千里迢迢赶到日本，却没有见上母亲一面，他们就只能满心遗憾地又在秋天一起返回芜湖了。有意思的是，他们当时情深义重，连写的诗都相互影响、宛如一人，很多人都分不清了。如多年后，诗人柳亚子在编《苏曼殊全集》时，误将陈独秀与苏曼殊十首《本事诗》的唱和诗中的两首收了进去，如“丹顿裴伦是我师，才如江海命如丝”“慵妆高阁鸣筝坐，羞为他人工笑颦”，其实是陈独秀诗句。苏曼殊离开芜湖时，还专门写了一首诗《东行别仲兄》，“江城如画一倾杯，乍合仍离倍可哀。此去孤舟明月夜，排云谁与望楼台”。陈独秀也写了《曼殊赴江户余赴皖城写此志别》，“春申浦上离歌急，扬子江头春色长。此去凭君珍重看，海中又见几株桑”。两个文化大师在芜湖惺惺相惜、依依相别，今天读来还是荡气回肠。

当时的芜湖皖江中学，聚集了一批名士志士，如著名科学家邓稼先的祖父邓艺孙(字绳侯)和父亲邓以蛰等人。他们是著名书法家邓石如的后人，也是陈独秀的同乡，估计是陈独秀介绍他们认识的。当时，他们在芜湖十里长街流连花酒，把芜湖当做秦淮河一般热爱，留下了难忘的记忆。多年后，回忆起当时的情景，邓艺孙写下了《忆曼殊阿阇梨》一诗，“寥落枯禅一纸书，欹斜淡墨渺愁予。酒家三日秦淮景，何处沧波问曼殊?”苏曼殊很快回了他一首诗，“相逢天女赠天书，暂住仙山

莫问予。曾遣素娥非别意,是空是色本无殊"。苏曼殊还送画给邓艺孙,并影印在《天义报》上。画上的题跋说,"怀宁邓绳侯先生艺孙,为邓石如老人之曾孙,于其乡奔走教育。余今夏至皖江,就申叔之招。始识先生,与共晨夕者弥月"。有密友相交相伴,此时苏曼殊心情非常舒畅。

在芜湖过了一年多的诗酒生活后,苏曼殊又决定离开芜湖了。他在给刘师培的信中说,"刘三长者足下,仓促为别,炯炯无已。昨日到芜,此间风潮,愈出愈奇,不可思议。(陶)焕卿、(龚)薇生与曼(苏曼殊自称)日间当拂袖去矣,过江时或可再图倾倒也"。苏曼殊离开芜湖,估计一方面与他个性有关,他喜欢流浪江湖,无拘无束;另一方面,陈独秀、刘师培在芜湖搅动革命风潮,毕竟造反是死罪,他有些害怕波及自身。苏曼殊来到上海后,在写给刘师培的信中说,"曼前离开芜湖时,已囊空如洗,幸朋友周旋,不致悲穷途也"。不久,刘师培夫妇也离开芜湖。

追想百年前,苏曼殊等名士在芜湖的淹留,在芜湖的浅斟低唱,深感芜湖江山有幸,不断地走过名人雅士的匆匆身影,也不断地被他们追忆与吟诵。

芥川龙之介的心痛与怀恋

"今天我身在日本,在酷暑难当的东京,却怀念着那汪洋恣肆的长江。长江?不光是长江。还怀念芜湖、汉口、庐山的松树以及洞庭湖的波涛。"国庆长假在家,翻读芥川龙之介的《长江游记》。前言里芥川龙之介劈头盖脸的这句话让我惊呆了。芥川龙之介来过中国,还来过芜湖?真是想不到。

芥川龙之介是我喜欢的日本作家之一,他的短篇小说《罗生门》《地狱图》《竹林中》等已成为日本文学的瑰宝。特别是《罗生门》被日本著名电影大师黑泽明拍成电影后，已被世人熟知。

芥川龙之介其实是喝着中国古典文学的乳汁长大的，据他本人回忆，他小时候最喜欢的课外读物是《西游记》和《水浒传》。后来，他又学习了“汉文”（中国古代文言文）、“汉诗”（中国古典诗词），阅读了《聊斋志异》《西厢记》《三国演义》《金瓶梅》等大量中国古典文学作品，在灵魂里形成了“中国趣味”。他存世的148篇短篇小说，就有12篇取材于中国，如《杜子春》《酒虫》《尾生的守信》等，可见中国古典文学在日本的魅力、感染力与生命力。

1921年3月，芥川龙之介作为《大阪每日新闻》的连载特派员，怀着对中华文化的爱与深深眷恋，踏上了访华的旅程，开始了他《中国印象记》的写作，也与芜湖结下了一段文字缘。由于当时的中国，军阀混战，贫穷落后，再加上芥川本人一路身体欠佳，在上海生了场大病，在南京又犯了胃痛，身体不好影响心情，自然对芜湖也是印象欠佳。

芜湖是《长江游记》的第一篇，在开头，芥川这样写道，“我与西村贞吉一起走在芜湖的街道上。这街道与别处一样，也是连阳光都照不到的石板路。街道两边挂着一些银楼啊、酒栈等司空见惯的招牌。来中国已有一个半月的今天，自然已不觉得什么新鲜和好奇。”连街道上经过的独轮车，车轴研磨发出“叽依、叽依”的声音，芥川也觉得是噪音刺耳，让他听了头疼。不知从哪里跑出来一头猪，在街道中央撒尿，气得芥川说，“芜湖真是个差劲的地方。唉，不光是一个芜湖，我对于中国早已腻烦了”。

芥川从上海坐凤阳丸号轮船来到芜湖，他在芜湖的中学同学西村贞吉将他安排在唐家花园。在城里转了一圈后，西村把他领到一家名叫倚陶轩的大花园菜馆去。这家菜馆应该就在今天的镜湖附近。据说，那里从前曾经是李鸿章的别墅。但芥川一走进园子，感觉却是到了洪水退去后东京的向岛一带。他描写道，“花木稀少，土地荒芜，陶塘的水浑浊不清，屋子里空荡荡的。我们一边看着屋檐下挂着的养有鹦鹉的鸟笼，一边品尝着唯有味道总算还不错的中国菜”。

芥川心里的中国，其实是一个古典而唯美的国度。就像一个怀着爱恋的青年，在网上聊天结识了一个女人，觉得她千好万好，而当他们走到现实世界，心中的爱就“见光死”了，毕竟想象和现实不是那么一回事，想象越美好，现实越残酷。

在芜湖，芥川对中国现状的失落感开始爆发了。那天夜里，芥川坐在唐家花园游廊上的藤椅里，像一个愤青一样，吐沫横飞，对西村大谈现代中国的坏话。他说：“现代中国有什么？政治、学问、经济、艺术，不是全在堕落吗？特别是，要说到文学艺术，嘉庆、道光以来，有一部可以引以为自豪的作品吗？而且，国民不分老少，尽在讴歌太平。”现实中国让芥川的美梦破灭了，他痛心地说：“我已经不爱中国。我即使想爱也爱不成了。当目睹中国全国性的腐败后，仍能爱上中国的人，恐怕要么是颓唐至极沉迷于声色犬马之徒，要么是憧憬中国趣味的浅薄之人！”

读着芥川近百年前写下的文字，感受着一个外国人对中国“爱之深，痛之切”的真情，作为一个当代中国人，不能不为之动容啊。虽说时间已流逝了近百年，芥川提出的问题，如“全国性腐败”“嘉庆道光以来有一部可以引以为自豪的作品吗?”等，都是具有现实意义的。国家的繁荣昌盛，国民素质的提高，法律对公民民主自由的保障，是源于我们每一个人的不懈努力。长城不是一天建成的，国家的长治久安亦是如此。

在游记的结尾，芥川龙之介写道，“游廊外的槐树树梢，静悄悄沉浸在月光之中。这槐树树梢的远方，那怀抱着几个古池的白墙市街的尽头处，想必是长江的流水”。我想，中华文化的长流，亦会生生不息。

古今文人歌铁画

芜湖铁画以火为砚，以铁为墨，以锤当笔，绘写世间万物，在中国工艺美术艺苑里独树一帜，既有国画的神韵，又有雕刻的立体美。芜湖铁画以其特有的魅力流传数百年而不衰，深得老百姓的喜爱，并成为国家首批非物质文化遗产。如此高雅的艺术品，自然博得文人雅士的青睐，纷纷为之挥毫赋诗，赞颂这一高超的铁冶煅技之花。

铁画之花之所以盛开于芜湖，首先是因为芜湖的南陵、繁昌两县盛产铁矿，曾经“炉火照天地”，冶炼技术发达，自古就有“铁到芜湖自成钢”的美誉，技艺精湛的铁工能够锤底生花；其次，芜湖是人文荟萃之地，明清易代之际，萧云从、渐江和尚等一批“新安画派”代表画家曾经居留芜湖，他们的画稿启示了铁画艺人，成为他们的创作源泉。

芜湖至今流传着铁画创始人汤鹏（汤天池）与著名画家萧云从交友的佳话。据说，汤天池在青弋江边开了一个小铁匠铺。一年冬天，他到芜湖城里的萧云从家里收取铁件钱，当时，萧云从正在画梅兰菊竹“四君子”图。由于汤天池对书画有兴趣，就站在萧云从身后如痴似醉地看着。当时的铁匠地位低微，萧云从看到这个小铁匠收了钱还不走人，觉得他是附弄风雅，就不客气地要汤走开。被赶走的汤天池觉得萧云从如此目中无人，一气之下，就回家生火开锤，仿造萧云从的一笔一划，打制出来铁的“四君子”图。到春节了，芜湖家家户户张灯结彩闹元宵。汤天池家里穷，没有彩灯，就把“四君子”图挂在白粉墙上。萧云从出来观灯，看到汤天池家挂着自己的“四君子”图，觉得很奇怪。仔细一看，竟然是铁打的，萧云从更感觉吃惊了。他连忙询问汤天池，知道实情后，对汤刮目相看、相知恨晚了。从此，二人成为莫逆之交。萧云从三天两头送画稿给汤天池，汤天池把铁匠铺改成了铁画店，专门打铁画。从此，铁画远近闻名。

芜湖本土诗人黄钺，是芜湖迄今屈指可数的高官。他是清朝乾隆、嘉庆、道光三朝元老，深受几任皇帝宠幸，曾任太子太保，礼部、户部尚书。作为芜湖人，他热爱故乡、心系家乡，对老家铁画的推介不遗余力，写了不少诗歌赞扬铁画和汤鹏的铁画艺术。他经常在回老家探亲之后，将铁画作为地方土特产带回京城送给同事朋友，使芜湖铁画在全国范围内有了响亮的名声。如他写的《汤鹏铁画歌》，“清泠水入中江流，以水淬铁铁可柔。千门扬锤声不休，百炼精镂过梁州。材美工聚物有尤，汤鹏之技古莫俦。”此诗前四句书写了芜湖冶铁的优势以及铁工的盛况，后两句赞扬了汤鹏制作铁画的绝技。

清朝著名诗人、历史学家赵翼，在经过芜湖时，在黄钺家里逗留，看到了他珍藏的芜湖铁画，感叹于铁画的精美，写下了长篇歌行《芜湖铁画歌》。由于此诗比较长，我只能摘录几句了。“画家写生尚没骨，专以柔媚矜技绝。是谁巧匠能翻新，不用胭脂转用铁？……以铁作画尤未闻，特为艺苑开生面。何不镌取工姓名，流传应过千年绢”。诗歌高度赞扬了铁画的高妙技艺，还说铁画可以流传千古。

据我所见，为铁画题诗的诗人有十几位，留下百余首诗。如梁同书、吴敬梓的长子吴烺、陆锡熊、祝德麟等一批诗人，都留下了精彩的芜湖铁画颂歌。由于篇幅关系，就不一一列举了。

到了新中国，铁画由民间工艺走进了庙堂，受到了官方前所未有的重视，如铁画《迎客松》等经典作品摆放在北京人民大会堂等重要场所，成为芜湖一张靓丽的城市名片。1964年，现代诗人郭沫若曾来芜湖铁画厂参观。他反复端详那些做工精细、线条流畅的铁画，口中不断赞叹：“是个创造！是个创造”！郭大文豪回到下榻的铁山宾馆后，在一方宣纸上，为铁画题写了“以铁的资料创造优美的图画，以铁的意志创造伟大的中华”的赞词。1978年，日本著名画家东山魁夷特地来芜湖欣赏铁画工艺，给予了高度评价。1980年，著名艺术家刘海粟在途经芜湖参观铁画时，在芜湖铁画社即兴挥毫，写下了“精神万古，气节千载”八个大字，给予铁画最高的赞誉。

我曾经在路过扬州时，参观了那里的工艺坊，仔细欣赏了那些漆雕大师、微雕大师和刺绣大师花费数年数至几十年时间打造的一件件艺术精品。听说有个大师五年时间沉浸在一件作品的雕刻里，连老婆都跑了。我钦敬他们耐得住坐冷板凳的寂寞，不禁感慨于芜湖铁画大师凋零、工艺水准下降的现状了。

希望从事铁画行业的芜湖艺人们，适应不断变化的时代潮流，静心提高铁画技艺，不要躺在曾经的名声和光环里，不能急功近利，不要粗制滥造，不要把铁画当成了街头贩卖的“小白菜”，能够拿出更多比肩甚至超越铁画先辈的艺术精品来。

名人吟咏清风楼

芜湖作为一个古城，历史上曾经有过不少名气特别响亮的胜迹。可惜的是，在历史的金戈铁马、风风雨雨里，有不少没保存下来，没有留下一砖一瓦供后人凭吊或发思古幽情。只留下一些地名，掩藏在如今人声鼎沸的闹市区居民楼里，让人感知世间的沧桑。曾经大名鼎鼎的清风楼就是其中的一个。

清风楼是五百多年前的明宪宗成化年间建成的，在今天的弋矶山医院附近，目的是纪念当时芜湖本土走出来的一个清官黄让。黄让这个名字，估计今天没几个芜湖人知道了。据老《芜湖县志》记载，黄让字用逊，号养素，在明景帝景泰年间

考上进士，进入官场，后担任监察御史。他执法严峻，不怕权贵。当时明朝锦衣卫的主要领导专横跋扈，没有人敢得罪他。一天，那个领导派身边的亲信送个文件到黄让的家里，黄让借机拿出一个皮鞭，把那个狗奴才狠狠揍了一顿。自然，锦衣卫的领导对黄让“打狗给主人看”的用意心知肚明，心里十分生气，竟然有人敢在太岁头上动土?！他就安排人诬陷黄让，在皇帝那里打小报告说黄让贪污受贿。就这样，黄让被皇帝贬谪到人迹罕至的广西。不久，锦衣卫的领导也因为贪腐犯事了，黄让也随之沉冤得雪，朝廷就让他官复原职。黄让复职后，依旧兢兢业业工作。三十年后，他退休还乡时，行囊里没有余钱，回老家后只能靠督促家人耕田务农维持生活。黄让八十岁去世，当时的大名人、翰林院学士程敏政还专门给他写了悼念文章。

凡是为民办事的清官，都会被老百姓记住，会在历史上留下一笔。当时的县令刘宪决定建造一座楼，取苏轼《清风阁记》的文意，来纪念这位家乡的名宦，于是就在驿矶（今天的弋矶山附近），选了一个可以俯瞰长江的地方，动工建造清风楼。楼尚未竣工，刘宪就高升到京城为官。继任的县令林思绍按照前任的思路接着干到底，把清风楼建成了，还请当时的文渊阁大学士、写过剧本《五伦全备记》的大文豪丘濬作记，成为一时盛事。

丘濬妙笔生花，为清风楼增光添彩。他在《清风楼记》里写道，“名清风者，岂非以公（黄让）之生平风度，澄彻而有似风之行水乎？当夫天朗气清，长空无云，一碧千里，清风泠泠然，至微涛蹙而成纹，旋流回而成涡，湛波澄而彻底，真天下奇观也。楼居主人，禀乾坤清气，摆脱乎尘氛埃坷之外，清风亮节，尚慕古人”。这篇美文，高度评价了清风楼的美景，更高度称颂黄让的高尚人品。文章一时传诵，让清风楼驰名于世，成为远近闻名的游览胜地。

没几年，大哲学家王阳明来了，他题写了《清风楼》这首诗，“远看秋鹤下云皋，压帽青天碍眼高。石地盘螭吹锦雾，海门孤月送银涛。酒经残雪浑无力，诗倚新春欲放豪。劝赋登楼聊短述，清风曾不愧吾曹”。当时的王阳明还是青年才俊，刚刚步入仕途，正意气风发，想着要干一番经天纬地的伟业，都觉得头上戴的帽子太小太碍事，让他不能“眼高”了。当然，他也是以黄公为榜样，立下了“清风”之志。

王阳明之后，明朝士大夫登临清风楼赏景赋诗的不计其数。如顺德知府贡钦写道，“江上清风第一楼，楼中谁可伴清幽。隔江招我庄夫子，并依阑干看白鸥”。如工部右侍郎李堂在诗歌《登驿矶清风楼，赠黄老绣衣》里写道，“清风楼上几登临，景物随人异古今。太史续成高士传，长江洗出老臣心。紫芝漱谷供幽兴，白石南山入醉吟。相望谪仙亭馆迥，一川凉月濯烦襟”。有明一代，吟诵清风楼的诗文不绝于书，让我们这些喜欢诗文的人如入宝山，阅读时充满了欣喜。

可惜的是，随着时间的推移，或因兵火，或因年久失修，清风楼这处名胜渐渐地在公众视野里消失了。在清朝，清风楼已经不见于名人歌咏。

到了清朝嘉庆、道光年间，芜湖本土出了一个深得皇帝赏识的元老重臣黄钺，也是黄让的同宗。他曾经去驿矶附近寻访清风楼遗址，找遍了那里的荆棘树木，也没发现一片残碑断碣。后来，他看到一座小佛殿，寺院里的和尚说，清风楼倒掉太久了，已经无法辨认出它的原址在哪里。于是，黄钺就在驿矶附近建了一个小阁楼，也命名为“清风楼”。但这个小楼很简陋，已经没有原来的宏伟壮观了，也没在芜湖文化史上留下多少印记。

连后建的这个小楼也早已消失不见了。今天，只在镜湖区地图上留下一个小小的地名。只有满眼清风，是我们老百姓对所处时代政治生活的期许，会世世代代相传下去。